Simon Mason

Running Girl

Kriminalroman

Aus dem Englischen
von Karsten Singelmann

Rowohlt
Taschenbuch Verlag

Die englische Originalausgabe erschien 2014
unter dem Titel «Running Girl»
bei David Fickling Books, Oxford.

4. Auflage September 2021
Veröffentlicht im Rowohlt Taschenbuch Verlag,
Reinbek bei Hamburg, März 2019

Lektorat Antonia Steen
Umschlaggestaltung Birgit Schössow und
any.way, Barbara Hanke / Cordula Schmidt
Umschlagillustration Birgit Schössow
Satz aus der DTL Documenta bei
Pinkuin Satz und Datentechnik, Berlin
Druck und Bindung
CPI books GmbH, Leck, Germany
ISBN 978-3-499-21830-9

Die Rowohlt Verlage haben sich zu einer nachhaltigen Buchproduktion verpflichtet. Gemeinsam mit unseren Partnern und Lieferanten setzen wir uns für eine klimaneutrale Buchproduktion ein, die den Erwerb von Klimazertifikaten zur Kompensation des CO_2-Ausstoßes einschließt.
www.klimaneutralerverlag.de

MIX
Papier aus verantwortungsvollen Quellen
FSC® C083411

1

Ein Dreckswetter fegte über die Stadt. Der Regensturm peitschte die gläsernen Bürotürme im Westen und prasselte gegen die Dächer, Kuppeln und prächtigen Fassaden der Altstadt. Er breitete sich nach Norden aus, über Krankenhäuser und Schulen, und nach Süden, über Clubs und Casinos. Immer dunkler wurde es, und der Sturm legte noch an Geschwindigkeit zu, raste ostwärts über die Kläranlage, das Industriegebiet und die Autofabrik hinweg. Und schließlich stürzte er sich auf die Wohnanlage Five Mile, schwärzte den gesprungenen Asphalt, überflutete verstopfte Abflüsse und trommelte gegen die Fenster der Wohnung in 12 Eastwick Gardens, wo der sechzehnjährige Garvie Smith, die Hände hinterm Kopf verschränkt, auf seinem Bett lag und an die Zimmerdecke starrte.

Garvie war ein schlanker Junge mit einem schönen Gesicht. Er trug tiefhängende Röhrenjeans, einen schlichten Kapuzenpullover und schmutzstarrende Chucks. Seit zwei Stunden lag er so da, ohne sich zu rühren. Lag da und starrte.

Seine Mutter erschien in der Tür. Sie war eine gesetzte Dame aus Barbados, mit breitem Gesicht und kurzgeschnittenen schwarzen Haaren mit einem leichten Grauschleier. In der Hand hielt sie einen amtlich aussehenden Brief, den sie zusammenfaltete und in ihre Jackentasche steckte, während sie ihren Sohn zornig ansah. Sie machte den Mund auf.

In sechzehn Jahren als alleinerziehende Mutter war sie nicht nur stetig breiter und robuster geworden, sondern hatte sich auch eine verblüffend durchschlagende Stimme zugelegt.

«Garvie!»

Er gab nicht zu erkennen, ob er sie gehört hatte.

«Garvie!»

«Ich bin beschäftigt», sagte er schließlich zur Decke.

«Komm mir nicht auf die Tour, Garvie. Warum bist du nicht am Lernen?»

«Ich bin am Lernen.»

Eine Pause entstand, in der seine Mutter Garvies Zimmer betrachtete, nicht nur den wüsten Stapel schmutziger Wäsche, die Berge von Gerätschaften und Krimskrams aller Art, sondern auch – und im Speziellen – den kleinen, fürs Lernen reservierten Tisch, der seit Monaten nicht benutzt worden und mit allem Möglichen beladen war, nur nicht mit Schulbüchern.

«Was genau lernst du denn gerade?»

Es folgte eine noch längere Pause, in der Garvie über die gestellte Frage nachdachte. «Komplexe Zahlen», kam schließlich die Antwort.

Seine Mutter atmete tief durch. Er konnte es hören.

Ohne den Blick von der Zimmerdecke zu wenden, sagte er: «Sagen wir, mein Übungsbuch ist Einheit *a* –»

«Garvie!» Ihre Stimme glich einem tiefen Knurren.

«Und meine Lernerei ist Einheit *bi* –»

«Garvie, ich warne dich!»

«Dann entspricht das *Gelernte* der komplexen Zahl $a + bi$, wobei i die Eigenschaft $i2 = -1$ besitzt.» Er machte eine Pause. «Man bezeichnet so etwas als unlösbare Gleichung.»

«Garvie!»

Er schwieg.

«Rauchst du wieder dieses Zeug?»

Er antwortete nicht und änderte auch nicht seine Position, während seine Mutter eindringlich auf sein ausdrucksloses Gesicht starrte. Er konnte sie starren hören.

Gleich würde sie ihm sagen, dass er ihr ein absolutes Rätsel sei.

«Du bist mir ein absolutes Rätsel», sagte sie.

Und dann würde sie ihm sagen, dass sie gar nicht mehr wisse, wer er sei.

«Garvie Smith?», sagte sie. «Ich weiß gar nicht mehr, wer das eigentlich ist.»

Er hörte sie tief Luft holen. Sie war im Begriff, ihre übliche Liste durchzugehen. Es war eine lange Liste, und sie erforderte einen langen Atem.

Mit einem Minimum an Erläuterung und einem Maximum an Nachdruck zählte sie verschiedene gewichtige Punkte auf. Dass Garvies Zimmer eine Kiste voller Müll sei. Dass ernsthaftes Lernen an einem Tisch mit Büchern und einem eingeschalteten Computer stattfinde. Dass Garvie Smith der faulste Junge in der ganzen Siedlung und überhaupt der faulste Junge sei, von dem sie je gehört habe, vielleicht sogar der faulste Junge aller Zeiten, ganz zu schweigen davon, dass er ungezogen, rücksichtslos und *schwierig* sei. Dass er sich ständig und immer tiefer in den Schlamassel reite – und er solle bloß nicht glauben, dass sie nicht darüber Bescheid wisse. Und dass seine Prüfungen, in noch nicht mal zwei Monaten für ihn die absolut letzte Chance seien, die Schule noch zu schaffen.

Er antwortete nicht.

«Ich warne dich, Garvie», sagte sie. «Komm in die Hufe. Und zwar sofort. Steh auf, hol deine Bücher aus der Tasche und schalte den Computer ein.»

Sie war auf dem Sprung ins Krankenhaus, wo sie als stellvertretende Oberschwester im OP oft unregelmäßige Arbeitszeiten hatte. Der Brief, über den sie eigentlich hatte sprechen wollen, war vergessen. Sie warf ihrem Sohn einen letzten zornigen Blick zu, bevor sie sich abwandte. «Wenn ich zurückkomme», sagte sie, «erwarte ich, dass dein Zimmer aufgeräumt ist und du was geschafft hast. Das ist mein Ernst, Garvie. Du gehst nicht raus, verstanden? Du hast Hausarrest, bis du ordentlich gelernt hast.»

Schnaubend ging sie davon, und kurz darauf knallte die Wohnungstür zu.

Ihr Sohn, das Rätsel, starrte weiterhin an die Zimmerdecke. Da waren noch ein paar Dinge, die seine Mutter zu sagen vergessen hatte, und die sprach er sich jetzt vor. Dass er ein Junge sei, dessen angeblicher Intelligenzquotient eines Genies ihm in fünf Jahren an der weiterführenden Schule nicht eine einzige Eins im Zeugnis, egal in welchem Fach, verschafft habe. («Keine einzige, Garvie!») Dass er ein Junge aus gutem Haus sei, der sich in Schwierigkeiten bringe – und zwar nicht nur durch Vernachlässigung der Schule, Unordnung in seinem Zimmer und allgemeine Faulheit, sondern auch durch Schwänzen, Alkohol und dadurch, dass er («Streite es nicht ab, Garvie!») dieses Zeug rauche.

Er starrte weiter an die Decke. Der Regen trommelte weiter gegen das Fenster.

Genie, was war das eigentlich? Wenn man in der Lage

war, schwierige Gleichungen zu verstehen? Wenn man sich Sachen merken konnte, die andere vergaßen, oder etwas bemerkte, das die anderen übersahen? Na, toll. Aber was *bewirkten* die Zahlen und Gleichungen? Was passierte denn schon, was sich zu erinnern lohnte? Was sah er, das ihn auch nur eine Sekunde lang daran zweifeln ließ, dass das Leben im Allgemeinen nichts weiter als ein in Zeitlupe vor sich hinschleichender, sinnloser, schäbiger und *stinklangweiliger* Teppichfussel billigster Machart war?

Und daher starrte er, vollständig bekleidet einschließlich seiner dreckigen Schuhe, mit unbewegtem Gesicht weiter an die Decke. Es war ein ungewöhnliches Gesicht mit diesen pechschwarzen Haaren, dem kupferfarbenen Teint, den strahlend blauen Augen; ein Gesicht, das die Blicke auf sich zog, das Ergebnis seiner gemischten Herkunft. Aber auch ein Gesicht, das von Langeweile beherrscht war.

Eine Stunde verging. Regen prasselte gegen das Fenster, Autos zischten über die Ringstraße. Eine weitere Stunde verging.

Dann prasselte etwas anderes gegen das Fenster.

Gähnend hievte Garvie sich vom Bett hoch und schaute hinaus. Unten auf dem Rasenstück stand leicht gebückt ein Junge mit herben Gesichtszügen und schmalen Handgelenken, der ihm zuwinkte. Felix. Felix der Kater. Er war einer von Garvies Freunden, die von seiner Mutter als «schlechter Umgang» eingestuft wurden.

«Ist deine Mutter da?»

«Nee.»

«Kommst du runter, eine rauchen?»

«Okay.»

Garvie zog seine alte Lederjacke über, verließ die Wohnung und ging die Treppe hinunter. Draußen war es fast dunkel. Der Regen hatte vorübergehend ausgesetzt, und die nassen Fassaden von Eastwick Gardens glänzten schwarz und gelb im Schein der Straßenlampen. Hinter dem Häuserblock lagen die Ringstraße, auf der es mittlerweile ruhiger zuging, die schwarzen Umrisse der Autofabrik und jenseits davon Felder und Gestrüpp. In der anderen Richtung erstreckte sich die Siedlung – ein Gewirr aus Haupt- und Nebenstraßen, Doppelhäusern mit Kieselrauputz und Maisonettewohnungen, Garagen und Tante-Emma-Läden, Drahtzäunen, Grünstreifen und rissigen Bordsteinen, alles so öde und gewöhnlich wie vertraut.

Ein Taxi fuhr vorbei und hupte, worauf Garvie die Hand hob, um den Fahrer zurückzugrüßen – Abdul, ein Freund seiner Mutter. Dann schloss er sich Felix an. Die beiden schlurften, die Jacken gegen die feuchte Abendkühle bis oben zugezogen, nebeneinander die Straße entlang, vorbei an den geparkten Lieferwagen, den Elektroläden und Wettbüros in Richtung Old Ditch Road, wo der Spielplatz lag.

Felix blickte sich beim Gehen ständig um, als würde er nach unerwarteten Gelegenheiten Ausschau halten. Sein längliches, weißes Gesicht war übersät von Pickeln. Er war gut zu Fuß, geschmeidig wie ein Tänzer. Garvie hielt in seiner üblichen legeren Gangart und mit gesenktem Kopf Schritt mit ihm.

Nach einer Weile sagte er: «Und wieder ein Freitagabend im Paradies.»

Felix sah ihn von der Seite an, schniefte und wischte sich

über die spitze Nase. Den Rest des Weges legten sie schweigend zurück.

Ein paar von den anderen waren bereits da, hockten auf den zu kleinen Schaukeln und dem winzigen Karussell. Ganz normale Jungs mit Kapuzenpullovern, nassen Haaren und einer Abneigung gegen Langeweile. Sie klatschten die Neuankömmlinge ab und sahen sich forschend um, dann setzten sie sich wieder hin.

«Was geht?», sagte Garvie.

Allgemeines Achselzucken.

Smudge schlug vor, in den Pub zu gehen. «Oder wie wär's mit diesem neuen Laden in der Stadt, wo sie diesen Wodkawackelpudding machen? Rattenkeller oder so.» Felix kannte den Türsteher, hatte aber ungute Erfahrungen mit ihm gemacht. Dani erwähnte das Casino, das *Imperium.* Dafür hätten sie aber ein paar gefälschte Mitgliedsausweise auftreiben und sich in Schale werfen müssen, was dann doch zu viel Aufwand war. Und so herrschte am Ende ratloses Schweigen.

«Na denn», sagte Garvie. «Was habt ihr dabei?»

Alle Vorräte an Tabak und Zigarettenpapier wurden zusammengelegt. Tiger hatte eine kleine, schon zu zwei Dritteln geleerte Flasche *Glen's Vodka* mitgebracht, Dani ein paar Dosen *Red Stripe Lager* und Smudge eine Tüte Zitronenbonbons. Eins nach dem anderen machte die Runde. Felix war vorher schon bei Alex gewesen und drehte jetzt einen mittelgroßen Joint, der ebenfalls herumgereicht wurde.

Sie alberten ein bisschen herum. Tiger und Dani spielten mit einem Messer, das Tiger hinten im Laden von *Jamal's* gefunden hatte, und Smudge fiel von der Schaukel und stieß sich die Nase blutig. Garvie saß etwas abseits und starrte schweigend über die nahen Dächer zu den fernen Lichtern der Hochhäuser. Sie verschwammen im trüben Flimmern, das über der Innenstadt schwebte. Er war hier aufgewachsen, kannte alles in- und auswendig und konnte mit hinreichender Gewissheit sagen, dass es hier sterbenslangweilig war. Die Innenstadt mit den ganzen Geschäften, dem Rathaus und den Fußgängerzonen war langweilig. Die aufgehübschte Altstadt mit den Cafés und Restaurants war langweilig. Das neue Geschäftsviertel war langweilig. Die Malls und Megamärkte, die sich entlang der Ringstraße ausbreiteten, waren langweilig. Und die Siedlung Five Mile war das Langweiligste von allem. Seufzend machte er sich daran, einen neuen Joint zu drehen.

«Hey, Sherlock», sagte Smudge. «Hab ein Rätsel für dich. Stand auf einer von diesen Rätsel-Websites.»

Garvie drehte ihm den Kopf zu, und Smudge grinste. Die Natur hatte es nicht gut mit Smudge gemeint. Er hatte die Gesichtszüge eines vierzigjährigen Schlachters und den Ausdruck eines zehnjährigen Kindes. Er saß zusammengequetscht in einem der Karussellsitze, das blasse, runde Gesicht glänzend vom Regen, die kleinen, schlammfarbenen Augen erwartungsvoll auf Garvie gerichtet. Garvie schüttelte den Kopf. Er nahm Zigarettenpapier, Tabak und ein ansehnliches, in Folie gewickeltes Stück Hasch zur Hand und machte sich daran, zwei Papiere zusammenzukleben.

«Bin beschäftigt», sagte er schließlich.

«Das hier kommt echt gut. Im Ernst.»

«Was soll's, Smudge? Es geht doch immer ums Gleiche.»

«Nämlich?»

«Sex oder Geld.»

«Zwei Dinge, mit denen ich persönlich kein Problem habe. Komm schon. Ich wette um einen Schein, dass du es nicht rauskriegst.»

Sehr konzentriert plötzlich, rieb sich der Junge über den großen, kurz geschorenen Kopf, seufzte zufrieden und fing wieder an zu grinsen. Garvie ignorierte ihn. Er streute Tabak aufs Papier, ließ zerriebene Haschischkrümel großzügig dazwischenrieseln und leckte die Kanten des Papiers an.

Smudge legte trotzdem einfach los.

«Am ersten Juni wird Lola Soul Diva in ihrer Wohnung aufgefunden. Mit dem Gesicht auf dem Fußboden. Von hinten niedergestochen.» Er machte eine kurze Pause und überlegte. «Genau in die Milz», sagte er dann hochzufrieden.

Garvie drehte weiter, drillte das Ende der Tüte zusammen.

Smudge fuhr fort. «Es gibt keine Hinweise auf einen Kampf, außer dass der Zeigefinger ihrer linken Hand aufgeschlagen ist, wahrscheinlich beim Sturz auf den Boden. Sonst keine blauen Flecken oder Schrammen, die Kleidung ist nicht zerrissen, die Uhr am Handgelenk – dem *rechten* Handgelenk – ist nicht kaputt.»

Er grinste verschlagen. «Voll gut, oder?»

«Nein», sagte Garvie seufzend. «Der totale Mist. Genau wie das Leben selbst, Kumpel.» Mit den Zähnen knipste er losen Tabak vom Mundstück des Monsterjoints und begutachtete kurz sein Werk, bevor er es sich beiläufig in den Mundwinkel schob.

Smudge ließ nicht locker: «In der rechten Hand hält sie

einen Kugelschreiber. Daneben liegt ihr privates Tagebuch. Auf der Seite für den betreffenden Tag steht Folgendes: ‹Habe Big Up gesagt, dass ich ihn nicht mehr liebe›. Oben auf der Seite, neben dem Datum, hat sie mit zittriger Schrift ‹6ZB› hingeschrieben. Verstehste? *6ZB*. Neben dem Tagebuch liegt ein zerrissenes Foto von ihrem Mann.»

Er grinste wieder. «Ist das gut oder ist das gut?»

«Nein», sagte Garvie. «Total langweilig. Sex oder Geld. Sex *und* Geld.» Er ließ ein Streichholz an seinem Daumennagel aufflammen und zündete den Joint an.

Smudge ließ sich nicht beirren. «Drei Männer geben zu, sie an dem betreffenden Tag besucht zu haben: ihr Ehemann, ein Profi-Pokerspieler namens Dandy Randy Wilder, kokainsüchtig und stark gehbehindert. Ihr Manager Jude Fitch Abercrombie, ein Kokser, der den linken Arm in einer Schlinge trägt. Und ihr Lover, genannt Big Up Mother, halb blind und ebenfalls kokainsüchtig. Alle drei geben der Polizei gute Gründe für ihren Besuch.»

Er ließ seine Augenbrauen zucken. «Genial, oder?»

«Kompletter Bullshit.» Garvie nahm einen langen Zug von seinem Joint und verdrehte die Augen.

«Na gut, Sherlock. Dann erklär mal. Wer war der Täter?»

Garvie blies den Rauch aus und reichte den Joint an Felix weiter, der ihn mit beinahe ehrfürchtigem Blick entgegennahm. «Keiner von ihnen war der Täter», sagte Garvie.

«Na komm, großer Meister, das kannst du besser.»

Garvie saß schweigend in seiner Rauchwolke und starrte in die Dunkelheit.

«Denk dran, was sie geschrieben hat», sagte Smudge. «Vor allem» – er machte eine dramatische Pause – «das *6ZB*.»

«Schwachsinn.»

«Und wenn du schon dabei bist», fuhr Smudge fort, «denk mal über die unbeschädigte Uhr nach. Am *rechten* Handgelenk.»

Der Joint machte die Runde, und als er zu Garvie zurückkam, nahm dieser einen langen Zug und gleich noch einen.

«Weißt du», sagte Smudge, «ich bin echt enttäuscht. Dachte, du hättest solche Sachen voll drauf. Rauchst wahrscheinlich zu viel von diesem Zeug. Kriegt man ein weiches Gehirn von. Soll ich dir sagen, was passiert ist?»

«Ich weiß, was passiert ist.»

«Dann sag es uns.»

«Keiner war der Täter.»

Smudge zischte spöttisch. «Na schön, wenn du es nicht errätst, muss ich euch wohl auf die Sprünge helfen. Ihr Manager war's.»

Garvie blies Rauch aus. «Auf keinen Fall.»

«Doch, klar, Sherlock. Soll ich dir sagen, woher ich das weiß?»

Aus seiner Rauchwolke heraus sagte Garvie gelangweilt: «Sie trägt ihre Uhr am rechten Handgelenk, also ist sie wahrscheinlich Linkshänderin. Aber wegen des gebrochenen Fingers hat sie das *6ZB* mit der rechten Hand geschrieben, deshalb war die Schrift krakelig. Also soll das gar nicht *6ZB* heißen. Sondern 628. Und wenn man diese Zahlen den Monaten in ihrem Tagebuch zuordnet – Juni, Februar, August – und dann jeweils den Anfangsbuchstaben nimmt, dann kommt JFA dabei heraus: Jude Fitch Abercrombie. Ihr Manager.»

«Oh.» Smudge machte ein verwirrtes Gesicht. «Ja, sag ich doch. Der Manager war der Täter.»

«Der Manager war es nicht, weil der Mörder der Frau von hinten durch die Milz gestochen hat.»

«Ja und?»

«Die Milz sitzt auf der linken Seite, Smudge. Es kann nur ein Linkshänder gewesen sein. Und der Manager trug den linken Arm in einer Schlinge.»

Smudge öffnete den Mund, klappte ihn wieder zu, und sein ganzes Gesicht schien in sich zusammenzufallen. «Scheiße», sagte er schließlich. «Ich muss es verkehrt erzählt haben.»

Garvie beugte sich zu ihm und tätschelte seinen Arm. «Mach dir nichts draus, Smudgie. Passiert.»

Sie saßen auf dem Karussell, die Knie an die Brust gedrückt, die Kapuzen über den Kopf gezogen. Der Joint ging noch dreimal herum, wobei er nach und nach zu einem Glutstängel schrumpfte und schließlich ausging, nachdem sich der Reihe nach jeder die Lippen daran verbrannt hatte. Der Wodka war schon lange vorher zur Neige gegangen. Sie tranken das Bier aus, Smudge machte sich über den letzten Zitronenbonbon her, und sogar die Zigaretten waren jetzt alle. Es fing wieder an zu regnen, wenn auch nur leicht, und schließlich verebbte die Unterhaltung. Sie kauerten in der feuchten Dunkelheit, lauschten dem Regen und den gelegentlich vorbeifahrenden Autos.

«O Gott», sagte Garvie. «Ich glaube, wenn nicht bald irgendwas passiert, raste ich aus.»

Smudge sah ihn interessiert an. «Was meinst du mit ‹bald›?»

«Jetzt oder in den nächsten fünf Minuten.»

Genau in diesem Moment ging ganz in der Nähe eine Sirene los, so plötzlich und brutal, dass die Jungen wie Stoffpuppen in die Luft hüpften. Mit aufgerissenen Mündern und klopfenden Herzen sahen sie gerade noch zwei Streifenwagen mit quietschenden Reifen vor dem Parkeingang zum Stehen kommen – flackerndes Blaulicht, auffliegende Türen, herausstürzende Polizisten –, bevor sie Hals über Kopf über den aufgeweichten Rasen stürmten und sich in alle Richtungen davonmachten.

2

Auch knapp einen halben Kilometer entfernt, vor «Honeymead», einem der neuen Häuser am Fox Walk, war die Polizei präsent. Am Ende der Sackgasse parkte ein Streifenwagen quer, leer, alle Türen offen und angeschaltetes Blaulicht. Alles war ruhig. Es schien, als hielten alle Nachbarn, die hinter ihren Vorhängen standen und die Szenerie beobachteten, den Atem an. Dort im Haus schrie plötzlich eine Frau auf, hoch und schrill. Dann herrschte wieder Stille.

In dem kleinen Wintergarten auf der Rückseite des Hauses stand Inspektor Singh am Fenster und blickte hinaus in den verdunkelten Garten. Er gab Mr. Dow Gelegenheit, seine Frau zu beruhigen, die auf dem Sofa zusammengebrochen war. Es war ein kleiner Garten, wie alle, die zu den Häusern in der Sackgasse gehörten; alles sehr ordentlich, mit einer schmalen Terrasse und einem gepflegten Rasenrechteck, das auf drei Seiten von Blumenbeeten und dichten Sträuchern umgeben war. Eine dekorative Vogeltränke gab dem Ganzen noch eine spielerische Note. Im Haus war es ebenso, wie er bemerkte: sehr klein, sehr sauber, aber hier und da kleine Extravaganzen, ein kunstvolles Glockenspiel oder Möbelstücke aus Bambus.

Inspektor Singh hatte ein Auge für solche Dinge. Mit seinem zurückhaltenden Auftreten und dem unauffälligen Gesicht – schmaler Mund, gerade Nase, ebenmäßiges Kinn –

schien er ein Typ, den man leicht übersieht, doch wer ihn kannte, wusste nur zu gut, dass seiner scharfen Aufmerksamkeit nur wenig entging. Nicht zu übersehen war seine Uniform – obwohl er als Inspektor nicht dazu verpflichtet war, sie zu tragen, war es ihm persönlich wichtig.

Jetzt wandte er sich Mr. und Mrs. Dow zu, die nun nebeneinander auf dem Bambussofa saßen. Mrs. Dow sah ihn mit nassem, verzerrtem Gesicht wütend an. Diesen Ausdruck hatte Singh schon häufiger bei betroffenen Müttern gesehen. Sie war verängstigt, und unter ihrer Angst lauerten Verbitterung und Scham. Er warf einen Blick hinüber zu Sergeant Jones, der auf seine Stiefel starrte.

«Mrs. Dow», sagte er vorsichtig. «Am wahrscheinlichsten ist es, dass Ihre Tochter wohlbehalten und in Sicherheit ist. Sie könnte aus irgendwelchen Gründen beschlossen haben, irgendwo hinzugehen, und wird sich bei Ihnen melden, wenn sie den Wunsch dazu hat.»

Er glaubte selbst nicht, was er da sagte. Mr. Dow sah ihn mit Abscheu an. «Bis dahin», fuhr Singh auf die gleiche bedachte Weise fort, «versuchen wir alles, um Ihre Tochter zu finden. Wir überprüfen die Krankenhäuser. Alle Kontaktbereichsbeamten sind alarmiert. Unterdessen wäre es hilfreich, mehr darüber zu erfahren, was eigentlich passiert ist.»

Mr. und Mrs. Dow nickten beide langsam und zögerlich.

«Gehen wir noch mal eins nach dem anderen durch.»

Viel zu erzählen gab es nicht. Chloe Dow, fünfzehn Jahre alt, war joggen gegangen und nicht wieder zurückgekehrt.

«Um welche Zeit hat sie das Haus verlassen?»

Gegen sieben, glaubten sie. Weder Mr. noch Mrs. Dow

hatten sie tatsächlich weggehen sehen. Sie waren noch spät einkaufen gewesen und hatten bei der Rückkehr eine Nachricht auf dem Wohnzimmertisch gefunden: *Bin joggen gegangen. Um halb acht wieder da.* Für gewöhnlich war sie etwa eine halbe Stunde lang unterwegs.

Singh machte sich ausgiebig Notizen. «Und wo ist sie gelaufen? Wissen Sie das?»

Mrs. Dow schüttelte den Kopf. Chloe hatte keine feste Strecke. Sie konnte den Pollard Way runtergelaufen und über East Field zurückgekommen sein. Oder an der Umgehung entlang zum Kreisel und wieder zurück. Oder die Old Ditch Road hinauf, dann hinter der Ringstraße auf dem Weg, der durch Froggett Woods nach Battery Hill führt. Oder sonst wo. Sie hatte keinen Hinweis hinterlassen. Nur die Mitteilung: *Bin joggen gegangen.*

«Und was haben Sie gemacht, als sie dann nicht wiederkam?», fragte er.

Die Dows sahen einander an. Erst mal gar nichts. Sie waren sauer auf sie. Es hatte in letzter Zeit oft Streit gegeben. Sie stellten ihr Abendessen in den Kühlschrank und versuchten fernzusehen. Um neun Uhr konnten sie es aber nicht mehr aushalten und telefonierten Chloes Freundinnen ab, ob jemand sie gesehen hätte. Danach stieg Mr. Dow in seinen Transporter und fuhr Chloes übliche Laufstrecken ab, während Mrs. Dow am Küchenfenster stand und ins Nichts starrte. Als er unverrichteter Dinge zurückgekehrt war, riefen sie die Polizei an.

«Und da sind Sie nun», sagte Mrs. Dow bitter.

Singh zögerte. Dann fragte er, so feinfühlig wie möglich: «Können Sie sich irgendeinen Grund denken, warum Chloe beschlossen haben könnte, heute Abend nicht wieder nach Hause zu kommen?»

Mrs. Dow stieß ein ärgerliches Schnauben aus. «Warum sagen Sie das immer wieder? Sie ist nicht weggelaufen!» Ihre Lippe zitterte, ihr Gesicht begann zu entgleisen. «Ihr ist etwas passiert», rief sie, von Schluchzern geschüttelt.

Singh stand wieder am Fenster des Wintergartens und hörte die Nachrichten auf seinem Handy ab. Das Revier hatte ihm einige Meldungen von Kontaktpolizisten weitergeleitet. Am Pollard Way war spätabends ein Jogger angehalten worden. Ein paar Jugendliche waren Haschisch rauchend auf einem Kinderspielplatz angetroffen und befragt worden. Singh löschte die Nachrichten und sah auf die Uhr: 23:30 Uhr. Gedankenverloren starrte er in den dunklen, regennassen Garten. Um diese Zeit und bei diesem Wetter war nicht damit zu rechnen, dass die Kontaktpolizisten irgendwas entdecken würden. Ohnehin hatte er, was Chloe Dow betraf, längst ein ungutes Gefühl. Mädchen, die joggen gehen, beschließen in der Regel nicht plötzlich, dass sie bei der Gelegenheit gleich ganz von zu Hause weglaufen. Das war auch Mr. und Mrs. Dow sehr wohl bewusst.

Während er so grübelte, wurde er von einer Bewegung im Garten abgelenkt. Er hob den Kopf und spähte durch das nasse Fenster. Nichts, nur die Schatten eines im Regen schaukelnden Strauches. Dann rief ein Kollege an und bat ihn um ein Update. Singh drehte sich um und ging, das Telefon am Ohr, durch den Wintergarten ins Haus zurück, war jedoch noch nicht einmal am Esstisch, als es draußen laut krachte.

Er fuhr herum, spähte durchs Wintergartenfenster. Im Schatten des Gebüsches schwankte der Gartenzaun, dann sah Singh plötzlich den Umriss einer Person, die über den Zaun sprang.

«Was zum …?»

Mr. Dow war aufgesprungen und starrte hinaus. Sergeant Jones sprintete bereits zur Haustür, wie ein von der Leine gelassener Hund.

Singh legte eine Hand auf Mr. Dows Arm. «Was befindet sich hinter dem Garten?»

Der Mann zeigte mit dem Finger. «In der Richtung dort das Straßenbaudepot. Und da drüben die Marsh Fields.»

Singh rief hinter Jones her, der bereits aus der Tür war. «Übernehmen Sie das Depot!» Dann rannte auch er in den Regen hinaus, und als er über den beleuchteten Rasen an der Seite des Hauses schlitterte, bemerkte er vor sich die verhangene Gestalt des Sergeants, der gerade über den Zaun kletterte.

«Nach links!», rief Singh ihm zu. Er war sich allerdings nicht ganz sicher, ob Jones links und rechts wirklich zuverlässig unterscheiden konnte. «Zum Depot!», ergänzte er für alle Fälle.

Jones überwand das Hindernis und verschwand, Singh hörte nur noch seine stampfenden Schritte auf dem Kiesweg. Wenige Sekunden später kraxelte er selbst über den Zaun, rutschte jedoch an den nassen Brettern ab und landete recht unsanft auf der anderen Seite. Er rappelte sich auf, rannte keuchend unter dem Schutz der Bäume an der rückwärtigen Umzäunung der Häuser entlang und suchte dabei das Gebüsch ab. Doch es war zu dunkel, er konnte nicht einmal das abgebrochene Zaunstück ausmachen.

Als er stehen blieb, um zu lauschen, hörte er lediglich sein eigenes abgehacktes Atmen. Und dann, ganz leise, noch etwas, weiter vorn. Schritte. Da lief jemand. Er wischte sich den Regen aus den Augen und lief weiter, schneller jetzt, auf den Fußballen, um besser voranzukommen, den Weg hinunter zu der Stelle, wo er in Richtung Bulwarks Lane abbog. Er sprintete durch ein Pendeltor auf das raue, unebene Gelände der Marsh Fields und erst hier, auf den grasbewachsenen Buckeln des leeren Gemeindelands blieb er stehen, um in der Dunkelheit mögliche Bewegungen auszumachen. Aber da war nichts. Plötzlich herrschte völlige Stille, abgesehen von unbestimmten Regengeräuschen im Geäst ringsum und seinem eigenen Keuchen. Er war zu spät. Wer auch immer sich im Garten der Dows aufgehalten hatte – er war verschwunden.

Stumm machte er kehrt und ging zum Haus zurück.

Jones war bereits dort, hatte aber nichts zu vermelden. Er sah ihn seltsam an und grinste. «'tschuldigung, Sir, hab ihn verloren.»

Singh blickte streng zurück, bis er den Blick abwendete. «Besorgen Sie sich eine Lampe und überprüfen Sie den Garten», sagte er. «Sehen Sie sich den zerbrochenen Zaun an.» Als Jones sich entfernt hatte, rückte er seinen Turban zurecht – ein schlecht sitzendes, kugelsicheres Dienstexemplar – und wischte sich das Gesicht trocken, bevor er in den Wintergarten zurückkehrte. Die Dows erwarteten ihn dort bereits – er bitter, sie verängstigt.

«Warum hat sich da jemand in Ihrem Garten versteckt?»,

fragte Singh. Es klang vorwurfsvoll, obwohl das gar nicht seine Absicht gewesen war.

«Woher zum Teufel soll ich das wissen?», sagte Mr. Dow.

Mrs. Dow begann zu schluchzen. «Es hat etwas mit Chloe zu tun», sagte sie. «Ich weiß es einfach! Warum tut sie mir das an?» Und sie ließ sich, in Tränen aufgelöst, gegen ihren Mann sinken.

Inzwischen war es bereits halb ein Uhr nachts. Doch Singh ließ keine Müdigkeit zu. In steifer, aufrechter Haltung saß er am Tisch mit Mr. und Mrs. Dow und befragte sie noch einmal über Chloe. «Ich muss mir ein genaueres Bild von ihr machen können. Wenn Sie vielleicht ein aktuelles Foto von ihr hätten? Eine kurze Beschreibung, auch wie sie gekleidet war. Diese Informationen werden wir gleich morgen früh benötigen.»

«Morgen?» Mrs. Dows Gesicht legte sich in Falten. «Werden Sie nicht *jetzt* etwas unternehmen?»

Einen Moment lang befürchtete er, die Fassung zu verlieren. Aber ein Inspektor Raminder Singh verlor nie die Fassung. Das war sein Markenzeichen und einer der Gründe dafür, dass er bei seinen Kollegen zwar großen Respekt genoss, aber auch ziemlich unbeliebt war.

Mr. Dow brachte ein Foto. Kaum hatte Singh einen Blick darauf geworfen, da überkam ihn wieder das ungute Gefühl.

«Verstehe», sagte er und zögerte. «Es wäre auch hilfreich», sagte er behutsam, «wenn Sie mir etwas mehr über Ihre Tochter erzählen könnten. Was für ein Typ ist sie?»

Zu seiner Überraschung brach Mrs. Dow nicht in Tränen aus. Vielmehr starrte sie ihn voller Abscheu an.

3

Der neue Tag dämmerte heran, und es regnete immer noch. Den ganzen Morgen über hing ein flimmernder Nieselvorhang vom Himmel herab und erschwerte die Suche der Polizei, die sich von den nassen Wohngebieten bis in das Ödland und die Industrieparks am Ostrand der Stadt ausfächerte. Die Autofabrik tropfte, die Ringstraße war eine einzige Sprühwolke, und in den Rinnsteinen schwappten schwarze Pfützen, die wie ausgelaufenes Öl aussahen. In der Wohnung Nummer 12 im Haus Eastwick Gardens beschlugen die Fenster in der Küche, wo Garvie Smith und seine Mutter saßen und über den vergangenen Abend debattierten. Mrs. Smith hatte die starke Vermutung, dass ihr Sohn sich mit seinen fragwürdigen Freunden getroffen habe, was dieser allerdings vehement abstritt.

«Kann ich doch nichts dafür, dass du so misstrauisch bist», sagte er.

«Ich bin überhaupt nicht misstrauisch. Ich frage nur –»

«Was würdest du denn sagen, was du bist?»

«Versuch nicht, abzulenken. Ich will wissen –»

«Onkel Len findet auch, du bist misstrauisch.»

«Onkel Len –». Sie unterbrach sich. «Das hier hat nichts mit Onkel Len zu tun. Oder damit, was für ein Typ ich bin. Ich frage dich: Bist du gestern Abend noch weggegangen? Ich weiß genau, dass du jedenfalls nicht für die Prüfungen gelernt hast.»

Zornig sah sie ihn an, wie er da am Tisch saß, das Kinn auf die Hände gestützt. Es war nicht leicht, mit Garvie zu diskutieren. Er war unberechenbar.

«Also?»

Bevor er antworten konnte – sofern er das denn vorhatte –, klingelte es an der Tür. Mit einem Blick, der ihm befahl, sich nicht von der Stelle zu rühren, verließ Mrs. Smith die Küche, worauf Garvie sich augenblicklich erhob und auf diese demonstrativ legere Art, die sie nicht ausstehen konnte, in sein Zimmer schlendern wollte.

«Garvie?»

Er blieb stehen, als er ihr besorgtes Gesicht sah.

«Da ist jemand, der dir ein paar Fragen stellen möchte.»

Ein Polizist mit Turban trat vor. Neben Mrs. Smith wirkte er ziemlich klein, fast mickrig. In seinem Gesicht war nichts, das man als «Ausdruck» hätte bezeichnen können. Aber er sah Garvie unverwandt und abschätzend an.

«Worüber?», fragte Garvie.

«Über gestern Abend.» Auch die Stimme des Polizisten war ausdruckslos, gab nichts preis.

«Ach ja? Was ist mit gestern Abend?»

Garvies Mutter sah ihn stirnrunzelnd an. Der Polizist zückte stehend ein Notizbuch und blätterte darin. Er hob den Blick und sagte: «Um elf Uhr warst du mit einer Gruppe von Jugendlichen auf dem Spielplatz an der Old Ditch Road.»

«Das ist ja interessant», sagte Garvies Mutter.

«Wer sagt das?», entgegnete Garvie, wobei er vermied, seine Mutter anzusehen.

Der Polizist blickte ihn eine ganze Weile schweigend an.

In seinem ausdruckslosen Gesicht war jetzt doch etwas zu erkennen: eine Abneigung gegen Garvie. Da ihm diese Regung in den Gesichtern von Amtspersonen, mit denen er zu tun hatte, nicht fremd war, starrte Garvie einfach zurück, bis der Mann den Blick schließlich wieder auf seine Notizen richtete und eine Reihe von Namen verlas, darunter Ryan ‹Smudge› Howell, Ben ‹Tiger› McIntyre und Liam ‹Felix› Fricker.

«Na und?», sagte Garvie. «Das ist doch wohl nicht verboten.»

Der Inspektor sah ihn mit kalten Augen an. Dann sagte er, mit kaum verhohlener Verachtung in der Stimme: «Möchtest du dich mit mir darüber unterhalten, was verboten ist und was nicht?»

Garvies Mutter öffnete den Mund: «Also, Herr Inspektor, ich glaube kaum –»

Er unterbrach sie: «Wir haben zwei Möglichkeiten, Mrs. Smith. Entweder führe ich die Unterredung mit Ihrem Sohn hier auf meine Art, oder wir fahren alle zusammen zur Wache.»

Garvies Mutter kniff die Augen zusammen, doch dann nickte sie.

«Setz dich», sagte der Inspektor zu Garvie.

Garvie fläzte sich, die Hände tief in den Hosentaschen vergraben, auf einen Stuhl am Tisch. Der Inspektor behielt ihn scharf im Auge. Garvie wusste genau, was es damit auf sich hatte: Der Mann versuchte ihn einzuschüchtern. Manche Polizisten wurden laut und drohten einem. Manche starrten einen einfach nur an. Singh war ein Starrer.

Er starrte ungerührt zurück.

«Herr Inspektor, vielleicht könnten Sie uns erklären, worum es eigentlich geht», sagte Garvies Mutter.

«Ein Mädchen wird vermisst.»

«Vermisst?»

«Sie hat gestern Abend das Haus verlassen und ist nicht zurückgekehrt. Seither fehlt jede Spur von ihr.»

«Und welches Mädchen?»

«Ihr Name ist Chloe Dow.»

Mrs. Smiths Hand fuhr an ihren Mund. «Chloe, Garvie!»

Eine Regung flackerte über Garvies Gesicht und war gleich wieder verschwunden. Stirnrunzelnd sah er seine Mutter an.

«Du kennst sie?», sagte der Inspektor in seinem ruhigen, kühlen Ton. Es war eine Frage, sie klang aber wie eine Feststellung.

Beide sahen sie jetzt Garvie an, der Blick seiner Mutter besorgt und verärgert, der des Inspektors streng und vorwurfsvoll.

«Ich weiß, wer sie ist», sagte Garvie schließlich. «Sie geht auf meine Schule. Ist in meinem Jahrgang. Ich sehe sie, ich rede mit ihr. *Kennen* tu ich sie nicht.»

Schweigen.

«Definieren Sie ‹kennen›», sagte Garvie.

Singh sagte nichts, starrte ihn nur an. Es war leicht zu erkennen, was für ein Typ Mensch *er* war. Verkrampft. Ehrgeizig. Der Fleck auf seinem Turban ließ Überstunden und Arbeitswut vermuten. Ein Prüfungsbesteher, dachte Garvie. Ein Disziplinfanatiker. Einer, der bei seinen Kollegen unbeliebt war.

Auch seine Mutter mochte ihn nicht, das war deutlich

zu merken. Garvie machte es sich auf seinem Stuhl bequem und wartete ab.

«Du bist also mit ihr *bekannt*. Und was für ein Typ Mädchen ist sie, deiner Meinung nach?»

«Nicht der Typ, der verschwindet.»

«Wie meinst du das?»

«Sie haben doch bestimmt ein Foto von ihr gesehen.»

Singh hob leicht die Augenbrauen, sagte aber nichts.

«Wie dem auch sei», setzte Garvie fort, «was hat das mit mir zu tun?»

Nachdem er erläutert hatte, dass Chloe joggen gegangen sei und die Old Ditch Road zu den Strecken gehöre, die sie oft lief, begann der Inspektor eine umfangreiche Liste von Fragen über den vergangenen Abend abzuarbeiten. Um welche Zeit genau Garvie zur Old Ditch Road gegangen sei? Und auf welchem Weg? Was er gesehen habe? Wohin er gelaufen sei, als die Polizei eingetroffen war? Meistens antwortete Garvie «Weiß nicht mehr» oder zuckte einfach die Achseln. Ein- oder zweimal ignorierte er die Frage völlig.

Im Verlauf der Unterredung wurde Inspektor Singhs ruhige, bedachtsame Stimme zusehends weniger ruhig und bedachtsam.

«Vielleicht könntest du erklären, was du gestern Abend an der Old Ditch Road getrieben hast», sagte er.

«Vielleicht könnten Sie erläutern, welche Verbindung zwischen dem besteht, was ich getrieben habe, und dem, was mit Chloe passiert ist», erwiderte Garvie.

«Garvie», sagte seine Mutter, allerdings in mildem Ton. «Versuch doch einfach, die Fragen des Inspektors zu beantworten.»

«Was soll das bringen? Es sind alles die falschen Fragen.» Er setzte sich aufrecht hin und sah Singh direkt an. «Woher wollen Sie eigentlich wissen, dass sie joggen gegangen ist?»

«Wir wissen es.»

«Aber woher?»

«Sie hat eine Nachricht hinterlassen.»

«Woher wissen Sie, dass sie die nicht einfach geschrieben hat, um Leute wie Sie in die Irre zu führen?»

Singh sagte nichts. Aber seine Miene versteinerte sich.

Garvie fuhr fort: «Woher wissen Sie, dass *sie* die Nachricht hinterlassen hat? Woher wissen Sie, dass sie zu der von Ihnen angenommenen Zeit weggegangen ist? Woher wissen Sie, dass sie nicht erst die Nachricht geschrieben, sich dann aber die Sache anders überlegt hat?»

Singh blieb weiter unbewegt, nur ein Muskel in seinem Gesicht begann zu zucken.

«*Das* sind die Fragen, die gestellt werden sollten», sagte Garvie. «Finde ich.»

Nach einigen Momenten eisigen Schweigens begann der Inspektor – vielleicht ein klein wenig atemloser als zuvor – über das Wesen der Polizeiarbeit zu sprechen, das Außenstehenden naturgemäß verschlossen bleiben müsse, doch Garvie winkte sofort ab und unterbrach ihn: «Hören Sie, Mann. Das weiß ich alles schon. Mein Onkel arbeitet bei der Polizei. Spurensicherung.» Er musterte Singh und speziell die Abzeichen auf seinen Ärmeln. «Ist ein hohes Tier», fügte er hinzu.

Singh richtete sich jäh auf, und Garvie gestattete sich ein kleines Lächeln. Seine Mutter warf ihm einen kurzen bösen

Blick zu, sodass ihm gleich klar war, was er später zu erwarten hatte. Aber das war es wert gewesen.

Mrs. Smith erhob sich. «Tut mir leid, dass wir Ihnen keine größere Hilfe sein konnten, Herr Inspektor.»

Für einen Moment stand der Mann völlig reglos da; dann, ohne seinen Gesichtsausdruck zu verändern, bedankte er sich bei Garvies Mutter für die Gelegenheit, ihrem Sohn ein paar Fragen zu stellen.

«Übrigens», ergänzte er mit einer Stimme, die wieder so ruhig und gemessen war wie zu Beginn, «deinem Freund Liam Fricker wurden gestern Abend an der Old Ditch Road zwei Gramm Cannabis abgenommen.» Er fixierte Garvie erneut mit seinem Spezialblick. «Du hast behauptet, ihr hättet nichts Verbotenes getan. Habt ihr sehr wohl. Mein Job ist es, dafür zu sorgen, dass ihr nicht gegen das Gesetz verstoßt. Dir zu erklären, warum Haschrauchen nicht gut für dich ist, das ist die Aufgabe deiner Mutter, und die will ich ihr jetzt mit Freuden überlassen.»

Mit diesen Worten wandte er sich um, und Mrs. Smith begleitete ihn zur Tür.

Garvie blieb, wo er war, starrte den Küchentisch an. Die abschließende Wendung des Gesprächs gefiel ihm gar nicht. Inspektor Fleckiger Turban hatte ihn ausgetrickst. Als er das Schließen der Wohnungstür und die nahenden Schritte seiner Mutter hörte, machte er sich auf einiges gefasst.

Lange herrschte Stille. Als er schließlich aufblickte, stellte er fest, dass sie ihn gar nicht ansah. Stattdessen drehte sie, mit abwesendem Blick, am Radio herum. Leise erhob er sich und schlenderte los in Richtung seines Zimmers, auf diese betont legere Art, die sie nicht –

Diesmal wurde er von den Lokalnachrichten aufgehalten. Die Polizei sei auf der Suche nach der fünfzehnjährigen Chloe Dow, einer allseits beliebten Schülerin an der Marsh Academy und talentierten Sportlerin, die am Abend zuvor verschwunden war.

Seine Mutter stand aufmerksam neben dem Radio, die Hand vor den Mund gelegt, und trotz allen Widerstands lauschte auch Garvie.

Suchtrupps, hieß es, durchkämmten den Osten der Stadt und die Außenbezirke, erschwert werde die Suche durch den unablässigen Regen. Bislang gäbe es keine Hinweise. Chloe habe das Haus gegen sieben Uhr abends verlassen, um joggen zu gehen, und sei nicht zurückgekehrt. Niemand habe sie gesehen, keiner wisse, wo sie abgeblieben sei. Sie sei einfach verschwunden. Detective Inspector Singh rief alle Mitbürger auf, sich zu melden, falls sie irgendwelche sachdienlichen Hinweise geben konnten.

«Elender kleiner Wichtigtuer», sagte seine Mutter. «Aber Garvie», sie seufzte schwer, «Chloe!»

Sie drehte sich um und sah ihren Sohn schweigend an.

«Was?», sagte er schließlich.

Mit sanfter Stimme antwortete sie: «Du hast dem Inspektor gar nicht erzählt, dass sie mal deine Freundin war.»

Garvie wandte den Kopf zum Fenster. Ein Ausdruck erschien auf seinem Gesicht, den seine Mutter schon lange nicht mehr gesehen hatte und den sie erst mit Verzögerung wiedererkannte. Es war nicht der übliche Ausdruck von blanker Langeweile, den sie so gut kannte, sondern so etwas wie Verblüffung – als wäre ihm, zum ersten Mal seit Jahren, etwas unter die Haut gegangen und würde ihn nachdenklich machen.

Er murmelte etwas vor sich hin. Es klang wie: «Sex oder Geld», aber das ergab keinen Sinn.

«Garvie?», sagte sie.

Aber er war tief in Gedanken versunken.

4

Was für ein Typ Mädchen war Chloe Dow? Nicht der Typ, der einfach spurlos verschwand, das war mal sicher.

Einen Meter siebzig ohne Schuhe. Schulterlange blonde Haare, sehr glatt und glänzend. Veilchenblaue Augen. Schönheitsmal seitlich auf ihrer kleinen Nase. Legendärer Vorbau. Sie war das mit Abstand bestaussehende Mädchen an der ganzen Schule. Alle achteten darauf, was sie anhatte; dafür sorgte sie – in der Schule brauchte sie nur ihren vorschriftsmäßig knielangen Faltenrock einen Zentimeter hochzuziehen, um alle Blicke, einschließlich die der Lehrer, auf sich zu ziehen. Außerhalb der Schule konnte sie anziehen, was sie wollte, es erzielte maximale Wirkung. Man hätte meinen können, ihr Körper wisse instinktiv, wie alles am besten saß und zusammenpasste. Auffällig war auch, wie sie einfach nur dastand, wie das Modell eines Malers, das sich in Pose wirft. Auffällig war, wie sie sich bewegte, gewichtig und schwebend, geschmeidig und straff, als würde sie durch eine allgemeine Stille hindurchschreiten – die angespannte Stille der sie beobachtenden Jungen; die gebannte Stille schweifender Phantasien, wenn sie sahen, wie sie in der Mensa die Beine übereinanderschlug oder sich in der Klasse reckte, sodass sich ihre Silhouette provozierend vor dem Klassenfenster abzeichnete, oder wie sie um die Ecke von Block C gebogen kam und auf ihre spezielle Art über den Hof zum Hauptgebäude wandelte. Sie war Sportlerin und achtete auf ihre Figur. Zur Mittagszeit und nach der Schule trieben sich viele Jungen in der Nähe der Laufbahn herum, einfach um zuzusehen, wie sie elegant durch die Kurve auf sie zuschwebte, mit fließenden Bewegungen und fliegenden blonden Haaren.

All das war Garvie bekannt. Vor einem Jahr war er mal eine Zeitlang mit Chloe gegangen. Aber das war eine Sache, an die er sich eigentlich nicht erinnern wollte – und das bei seinem sagenhaften Gedächtnis. Und gerade jetzt, nach den jüngsten Ereignissen, fiel es ihm nicht leicht, daran zurückzudenken.

Er runzelte die Stirn. Zuletzt war auch noch der Polizeipräsident im Radio zu hören gewesen, um genau wie Inspektor Singh alle, die Chloe am Freitagabend vielleicht gesehen hatten, dazu aufzurufen, sich bei der Polizei zu melden.

Chloe Dow war joggen gegangen und nicht zurückgekehrt. Das war schockierend. Aber es war nicht interessant. Nein. Das Interessante an der Sache war, dass keiner sie gesehen hatte. Das auffälligste Mädchen der ganzen Gegend war joggen gegangen, und keiner hatte es mitgekriegt.

«Garvie?»

Endlich wandte er sich seiner Mutter zu und sagte verärgert: «Wie oft muss ich es dir noch sagen? Sie war *nicht* meine Freundin. Ich bin vielleicht *zweimal* mit ihr weggegangen. Das ist ein *Unterschied.*»

Seine Mutter sah ihm hinterher, wie er in sein Zimmer ging, nicht müßig, sondern zielstrebig, und nach einer Weile trat sie ans beschlagene Küchenfenster, um hinauf in den regenverhangenen Himmel zu spähen.

«Bitte mach, dass man sie findet», murmelte sie vor sich hin. «Bitte mach, dass man sie schnell findet.»

5

Doch es dauerte noch zwei Tage, bis die Polizei Chloe Dow fand. Am Montagmorgen, bei Anbruch der Dämmerung, zogen Froschmänner des Such- und Rettungstrupps sie aus dem Pike Pond, einem kleinen braunen Tümpel mitten im Ackerland in der Nähe von Froggett Woods.

Um zehn Uhr waren die mobilen Einheiten vor Ort, die Kriminaltechniker hatten die Umgebung abgesperrt und ein behelfsmäßiges Leichenschauhaus errichtet. Ein Stück abseits, ruhig wie immer, aber vielleicht ein wenig blasser als sonst nach drei mehr oder weniger schlaflosen Nächten, stand Inspektor Singh und wartete darauf, dass der Gerichtsmediziner kam und den Abtransport der Leiche freigab. Er selbst war schon vor sechs eingetroffen, um die Umgebung zu inspizieren, und hatte nur bei Sonnenaufgang eine kurze Pause eingelegt, um sein Morgengebet zu verrichten. Auch jetzt, während er wartete, notierte er mit methodischer Sorgfalt alles, was er sah.

Pike Pond lag am Rand einer Baumgruppe, in einer von rostigen Landwirtschaftsmaschinen vermüllten und mit Marschgras bewachsenen Senke, die nach dem Regen einem Sumpfgelände glich. Dahinter, halb verborgen von einer eingestürzten Mauer, befanden sich die verlassenen Gebäude eines alten Bauernhofs, die in aller Stille verfielen. Von dem mit Unkraut und Geröll übersäten Hof ging ein

Weg ab. Er beschrieb vor dem Teich einen Bogen und führte durch die Felder am südlichen Rand von Froggett Woods entlang zur Ringstraße. Singh folgte diesem Weg mit den Augen, so weit es möglich war. Seiner Einschätzung nach musste Chloe Dow am Freitag gegen Viertel nach sieben diesen Weg entlanggekommen sein. Nach Aussage ihrer Eltern war das eine ihrer bevorzugten Strecken. In der Regel lief sie demnach bis zum Teich, bog am Rand eines Rapsfeldes auf den Pfad, um den Bogen zurück zu den Plätzen des Sportvereins zu schlagen und über Bulwarks Lane nach Hause zu laufen. Nur – an dem betreffenden Freitag hatte sie es nicht wieder nach Hause geschafft.

Ein weiteres Mal ging Singh um den Teich herum und suchte den Boden ab. Drei Tage Dauerregen hatte alle Spuren verwischt, die es gegeben haben mochte. Der nasse Untergrund federte weich.

Singh blickte auf, als sein Name gerufen wurde, und ging zum Weg zurück, um den Gerichtsmediziner zu begrüßen.

Len Johnson, der Onkel von Garvie Smith, war ein stämmiger Mann, geschätzt für seine warmherzige Art ebenso wie für die rechtsmedizinische Kompetenz, die er im Laufe seiner zwanzigjährigen Tätigkeit am Krankenhaus erworben hatte. Für junge Beamte, selbst wenn sie so steif und unnachgiebig waren wie Raminder Singh, war er eine Art Pate, immer freundlich und optimistisch.

«Raminder.»

«Leonard.»

Sie schüttelten sich die Hände und gingen gemeinsam zu dem Zelt, wo die Leiche untergebracht war.

«Sie leiten die Ermittlungen?», fragte Len Johnson.

«Ja.»

«Ihr erstes Mal?»

«Ja.»

«Schön für Sie. Freut mich. Ist allerdings eine undankbare Sache. Bei dem Wirbel. Sie sind wahrscheinlich der jüngste Inspektor, der je einen Fall von dieser Tragweite übernommen hat.»

Singhs Gesicht wurde ausdruckslos. Der Gerichtsmediziner hatte einen wunden Punkt berührt. «Mein Alter ist irrelevant», sagte er.

«Ich wollte nicht auf Ihren Mangel an Erfahrung anspielen, Raminder. Es war nur –»

«Wenn Sie nichts dagegen haben», sagte Singh, «sollten wir jetzt loslegen. Wir haben keine Zeit mehr zu verlieren.»

Sie betraten das Zelt, und der Pathologe führte eine erste schnelle Untersuchung durch. Regungslos schaute Singh zu, wie die Hände des schweren Mannes leicht und geschickt über Chloe Dows leblosen Körper strichen. Er beugte sich vor, um ihre blinden Augen oder ihre weißen Fingerspitzen zu begutachten. Ganz behutsam berührte er ihren Hals, wo sich die Haut verfärbt hatte.

«Erwürgt?», fragte Singh nach einer Weile.

«Wahrscheinlich. Aber Sie wissen ja, wie es ist. Immer doch ein bisschen komplizierter, als man glaubt. Wir führen die Tests durch und erfahren dann später Genaueres aus dem Labor. Vorerst können wir nichts weiter tun, als sie in die Leichenhalle zu schaffen.» Er sah Singh an. «Und sie formell identifizieren zu lassen. Hat sie bei den Eltern gewohnt?»

«Mutter und Stiefvater.»

«Der schwierigste Teil.» Er legte eine Hand auf Singhs Schulter. «Viel Glück.»

Singh nickte kurz. Sie verließen das Zelt und gingen am Teich entlang zurück.

Singh zückte sein Notizbuch. «Was glauben Sie, wie lange ist sie schon tot? Erste Einschätzung?»

«Sehr schwer zu sagen vor der Untersuchung. Das Wasser macht die Sache kompliziert.»

«Selbstverständlich. Aber nach Ihrer Erfahrung?»

Sie blieben stehen, und Len Johnson legte die Stirn in Falten. «Seit wann wurde sie vermisst?»

«Freitagabend sieben Uhr.»

«Würde mich wundern, wenn sie nicht fast sofort danach umgebracht worden wäre. Innerhalb einer Spanne von, sagen wir, ein, zwei Stunden. Die Leichenstarre hat sich mehr oder weniger verflüchtigt. Bei diesen Wassertemperaturen können wir von fünfundfünfzig, sechzig Stunden Minimum ausgehen.»

Singh blickte auf seine Armbanduhr und schrieb ins Notizbuch.

«Aber zitieren Sie mich noch nicht», sagte Len Johnson. «Warten Sie die Ergebnisse aus dem Labor ab.»

«Der Polizeichef will schnell Fortschritte sehen», sagte Singh.

«Klar will er das. Aber es gibt schnell und es gibt dumm. Manchmal ist das eine schwer vom anderen zu unterscheiden. Vor allem bei unserem Polizeichef. Auch in diesem Punkt möchte ich bitte nicht zitiert werden.»

Sie schüttelten sich noch einmal die Hände. Singh wartete, bis Johnson bei seinem Auto war, dann machte er kehrt und schritt erneut den Weg ab, um nach Hinweisen zu suchen.

Neuigkeiten verbreiten sich schnell. Schon am Nachmittag trafen die ersten Schaulustigen am Pike Pond ein, um zu sehen, ob die Gerüchte stimmten. Zum Teil waren es Einheimische, ältere Bewohner der großen Häuser auf der anderen Seite von Froggett Woods, zum Teil aber auch einfach Sensationstouristen, die den Fall in den Lokalnachrichten verfolgt hatten, oder Herumtreiber, die nichts Besseres zu tun hatten an diesem bedeckten Nachmittag.

Dazu gehörten auch Schüler, darunter Garvie und seine Freunde. Nachdem sie sich vor der letzten Unterrichtsstunde vom Schulgelände geschlichen hatten, fuhren sie auf ihren Fahrrädern die Bulwarks Lane hinauf und über die Spielwiesen, ließen ihre Räder am Rande eines Rapsfeldes zurück und staksten durch Marschgras auf den Teich zu. Inspektor Singh und Leonard Johnson (sowie die sterblichen Überreste von Chloe Dow) waren schon längst verschwunden, doch immerhin waren noch einige Kriminaltechniker in weißen Overalls damit beschäftigt, den Teich und seine Umgebung abzusuchen, während ein paar ganz gewöhnliche Polizisten das Absperrband bewachten. Garvie und seine Freunde suchten sich eine höhere Stelle auf dem Brachfeld, von der aus sie eine gute Sicht hatten.

«Ich kann's nicht glauben», sagte Smudge leise, während er ziemlich verzweifelt den Ort des Geschehens begutachtete. «Wir haben die Leiche verpasst.»

Er schien am Boden zerstört und auch ein bisschen fassungslos, als hätte er gerade festgestellt, dass sein Essensgeld verschwunden war.

Felix zog eine Augenbraue hoch. «Meinst du, die hätten uns mal gucken lassen?»

Garvie stand etwas abseits und sagte nichts, während Smudge und Felix sich eifrig umschauten.

Smudge hatte eine Idee, und gleich strahlte er übers ganze Gesicht. «Was meint ihr? Ich schätze, er war in dem Gemäuer da drüben versteckt. Und als er sie auf dem Weg hat kommen sehen, ist er angeschlichen und hat sie sich geschnappt.»

«Wer?»

«Der wahnsinnige Frauenschänder, wer immer es ist. Hat sich drüben in den Trümmern versteckt und auf sie gewartet.»

Felix dachte darüber nach und strich sich mit seinen dünnen Fingern über sein spitzes Gesicht. «Es sei denn, es war eine spontane Geschichte. Sagen wir, er hat hier irgendwas Krummes laufen, einen Deal oder was, und sie taucht zufällig auf und stört ihn dabei, er ist überrascht, und plötzlich versucht er, sie am Schreien zu hindern, reißt ihr die Klamotten vom Leib und ...» Sein Redestrom versiegte.

Smudge blickte zu Garvie hinüber. «Hey, Knobelfreak! Wie siehst du die Sache?»

Garvie beachtete ihn gar nicht.

Smudge und Felix begannen sich über Alex zu unterhalten, einen gemeinsamen Freund. Alex war ziemlich lange mit Chloe gegangen, länger als irgendwer sonst, den sie kannten, und als sie vor einigen Monaten mit ihm Schluss gemacht hatte, war er daran fast kaputtgegangen. Er hatte mehr oder weniger sein Zuhause verlassen, war abgesackt und hauste jetzt die meiste Zeit in einer verborgenen Absteige in Limekilns, wo niemand hinkam außer irgendwelchen schrägen Vögeln, ein paar Kunden und Garvie Smith. In der Schule, wo jeder wusste, dass er immer noch verrückt war nach Chloe Dow, wurde er nicht mehr gesehen.

«Was wird er machen, wenn er es erfährt?», sagte Felix. Smudge schüttelte nur traurig den Kopf.

Keine halbe Stunde später erhielten sie die Antwort. Ein ramponierter Ford Focus ohne Außenspiegel schlingerte über den Feldweg. Bevor er die Anhöhe über dem Teich erreichte, wurde die Beifahrertür aufgestoßen, und ein Jugendlicher in einer rot-gelben Collegejacke stolperte heraus. Er war groß, dunkelhäutig und er weinte. Alex. Für einen Moment stand er da, die Hände in die nassen Haare gekrallt, und schrie. Dann rannte er den Hang hinunter auf das Wasser zu. Die Wachleute kamen gerade noch rechtzeitig, um ihn zu bremsen, als er die Absperrung durchbrach. Er streckte einen der beiden nieder, und eine Keilerei begann.

«Dem geht's gar nicht gut», stellte Smudge fest.

«Und ganz frisch im Kopf ist er auch nicht», setzte Felix hinzu.

Sie rannten über das Brachland auf die Stelle zu, wo ihr Freund sich abmühte. Er stieß wilde Flüche aus – überwiegend gegen die Polizisten, zum Teil aber anscheinend auch gegen das tote Mädchen. Der Junge, der normalerweise so sanft und zurückhaltend war, befand sich in einem schrecklichen Zustand der Raserei. Sie hörten ihn schreien: «Du blöde Schlampe, warum hast du das getan?», dann kassierte er einen Schlag und lag auf einmal bäuchlings im Schlamm. Smudge und Felix wollten zu ihm rennen, aber einer der Polizisten verscheuchte sie auf der Stelle. Ihnen blieb nichts übrig, als den Bullen ein bisschen zu beschimpfen und sich auf die Anhöhe zurückzuziehen. Von dort aus sahen sie, wie Alex in einen Streifenwagen gesteckt und weggefahren wurde.

«Der hat ja wohl 'nen Schuss», sagte Felix. «Was glaubt der denn – dass sie sich selbst umgebracht hat?»

«Er muss aufpassen, sonst buchten die ihn gleich mit ein», sagte Smudge.

Als die Aufregung sich gelegt hatte, gingen all die Schaulustigen meist in Zweier- oder Dreiergruppen wieder ihres Weges. Um sechs Uhr waren fast alle weg.

Smudge sagte, er wolle sich auch mal vom Acker machen. Felix ebenso.

«Kommst du, Garv?»

Sie sahen ihn an, tauschten untereinander einen Blick. Die ganze Zeit hatte Garvie keinen Ton gesagt, war nur dagestanden und hatte abwesend durch die Gegend gestarrt. Jetzt endlich machte er den Mund auf.

«Was hat sie hier gemacht?»

Felix und Smudge tauschten einen weiteren Blick.

«Sie war joggen, Garv. Das wissen wir doch.»

«Warum hier?»

«Weil das eine ihrer Laufstrecken ist. Das haben sie in den Nachrichten erklärt.»

«Ach ja?»

«Tatsache.»

«Du glaubst, dass die in den Nachrichten Sachen *erklären*?»

Felix und Smudge schwiegen.

Nach einer Weile sagte Garvie: «Mochtet ihr sie?»

«Chloe?»

Sie schüttelten die Köpfe.

«Ich hätt's mit ihr gemacht», fügte Smudge hinzu. «Aber gemocht habe ich sie nicht. Niemand *mochte* sie, Garv. Das weißt du doch. Ich meine, nichts für ungut, aber du weißt es besser als die meisten anderen.» Er zog seine Hosen hoch, kratzte sich und versuchte ein mitfühlendes Gesicht zu machen.

Ohne weitere Kommentare standen sie da und starrten auf den Teich.

Felix sagte: «Was ist jetzt, kommst du?»

Garvie schüttelte den Kopf. «Ich glaub, ich warte noch ein bisschen.»

«Was meinst du mit ‹noch ein bisschen›?»

Er blickte auf seine Uhr. «Noch mal achtunddreißigeinhalb Minuten.»

Sie sahen ihn verständnislos an, Felix zuckte mit seinen dünnen Schultern. Dann stiegen sie auf ihre Fahrräder, und Garvie sah ihnen nach, wie sie auf dem Feldweg davonfuhren, auf dem auch der Ford Focus und der Streifenwagen gefahren waren, auf dem Weg, auf dem Chloe oft gelaufen war.

Die schöne, unsympathische Chloe. Wie Smudge ganz richtig gesagt hatte: Niemand mochte sie. Und sie mochte auch niemanden. Sie war knallhart und aggressiv. Das war das Zweitauffälligste an ihr. Garvie hatte noch nie jemanden erlebt, der so ehrgeizig war. Sie wollte berühmt werden, und nichts sollte sie aufhalten. Sie war gewillt, alles auf diese eine Karte zu setzen. Das war der risikofreudige, zockende Teil ihrer Persönlichkeit. Das Modeln lag sozusagen auf der Hand. Ihr Aussehen brachte sie in eine gute Ausgangsposition, ansonsten wollte sie ihre Kontakte nutzen und auf ihr Glück vertrauen. Sie war immer darauf aus, Leute mit Einfluss kennenzulernen. Netzwerke aufzubauen. Schon mit dreizehn schrieb sie den Männern und Frauen, deren Namen sie in den Mode- und Filmzeitschriften gelesen hatte. Den Reichen, den Glamourösen, den Mächtigen. In letzter Zeit hatte sie zunehmend versucht, Zugang zu den Partys dieser Leute zu bekommen. Sie ging einfach zu den betreffenden Hotels, Clubs, Casinos, sah umwerfend aus und zeigte dem Türsteher ihr liebreizendstes Lächeln. Manchmal – so sagte sie – wurde sie hineingelassen. Und daraus hatten sich angeblich auch schon ein paar Shootings ergeben. Wenige Monate vor ihrem sechzehnten Geburtstag schien das große Abenteuer ihres Ruhms Gestalt anzunehmen.

Während Garvie all diese Gedanken in seinem Kopf wälzte, ging er ziellos über den nassen, weichen Untergrund. Einmal blieb er stehen und hockte sich hin, um etwas genauer zu betrachten: eine schmale, plattgedrückte Stelle im Gras, wo offenbar etwas Schweres gelegen hatte. Irgendein altes Geräteteil vielleicht. Eine Metallstange oder so. Er fragte sich, warum es bewegt und wozu es benutzt worden war. Dann schlenderte er weiter, bis er nach einem Blick auf die Uhr merkte, dass der Zeitpunkt gekommen war: 18:45 Uhr.

Er blickte hinauf in den Himmel.

Genau um diese Zeit vor drei Tagen hatte Chloe beim Anziehen ihres Trainingszeugs aus ihrem Zimmerfenster geschaut und entschieden, welche Strecke sie laufen wollte. Er sah jetzt das Gleiche, was sie gesehen hatte. Garvie kniff die Augen zu, runzelte die Stirn. Der Spätnachmittagshimmel wurde von den ersten Schatten der bevorstehenden Dämmerung eingefärbt. In der nächsten Viertelstunde ungefähr würde die Sonne sich verabschieden und das Tageslicht zu schwinden beginnen.

Und jetzt beschwor er eine Erinnerung herauf, die er eigentlich lieber begraben hätte – seine letzte Verabredung mit Chloe vor einem Jahr. Die Erinnerung tauchte so auf, wie es immer bei ihm war: klar und deutlich, als würde alles gerade jetzt erst geschehen. Er sah das Café im Five Mile Center vor sich, die glänzenden Kiefernholztische, die dazu passenden Stühle; er roch den Kuchen und den Kaffee, hörte den hallenden Lärm des Einkaufstrubels am Samstagvormittag. Er sah Chloe auf dem Stuhl gegenüber sitzen. Sie trug ein blaues Top mit Nackenträgern und graue Jeggings, außerdem ein Paar silberne, halbmondförmige Ohrringe, die er noch nie an ihr gesehen hatte. Alles schlicht und natürlich umwerfend. Sie redete auf ihn ein, wie üblich, er konnte sie geradezu hören. Chloe erzählte, sie habe sich neue Laufklamotten im Internet besorgt, total günstig. Ihre Stimme klang komisch, sie redete zu schnell. Er konnte ihr Gesicht sehen, die veilchenblauen, unruhigen Augen, die sich beim Sprechen öffneten und schlossen. Sie erzählte, sie wolle die neuen Sachen gleich am Mittag tragen, da werde sie joggen gehen, durch Froggett Woods nach Battery Hill und weiter zum Pike Pond. Sie erzählte irgendwas über Pike

Pond und holte ein Papiertaschentuch hervor, betupfte sich die Augen. Und dann kam dieser Moment, absolut unvergesslich, aber im Grunde nicht der Erinnerung wert, als sie ihn zum ersten Mal an diesem Vormittag direkt ansah mit ihren glänzenden feuchten Augen. «Das war's dann also? Lebwohl und gut?»

Und als er darauf nichts antwortete, sagte sie: «Dann also Lebwohl, Garvie Smith. Aber sag nicht, ich hätte mir keine Mühe gegeben.»

Er runzelte die Stirn. Das war genug an Erinnerung. Mehr als genug.

Er blickte über das Brachland, den Teich, den verfallenen Bauernhof. Außer einem einzelnen Polizisten, der am Wasser stand und auf seine Stiefel starrte, war niemand mehr da. Durch Unkraut und Abfall hindurch bahnte sich Garvie einen Weg zum Hof. Er war noch nie hier gewesen, kannte nicht einmal den Namen, bis er auf ein verrostetes Schild im Gras stieß: FOUR WINDS FARM. Von einer Farm konnte keine Rede mehr sein. Durch die eingestürzte Mauer betrat er den Hof, blickte sich um und speicherte alles Gesehene im Gedächtnis ab: die alten, auf der Veranda gestapelten Matratzen, die zerbrochenen Fenster, die Zweige der Holunderbüsche, die wie Stacheln durch das eingefallene Dach wuchsen. Im Hof war der Betonboden an einigen Stellen geschwärzt, offenbar war hier Feuer gemacht worden. In einem verwitterten Unterstand gammelte ein ausgebranntes Auto, das verbliebene Gerippe rostrot verfärbt.

Ein düsterer Ort. Ein Ort für düstere Seelen.

Was hatte Chloe an jenem Vormittag im Café über Pike Pond gesagt?

«Es ist mir unheimlich da. Sobald es später wird, geh ich da nicht mehr hin. Noch nicht mal am Nachmittag, wenn es bedeckt ist.»

Um Viertel vor sieben an einem Freitagabend im April herrschte vielleicht noch Tageslicht, aber Chloe hätte sich niemals entschieden, zum Pike Pond zu laufen. Nicht um diese Zeit. Nicht aus freiem Willen.

Erneut runzelte er die Stirn.

Was also hatte sie hier gewollt?

Schließlich wurde es auch für ihn Zeit. Die Sonne ging unter, der Horizont in Richtung der Autofabrik färbte sich blutrot. Als er schon auf dem Fahrrad saß, drehte sich Garvie ein letztes Mal um und beobachtete, wie die Schatten sich über der Szenerie verdichteten. Ein übler Ort zum Sterben. Ein unheimlicher Ort, ganz wie Chloe gesagt hatte. Der Wald albtraumhaft düster, der Bauernhof eine Ruine und Pike Pond ein kaltes, schwarzes Gewässer, wie ein Teich aus dem Märchen, der so tief ist, dass er bis hinab in die Hölle reicht.

Das Letzte, was er sah, bevor er sich auf den Heimweg machte, war die umrisshafte Gestalt des Polizisten, der neben seinem Streifenwagen auf dem Feldweg stand und noch immer seine Stiefel anstarrte.

6

Am nächsten Vormittag war Chloe Dow überall; es war, als hätte die Stadt sie in sich aufgesaugt. Sie war auf dem Newsticker, der um die Fassade des Tropp Tower lief, auf der riesigen elektronischen Tafel am Market Square, auf Zeitungswänden sowie Fernseh- und Computerbildschirmen überall in der Stadt. In den öffentlichen wie den privaten Medien verdrängte ein Bild alle anderen: der Schnappschuss – den Singh am Freitagabend von den Dows erhalten hatte – der geradezu unverschämt gut aussehenden Chloe in Laufweste und dazu passenden Shorts, wie sie in der Sonne unschuldig in die Kamera linst. Von der Boulevardpresse nur «die Schöne» genannt (die natürlich einem «Biest» zum Opfer gefallen war), war sie Stadtgespräch, wo auch immer man hinkam: in Kanzleien und Cafés, in Ämtern und Apotheken, in Büros und an Bushaltestellen, besonders aber auf den Straßen und Plätzen von Five Mile, wo sich auf einmal jede Menge Polizisten und Journalisten auf die Füße traten, alle mit ein und demselben Thema befasst.

Im Tod wurde die schöne Chloe Dow so berühmt, wie sie es sich im Leben erträumt hatte.

Die städtische Polizei veröffentlichte eine Erklärung nach der anderen. Man sei entsetzt, wie jeder andere auch. Doch sei man zuversichtlich, den Täter seiner gerechten Strafe zuführen zu können. Der Polizeipräsident, ein schmalgesichtiger Mann mit kurzgeschorenem Haar und unbewegtem Blick, war zuversichtlich. Der Bürgermeister war zuversichtlich. Inspektor Raminder Singh, soeben zum Leiter der Ermittlungen erklärt und im Fernsehen mit einem sauberen Turban zu sehen, war ebenfalls zuversichtlich. Die Polizei sei erfahren, kompetent und arbeite mit Methode. Sie gehe zielstrebig und systematisch vor, gewissenhaft und mit Sorgfalt und unermüdlicher Energie. Sie werde den Täter fassen. Das sei ihr Versprechen an die Bürger der Stadt.

Garvie Smith dagegen arbeitete ohne Methode. Er war kein Experte im herkömmlichen Sinne. Nicht einmal seine Mutter – *besonders nicht* seine Mutter – hätte behauptet, er sei gewissenhaft und zielstrebig. Er machte keine Versprechungen. Aber um acht Uhr am Dienstagabend bearbeitete er, knapp fünf Kilometer vom Polizeihauptquartier entfernt, seinen Onkel Len, um ihm Informationen zu entlocken. Er war bei Onkel Len zu Hause, um auf seinen drei Jahre alten Cousin Bojo aufzupassen, während seine Mutter mit ihrem Bruder und Tante Maxie die Stadt unsicher machen wollte. Zuerst saßen sie aber noch alle bei einem Drink zusammen. Und Garvie ließ nicht locker.

«Garvie!», sagte seine Mutter zum dritten Mal. «Hörst du jetzt auf damit? Das ist alles vertraulich.»

«Na und?»

Garvie wurde zwar nicht allzu häufig aktiv, aber wenn, dann auf seine ganz eigene Weise, mit einer Lockerheit, einem trägen Schwung, einer entspannten Beharrlichkeit, die seine Freunde begeisterte, seine Mutter allerdings weniger.

«Entschuldige, Onkel Len. Es war nicht ihre Absicht, dich zu unterbrechen. Du wolltest gerade von der Autopsie erzählen.»

Tante Maxie lachte.

Seine Mutter runzelte die Stirn. «Ich weiß nicht, was in ihn gefahren ist. Es wäre schön, wenn er seine berühmten geistigen Fähigkeiten mal zum Lernen für seine Mathearbeit benutzen würde. Ich will doch schwer hoffen, dass er daran gedacht hat, seine Sachen mitzubringen. Nach einem gewissen Vorfall auf dem Spielplatz an der Old Ditch Road hat er bis auf weiteres Hausarrest.»

Garvie Smith sah sie an mit einem Blick, der durchaus ernsthaft schien, doch dann wandte er sich wieder seinem Onkel zu und legte sein typisches Grinsen auf. Onkel Len seufzte. Er wusste, was seine Schwester mit ihrem Sohn durchmachte, doch er war ein toleranter Mensch, und er hatte seinen Neffen gern. Garvie hatte diese schalkhafte Art, der ein Onkel nur schwer widerstehen konnte. Da war zum einen dieses Grinsen. Die schwarzen Haare und die blauen Augen – die anscheinend auch auf die Mädchen der Gegend großen Eindruck machten. Ja, es war etwas eindeutig Sympathisches an diesem Jungen, dem legendären Nichtstuer der Marsh Academy. Ein Jammer, dass er so stinkfaul war.

Noch einmal seufzte der Onkel. «Ich weiß, dass alle Welt davon redet. Ich habe die Berichterstattung verfolgt. Das Bild des armen Mädchens ist ja überall. Aber deine Mutter hat recht. Die Sache ist vertraulich. Außerdem könnte ich dir, selbst wenn ich wollte, gar nichts sagen. Das hier ist keine Fernsehserie, Garvie. Wir hatten noch überhaupt nicht die Gelegenheit, unsere Arbeit zu machen.»

«Du hast die Autopsie gemacht. Das hattest du erwähnt.»

«Eine vorläufige Autopsie. Alles andere wartet noch im Labor. Das wird noch ein paar Tage dauern.»

«Na also», sagte seine Mutter. «Da hast du deine Antwort.»

«Na gut. Dann erklär doch noch mal kurz, was die vorläufige Autopsie alles abdeckt.»

«Garvie!»

Er nahm die Schärfe ihres Tons wahr und hielt nun doch den Mund. Eine halbe Stunde lang wurde nichts mehr zum Thema gesagt. Als aber Onkel Len in die Küche ging, um Getränkenachschub zu holen, stand Garvie plötzlich hinter ihm, das typische Grinsen im Gesicht.

«O nein, Garvie.»

«Todesursache, Todesart und Rekonstruktion des Sterbevorgangs. Darum geht es bei der vorläufigen Autopsie, stimmt's?»

Wider Willen musste Len Johnson lächeln. «Dein Gedächtnis scheint noch zu funktionieren. Aber im Ernst – du wirst nichts aus mir rausbekommen. Hol mal die Flasche Ginger Ale da runter. Wo du schon mal hier bist, kannst du deiner Mutter gleich einen Drink mixen.»

Langsam mixte Garvie einen Apricot Fizz. Während er in dem Krug rührte, sprach er zunächst leise vor sich hin.

«Todesursache? Wahrscheinlich Strangulation. Im Radio hieß es, sie sei erwürgt worden.»

Sein Onkel beachtete ihn nicht.

Garvie, offenbar weiter tief in Gedanken versunken, nahm ein Glas aus dem Schrank und murmelte: «Vorgänge, die zum Tod geführt haben?» Er zögerte. «Erstickung? Klingt nicht ganz richtig. Erdrückung? Drosselung? Nein, Quatsch. Es muss ein anderes Wort dafür geben.»

«Asphyxie ist der korrekte Ausdruck für –» Onkel Len biss sich auf die Lippen. «Das reicht, Garvie. Mehr bekommst du nicht von mir zu hören.»

Garvie grinste. «Ist auch nicht nötig. Todesart ist ja leicht. Also Mord, stimmt's? Es sei denn, sie hätte sich selbst erwürgt.»

Sein Onkel seufzte. «Ernsthaft, Garvie, ich kann dir keine weiteren Informationen geben. Ich weiß, du bist neugierig. Und ich vermute, es hängt damit zusammen, dass du das Mädchen kanntest.»

Er sah Garvie aufmerksam an. «Warst du nicht sogar mal mit ihr zusammen?»

Garvie machte ein nichtssagendes Gesicht.

«Ich erinnere mich an sie. Nettes Mädchen.»

Garvies Gesicht blieb ausdruckslos.

Onkel Len wechselte das Thema. «Wie auch immer, Garvie, abgesehen davon, dass ich einen Eid abgelegt habe, hab ich schlicht und einfach keine weiteren Informationen.»

«Du hast die Leiche untersucht, oder?»

«Nur flüchtig. Ich habe noch keinen Bericht gemacht. Ich warte noch auf die Testergebnisse.»

«Es muss doch Fotos geben.»

«Nicht für dich. Außerdem wird noch daran gearbeitet. Nicht ein einziges Foto von Chloe Dow ist bisher für die Polizei freigegeben worden.»

«Aber du kannst –»

«Ich kann gar nichts!» Jetzt erhob Len Johnson doch die

Stimme. «Hör jetzt auf, Garvie! Ich sage dir, ich habe nichts Endgültiges. Wir spekulieren noch. Das ist die Wahrheit. Die einzige konkrete Information, die wir außer der knappen Diagnose, die du dir selbst schon zusammengereimt hast, herausgegeben haben, ist die vorläufige Beschreibung ihrer Kleidung. Und wie die übrige Bevölkerung auch, weißt du das schon aus den Nachrichten, und es ist total langweilig. Sie war joggen und trug ihre Laufkleidung. Das war's. Das ist alles. Keine pikanten Details, keine blutrünstigen Schilderungen. Jetzt bring deiner Mutter ihren Drink – und lass dir mal ein anderes Gesprächsthema einfallen in den zwanzig Minuten, bis wir aufbrechen.»

Garvie rührte sich nicht. Er stand schweigend da und musterte seinen Onkel.

«Was ist jetzt wieder, Garvie?»

«Wie alt bist du, Onkel Len?»

Sein Onkel, sichtlich überrumpelt, zögerte.

Garvie sagte: «Der Inspektor, dieser Singh, der meinte, dass du kurz vor der Pensionierung stehst.»

Onkel Len ließ ein kurzes entrüstetes Schnauben hören.

«Ich hab ihm gesagt, dass du viel jünger bist, als du aussiehst.»

«Ich bin mir nicht sicher, ob das so ein tolles Kompliment ist.»

«Es war nicht als Kompliment gemeint.»

«Nein, schon klar. Ich werde fünfzig im August. Auf Barbados geboren, wie du weißt. Am Grand Kadooment Day, falls du weißt, was das ist.»

«Ich kann es rausfinden», sagte Garvie, trug die Getränke ins Wohnzimmer und ließ seinen Onkel, der gerade erzählen wollte, was es mit dem Grand Kadooment Day auf sich hat, einigermaßen verdutzt zurück.

Als die Erwachsenen gegangen waren, saß Garvie allein im Wohnzimmer und dachte nach. Über komplexe Zahlen. Die waren interessant, weil sie sich nicht so einfach in Beziehung setzen ließen. Genau wie die Tatsache, dass ein überaus auffälliges Mädchen verschwand, ohne dass es jemand bemerkt hätte. Wie die Tatsache, dass ihre Leiche an einem Ort auftauchte, wo sie zu der betreffenden Zeit niemals freiwillig hingegangen wäre. Er dachte auch über die Leiche selbst nach: ein schlichtes Nichts, eine Nullgröße, ein Ding auf dem Obduktionstisch. Aber vielleicht war selbst das nicht so einfach, wie es klang.

Die Zeit verging langsam in Onkel Lens Haus, jetzt, wo er allein war. Er aß die Häppchen auf, die Tante Maxie ihm hingestellt hatte, beruhigte Bojo, als er aufwachte, und schaute sich den üblichen Mist im Fernsehen an. Für einen Moment erwog er sogar, seine Mathesachen auszupacken, stellte dann aber fest, dass er sie zu Hause vergessen hatte. Doch er konnte nicht aufhören, an Chloe Dows Leichnam zu denken, an Obduktionsberichte und vertrauliche Zwischenberichte. Fotos. Er war sich ziemlich sicher, dass Onkel Len ihm nicht die Wahrheit gesagt hatte. Schließlich hatte er den Leichnam untersucht. Garantiert waren dabei Fotos gemacht worden. Es gab also Informationen, auch wenn sie offiziell nicht «verfügbar» waren.

Um zehn Uhr kamen noch einmal Nachrichten im Fernsehen, und wie nicht anders zu erwarten, widmete sich der sehr ausführliche Hauptbeitrag dem Fall Dow. Garvie sah ein seltsam unbeholfenes Interview mit Inspektor Singh, der noch einmal mögliche Zeugen aufrief, sich zu melden, und einige Filmbilder von Mr. und Mrs. Dow, wie sie sich ihren Weg durch eine dichte Pressemeute in die Polizeiwache bahnten. Es folgte ein emotionales Interview mit Chloes «bester Freundin» Jessica Walker. Ein schlankes, dunkelhaariges Mädchen, deren hübsches Gesicht zusehends von Wimperntusche verschmiert wurde, während sie unter Tränen immer wieder versicherte, dass Chloe die beste, netteste und schönste Freundin gewesen sei, die man sich nur wünschen könne. Zum Abschluss schluchzte sie, dass sie sie für immer und ewig lieben werde. Garvie schnaubte. Er wusste, was für eine Sorte Freundin Jessica war. Interessanter für ihn waren die Hinweise zum Tatbestand. Zum Thema Todesursache fielen die Begriffe Strangulation und Asphyxie, der geschätzte Todeszeitpunkt lag zwischen 16 und 21 Uhr am Freitagabend, mit einiger Wahrscheinlichkeit aber zwischen 19 und 20 Uhr. Weil die Leiche lange im Wasser gelegen hatte, sei eine genauere Bestimmung schwierig, sagte ein Sprecher. Das sei ein Umstand, den der Täter möglicherweise beabsichtigt habe. Chloes vollständig bekleideter Leichnam war mit einer Eisenstange beschwert worden, deren Herkunft bisher noch unbekannt war. Ihr Handy wurde nahe der Leiche im Teich aufgefunden und werde derzeit untersucht, aber die enthaltenen Daten wären zweifellos zerstört.

Das bekannte Foto von Chloe wurde im Laufe der Sendung mehrfach eingeblendet, als sollte es nicht nur ihre Schönheit bestätigen, die ja offensichtlich war, sondern auch ihre Freundlichkeit, ihre Beliebtheit und ihren herzzerreißenden mädchenhaften Charme. Jedes Mal, wenn das Bild zu sehen war, zuckte Garvie zusammen. Er kannte das Foto. Er wusste noch, wie er es aufgenommen hatte.

Er schaltete seine Erinnerung ab. Als die Nachrichten vorbei waren, schaltete er auch den Fernseher ab und legte sich auf das Sofa, starrte stumm an die Decke. Er konnte einfach nicht aufhören, an diese Autopsieberichte zu denken, an die Fotos, an Chloes Leiche auf dem Seziertisch. Nach fünf Minuten erhob er sich und stieg die Treppe hinauf in den ersten Stock.

7

Onkel Lens Arbeitszimmer befand sich in einem Gästeschlafzimmer, das neben Bojos Zimmer lag. Garvie öffnete die Tür und spähte hinein. Im Halbdunkel konnte er einen Schreibtisch mit Computer ausmachen, daneben einen grauen Aktenschrank und mehrere Regale voller medizinischer und juristischer Fachliteratur. Er schaltete das Licht ein, schlüpfte ins Zimmer und machte die Tür hinter sich zu.

Ein bestimmter Geruch hing in der Luft. Der Geruch seines Onkels: nach Pfefferminz und Lakritz.

Garvie begann mit dem Einfachen. Der Aktenschrank allerdings entpuppte sich als Enttäuschung: Der Inhalt schien durchweg alt, und die Titel auf den Akten – *Ausschusssitzungen, Haushaltsberichte, Jahresberichte* – deuteten eher auf allgemeinen Verwaltungskram hin als auf spezielle Fälle. Er öffnete die Schreibtischschubladen. Zwei waren leer, die dritte vollgestopft mit alten Nummern einer Zeitschrift namens *Calypso Magic!*. Damit blieb nur noch der Computer.

Nachdem er ihn eingeschaltet hatte, starrte er eine ganze Weile auf die Passworteingabe. Dann zog er eine der alten Zeitschriften seines Onkels aus der unteren Schublade und blätterte darin, bis er fand, wonach er suchte: einen Artikel über den Grand Kadooment Day, traditioneller Höhepunkt des Crop-over-Karnevals auf Barbados zum Abschluss der Rohrzuckerernte. Dieser Tag, so las er, fiel jedes Jahr auf den ersten Montag im August. Im Erscheinungsjahr der Zeitschrift – 2007 – war es der 6. August gewesen.

Garvie musste jetzt nur noch rausfinden, welches Datum es 1962 gewesen war.

Er sah einen Moment zur Decke und blinzelte nachdenklich. 2006 war der siebte August auf den ersten Montag gefallen. 2005 der Erste. 2004 der Zweite. Also eine wiederkehrende Reihe aus sieben Gliedern, beginnend mit 6 und abschließend mit 5 in einer Abfolge von 46 ganzen Zahlen. Sehr schön. Addiere einen Extra-Tag für jedes der elf Schaltjahre. Teile durch die Anzahl der Reihen, was sieben ergibt, Rest eins, also die erste Zahl der nächsten Reihe, und das ist die … sechs.

Onkel Len war am 6. August geboren.

So weit, so simpel. In den folgenden zehn Minuten gab er mit wachsender Frustration jede nur denkbare Kombination der Wörter «Maxie», «Bojo», «Leonard» und «Barbados» mit der Zahl «06» in das Passwortfeld ein, doch ohne Erfolg. Gerade wollte er genervt aufgeben, da begriff er, wo der Fehler lag. Er hatte das übersehen, was Smudge gern als «so was von offensichtlich» bezeichnete. Er tippte *Calypso06* ein, und sofort war er drin.

Die letzte Mail im Posteingang seines Onkels hatte den Betreff *Dow: Vorläufige Obduktionsergebnisse.* Es gab einen Anhang. Für einen Moment saß Garvie ganz still, lauschte auf jedes Geräusch, das von unten heraufdringen konnte. Kurz fragte er sich, was er jetzt wohl zu sehen bekommen würde. Ihre Leiche auf dem Obduktionstisch? Diesen Körper mit der blassen, makellosen Haut? Würde er diese

Arme noch einmal sehen, diesen Hals, den mandelförmigen Nabel? Er atmete tief durch, öffnete kurzentschlossen die Datei und runzelte die Stirn.

Es war ein kurzes, schlichtes Dokument, reiner Text ohne Abbildungen, keine zwei Seiten lang, und Garvie sah sofort, dass der Inhalt genau dem entsprach, was sein Onkel beschrieben hatte. Unter der schlichten Überschrift *Kleidung* enthielt es eine dröge, ellenlange Auflistung von Fakten wie Größe, Material und Farbe, sowie zwei in die Zwischenräume gequetschte und praktisch unleserliche Anmerkungen (*Mikrobielle Schädigungen prüfen* und *Materialunabhängige Rückstände?*). Es war total öde. Keine Abbildungen der Kleidung, kein Foto von Chloe, keine Beschreibung ihrer Verletzungen, kein Bericht über die Entdeckung der Leiche – nichts von dem, was Garvie sich erhofft hatte. Enttäuscht rückte er seinen Stuhl zurück, trat ans Fenster und starrte hinunter auf die leere Straße.

Nach einer Weile kam ihm ein Gedanke. Nein, kein Gedanke, eher ein Gefühl. Oder nicht einmal das, sondern es war eine Art Juckreiz im Gehirn. Er versuchte die Stelle zu lokalisieren, bekam sie aber nicht zu fassen.

Er schaute zurück auf den Computerbildschirm. Das Jucken war hartnäckig. Schließlich setzte er sich wieder an den Schreibtisch, scrollte zum Anfang des Dokuments zurück und las es noch einmal durch. Man konnte sich kaum etwas Öderes vorstellen. Aber irgendetwas stimmte da nicht. Das war es, was das Jucken ihm mitteilte.

Er nahm sich den Bericht ein drittes Mal vor, ganz langsam und sorgfältig. Es war, als würde man eine fremde Sprache entziffern.

Gegenstand: Damenlaufweste. Farbe Heliotrop. Größe S (36). Helly Hansen «W Pace Supportive Singlet»; Synthetikfaser. Verblasste Etiketten. Keine sichtbare Beschädigung.
Gegenstand: Damenlaufshorts. Farbe Heliotrop. Größe S (36). Helly Hansen «W Pace Lightweight Shorts»; Synthetikfaser. Verblasste Etiketten. Keine sichtbare Beschädigung.
Gegenstand: Damensportsocke. Farbe Weiß. Größe 36/37. Rohner «Ergonomic Sneaker Socks»; Synthetikfaser. Verschleißspuren an Zehen und Ferse. Ölfleck an Ferse.
Gegenstand: Damensportsocke. Farbe Weiß. Größe 36/37. Rohner «Ergonomic Sneaker Socks»; Synthetikfaser. Verschleißspuren an Zehen und Ferse.
Gegenstand: «Shock Absorber Max»-Sport-BH. Farbe Weiß. Größe 75D. «Coolmax»-Synthetikfaser.
Gegenstand: 1 Paar «Icebreaker»-Boy-Shorts-Schlüpfer. Farbe Weiß. Größe S. 100 % Merinowolle.
Gegenstand: Damenlaufschuh, links. Farbe Lindgrün mit orangem Muster und Schnürsenkeln. Größe 37. Asics «Lady GEL-Torana 4 Trail Running Shoes»; Kunststoff. Neu. Keine sichtbare Beschädigung.
Gegenstand: Damenlaufschuh, rechts. Farbe Lindgrün mit orangem Muster und Schnürsenkeln. Größe 37. Asics «Lady GEL-Torana 4 Trail Running Shoes»; Kunststoff. Neu. Keine sichtbare Beschädigung.

Eine Stunde später saß Garvie immer noch vor dem Computer. Es war schon spät, aber er hatte jegliches Zeitgefühl verloren. Immer wieder las er sich dieselben Sätze durch, und in seinem Gehirn juckte es wie verrückt. Irgendwo war ein Fehler, der sich durch das Dokument zog wie ein kaum wahrnehmbarer Riss im Glas – eine Kleinigkeit, die keinen Sinn ergab. Noch hatte er sie nicht aufgespürt. Aber das konnte nur eine Frage der Zeit sein.

Er würde seine ganze sagenhafte Intelligenz aufbieten, um sie zu finden.

8

Schauplatz: *sehr beengter Befragungsraum im Keller, fensterlose Kammer.*
Erscheinung des Befragenden: *kalt und ausdruckslos.*
Erscheinung der Befragten: *k.A.*

Detective Inspector (DI) Singh: Geht es Ihnen jetzt besser? Können wir weitermachen? Also, Sie waren den ganzen Tag an der Marsh Academy, wo Sie beschäftigt sind als … *(Papierrascheln)*

Eileen Dow: Gesundheitsschwester.

DI Singh: Gesundheitsschwester. Und dann sind Sie ins Five Mile Center gegangen, wo Sie mit Ihrem Mann verabredet waren. Dort sind Sie gegen sechs angekommen?

Eileen Dow: Ja.

DI Singh: Wann ist Ihr Mann eingetroffen?

Eileen Dow: Um dieselbe Zeit. Mick hat vorher auf einem Grundstück in Dandelion Hill gearbeitet.

DI Singh: Und bis wann haben Sie sich im Einkaufszentrum aufgehalten?

Eileen Dow: Bis sieben, glaube ich.

DI Singh: Anschließend fuhren Sie nach Hause. In Micks Transporter?

Eileen Dow: Ja.

DI Singh: Und Chloe war nicht da, als Sie ankamen?

Eileen Dow: Nein. Das hab ich doch gesagt. Sie war schon gegangen. Da war nur diese Nachricht von ihr.

DI Singh: Auf dem Wohnzimmertisch?

Eileen Dow: Ja. *(Schluchzen)*

DI Singh: Es tut mir leid, dass ich Ihnen diese Fragen stellen muss. *(Schweigen)* Können wir fortfahren?

Eileen Dow: Ja.

DI Singh: Ist Ihnen irgendetwas Ungewöhnliches aufgefallen, als Sie nach Hause kamen?

Eileen Dow: Was denn zum Beispiel?

DI Singh: Irgendetwas, das nicht war wie sonst. Unordnung. Gegenstände am falschen Platz. Fehlende Gegenstände.

Eileen Dow: Nein. Nichts von der Art. Mick achtet immer darauf, dass alles tipptopp ist.

DI Singh: Verstehe. Dann haben Sie mir erzählt *(Umblättern von Seiten)*, wie es weiterging. Sie haben Tee gemacht und Chloes Sandwiches in den Kühlschrank gestellt. Um neun haben Sie bei Chloes Freundinnen angerufen. Ich habe hier eine Liste *(Papierrascheln)*. Um neun ist Ihr Mann in seinen Wagen gestiegen und hat nach Chloe gesucht. Als er zurückkam, um halb zehn, haben Sie die Polizei angerufen. Das alles ist korrekt? Gut. Jetzt, Mrs. Dow, würde ich Ihnen gern noch ein paar Fragen zu Chloe stellen. Es tut mir leid, aber das ist notwendig, damit wir uns ein besseres Bild von ihr machen können. Kann ich anfangen?

Eileen Dow: Ich glaube ja.

DI Singh: War sie glücklich?

(Schweigen)

Eileen Dow: Ich weiß nicht, warum Sie mich das fragen.

DI Singh: Sie erwähnten *(Seiten werden umgeblättert)*, dass es Streit gegeben hätte.

Eileen Dow: *Ich* war nicht glücklich. Chloe ging es gut damit. In dem Alter lieben sie das ja. Das Streiten.

DI Singh: Haben Sie viel gestritten?

Eileen Dow: Ja. Nicht mehr als üblich. Sie konnte meine Geduld ganz schön strapazieren.

DI Singh: Worum ging es bei den Streitereien?

Eileen Dow: Nichts Besonderes. Das Übliche. Abends lange wegbleiben. Nicht Bescheid sagen, wo man hingeht.

DI Singh: Jungs?

Eileen Dow: Mit Jungs hatte sie keine Probleme, nein. Mädchen ja. Jungs nicht.

DI Singh: Sie hatte Streit mit ihren Freundinnen?

Eileen Dow: Sie wissen doch, wie Mädchen sind. *(Schweigen)* Na ja, vielleicht auch nicht. Zicken. Zickig zu Chloe jedenfalls.

DI Singh: Auf welche Art?

Eileen Dow: Klatsch. Lügen. Verleumdungen. Ihr wurden auch Sachen gestohlen, das weiß ich. Aus ihrem Spind in der Schule.

DI Singh: Wer waren diese Mädchen?

Eileen Dow: Fragen Sie ihre Lehrer. Die wissen Bescheid. Ich habe versucht, mich nicht einzumischen. Jessica Walker war die Schlimmste. Dieses heuchlerische Luder.

DI Singh: *(Schreibgeräusche)* Verstehe. Noch mal kurz zurück zu den Jungs: Hatte sie einen Freund?

Eileen Dow: Nein. Früher mal. Alex Soundso. Das war aber nichts Ernstes, jedenfalls von ihr aus nicht. Davor hatte sie auch andere Freunde. Sie war immer beliebt bei den Jungs. Ich weiß nicht mehr, welche es waren. An Garvie Smith kann ich mich erinnern. Der ist nett. Ein richtiger Charmeur.

DI Singh: Das ist … interessant. *(Schreibgeräusche)* Aber Alex … Hat er Chloe belästigt?

Eileen Dow: Nein. Glaube ich nicht. Vielleicht ein bisschen. Er war sauer. Vermutlich haben sie gestritten, ich weiß es nicht. Ich habe mich da nicht eingemischt.

DI Singh: Hat sich Chloe mit ihrem Stiefvater gestritten?

Eileen Dow: … Eigentlich nicht.

DI Singh: Nicht?

Eileen Dow: Na ja, schon. Aber …

DI Singh: Sie hatten also Streit?

Eileen Dow: Nein, aber … Sie waren nie richtig …

DI Singh: Hatten sie nun Streit, ja oder nein?

Eileen Dow: *(aufgebracht)* Das spielt ja wohl kaum noch eine Rolle. Es ändert jetzt auch nichts mehr, oder? *(Schluchzen)*

DI Singh: Ich will Sie nicht aufregen, aber es wäre hilfreich –

Eileen Dow: Sie war neidisch. Wenn Sie's unbedingt wissen müssen.

DI Singh: Neidisch?

Eileen Dow: Auf mich. Seit Mick und ich geheiratet haben. Wahrscheinlich fand sie, dass ich ihr nicht genug Aufmerksamkeit schenke. Oder etwas in der Art. Im Grunde war sie neidisch auf mich, weil ich glücklich war. Das ist die Wahrheit.

DI Singh: War Mr. Dow sich dessen bewusst? Hat es ihn aufgeregt?

Eileen Dow: Er regt sich nicht auf. Er ist sehr vernünftig. Er war immer der Friedensstifter, wenn … *(Schluchzen)* Ich frage mich immer wieder, warum. Wissen Sie. *Warum? (Schnäuzen)* Womit habe ich das verdient? Ich weiß, dass Sie mir keine Antworten geben können. Das ist mir klar. Es gibt verdammt noch mal keine Antworten. Sie können nicht mal –

Mit einem Ruck beugte sich Singh vor und schaltete das Aufnahmegerät aus, dann saß er in der plötzlichen Stille der kahlen Kammer aufrecht auf seinem Stuhl. Dieser Befragungsraum war bedrückend, ein kleiner weißer Kasten mit greller Beleuchtung. Singh störte sich nicht daran. Er saß hier, seit er die Befragung vor zwei Stunden abgeschlossen hatte. Jetzt starrte er ausdruckslos an die Wand.

Nach einer Weile schlug er sein Notizbuch auf und schrieb:

Vater, Motorradunfall, 2002. Mrs. D, Medikamente? Stressbezogen, Akten prüfen. Zweite Heirat «war ihre Rettung». Streit mit C?

Wieder verharrte er bewegungslos. Dann schrieb er:

Leitfaden. Großes Bild aus kleinen Details zusammengesetzt.

Erneut dachte er nach. Schließlich schrieb er:

Es sind fünf. Kaam. Krodh. Lobh. Moh. Ahankar. Und sorgfältig unterstrich er *Ahankar* – Egoismus – das letzte und verbreitetste der fünf großen Übel nach dem Glauben der Sikhs.

Mit einem flüchtigen Blick auf die Uhr nahm er das Band aus dem altmodischen Rekorder und legte ein anderes ein. Er betätigte den Schnellvorlauf, lauschte kurz und drückte erneut auf die Taste.

Während seiner Befragung hatte Michael Dow über weite Strecken einfach nur die bisherigen Aussagen zu den Ereignissen vom Freitag bekräftigt. Er hatte fast den ganzen Tag bei der Renovierung eines Bürogebäudes in Dandelion Hill gearbeitet. Die anderen Handwerker, ein Tischler und ein Elektriker, waren um vier gegangen, aber er war noch bis Viertel vor sechs geblieben, um einen Abschnitt fertigzustreichen. Dann fuhr er zum Einkaufszentrum, wo er, wie von dieser bereits berichtet, mit seiner Frau verabredet war. Richtig interessant wurde es aber erst zum Ende des Gesprächs hin.

Singh fand die richtige Stelle.

DI Singh: Zum Abschluss möchte ich Ihnen noch ein paar allgemeine Fragen zu Chloe stellen, wenn ich darf. *(Schweigen)*

DI Singh: Ist Ihnen das recht?

Michael Dow: Muss ja wohl sein, oder?

DI Singh: Wie würden Sie Ihr Verhältnis zu Chloe beschreiben?

Michael Dow: *(längeres Schweigen)* Nicht so toll.

DI Singh: Inwiefern ‹nicht so toll›?

Michael Dow: Als ich mit eingezogen bin – das war hart für sie. Für mich war's auch nicht leicht. Aber ihr hat das gar nicht gefallen. Zu sehr daran gewöhnt, dass alle nach ihrer Pfeife tanzen. *(Schweigen)* Sie mochte mich nicht.

DI Singh: Mochten Sie sie?

Michael Dow: Ich fand, dass sie ein verwöhntes Gör war. Das hab ich ihr auch gesagt. Hat ihr natürlich erst recht nicht gefallen.

DI Singh: Haben Sie gestritten?

Michael Dow: Nein. Sie stritt lieber mit ihrer Mum. Ich habe mich nur eingeschaltet, um die Wogen zu glätten.

DI Singh: Das muss Ihnen schwergefallen sein.

Michael Dow: Nicht so schwer wie das jetzt. *(Schweigen)* Sie war noch ein Kind!

DI Singh: Ja. *(Schweigen)* Ich verstehe, dass Sie zornig sind. Das ist nur natürlich.

Michael Dow: Ein *Kind*, verdammt!

DI Singh: *(Pause)* Wie ich höre, hatte Chloe Probleme mit Freundinnen.

Michael Dow: Nein.

DI Singh: Oh. Mrs. Dow meinte, es sei verschiedentlich zu Pöbeleien, sogar Diebstählen, gekommen.

Michael Dow: Kleinigkeiten.

DI Singh: Verstehe. Und wie war's mit Jungs? Hatte sie Probleme mit Jungs?

Michael Dow: Ja.

DI Singh: Was für Probleme?

Michael Dow: Na ja, ein Mädchen wie sie … Was für Probleme wird sie wohl gehabt haben?

DI Singh: Belästigung? Sexuelle Belästigung?

Michael Dow: Die halbe Schule ist ihr auf die Pelle gerückt, verdammt.

DI Singh: Wer genau?

Michael Dow: Fragen Sie in der Schule.

DI Singh: Alex Robinson? Hat der sie belästigt?

Michael Dow: Ja.

DI Singh: Was hat er getan?

Michael Dow: Die Frage ist eher, was er nicht getan hat. Nachdem sie mit ihm Schluss gemacht hat, ist er ausgerastet. Anrufe, SMS … Oft ist er ihr auf der Straße nachgelaufen, bis er sich dann irgendwann nur noch die Birne zugeknallt hat, in diesem Loch da in Limekilns.

DI Singh: Haben Sie ihn jemals in Ihrem Garten gesehen?

Michael Dow: Nein. Vom Haus hat er sich immer ferngehalten.

DI Singh: Sonstige Beziehungen? Ein aktueller Freund?

(Schweigen)

DI Singh: Gab's da jemanden?

Michael Dow: Ich weiß es nicht sicher.

DI Singh: Aber Sie haben eine Vermutung?

Michael Dow: Sie hat sich komisch benommen. Die letzten Wochen über. Normalerweise war sie nicht verschlossen, aber in dem Fall hatte ich das Gefühl, dass sie uns was verheimlicht. Donnerstagabend zum Beispiel. Sie wissen schon, an dem Abend, bevor sie –

DI Singh: Was war am Donnerstagabend, Mr. Dow?

Michael Dow: Sie kam spät nach Hause, gegen ein Uhr, und ich habe sie weinen hören. Das war überhaupt nicht ihre Art.

DI Singh: Wissen Sie, was sie so verstört hat?

Michael Dow: Nein.

DI Singh: Haben Sie sie gefragt?

Michael Dow: Sie wollte mich nicht in ihr Zimmer lassen. Sie meinte, ich solle mich verp–, äh, verziehen.

DI Singh: Verstehe.

Michael Dow: Das war eigentlich auch nicht ihre Art, muss man gerechterweise sagen.

DI Singh: *(Schreibgeräusche)* Können Sie sonst noch etwas zu dem Donnerstagabend sagen?

Michael Dow: Nein.

DI Singh: Wo sie war? Mit wem?

Michael Dow: Nein.

DI Singh: Sie haben nicht gesehen, ob jemand sie abgeholt hat? Wieder zu Hause abgesetzt?

Michael Dow: *(Schweigen)* Nein, aber ... Ich bin mir nicht sicher, aber ... Als sie nach Hause kam, war ich noch wach, ich bin aufgestanden und hab aus dem Fenster geguckt, und da war ein Auto auf der Straße. Ich kann mich täuschen, aber es sah so aus, als hätte es vor dem Haus gehalten und würde gerade wieder wegfahren.

DI Singh: Was für ein Auto war das?

Michael Dow: Ein Porsche. Deswegen ist es mir ja aufgefallen.

DI Singh: Sind Sie sicher?

Michael Dow: Für mich sah es wie einer aus. Ich dachte noch: Was macht so ein Auto in unserer Straße?

DI Singh: Welche Farbe?

Michael Dow: Schwarz, glaube ich. Will mich aber nicht festlegen. Dunkel jedenfalls.

DI Singh: Den Fahrer haben Sie nicht gesehen?

Michael Dow: Nein, aber ich würde mal vermuten, dass es kein Schuljunge war.

DI Singh: Jemand Älteres. Glauben Sie, dass Chloe etwas mit einem älteren Mann hatte?

Michael Dow: Ich weiß es nicht. Ich kann nicht mal mit Sicherheit sagen, dass der Wagen gerade anfuhr. Er kann auch einfach durch die Straße gekommen sein.

DI Singh: Hatten Sie ihn vorher schon mal gesehen? Oder seither?

Michael Dow: Nein, nie.

DI Singh: Haben Sie mit Chloe darüber gesprochen?

Michael Dow: Wann denn? Es gab keine Gelegenheit dazu. Habe sie ja gar nicht mehr wiedergesehen, verdammt! *(Schweigen)* Mein Gott. Sie war noch ein Kind. Sie hat nicht ans Risiko gedacht. Tun sie alle nicht.

DI Singh: Danke, Mr. Dow. Sie waren mir eine große Hilfe. Ich habe keine weiteren Fragen. *(Schweigen; scharrende Stuhlbeine)*

DI Singh: Oder – eine Sache hätte ich noch. Wie ich sehe, hatten Sie einen Unfall oder so was.

Michael Dow: Bin bei der Arbeit von der Leiter gefallen. *(Papierrascheln)*

DI Singh: Was ist das?

Michael Dow: Kontaktdaten der Handwerker, mit denen ich zusammengearbeitet habe. Ich hab sie Ihnen aufgeschrieben. Sie werden ja alles überprüfen müssen, nicht wahr?

DI Singh: Ja, danke sehr. Mr. Dow? *(Schweigen)*

DI Singh: Ich weiß, wie schwer das alles für Sie ist. Ich habe schon das Gleiche zu Ihrer Frau gesagt. Ich möchte Ihnen sagen, wie sehr ich mit Ihnen fühle. Ihre Stieftochter hatte das ganze Leben noch vor sich. Ich versichere Ihnen, wir werden nicht ruhen, bevor wir ihren Mörder zur Rechenschaft gezogen haben.

Michael Dow: *(zorniges Schnauben)*

Diesmal ließ Singh das Band laufen. Leise zischend spulte es weiter. Singh nahm seinen Kugelschreiber und schrieb ein einziges Wort auf:

Porsche.

Dann erhob er sich steif und trat in die Ecke des Zimmers, wo er stumm, wie verzweifelt, an die Wand starrte. Ein seltsames, unerklärliches Verhalten.

Nach einer Weile begann er, heiser murmelnd, das Rehras Sahib, das Abendgebet, zu sprechen. Es war kurz nach Mitternacht.

9

«**Sie** hatte das ganze Leben noch vor sich», sagte Mr. Winthrop, der Schulleiter.

Flankiert von der Jahrgangsleiterin und Chloes Klassenlehrer stand er auf der Bühne. Hier in der Aula war man zum Gedenken an Chloe Dow zusammengekommen, und Mr. Winthrop sprach zum elften Jahrgang. Dieser elfte Jahrgang saß schweigend da und hörte zu.

Mr. Winthrop war eigentlich kein besonders emotionaler Mensch, aber während er von Chloes Begabung und ihren Leistungen sprach und davon, wie sie das Schulleben in den vergangenen fünf Jahren bereichert hatte, da war er zweimal kurz davor, die Fassung zu verlieren. Seine angespannte Stimme geriet immer wieder ins Schlingern.

Als er zu Ende gesprochen hatte, verlas Miss Bell, Chloes Englischlehrerin, ein Gedicht, und auch sie wirkte sehr mitgenommen. Zum Abschluss machte die Jahrgangsleiterin Miss Perkins, die für gewöhnlich keinerlei Emotion erkennen ließ, mehrere Ansagen rein praktischer Art, und selbst diese wurden in einem ungewohnten Ton vorgetragen, wie mit gedämpftem Zorn.

Dem elften Jahrgang wurde in Erinnerung gerufen, dass Chloes Tod vor beinahe einer Woche etwas Außerordentliches sei. Keine gewöhnliche Tragödie. Keine Krankheit, kein Unfall. Sondern Mord.

Die Schüler wurden außerdem darauf aufmerksam gemacht, dass die Polizei vor Ort sei, um sowohl Lehrer als auch Schüler zu befragen. Die betreffenden Personen würden benachrichtigt. Andere Schüler sollten sich mit Äußerungen zurückhalten, es sei denn, sie hätten etwas wirklich Wichtiges mitzuteilen. Gespräche mit Medienvertretern sollten unterbleiben.

An Chloes Beerdigung könne man nur auf Einladung teilnehmen. Die Privatsphäre ihrer Familie sei unbedingt zu respektieren. Beileidskarten sollten auf dem Postwege versandt und nicht durch den Briefschlitz geworfen werden. Unangekündigte Besuche bei den Dows seien *absolut unerwünscht.*

Diese Atmosphäre von geradezu religiös angehauchter Fremdartigkeit hielt den elften Jahrgang im Bann, bis die außerordentliche Versammlung zu Ende war und die Aula sich leerte. Erst jetzt, als die Schüler das Gebäude verließen und in die frische Aprilluft traten, um in Zweier- oder Dreiergruppen in ihre Klassenzimmer zu gehen, kehrte die Normalität zurück, und man unterhielt sich wieder unbefangen.

«Sie war trotzdem eine blöde Kuh», sagte Smudge. «Ich mein, klar, es ist scheiße, wenn man abgemurkst wird, aber trotzdem. Chloe Dow, ‹ausgelöschte Hoffnungsträgerin›. Was soll das denn?»

Felix meinte: «Was sollen sie denn sonst sagen? ‹Chloe Dow wurde erwürgt, aber mal ehrlich, es konnte sie eh keiner leiden›?»

«Aber denen hat echt fast die Stimme versagt. Sogar der Oberzicke, und die konnte Chloe ja nun gar nicht ausstehen.»

Jessica Walker kam an ihnen vorbei. «Hi, Garvie.»

«Hey, Jess.»

Sie blieben alle stehen, um Jessica Walker nachzusehen, wie sie über den Schulhof in Richtung Oberstufengebäude schlich und hinter der Ecke von Block C verschwand.

Gleich darauf kamen zwei Polizisten um die Ecke und gingen auf das Sekretariat zu.

«Da sind sie ja schon», bemerkte Smudge. «Normalerweise geht's nicht so schnell bei denen. Als meinem Bruder die Sachen aus dem Transporter geklaut wurden, haben sie erst mal vier Monate lang nur seine Aussage aufgenommen.»

Felix zuckte die Achseln. «Na ja. Das hier ist eine Mordermittlung von nationalem Interesse, Smudge. Und bei deinem Bruder hat sich am Ende rausgestellt, dass er die Sachen selber geklaut hatte.»

«Das ist nicht der springende Punkt.»

«Was ist denn der springende Punkt, Smudge?»

«Der Punkt ist, dass Dow die Leute immer noch dazu kriegt, sich für sie auf den Kopf zu stellen, obwohl sie jetzt tot ist. Das ist wieder typisch für diese Schnepfe. Wenn ich befragt werde, sag ich denen vielleicht, was die Leute wirklich über sie gedacht haben.»

«Niemand wird dich befragen, Smudge – du weißt einfach nichts.»

«Ich weiß nichts über Chloe Dow?»

«Und über alles andere auch nicht.»

Nach einer kurzen, aber leidenschaftlichen Beteuerung, sehr wohl über ein breit gefächertes Wissen zu verfügen, verzog sich Smudge in Richtung Naturwissenschaften, wo er allerdings laut Stundenplan gar nichts zu suchen hatte. Felix und Garvie schlenderten weiter über das untere Spielfeld die grasbewachsene Anhöhe hinauf zum oberen Platz.

Hier war es völlig still. In der lauen Luft schwelgten die Weißdornbüsche üppig und weiß wie Käse. Als die Jungen am höchsten Punkt angelangt waren, konnten sie die ganze Stadt überblicken, in ihrer grauen Hässlichkeit erstreckte sie sich weithin.

Sie rauchten.

«Smudge hat recht», sagte Felix. «Niemand konnte sie leiden.»

«Alex mochte sie.»

Felix stieß Rauch aus und kniff die Augen zusammen. «Ich weiß. Und es ist ja nicht so, dass sie *immer* ungenießbar war, aber selbst wenn sie mal nett war, schwang immer etwas irgendwie Unnettes mit. Letzte Woche zum Beispiel, an MacAttacks Geburtstag. Sie hatte diese selbstgemachten Schoko-Brownies mitgebracht, und grad als er ins Klassenbuch reinschreibt, geht sie nach vorn und macht so einen auf große Präsentation, als würde sie's im Namen der ganzen Klasse machen – küsst ihn sogar auf die Wange –, und irgendwie hatte man voll das Gefühl, es geht eigentlich um sie und gar nicht um ihn.»

«Aufdringlich halt», sagte Garvie. ‹Pushy› war einer von Chloes Spitznamen.

Sie saßen da und blickten über die Stadt.

Garvie sah auf seine Armbanduhr. «Was hättest du jetzt?»

«Geo.»

«Und, gehst du noch?»

«Hab mich noch nicht entschieden.»

«Ich finde, wir sollten Mrs. Dow mal besuchen.»

Felix sah ihn verdutzt an. «Was, jetzt?»

«Ich finde, ja.»

«Okay.»

Sie schnippten ihre Stummel ins Gras und stiegen den Hang wieder hinab.

«Und wozu besuchen wir sie?», fragte Felix.

«Natürlich, um ihr unser Beileid auszusprechen.»

«Bist du sicher? Sie ist ein bisschen verrückt, Garv. Und gerade jetzt.»

«Keine Sorge. Wir lassen uns von Abdul in seiner Limo fahren, und auf dem Weg erkläre ich dir, was Sache ist.»

Felix sah ihn von der Seite an. «Wie bist'n du eigentlich so drauf, Garv? Du und Chloe, ihr wart ja –»

«Vergiss es.» Garvies Gesicht war ausdruckslos. «Es ist ein Rätsel, Felix. Ein schwieriges Problem, das gelöst werden will. Mehr nicht.»

«Ja, ja, weiß schon. Sex oder Geld, stimmt's? In diesem Fall, würde ich sagen, ist es allerdings ziemlich eindeutig.»

Garvie sagte nichts mehr. Sie überquerten das Schulgelände, schlüpften durch den vorderen Ausgang und steuerten ohne einen Blick zurück den Taxistand an.

Abdul kam aus Marokko. Er hatte kurze schwarze Haare, ein schmales Gesicht mit Stoppelbart und das freundlichste Lächeln in ganz Five Mile. Kurz nachdem er nach England gekommen war, lag er drei Monate mit einer Nierenentzündung im Krankenhaus. Garvies Mutter freundete sich mit ihm an und half ihm mit all dem Papierkram für die Einwanderungsbehörde. Seitdem war er ein dankbarer Freund der Familie.

Garvie klopfte an sein Fenster. «Hey, Abdul.»

Abdul strahlte übers ganze Gesicht. «Mein Garvie, Mann, wie geht, wie geht?»

Er stieg grinsend aus seinem Taxi, schüttelte Garvie die Hand, küsste ihn auf beide Wangen und drückte zum Abschluss seine Fingerspitzen aufs Herz, eine Geste, die sowohl rührend als auch bescheuert wirkte.

«Wie geht?», fragte er noch einmal.

«Geht gut, danke. Sag mal, ist es vielleicht drin, dass du uns zum Fox Walk fährst?»

«Für dich, Garvie, Mann, ist *plaîsir.*» Er warf einen Blick auf Felix. «Du schlechter Mann», sagte er streng. «Aber Garvie Freund. Ist willkommen.»

«Danke, Alter», sagte Felix. «Ich versprech auch, dass ich dir nicht die Rücksitze klaue.»

Sie fuhren die Town Road hinauf, vorbei an den großen Baumärkten und den Elektro-Lagerhallen.

Abdul warf Garvie wiederholt nervöse Blicke über den Rückspiegel zu. «Fox Walk», sagte er schließlich, «ist Haus von Miss Dow.» Er berührte seine Stirn mit den Fingerspitzen. «Miss Dow verstorben.»

«Genau», sagte Garvie.

«Wir wollen unser Beileid aussprechen», fügte Felix beflissen hinzu.

Abduls Gesicht im Spiegel sah ihn böse an.

Sie bogen auf den Pollard Way und kamen am Gewerbepark vorbei.

«Miss Dow nettes, nettes Mädchen», sagte Abdul.

«Na ja, sie sah jedenfalls nett aus.»

Abdul nickte.

«Hast du sie gekannt, Abdul?»

«Nein, nein. Nie.» Er schüttelte heftig den Kopf. «Leute sagen schlimme, schlimme Sachen.»

«Was für Sachen?»

«Sie sagen, schwarzer Mann das getan. Polizei kommt, stellt Fragen.»

«Haben Sie dich befragt?»

«Sie kommen bald», sagte er. «Fix, fix.»

«Ach wo, das kann dauern. Erst mal müssen sie sich ungefähr tausend Schüler an der Academy vornehmen.»

Sie bogen in die Bulwarks Lane und hielten an der Ecke Fox Walk. Abdul wollte kein Fahrgeld annehmen. Seine Nervosität war immer größer geworden, er wollte offenbar nur noch weg.

«Keine Panik, Mann», sagte Garvie. «Ihr Mörder wird bald gefasst.»

Abdul nickte. «Polizei fängt ihn.»

«Zweifelhaft. Aber es gibt noch andere, die ihm auf der Spur sind.»

Garvie klopfte ihm auf die Schulter. «Du brauchst dir keine Sorgen zu machen», sagte er. Abduls Gesicht wurde tatsächlich noch ängstlicher.

10

Drei Kilometer entfernt, in einem hässlichen Gebäude am Rande des Geschäftsviertels, stand Inspektor Singh vor der großen Funktionstafel und sprach zu seinen Teamleitern. Die Ermittlungen liefen seit zwei Tagen, und dies war bereits die dritte Besprechung. In seiner bedachtsamen, kühlen Art betonte er die Bedeutung des Falles, die Dringlichkeit einer raschen Aufklärung. Der Druck der Öffentlichkeit sei gewaltig, ebenso das Interesse der Medien. Der Polizeichef habe die Überführung des Täters zu einer persönlichen Angelegenheit gemacht. Ob er noch mehr sagen müsse? Es herrschte Schweigen im Raum. Sie hätten die Aufgabe, ja, die moralische Verpflichtung, den Täter zur Rechenschaft zu ziehen. Zudem habe er sich dem Polizeichef gegenüber persönlich dafür verbürgt, dass die Ermittlungen alle Kriterien für einen erfolgreichen Abschluss erfüllen würden.

Er richtete seinen stummen, bohrenden Blick auf die Anwesenden, und sogleich schien sich ein Schauer des Unbehagens auszubreiten.

«Und ich erwarte, dass Sie sich ebenfalls mir gegenüber dafür verbürgen», sagte er.

Auf Stühlen vor seinem Schreibtisch gruppiert, bemühten die vier Kollegen sich, seinem Blick standzuhalten. Detective Sergeant Bob Dowell war ein hartgesottener Stadtpolizist mit einer Neigung zum Zynismus. Er hatte einen großen kahlen Kopf, eine Boxernase und die Angewohnheit, sich zu räuspern, bevor er ausfällig wurde. Von Zeit zu Zeit wurden Gerüchte laut, wonach Spielschulden ihm zu schaffen machten, aber niemand bezweifelte seine Entschlossenheit und Findigkeit. Detective Sergeant Darren Collier war ein Freund von ihm, ein kleiner Mann – kleiner als Singh –, der bereits Fett ansetzte. Er war zuverlässig, manche hielten ihn für durchtrieben. Inspektor Lawrence Shan war von der InterCity Division zur Unterstützung geholt worden, ein Beamter mit scharfen Gesichtszügen und Erfahrung in Mordsachen, wärmstens empfohlen vom Hauptkommissar. Detective Sergeant Mal Nolan war die einzige Frau im Team. Sie war gewitzt, offen und kannte kein Pardon, wenn es galt, ihren Standpunkt zu vertreten. Singh war sich bewusst, dass er mit mindestens zehn Jahren Abstand der Jüngste aller Anwesenden war – und der bei weitem Unbeliebteste.

«Sie werden sich an mich gewöhnen», sagte er ruhig. «Und ich mich an Sie. Wir arbeiten jeder auf die gleiche Weise. Methodisch. Gründlich. Kein Weg ist uns zu weit. Wir folgen unseren Instinkten. Und aus diesem Grund, und weil wir die rechte Sache vertreten, werden wir Erfolg haben, und zwar bald. Gehen wir also an die Arbeit.»

Er lenkte ihre Aufmerksamkeit auf die Aktualisierungen in ihren Dossiers und auf die Schautafel hinter sich. «Donnerstagabend und Freitagnachmittag», sagte er. «Leerstellen. Wir wissen, dass sie am Donnerstag ausgegangen ist. Wohin? Und mit wem? Was ist passiert, das sie aus der Fassung gebracht hat? Über den Freitagnachmittag wissen wir sogar noch weniger. Aus dem Abwesenheitsverzeichnis der

Schule geht hervor, dass sie ihren gesamten Unterricht versäumt hat. Es scheint, sie war zu Hause, bevor sie um sieben zum Laufen gegangen ist, aber es bleiben mindestens sechs Stunden, über die keine Informationen vorliegen.»

Er wandte sich wieder seinen Zuhörern zu. «Das sind eine Menge Fragen. Wo stehen wir mit unseren Antworten?»

Bob Dowells und Darren Colliers Teams waren entlang den möglichen Laufstrecken von Tür zu Tür gegangen, um Anwohner zu befragen. Die Arbeitshypothese war, dass Chloe gegen sieben Uhr abends das Haus verlassen hatte, um zum Pike Pond zu joggen, solange es noch hell war. Es gab keine verlässlichen Hinweise darauf, dass sie unterwegs gesehen wurde, was zwar ungewöhnlich war, nicht aber, wie Collier sich ausdrückte, «außerhalb aller Wahrscheinlichkeit», wenn man Tageszeit und Wetterverhältnisse berücksichtigte. Lawrence Shans Team hatte mit der Befragung von Chloes Lehrern und Schulfreunden begonnen, es war jedoch noch zu früh, um daraus irgendwelche Schlüsse zu ziehen. Mal Nolans Team durchforstete die Kriminalakten nach örtlich bekannten Straftätern, Sextätern, Vagabunden oder sonst wie aus dem Rahmen fallenden Subjekten, die sich im Bereich der verlassenen Four-Winds-Farm aufgehalten haben mochten. Sie hatte außerdem die Anwohner der nahegelegenen Siedlung Froggett Woods befragt, jedoch vorerst ohne verwertbare Ergebnisse. Das vom Anbieter angeforderte Anrufprotokoll für Chloes Handy lag aufgrund von «technischen Problemen» noch nicht vor.

Dowell spuckte in ein Taschentuch und zog eine Grimasse. «Die Mühlen mahlen hier langsam», sagte er.

Singh nickte. «Zu langsam. Liefern Sie mir Ideen.»

Der vierschrötige Mann schürzte die Lippen. «Die meisten Täter sind mit ihren Opfern bekannt. Der Hauptverdächtige hier ist Dow.»

Singh sah ihn ausdruckslos an. «Das steht im Dossier.»

«Ich hatte noch keine Zeit –»

«Wir müssen uns die Zeit nehmen. Ich habe Mr. Dow gestern Abend befragt. Sie finden die Mitschrift in Abteilung eins. Außerdem die Mitschriften meiner Gespräche von heute Morgen mit dem Elektriker und dem Tischler, mit denen Dow gearbeitet hat. Sie waren bis etwa vier Uhr nachmittags mit ihm zusammen. Sie bestätigen, dass er von der Leiter gefallen ist, wodurch sich die Schrammen in seinem Gesicht erklären. Und auch, dass er weitergearbeitet hat, nachdem sie gegangen waren, denn die Malerarbeiten waren, als sie am Montagmorgen wieder zur Arbeit erschienen, allesamt erledigt.»

Collier sagte: «Na schön. Aber sie waren nicht dabei und haben mit eigenen Augen gesehen, ob er die Arbeit am Freitagnachmittag fertiggemacht hat.»

«Nein, aber ein Nachbar bestätigt, dass er dort war. Das ist die vierte Mitschrift im Dossier: die Befragung von Mr. Snedding. Der konnte ihn den ganzen Nachmittag über bei der Arbeit hören. Er hatte das Radio laufen. Erst gegen Viertel vor sechs hat er zusammengepackt. Snedding hat gesehen, wie er in seinen Transporter gestiegen und in Richtung Center weggefahren ist. Dort hat er sich um sechs mit seiner Frau getroffen. Das passt.» Er machte eine kurze Pause. «Was nicht passt, das ist der Porsche, den Dow am späten Donnerstagabend gesehen hat.»

Diese Bemerkung traf auf Skepsis, insbesondere bei Dowell. «Nicht viel, was wir da in der Hand haben, oder? Keine nachgewiesene Verbindung zu Chloe. Dow hat sie nicht aussteigen sehen. Der Wagen war ihm völlig unbekannt. Er war sich nicht sicher, was die Farbe betrifft, und nicht mal, ob es wirklich ein Porsche war. Wahrscheinlich hat er alles nur im Halbschlaf wahrgenommen.»

Collier pflichtete ihm bei. Nolan wies darauf hin, wie zeitraubend es wäre, dem Hinweis auch nur halbwegs gewissenhaft nachzugehen.

Singh blätterte im Dossier. «Nach und nach erfahren wir einiges über Chloe Dow von ihren Mitschülern. Anscheinend ist sie gerne ausgegangen. In Clubs, Bars. Könnte gut sein, dass sie mit älteren Leuten Umgang hatte.»

Nolan sagte: «Sie hat jedenfalls *den Eindruck erweckt*, regelmäßig in Clubs zu gehen. Mädchen in dem Alter, zumal eine gewisse Sorte Mädchen, die spielen sich gern ein bisschen auf.»

«Sie glauben, sie ist in Wirklichkeit gar nicht losgezogen?»

«Noch zu früh, was darüber zu sagen.»

Singh dachte nach. «Ein schwarzer Porsche», sagte er. «Das ist ein Klischee. Getönte Fenster, Spoiler, Seitenschweller, Sportreifen.»

«Zuhälterschlitten», sagte Collier.

Singh wandte sich wieder dem Dossier zu. «Dieser Junge, Alex Robinson. Wir haben ihn festgenommen nach seinem Krawallauftritt am Pike Pond.»

«Ja?»

«... er ist in den letzten sechs Monaten zweimal wegen Verkauf von Gras festgenommen worden.»

«Das ist ein Niemand. Auf keinen Fall fährt er einen Porsche.»

«Die meisten Täter sind mit ihren Opfern bekannt. Sie haben es selbst gesagt. Sie waren ein Paar, sie macht Schluss, er dreht durch. Er ist ein großer, kräftiger Kerl mit erheblichen Defiziten in der Aggressionsbewältigung. Er kifft zu viel.»

«Okay.»

«Ich möchte wissen, wer seine Freunde sind. Mit wem treibt er sich herum? Gibt's unter seinen Bekannten irgendjemanden, der einen schwarzen Porsche fährt?»

Schweigen. Singh sah Collier direkt an.

Nach kurzem Zögern sagte der: «Also gut, ich setze ein paar Leute auf den Porsche an.»

«Gut.»

Die Teamleiter erhoben sich, doch Singh starrte Collier unverwandt an.

«Eins noch.»

Er schwieg, bis sich alle wieder gesetzt hatten. «Ich warte immer noch auf den Bericht über den Garten der Dows.»

Collier wurde rot. «Ich dachte nicht –»

«Ich hatte es doch klar gesagt», sagte Singh. «Als ich bei den Dows saß, war da jemand. Im Garten.»

«Ich dachte nur ... Wahrscheinlich war es nur ein Jugendlicher aus der Gegend. Ein Nachbar.»

Dowell räusperte sich. «Einen Streifenwagen vor einem Haus zu parken, ist die beste Methode, die Neugier aller Jugendlichen ringsum zu wecken, hab ich festgestellt.»

Shan lachte. Sogar Mal Nolan musste grinsen.

Singh wartete, bis wieder Ruhe eingekehrt war. Aber

auch dann sagte er nichts, sondern heftete seinen Blick auf Collier.

«Tut mir leid», sagte der. «Ich dachte, Sie meinen es nicht so ganz ernst.»

Singh sagte ruhig: «Ich meine immer alles ernst. Nächstes Mal setzen Sie einen Ihrer Leute darauf an.» Und damit vertiefte er sich wieder in sein Dossier und würdigte seine Mitstreiter keines weiteren Blicks.

Nachdem sie gegangen waren, arbeitete Singh noch eine Stunde weiter, dann zog er seinen Mantel an und ging hinaus zu seiner Sekretärin, die in einem kleinen Verschlag vor seinem Büro untergebracht war.

Sie übergab ihm ein Dutzend Nachrichten, alle von Journalisten. «Einige von denen haben mehrmals angerufen», sagte sie.

Singh nickte und steckte das Papier in seine Tasche. «Ich werde für eine Weile bei den Dows sein», sagte er. «Im Garten», fügte er hinzu.

11

Alle Häuser am Fox Walk hatten Kunststofftüren und neue Fenster. Felix musterte sie kritisch, während er und Garvie vor der Tür des Hauses «Honeymead» warteten. Sie hatten bereits zweimal geklopft, aber niemand öffnete, also warteten sie weiter und gaben sich Mühe, seriös zu wirken. Sie hatten sich die Haare glattgestrichen, die Shirts in die Hosen gestopft und sich vergewissert, dass kein Hundedreck an ihren Schuhsohlen klebte. Garvie hielt einen Strauß Chrysanthemen und eine Beileidskarte in der Hand, beides noch auf die Schnelle in Jamals Laden erstanden.

Aber es war keiner zu Hause.

«Sag mir noch mal, warum wir ‹unser Beileid bekunden›, obwohl die Schule Besuche extra verboten hat.»

«Wir ‹bekunden nicht unser Beileid›, Felix.»

«Oh.» Felix' Interesse war geweckt. «Was machen wir denn dann hier?»

«Wir verschaffen uns Zutritt.»

«Warum hast du das nicht gleich gesagt? Zutritt zu bekommen, ist kein Problem. Alle Häuser hier haben diese neuen Kunststofftüren und -fenster. Man braucht nichts weiter tun, als –»

«Nicht mein Stil, Felix. Ich klopfe lieber an.»

Felix sah auf seine Uhr. «Es ist zwei Uhr. Mittagszeit, Garv. Kein Mensch zu Hause.»

«Das sehe ich anders.»

«Warum macht dann keiner auf?»

«Du überschätzt Mrs. Dows Beweglichkeit. Wir müssen warten.»

Felix vertrieb sich die Warterei, indem er voller Eifer die sehr effektive und ganz unkomplizierte Methode erläuterte, mit der man moderne Kunststofftüren öffnen konnte. Felix «die Katze».

«Psst, Felix. Da kommt sie.»

Ein Schatten flackerte hinter der Mattglasscheibe der Eingangstür. Das Entriegeln von Schlössern war zu hören, die Tür ging langsam auf, und dahinter erschien Mrs. Dow im Morgenmantel, mit wirren Haaren und ebensolchem Blick.

«Liebe Mrs. Dow», sagte Garvie, indem er mit den Blumen und einem engelhaften Gesicht auf sie zutrat. «Wir entschuldigen uns vielmals, wenn wir stören. Aber wir wollten Sie wissen lassen, dass wir in dieser so schweren Zeit an Sie denken.» Und er neigte den Kopf.

Sie saßen auf dem Bambussofa im Wintergarten und tranken Orangensaft, während Mrs. Dow versicherte, wie gerührt sie sei, dass Garvie an sie gedacht habe. Sie sei wirklich froh, ihn wiederzusehen. Seine Blumen standen in einer Vase auf dem Tisch, und von Zeit zu Zeit ließ sie ihren Blick in die betreffende Richtung schweifen und versuchte ein Lächeln. Sie entschuldigte sich für ihr Aussehen. Sie könne nicht gut schlafen, sagte sie, und der Arzt habe ihr Tabletten verschrieben.

«Mick wird es leidtun, dass er dich verpasst hat. Er ist noch bei der Arbeit.»

Garvie sagte, auch ihm tue es leid, Mr. Dow zu verpassen. Er brachte sogar einen bedauernden Gesichtsausdruck zustande.

«Ich bin so froh, dass ihr gekommen seid», sagte Mrs. Dow mit einem wehmütigen, zittrigen Lächeln. «Ich weiß, wie sehr du sie gemocht hast, Garvie. Ich war so traurig, als Chloe sich entschlossen hat –»

«Ja, ich weiß.»

Felix warf ihm einen Blick zu, dem er geflissentlich auswich.

«Was ich sagen will ... ich weiß, wie sehr ich sie vermissen werde. Sie war» – er sah Mrs. Dow mit seinen klaren blauen Augen an – «ein bemerkenswerter Mensch. Was natürlich Ihr Verdienst ist», fügte er weich hinzu.

Da sie keine Worte fand, nickte Mrs. Dow nur lächelnd, während sie ihre aufsteigenden Tränen zurückdrängte.

Garvie fuhr fort: «Wir wollen Sie auch gar nicht länger stören. Aber darf ich, bevor wir gehen, noch um einen kleinen Gefallen bitten?»

Sie nickte erneut.

«Die Sache ist die: Chloe und ich haben letzten Freitagvormittag ein bisschen für Mathe gelernt, und da habe ich ihr meinen Taschenrechner geliehen. Der gehört aber eigentlich meiner Mutter, und sie braucht ihn bei der Arbeit. Deswegen wollte ich fragen, ob ich ihn mir eben wiederholen darf. Das würde mir, ehrlich gesagt, einigen Ärger ersparen.»

Mrs. Dow erhob sich leicht schwankend, um die Jungen die Treppe hinaufzuführen.

«Die Polizei wollte eigentlich ihr Zimmer versiegeln,

was immer das heißt, aber bisher ist noch nichts passiert.»

Felix schüttelte mitfühlend den Kopf. «Polizisten», murmelte er abfällig.

Als sie die obere Diele erreichten, machte Garvie Mrs. Dow ein Kompliment, dass ihr Heim so sauber und aufgeräumt sei, und sie musste lächeln. «Das macht Mick. Er kann Unordnung nicht ertragen. Ihr werdet es nicht glauben», sagte sie, «aber ich bin eigentlich ziemlich schlampig.»

Garvie sagte, nein, das könne er sich beim besten Willen nicht vorstellen, doch unglücklicherweise war Mrs. Dow fest entschlossen, in dieser Angelegenheit Klarheit zu schaffen, und so blieb sie wenige Schritte vor Chloes Zimmer abrupt stehen und begann in aufgewühlter, weitschweifiger Manier über sich und ihren Mann zu sprechen, bei dem es sich allem Anschein nach um den ordentlichsten Mann im ganzen Land handelte. «Er hat für alles sein eigenes System», erläuterte sie – für die Wäsche, den Haushalt und sogar für «diesen lästigen Kleinkram», wie zum Beispiel das Bezahlen von Rechnungen. «Und ob ihr's glaubt oder nicht, er hebt die Rechnungen von allen Sachen auf, die er kauft!»

«Das ist wirklich schwer zu glauben», sagte Garvie. «Das hier ist doch Chloes Zimmer, nicht wahr? Soll ich eben ...?»

Aber Mrs. Dow hatte den Taschenrechner von Garvies Mutter völlig aus den Augen verloren.

«Er kümmert sich um mich», sagte sie lächelnd, doch mit feuchten Augen. «Er wird mir über alles hinweghelfen, ich weiß es.»

Hinter ihrem Rücken verdrehte Felix die Augen. Und in diesem Moment klingelte das Telefon.

«Falls das jetzt Mick ist», sagte Garvie, «machen Sie sich keine Gedanken um uns. Wir schnappen uns einfach den Taschenrechner und verschwinden dann gleich.»

Das Telefon klingelte weiter, und Mrs. Dow nahm sich nur noch kurz die Zeit, Garvie dankbar die Hand zu drücken, bevor sie nach unten eilte, um den Anruf entgegenzunehmen.

Chloes Zimmer war sehr mädchenhaft. Auf dem Teppich lag noch ein flauschiger Läufer, auf dem Bett ein Dutzend spitzenbesetzter Kissen, und der Schirm der Bettlampe bestand aus rosa Perlen. Auf der Kommode drängten sich Kosmetika, Haarspraydosen, Parfümfläschchen, Haarbänder und Modeschmuck. Auf der Fensterbank war eine lange Reihe von Fotos in einheitlich lila Rahmen aufgestellt, die Chloe in verschiedenen Altersstufen zeigten. Auf ihrem Bett waren zwölf Teddybären der Größe nach aufgereiht. Und das alles wurde noch einmal verdoppelt in den Spiegeltüren des gegenüberliegenden Einbauschranks.

«Ich mag dieses Zimmer nicht», sagte Felix. «Was mache ich hier eigentlich?»

«Die Ohren offen halten. Falls du Mrs. Dow zurückkommen hörst, geh raus und lenk sie ab.»

«Warum? Was hast du denn jetzt vor?»

«Nach Hinweisen suchen.»

«Was für Hinweise?»

Garvie antwortete nicht. Er ging zum Kleiderschrank und schob eine der Türen auf. Dahinter kam Chloes Garderobe zum Vorschein – unzählige Kleidungsstücke, vorbildlich sortiert und untergebracht: Wollsachen und Accessoires in Regalfächern, Schuhe in Kästen sowie Oberteile, Röcke, Kleider und Hosen an Kleiderstangen, alles farblich geordnet und in einwandfreiem Zustand.

«Viel Glück damit», sagte Felix. «Ich schau mich mal hier nach Hinweisen um.»

Eine Zeitlang blätterte er in Zeitschriften, die auf Chloes Schreibtisch lagen, dann inspizierte er den Behälter mit farbigen Schreibstiften. Daneben befand sich ein kleiner Stapel von offenbar kürzlich aufgenommenen Fotos, auf denen Chloe ein blaues Kleid mit weißer Jacke trug. An der Korkpinnwand hingen allerlei Karten, Listen und Einladungen, die er sorgfältig und sogar zweimal durchlas. «Jede Menge Hinweise hier», sagte er über die Schulter. «Und hier.» Er begann in Chloes Papierkorb zu kramen. «Guck dir das an, Garv. Eine Quittung von der Reinigung. Und *das hier* ...»

Eine Plastiktüte in der einen und eine zerrissene Netzstrumpfhose in der anderen Hand, drehte er sich um, zuckte zusammen und ließ beides vor Schreck fallen.

Er riss die Augen weit auf. «Scheiße, was machst du da?», flüsterte er.

Garvie stand vor dem Spiegel und hatte einen von Chloes Miniröcken sowie ein Top mit Nackenhalter an. Der Rock war rot, das Oberteil blass cremefarben.

«Passt das zusammen?», fragte er. «Sei ehrlich.»

Felix schluckte. Er sah zu, wie Garvie Rock und Oberteil auszog, um dafür eine blau melierte Pluderhose und eine türkise Weste anzuziehen.

«Und die hier? Komm schon, Felix, hilf mir mal.»

«Äh, ja. Sehr schön, Garv. Aber –»

«Was passt dazu?» Garvie zog ein Paar Schaftsandalen

hervor. «Wie wär's damit?» Er tauschte sie gegen ein Paar marineblauer Sportschuhe. «Oder besser die?»

Mit ziemlich verunsicherter Stimme sagte Felix: «Du bist echt ein ungewöhnlicher Typ, Garvie, weißt du.»

«Sag mir einfach nur, ob die Sachen zusammenpassen.»

«O ja, sie passen zusammen. Sie passen auch zu deinen blauen Augen, du Freak.»

Felix schaute fassungslos, wie Garvie weitere Sachen anprobierte. Er hielt sie sich, in immer neuen Zusammenstellungen, vor den Körper und blickte prüfend auf sein Spiegelbild. Graue Jeggings im Wetlook mit einem pinkfarbenen, weit ausgeschnittenen T-Shirt und einer kurzen weißen Jacke, die sehr sauber und frisch roch. Ein ärmelloses orangefarbenes Bodycon-Kleid mit Flipflops im Zebramuster. Hautenge schwarze Jeans und ein blaues Shirt mit blassgrauen Snowboots. Schwarzer Jerseyrock mit roten Clogs. Grauer Jeansrock über hauchzarten schwarzen Strumpfhosen und Schlangenlederpumps mit Kitten-Heel-Absätzen.

Felix wirkte völlig verstört. «Sag mir, dass du nicht vorhast, die Sachen zu klauen. Ich könnte es nicht ertragen, wenn du in diesem Aufzug auf dem Spielplatz aufkreuzen würdest.»

Bevor Garvie etwas erwidern konnte, drangen Geräusche von unten herauf. Eine Stimme.

«Jungs?»

Garvie verstaute schnell alle Kleidungsstücke im Schrank und machte die Tür zu.

«Wir haben ein Problem, Felix.»

«Das Problem ist ganz allein deins, Garv.»

«Alles passt zusammen.»

Felix runzelte die Stirn. «Natürlich passt alles zusammen. Wir reden hier von Chloe. Na und?»

Garvie seufzte. «Also hat sie die Schuhe von jemand anderem getragen, als sie Freitagabend joggen gegangen ist.»

«Was?»

«Weißt du, was Heliotrop ist?»

«Yeah.» Felix zögerte. «Irgendeine Maschine, oder?»

«Es ist eine Farbe, Felix. Grün mit roten Sprenkeln. Sehr modisch und schick. Chloe hatte eine heliotrope Kombi von Shirt und Shorts an – und dazu lindgrüne und orange Schuhe. Orange und lindgrün, Felix!»

«Ja und?»

«Guck dir ihre Klamotten an, Alter. Alles schön und edel. Du kannst sagen, was du willst, aber sie hatte Geschmack. Lindgrüne und orange Schuhe? Total hässlich. Und es passt zu nichts anderem. Definitiv nicht zu Heliotrop.»

Felix hatte verstanden. «Aber wenn es nicht ihre waren», sagte er langsam, «warum hat sie sie getragen?»

«Das ist die Frage.»

Während sie einander schweigend ansahen, hörten sie Mrs. Dow die Treppe heraufkommen.

«Jungs? Seid ihr noch da?»

Garvie klopfte Felix auf die Schulter. Dann zog er einen Taschenrechner aus seiner Jacke und trat mit der frohen Nachricht auf den Flur hinaus, dass er genau das gefunden habe, was er gesucht habe.

12

Als er auf dem winzigen Rasenstück im Garten der Dows stand, staunte Inspektor Singh erneut darüber, wie perfekt gepflegt alles war. Das kurze Gras. Die makellosen Blumenbeete. Der frisch geteerte Zaun. Die Vogeltränke. Nur das eingerissene Zaunstück störte den Eindruck der vollständigen Kontrolle. Singh runzelte die Stirn. Der Bereich war nicht, wie eigentlich angeordnet, abgesperrt worden. Bevor er mit seiner Untersuchung begann, blickte er zum Haus zurück und sah Mrs. Dow an einem Fenster im ersten Stock stehen. Sie mochte ihn nicht, wie er sehr wohl wusste. Dennoch nickte er ihr höflich zu, woraufhin ihre Gestalt abrupt verschwand.

Er musste an diesen Smith-Jungen denken, und sein Gesicht verspannte sich. Singh nahm sich vor, Lawrence zu sagen, dass er Smith nicht in der Schule zu befragen brauchte. Er würde sich, falls nötig, selbst mit ihm befassen.

Dann richtete er seine Aufmerksamkeit wieder auf den Garten. Es gab ein paar undeutliche Fußabdrücke hinter den Büschen. Das zerbrochene Zaunstück. Jemand hatte sich hier für eine Weile versteckt gehalten, war dann über den Zaun geflüchtet und hatte ihn dabei niedergerissen.

Inspektor Singh befasste sich nicht mit Offensichtlichkeiten. Sein Interesse galt dem Detail. Vorsichtig strich er um Blumen und Sträucher und begann den Boden abzusuchen. Er ging methodisch vor, von links nach rechts, wandte

Blätter, Zweige und auch die oberste Erdschicht um, indem er einen für diese Zwecke geeigneten Spachtel benutzte. Die Fußspuren um den eingestürzten Zaun waren zu undeutlich, um für eine Identifizierung auszureichen. Aber immerhin wiesen sie auf eine ausgewachsene, sogar stattliche Person hin. Am Zaun hing die Latte ab wie der gebrochene Flügel eines Vogels, die Pfosten waren bis aufs bloße Holz gesplittert an der Stelle, wo sich jemand – jemand Schweres – voller Elan, aber vermutlich nicht allzu sportlich hinübergehievt hatte. Er dachte zurück an das Krachen in jener Nacht, an die vornüberstürzende Gestalt, halb verschluckt von der Dunkelheit und dem Regen. Aber das half ihm jetzt nicht weiter.

Nach einer halben Stunde hatte er noch immer nichts Interessantes gefunden, und so kehrte er frustriert zurück auf den Rasen, um noch einmal nachzudenken.

Den religiösen Texten der Sikhs zufolge ist die Wahrheit ewig und allgegenwärtig. Daran dachte Singh jetzt. Außerdem dachte er an das Handbuch der Polizei. *Wenn du nicht findest, wonach du suchst, kann es dafür zwei Gründe geben: Du suchst auf die falsche Art oder du suchst am falschen Ort.*

Er schlug sich erneut ins Gebüsch, stieg über die zerbrochene Zaunlatte und gelangte auf den Weg am hinteren Rand des Grundstücks. Hier suchte er weiter. Langsam und mit aller Sorgfalt untersuchte er den Grünstreifen zu beiden Seiten des Weges und auch den Weg selbst. Mit seinem Spezialspachtel scharrte er im Boden und arbeitete sich beharrlich von einer Seite zur anderen.

Absolut nichts.

Schließlich wurde es Zeit aufzubrechen. Er musste noch

mit Mrs. Dow sprechen und sich davon überzeugen, dass Chloes Zimmer im ersten Stock versiegelt worden war. Doch zuerst wollte er sich einen Moment auf der Rückseite der Häuser die Beine vertreten und ging durch das Pendeltor auf die Marsh Fields, bis zur Stelle, zu der er am Freitagabend gerannt war. Bei Tageslicht wirkten das Feld kleiner, das Gras struppiger, die Bäume dürrer. Die Luft schmeckte nach kaltem Wasser. Nachdem er ein Mal tief durchgeatmet hatte, wandte er sich zum Gehen. Und blieb wie angewurzelt stehen.

Er bückte sich nach etwas im Gras. Ein Stück Holz – ein glatter Splitter, etwa fünf Zentimeter lang und in der braunroten Tönung von neuem Teeröl. Etwas hing an einem Faden daran. Ein gelb-roter Knopf.

Singh nahm ihn genau unter die Lupe. Rings um den Rand waren die Worte FAMOUS STARS eingraviert. Es war ein Knopf von einer Collegejacke der Marke *Famous Stars and Straps.*

Absolut reglos stand er dort auf der zerzausten Wiese und starrte auf den Knopf. Irgendjemanden mit einer gelbroten Collegejacke hatte er in den letzten Tagen doch gesehen. Aber wen? Einer, der ihn böse angesehen hatte, so viel wusste er noch. Wer konnte das gewesen sein? Systematisch durchforstete er seine Erinnerung.

Und dann fiel es ihm ein. Er zückte sein Notizbuch, schrieb einen Namen hinein, schlug es zu, drehte sich um und ging ruhig und zügig zurück zum Fox Walk.

13

Als sie zum Pollard Way kamen, trennten sich Garvies und Felix' Wege. Garvie ging allein die Bulwarks Lane hinauf. Es war jetzt halb vier. Er musste noch etwa eine halbe Stunde überbrücken, bevor er nach Hause ging, wenn er die unbequemen Fragen seiner Mutter vermeiden wollte. Der Verkehr stadtauswärts war heftig, Liefer- und Lastwagen schoben sich so langsam in Richtung Ringstraße, dass er glatt mit ihnen Schritt halten konnte, während er nachdenklich durch die Abgasschwaden ging.

Chloe Dow war der geradlinigste Mensch, dem er je begegnet war, ein Mädchen, das absolut nichts verbarg. Alles über sie wurde von ihr zur Schau gestellt – nicht nur ihr Aussehen, auch ihre ehrgeizigen Pläne, von denen sie unablässig sprach, ihre detailliert ausgesponnenen Phantasien, der Tratsch, den sie verbreitete. Sie war umwerfend – und gewöhnlich. Nicht die Sorte Mädchen, die etwas so Seltsames tun, wie in den hässlichen Schuhen einer anderen Person laufen zu gehen.

Nicht die Sorte Mädchen, die Geheimnisse hat. Bisher jedenfalls.

Er kam am Wettbüro vorbei, am Burger King, an der langen, abblätternden Fassade der alten Whiteways-Büros, und gerade hatte er die Ladenzeile erreicht, da hielt ein Wagen neben ihm am Straßenrand und eine vertraute Stimme sagte: «Steig ein.»

Er bückte sich, um durch das heruntergelassene Fenster zu spähen.

Der Polizist mit dem Turban blickte ihm entgegen. «Steig ins Auto», sagte er.

Garvie machte ein skeptisches Gesicht. «Ist das auch sauber? Meine Mutter ist in solchen Dingen sehr penibel.»

Der Inspektor antwortete nicht. Er stieß die Tür auf, und nach einem Moment stieg Garvie ein.

Es war sehr sauber.

«Ich habe gerade mit Mrs. Dow gesprochen», sagte Singh, «und sie hat mir erzählt, dass du sie heute Nachmittag zu Hause besucht hättest.»

Seine Stimme war ausdruckslos, genau wie sein Blick; nichts an seinem Verhalten verriet, dass er wütend war. Garvie spürte es trotzdem.

«Ja. Ich bin ein Freund der Familie.»

«Und dass du bei der Gelegenheit Chloes Zimmer betreten hast, obwohl dieses Zimmer ein Tatort ist, zu dem die Öffentlichkeit keinen Zutritt hat. Wie du eigentlich wissen müsstest von deinem ranghohen Onkel.»

«Ja, aber ich dachte, ein Tatort würde von der kompetenten Polizei immer sofort versiegelt, um zu verhindern, dass Unbefugte sie betreten.»

Singhs Mund zuckte. «Das Zimmer wird in diesem Augenblick versiegelt.»

«Na ja, besser spät als nie. Danke, dass Sie mich informiert haben.»

Er öffnete die Beifahrertür.

«Hiergeblieben», sagte Singh.

Garvie zögerte kurz, dann schloss er die Tür wieder.

Für einen Moment sah Singh ihn mit starrem Blick an. «Besitzt du eine Collegejacke?», fragte er.

Garvie fühlte sich zu seinem großen Ärger überrumpelt. Doch er fasste sich schnell. «Brauchen Sie nicht erst eine richterliche Anordnung, bevor Sie mir solche Fragen stellen dürfen?»

«Ja oder nein?», sagte Singh.

«Nein. Zufällig nicht. Warum? Finden Sie, ich sollte mir eine zulegen? Würde das mein Image aufpolieren?»

Als Singh weitersprach, war seine Stimme noch ruhiger als zuvor. «Seit Beginn dieses Falles hast du dich in die Ermittlungen der Polizei eingemischt.»

«Keineswegs. Ich bin –»

«Ich weiß genau, was du bist.»

Garvie hob die Augenbrauen.

«Es gibt ein System dafür, wie man mit Leuten wie dir verfährt. Wenn du uns weiterhin behinderst, bekommst du eine offizielle Verwarnung, mit Kopie an deine Mutter und deinen Schulleiter. Wenn es danach nicht aufhört, gibt's Hausarrest. Danach elektronische Fußfessel. Und danach die Residenzpflicht in einer Jugendvollzugsanstalt.»

«Das ist aber eine Menge Papierkram.»

«Du hörst mir nicht zu.»

«Sie hören *mir* nicht zu, Mann! Ich behindere niemanden, ich helfe. Ich helfe Ihnen bei der Lösung.»

Singhs Gesicht nahm einen völlig anderen Ausdruck an. Garvie konnte nicht erkennen, ob es Verblüffung oder Abscheu war.

«Du versuchst herauszufinden, wer Chloe Dow getötet hat?»

Garvie schüttelte erbittert den Kopf. «Nein! Ich versuche herauszufinden, wer ihre Laufschuhe gestohlen hat.»

Für einen kurzen Moment blitzte etwas Neues in Singhs Gesicht auf, dann war sein Ausdruck wieder gewohnt kühl.

«Raus», sagte er, und seine Stimme war nun gar nicht mehr ruhig. «Verschwinde!»

Singh fädelte sich in den Verkehr ein, während Garvie auf dem Bürgersteig stehen blieb und ihm nachdenklich hinterhersah.

Bevor er seinen Weg fortsetzen konnte, hörte er eine Stimme von hinten. Eine sanfte Stimme. «Warst du ein böser Junge, Garvie Smith?»

Jessica Walker. Mit langsam wiegendem Schritt kam sie näher, lehnte sich an ein Parkschild und sah ihn herausfordernd an.

Sie war ein schlankes Mädchen, sehr hübsch, mit zartem weißem Hals und großen schwarzen Augen. Auch ihre Haare waren schwarz, und Garvie fiel auf, dass sie – obwohl sie vorhin noch in der Schule war – die Schulschuhe bereits gegen Plateauschuhe getauscht hatte.

«Werden sie dich einsperren, Garv?»

«Yeah.»

Sie hielt sich mit einer Hand am Parkschild fest und neigte sich zur Seite, dabei blickte sie Singhs Wagen nach, der gerade hinter der nächsten Kurve verschwand. «Aber er ist weg. Und du läufst noch frei rum.»

«Ja. Er wird allein nicht mit mir fertig. Deshalb ist er los, um Verstärkung zu holen.»

Jessica sah Garvie mit ihren großen Augen an. «Nicht im Ernst, Garv?»

«Nein, nicht im Ernst, Jess.»

Sie lachte, wobei sich ihre Nase kräuselte. «Du bist lustig.» Sie löste sich von dem Parkschild und kam auf ihn zu. «Hast du Ziesen?»

«Ja.»

«Auch eine für mich?»

Sie setzten sich auf eine Bank neben dem Eingang zu *Jamal's*, wo man eine gute Sicht auf die Mülltonnen hatte. Jessica schlug die Beine übereinander und blies Garvie Rauch ins Gesicht. Ihre Beine, bemerkte er, waren sehr blass und glatt, mit einem wächsernen Glanz. Wie bei poliertem Obst.

«Das ist nett, Garv.»

«Nicht wahr? Hör mal, Jess, ich möchte dich was fragen.»

«Was Nettes?»

«Nicht so richtig.»

Sie hörte auf zu lächeln.

«Was für Sachen waren das, die du Chloe immer geklaut hast?»

Sie riss entrüstet den Kopf zurück. «Ich hab nie was von Chloe geklaut!»

«Nein? Kein Geld?»

«Geld? Niemals!»

Garvie blickte nachdenklich auf seine Zigarette. «Hat sie *dich* jemals um Geld gebeten?»

«Was? Geld zum Shoppen oder so?»

Garvie sagte nichts. Er rauchte.

«Du meinst echtes Geld? Nein. Nie. Warum sollte sie?»

Sie sah Garvie forschend an, und nach und nach entspannten sich ihre Züge. Ihre Stimme klang jetzt sogar mitfühlend.

«Garv? Ich weiß, dass du sauer bist. Glaub nicht, dass ich das nicht merke. Ich weiß, was sie dir angetan hat, ich weiß auch, dass das die Sache nicht leichter macht, und ich weiß –»

«Du mochtest sie nicht, stimmt's?», sagte Garvie.

«Wie meinst du das? Sie war meine Freundin.»

«Was ist mit all den Sachen, die du hinter ihrem Rücken über sie gesagt hast?»

«Was für Sachen?»

«Na ja. Dass sie MacAttack vögeln würde, dass Alex nur ihretwegen mit den Drogen angefangen hätte und so weiter.»

«Das kam niemals von mir. Das kam von anderen. Vielleicht habe ich das eine oder andere weitererzählt. Außerdem war es zum Teil ja auch wahr.»

«Was denn zum Beispiel?»

«Das mit Alex», sagte sie und verstummte abrupt.

Keiner sagte etwas.

Garvie nickte. Er wusste so gut wie jeder andere, was Jessica von Alex hielt: Sechs Monate zuvor hatte er sie für Chloe sitzen lassen, und seither wusste Jessica nicht, wen sie mehr hassen sollte.

Arme Jessica Walker, sie war unglücklich verliebt.

«Jess?», sagte er, sanfter jetzt.

«Was?»

«Wann hast du Chloe das letzte Mal gesehen?»

Jessicas Gesicht veränderte sich, und sie begann auf der Innenseite ihrer Wange zu kauen.

«Kann mich echt nicht erinnern.»

«Aber sie war deine Freundin. Deine beste Freundin. Ihr habt euch doch ständig gesehen, oder?»

«Ja, gut, sicher.» Sie verschränkte die Arme. «Muss wohl in der Schule gewesen sein. Am Freitag. Freitagvormittag. In der Schule.»

«Alles klar.»

Während Jessica ein finsteres Gesicht machte, saß Garvie ruhig da und rauchte, bis sie schließlich wieder in seine Richtung guckte und sogar ein Lächeln zustande brachte. Als sie zu guter Letzt den Mund aufmachte, hatte sie auch schon wieder ihren lasziven Schmeichelton drauf.

«Garv? Warum müssen wir eigentlich die ganze Zeit über andere sprechen, Garv?»

«Du möchtest über etwas anderes sprechen?»

Sie nickte, und er lehnte sich zurück.

«Na schön.» Er zog noch einmal bedächtig an seiner Zigarette, dann sagte er: «Wie wär's mit komplexen Zahlen?»

Sie sah ihn zweifelnd an. «Können wir nicht einfach von mir sprechen?»

Er warf seine Zigarette weg und holte Papier und Bleistift aus seiner Jackentasche. «Eine komplexe Zahl, Jess, setzt sich zusammen aus einer realen Zahl und einer Zahl in einer imaginären Dimension. Nennen wir sie z. Es gibt da diese Formel, nicht wahr: $z = a + bi$. i zeigt an, dass b sich in einer imaginären Dimension befindet. Okay?» Rasch zeichnete er ein Diagramm.

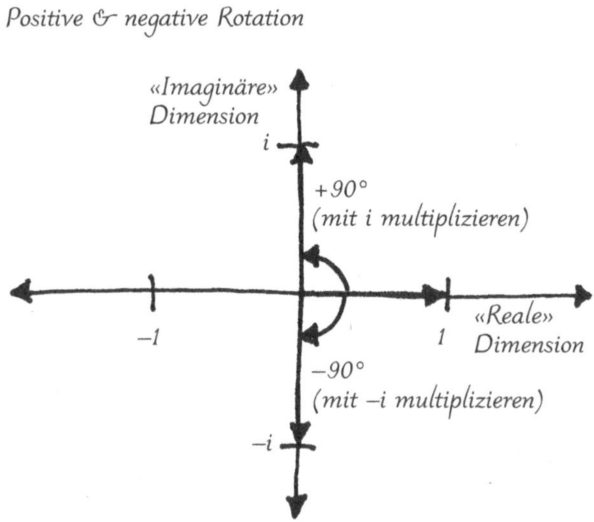

Jessica kniff die Augen zusammen. «Sieht nach Mathe aus», sagte sie angewidert.

«i^2 ist immer –1. Man sollte denken, das sei unmöglich, stimmt's?»

«Das würde ich denken, ja. Total.»

«Tja, ist es aber nicht. In einer imaginären Dimension wird das Unmögliche möglich. Siehst du? Da oben, da ist *i*, und da unten *–i*. Auf einer *imaginären* Achse. So, mit *i*-Zahlen rechnest du aber nicht, du lässt sie in diese imaginäre Dimension hineinrotieren, um neunzig Grad. $1 \times i$ führt dich nach da oben, wo *i* ist. *i* wird mit sich selbst malgenommen, um das Quadrat zu erhalten, und man rotiert um weitere neunzig Grad und landet dort, bei –1. Das Gleiche gilt für *–i*, nur auf anderem Weg. Elementar. Richtig?»

«Ja, ja, sicher.» Jessica versuchte sich an einem Lächeln

und brachte ein leicht gequältes Gesichtszucken zustande. «Aber was hat das jetzt mit *mir* zu tun?»

Garvie sah sie nachdenklich an. «Das weiß ich noch nicht.»

Er zeichnete ein weiteres Diagramm.

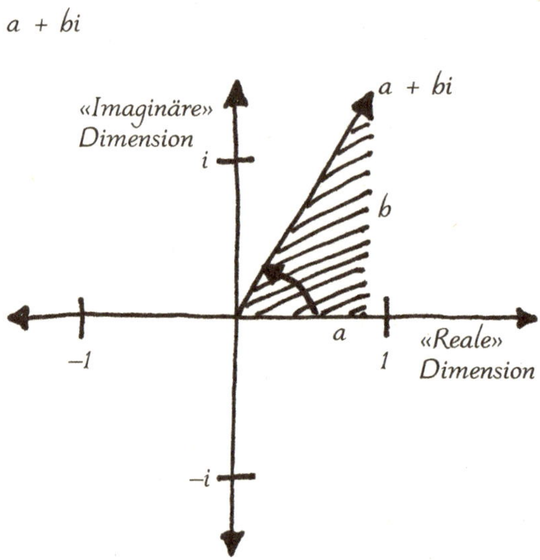

«Hier haben wir eine komplexe Zahl: $z = a + bi$. Siehst du? Dieser Punkt da. Spitze eines Dreiecks. Kinderleicht zu ermitteln. Sagen wir, $a = 4$ und $b = 6$. $z = \sqrt{4^2 + 6^2}$. $z = 7{,}211$.»

Sie zog mürrisch die Stirn in Falten.

«Also gut. Nehmen wir eine andere komplexe Zahl. Nennen wir sie ‹Was Jess tat›.»

«Warum?»

«Weil Jess komplex ist. *a* = etwas Reales, etwas Handfestes – ich weiß nicht, sagen wir … ‹Chloes Laufschuhe›.»

Jessica wandte sich mit verkniffenem Ausdruck ab und schnipste die Asche ihrer Zigarette auf ihren Rock.

«*bi* ist kniffliger», sagte er. Er machte eine Pause und sah sie an. «Ich werde es ‹schlechte Stimmung› nennen.»

«Wie meinst du das, ‹schlechte Stimmung›?»

«Schlechte Stimmung zwischen Jess und Chloe. Und jetzt müssen wir nur noch das Ergebnis ermitteln.»

Sie schwiegen. Nach einer Weile sagte er leise: «Verstehst du, worauf ich hinauswill?»

Mit einem langen, grimmigen Zug rauchte Jessica ihre Zigarette auf und drückte den Stummel auf der Armlehne der Bank aus. «Es gibt Momente, Garvie Smith, wo ich nicht besonders auf dich stehe.»

Er nickte mitfühlend und tätschelte ihr Knie. Sie sagte mit weicher Quengelstimme: «Garv, ich kapier das nicht. Warum fängst du ständig von anderen Leuten, komischen Zahlen und so Zeugs an? Können wir nicht einfach mal von *mir* reden?»

Sie drehte sich auf der Bank herum und streifte die Schuhe ab, dann zog sie die Beine an, legte ihre Füße auf seinen Schoß und wackelte mit den Zehen.

Er seufzte. «Na schön.»

Langes Schweigen.

«Na, nun fang schon an», sagte sie.

«Was für schöne große Füße du hast, Jess.»

Für einen Moment sah sie ihn mit weit aufgerissenen Augen entsetzt an. Doch dann fing sie sich und wurde stinksauer. Sie schlug mit den Beinen aus, sprang hoch und baute sich, die kleinen Hände zu Fäusten geballt, vor ihm auf.

«Nur die Ruhe», sagte Garvie mild.

«Weißt du, was dein Problem ist, Garvie Smith? Du interessierst dich für nichts anderes als nur für dich selbst!»

Wutschnaubend wandte sie sich ab und verschwand um die Ecke von *Jamal's*, so schnell es ihr wiegender Schritt erlaubte.

Garvie blieb noch eine Weile sitzen und dachte nach. Er dachte an Chloes mädchenhaftes Zimmer, an den schrecklichen Sonnenuntergang am Pike Pond und an Jessicas Füße. An Jessicas Füße vor allem. Was ihm aber am meisten zu denken gab, war ihr Blick – nicht voller Zorn, sondern voller Überraschung, ja Entsetzen.

Seufzend stand er schließlich auf und ging weiter. Vor *Jamal's* stand eine Nachrichtentafel mit der Schlagzeile NOCH KEINE HINWEISE IM «BEAUTY-MORD». Er warf nur einen flüchtigen Blick darauf, dann machte er sich auf den Weg nach Hause.

«Du interessierst dich wirklich für nichts anderes als für dich selbst, nicht wahr?», sagte auch seine Mutter von der Tür aus. Dort stand sie mit ihrer üblichen Art, wie aus dem Boden gewachsen.

In seinem Gedankengang unterbrochen, hielt Garvie den Blick stur an die Decke gerichtet und schnaubte leicht durch die Nase.

«Vor zwei Stunden hat er angerufen», sagte sie, «um zu fragen, wo du bist.» Sie folgte ihm in sein Zimmer.

«Wer?»

«Mr. Trindle.»

«Wer ist das denn?»

«Dein Erdkundelehrer.»

«Ach so?»

Seine Mutter sah ihn mit funkelnden Augen an. «Und wie lautet die Antwort?»

«Antwort worauf?»

«Wo du warst! Offensichtlich nicht im Erdkundeunterricht.»

Er überlegte, ob er ihr erzählen sollte, dass er Mrs. Dow besucht und ihr Blumen gebracht hatte, doch bevor er den Mund aufmachen konnte, sagte sie: «Das alles hat doch nicht etwa mit den Ermittlungen um Chloe zu tun? Da hast du doch wohl nicht deine Finger im Spiel, oder?»

Er registrierte den bedrohlichen Unterton in ihrer Stimme. «Natürlich nicht», sagte er.

«Also?»

«Ich war nirgendwo. Man hatte mir bloß gesagt, dass Trundle seine Stunde ausfallen lassen würde.»

«Trindle.»

«Wer auch immer.»

Als seine Mutter erneut schwer atmete, machte er sich auf den üblichen Streit gefasst, die helle Empörung über die Unordnung in seinem Zimmer, die Standpauke wegen seines unentschuldigten Schwänzens, der Aufschrei gegen seine allgemeine Pflichtvergessenheit. Er spürte alles kommen – doch nichts kam. Argwöhnisch riskierte er einen Blick in ihre Richtung. Zwar stand ihr die vertraute, fast schon eingemeißelte Missbilligung ins Gesicht geschrieben, doch in der Hand hielt sie etwas, das nicht vertraut war. Einen Brief in einem amtlich aussehenden, irgendwie fremden Umschlag. Während er darüber noch nachdachte, ließ sie sich plötzlich schwer auf dem Fußende seines Bettes nieder, sodass er vor Überraschung nur noch blinzeln konnte.

«Was machst du?»

«Es wäre besser, wenn du mir jetzt ausnahmsweise mal zuhörst», sagte sie. «Ich habe dir etwas mitzuteilen.»

«Kann das nicht warten?» Er machte eine Pause. «Ich wollte eigentlich lernen.»

Sie erzählte es ihm trotzdem, ohne Vorwarnung, und bald saß er kerzengerade im Bett.

«Was?»

Sie wiederholte es. Der Personaldirektor des Queen Elizabeth Hospitals in Bridgetown, Barbados, hatte sie brieflich dazu eingeladen, sich auf den Posten einer Oberschwester in der Chirurgie zu bewerben.

«Aber das ist auf Barbados.»

«Richtig.»

«Und du hast doch hier einen Job», sagte er. «Warum solltest du da hingehen?»

Sie erklärte es ihm. Das Geld hier war knapp. Die Wohnung hier war teuer. Auf Barbados war das Leben sehr viel billiger, und außerdem traf es sich, dass das Haus in Bridgetown, in dem ihre Mutter im Alter gelebt hatte, immer noch leer stand und nur darauf wartete, neu bezogen zu werden. Familienanschluss hätte man auch – Garvies andere Onkel und Tanten lebten dort, und mehr Cousins und Cousinen, als sie im Moment aufzählen könnte.

Sie stockte etwas. «Und ich glaube, du wärst auf Barbados glücklicher.»

«Nein», sagte Garvie.

«Na schön», sagte sie. «Ich glaube, es wäre gut für dich, auf Barbados zu leben.»

«Nein», wiederholte er.

«Es liegt nicht an dir, ja oder nein zu sagen. Es ist meine Entscheidung.»

«Ich gehe nicht mit.»

«Was willst du denn sonst machen?»

«Ich penne bei Freunden.»

Seine Mutter seufzte. «Es ist mir ernst, Garvie. Ich habe keine Lust mehr, dir beim Nichtstun zuzusehen. Ich werde nicht hierbleiben und zugucken, wie du dich in Schwierigkeiten bringst.»

«Ich bringe mich nicht in Schwierigkeiten.»

«Ich möchte, dass du damit aufhörst, bevor es ernst wird.»

«Ich sag doch, ich bringe mich nicht in Schwierigkeiten.»

Schweigen herrschte, während er zu verdrängen versuchte, was Inspektor Singh vorhin zu ihm gesagt hatte.

Sie stand auf. «Ich habe noch ungefähr eine Woche Zeit, bis ich ihnen eine Antwort geben muss.» Sie ließ einen erbitterten Blick durchs Zimmer schweifen. «Wenn du willst, dass ich das Angebot ausschlage, dann solltest du anfangen, mir zu zeigen, warum das Leben hier so viel besser ist für dich. Nächsten Monat hast du Klausuren.»

Als sie gegangen war, blickte er sich um und nahm – genau wie sie vorher – das Chaos aus schmutziger Wäsche, Müll, Gerümpel und Krimskrams wahr. Irgendwo lag dort seine Schultasche vergraben. Vielleicht.

Verdrießlich wälzte er sich vom Bett, da schaltete seine Mutter in der Küche das Radio ein, und er blieb stehen und lauschte. Eine Stimme war zu hören, flach und etwas verzerrt, aber gut zu erkennen: Inspektor Singh gab eine Erklärung ab.

Es gäbe eine neue Entwicklung, sagte er gerade. Die Polizei richte jetzt ihre ganze Aufmerksamkeit auf die Gegend um den Market Square in der Innenstadt. Er rief jeden auf, der Chloe dort am Donnerstag zwischen sechs Uhr nachmittags und Mitternacht gesehen habe, sich beim nächsten Revier zu melden. Er gab jedoch keinen Grund an für diese Schwerpunktverlagerung in den Ermittlungen und wollte auch keine Fragen zu Videoüberwachungen in der fraglichen Gegend beantworten, geschweige denn, was Chloe dort gewollt haben könnte.

«Gibt es bestimmte Personen, die Ihnen bei den Ermittlungen besonders weiterhelfen?»

«Die Ermittlungen machen Fortschritte», sagte Singh knapp. «Weitere Erklärungen habe ich nicht abzugeben.»

«Gibt es überhaupt schon Verdächtige?», fragte der Reporter.

Aber Singh verweigerte auch dazu jeden Kommentar.

Garvie legte sich wieder aufs Bett und starrte an die Decke. Market Square. Ein kleines verwinkeltes Viertel mit Kopfsteinpflaster, früher Stätte kleiner Handwerksbetriebe, dann heruntergekommen und seit einiger Zeit wiederbelebt als eine malerische Ansammlung von Cafés, Bars, Restaurants und Edelclubs, alles mit diskreten Markisen, raffinierter Bodenbeleuchtung und Speisekarten auf Französisch. Natürlicher Lebensraum der Alten und Reichen.

Garvie behielt teilnahmslos die Decke im Auge.

Chloe hatte gern über den Market Square geredet und

den Eindruck erweckt, sie würde sich da ganz genau auskennen. Ihre persönliche Neigung galt aber eher den größeren, angesagteren Treffpunkten in der benachbarten Straße The Wicker – dem natürlichen Lebensraum der Jungen und Berühmten. Nicht, dass sie den Market Square gemieden hätte, aber ihre erste Wahl war er garantiert nicht.

Garvie kniff leicht die Augen zusammen.

Dafür aber offenbar die erste Wahl eines anderen.

14

Die Tage vergingen, ohne dass das Medieninteresse an dem Mordfall «Die Schöne und das Biest» nachgelassen hätte, eher im Gegenteil: Am Tag von Chloes Beerdigung kochte es noch einmal besonders hoch. In den Nachrichten war Chloe allgegenwärtig: ihre Jugend, ihr Charme, ihre Träume, ihre Hoffnungen, ihr Geheimnis und ihre Ermordung. Und immer wieder war wie eine schrille Mahnung gegen das Vergessen ihr Bild zu sehen, dieser Schnappschuss, dieses Gesicht voll herzzerreißender Unschuld und Schönheit.

An der Marsh Academy belagerten Kamerateams in Kompaniestärke das Eingangstor, in Schach gehalten einzig von der zierlichen Miss Perkins, deren Entschlossenheit allerdings die der Presseleute um einiges übertraf.

Auf dem oberen Teil des Schulgeländes lag Garvie Smith um die Mittagzeit vollkommen erschöpft hingestreckt im Gras. Neben ihm saßen Smudge und Felix. Garvie hatte drei Unterrichtsstunden *nacheinander* durchgehalten und bezweifelte ernsthaft, dass er ein derart extremes Pensum weiter würde durchstehen können. Er und Smudge teilten sich eine beruhigende Benson & Hedges, während sie Felix' Bericht von der Beerdigung lauschten, deren heimlicher Zeuge er am Morgen gewesen war.

Es war nur eine private Familienangelegenheit in der Methodistischen Kirche von Five Mile gewesen. Aber Felix befand sich zur fraglichen Zeit zufällig auf dem Dach des Zeitschriftenladens gegenüber.

Privat sei das Ganze sowieso nicht gewesen, sagte er. «Riesenauflauf. Absolut gigantisch. All diese Reporter und Fotografen. Kameras, Fernsehteams. Und drumherum gefühlte tausend Bullen. Aber das absolut Schrägste war, wie still die alle waren. Echt unheimlich still. Als wären die auf einer … einer …»

«Beerdigung», sagte Garvie.

«Äh, na ja.»

«Was hast'n du da auf dem Dach gemacht?», erkundigte sich Smudge.

«Ach, ich hab nur was nachgeguckt», erklärte Felix ausweichend.

Smudge sagte: «Ich schätze, das ist das Größte, was in Five Mile je passiert ist. Kannst ja die Glotze gar nicht mehr anmachen, ohne dass du ihr Gesicht siehst. Und guckt euch an, wie viele Bullen hier rumgelaufen sind.» Er hielt inne und sah Garvie an. «Bist du eigentlich schon vernommen worden?»

«Nee.»

«Echt? Alle anderen schon. Sogar ich.»

«Ich kooperiere nicht.»

«Hast du ihnen das gesagt?»

«Nicht direkt. Sie haben es mir gesagt.»

Es war schon seltsam, dass die Polizei Garvie ganz außen vor gelassen hatte. Alle anderen, da hatte Smudge recht, waren befragt worden, nicht nur Chloes Freundinnen, sondern praktisch der ganze elfte Jahrgang, außerdem die Lehrer und sogar der Hausmeister und die Schulkrankenschwester. Jeden Tag wurden Schüler aus dem Unterricht zum Gebäude «Tech 2» gerufen, wo sie sich im «Befragungsraum» ans Ende einer aus der Mensa geborgten Tischreihe setzen mussten, um «ein wenig über Chloe zu plaudern». Alles sollte vertraulich bleiben. Aber alle Informationen, die im «Tech 2» unter dem Siegel strengster Verschwiegenheit weitergegeben wurden, zirkulierten im Rest der Schule frei und ungebremst, sodass die Schüler zu jeder Zeit weitaus mehr wussten als die Polizei. Es überraschte sie gar nicht, dass Chloe Opfer von Gerüchten und Gelegenheitsdiebstählen gewesen sei und dass in vielen Fällen Jessica Walker dahintergesteckt habe. Oder dass Chloe selbst die Quelle anderer Gerüchte gewesen sei, in denen es um Luxusautos, millionenschwere Bewunderer, Modelverträge und liebestrunkene Lehrer ging. Es war nichts Neues für sie, dass es nicht nur einen, sondern gleich mehrere Stalker gegeben haben sollte. Sie hatten sogar eine recht genaue Vorstellung davon, wie wohl die Zeugenaussagen der Lehrer aussahen, ja, sie hätten die Polizei auch selbst darüber informieren können, dass zum Beispiel ein Mr. MacArthur Chloe oft nach ihrem Lauftraining mit seinem Auto nach Hause gebracht hatte.

Eine interessante Information aber nahm einen anderen Weg. Garvie, der seine eigenen Befragungen bei einer entspannten Zigarette auf dem oberen Feld oder in der kleinen Gasse an den Marsh Fields durchführte, hatte erfahren, dass das Interesse der Polizei sich auf drei Punkte konzentrierte: einen schwarzen Porsche, die Tatsache, dass Chloe sich am späten Donnerstagabend über irgendetwas aufgeregt hatte, und dass sie am Freitagnachmittag nicht in der Schule war.

Außerdem hatte er erfahren, dass die Polizei enttäuscht gewesen sei, Alex nicht in der Schule anzutreffen, da sie ihn unbedingt noch einmal hätten befragen wollen.

«Das mit dem Porsche ist aber totaler Quatsch», sagte Smudge.

«Tatsächlich?»

«Du weißt doch, wie sie drauf war. ‹Ist so bequem, in einem Porsche zu fahren, Smudge. So schön still, Smudgy. Alles passt zusammen, Smudgster.› Die üblichen Chloe-Sprüche, Garv. Wunschträume.»

Garvie überlegte. «Was ist mit Donnerstagabend? Weiß jemand, wo sie war?»

Smudge schüttelte den Kopf. «Das ist die einzige Frage, die ich denen nicht beantworten konnte, muss ich zugeben. Es heißt, sie wäre am Market Square gewesen, in irgendeiner Bar. The Black Cat oder so. Keine Ahnung.»

«Felix?»

«Anscheinend hatte sie gesagt, sie würde zu Jess gehen, ist sie aber nicht.»

«Und Freitagnachmittag?»

Smudge zuckte die Achseln. «Da hat sie wahrscheinlich gar nichts gemacht. Ich geh selber gern freitagnachmittags nach Hause, um mich mal aufs Ohr zu legen. Bevor man abends weggeht, weißt du. Ich brauch meinen Schönheitsschlaf.»

«Da brauchst du mehr als ein Nickerchen, mein Freund. Du musst mindestens tausend Jahre schlafen», stichelte Felix.

«Was ist deine Theorie, Garv? Weißt du, was ich glaube?»

«Na, was glaubst du, Smudge?»

«Ich schätze, das war ein Landstreicher. Einer von denen, die sich in Four Winds herumtreiben und nachts im Freien pennen.»

«Höchstwahrscheinlich.»

«Ja, aber das Beste kommt noch. Es war nicht irgendein beliebiger Landstreicher. Sondern ihr Dad. Ihr echter Dad.»

«Ihr echter Dad ist seit zehn Jahren tot, Smudge.»

«Ja, er ist aber zurückgekommen. Von den Toten.»

«Ja, der hatte sich nämlich die ganze Zeit versteckt», warf Felix ein.

«Genau. In Bolivien oder Kathmandu. Oder vielleicht auch unten in der Town Road, weißt du, über einem Ladengeschäft oder so.»

«Weil er nämlich ein Drogenbaron ist.»

«Und ein Zombie. Und er ist zurückgekommen, um ... Anspruch auf seine Tochter zu erheben.»

«Und er zeigt ihr das Tattoo auf seinem Handgelenk, um zu beweisen, dass er es ist.»

«Ja, genau. Das Tattoo von einem Lama, weil, die gibt es da nämlich in ... da wo er war.»

«Ja. Aber sie wehrt sich.»

«Also tötet er sie.»

«Macht sie mausetot.»

«Ich schätze, so muss es gewesen sein.» Smudge hüstelte bescheiden. «Was meinst du, Garv?»

Garvie nahm sich Zeit, seine Benson & Hedges aufzurauchen, und nachdem er den Stummel weggeschnipst hatte, sagte er: «MacAttack ist Lehrer von Beruf.»

Ein langes Schweigen folgte, während Felix und Smudge einander ansahen.

«Ja und?»

«Und also fährt er keinen Porsche.»

«Ja, aber die ganze Sache mit dem Porsche ist eh –»

«Tun wir probehalber einfach mal so, als wäre die Porsche-Geschichte genauso wahrscheinlich wie die Theorie von dem Zombievater mit dem Lama-Tattoo.»

«Reichlich weit hergeholt, finde ich, aber meinetwegen.»

«MacAttack fährt keinen Porsche, wo also geht Chloe hin, um einen zu finden? Wo würde man hingehen, um einen reichen jungen Wichser mit Porsche kennenzulernen?»

«Das ist eigentlich ziemlich simpel», sagte Smudge. «Gar kein Problem, würde ich sagen. *Imperium*, was? Das Casino da unten. Da treiben sich jede Menge reiche Wichser mit ihren schicken Porsches rum.»

Garvie lächelte. «Smudge, mein Freund. Du bist ein Genie. Ein verkapptes Genie.»

Smudge lief rosarot an und nahm sich viel Zeit, seine Schuhe zu betrachten. Als er schließlich den Kopf wieder hob und sagte: «Ja, aber was hältst du von der –», da war Garvie schon halb den Hang hinunter auf dem Weg zum Block C.

15

Zuerst erkannte Abdul ihn gar nicht. Er kam aus seinem Taxi gesprungen, öffnete die Hintertür und wollte ihn, begleitet von seinem üblichen Scharwenzeln und höflichem Gemurmel, einsteigen lassen, hielt dann aber plötzlich inne.

«Mein Garvie! Bist du?»

«Höchstpersönlich.»

«Mein Garvie, Mann, was sie haben gemacht mit dir?»

Sie hatten ihn in ein mehr oder weniger violett schillerndes Hemd von Jil Sander gesteckt, ein schwarzes Dandy-Sakko von Acne, eine Stretch-Chinohose von Ralph Lauren, ebenfalls schwarz, und dazu schwarze Halbschuhe. Sie hatten ihm Falschgoldkettchen um Handgelenke und Hals gehängt und sein Haar unter Einsatz von viel Gel in eine Form gebracht, von der selbst die besten Softeis-Maschinen nur träumen können. Und auf die Nase hatten sie ihm eine annähernd echte Ray Ban gesetzt, Felix hatte sie aufgetrieben – keiner wusste, wo.

«Was du hier siehst, das nennt man Dress-Code», sagte Garvie.

Abdul stieß einige schrille
Auslöser Gluckslaute aus, die seine Missbilligung ausdrücken sollten. «Ist dumm.»

«Ist Imperium. Was allerdings so ziemlich auf dasselbe hinausläuft. Kannst du mich bei der Bowlingbahn nebenan absetzen?»

«*Oui, bien sûr.* Fahren schnell, schnell, damit du kannst verlieren all dein Geld.»

Sie fuhren die Bulwarks Lane hinunter zum Pollard Way und dann aus Five Mile hinaus in Richtung Innenstadt. Die Dämmerung wurde vom gelben Flimmern der Straßenlaternen, dem weißen Glanz der Ladenfenster und all den pulsierenden roten Rücklichtern erleuchtet.

«Ich hoffe doch, die Polizei lässt dich in Ruhe, Abdul?»

Sofort begann der kleine Mann aufgeregt zu gestikulieren. Nein, das taten sie nicht. Sie hatten ihn ein zweites Mal befragt. Ob er Chloe Dow kenne? Ob er sie je in seinem Taxi gefahren habe?

«Haben Sie dich schon nach einem schwarzen Porsche gefragt?»

«*Oui*, sie gefragt.» Abdul sah ihn im Rückspiegel an. «Du kennst schwarzen Porsche?»

«Ja, natürlich. Du auch?»

Abdul nickte selbstsicher. «*Oui, oui.* Ich schwarzen Porsche sehen.»

Garvie runzelte die Stirn. «Tatsächlich? Wo denn?»

«Hier, da. Großer Mann am Steuer. Groß, groß wie das hier.» Er blies die Backen auf.

«Bestimmt gibt es Dutzende von schwarzen Porsches in der Stadt, Abdul.»

Abdul zuckte die Achseln. «Großer, großer Mann», wiederholte er. «Ich ihn sehe hier, sehe ihn dort. Ich erzähle Polizei. Sie schreiben in ihr kleines Buch. Nichts passieren. Ich weiß.» Er tippte sich bedeutsam gegen die Schläfe.

«Wer ist das, dieser große Mann?»

Wieder Achselzucken bei Abdul. «Er großer Play... großer Play…» Er suchte nach dem richtigen Wort, fand es aber nicht.

«Playboy?»

«*Oui*, Garvie, Mann! *C'est ça.* Großer Play*boy*.» Er rieb seine Finger aneinander. «Er viel, viel Geld.»

«Tja, schon klar. Er fährt einen Porsche.»

Schließlich erreichten sie The Wicker. Früher voller Lagerhallen und Werkstätten, war die Straße der alten Industrie entrissen worden, um dem modernen Entertainment zu dienen. Heute war sie eine Kette von Bars und Trinklokalen, Fastfoodläden, Bowlingbahnen, Stripclubs, Kinos und Casinos. Allgegenwärtig war das bunte Spiel der Lichter, das gedämpfte Dröhnen der Musik und der leichte, aber penetrante Geruch nach Gebratenem, Alkohol und Aftershave. Um halb zehn Uhr abends hielt sich der Trubel aber noch sehr in Grenzen.

Abdul ließ ihn vor dem Bowlingcenter aussteigen und sah ihn kopfschüttelnd an.

«Ich weiß, Abdul. Ist dumm.»

Der Mann nickte. «Hast du Glück, dass ich nicht deiner Mutter erzähle.»

Die Luft war mild und feucht. Eine Gruppe schick gekleideter Männer kam an Garvie vorbei, als er vor dem Bowlingcenter stand und hinüberblickte zum «Imperium – Restaurant und Spielcasino». Ein flaches, elegantes Gebäude aus Stein und Rauchglas, mit vorgesetzten pseudorömischen Säulen und einer Reihe eingetopfter Mini-Orangenbäume, allesamt perfekt kugelförmig zurechtgeschnitten. Sanftes blaues Licht beschien das Ensemble. Die stämmigen Türsteher traten demonstrativ mit Dinnerjackets und schwarzen Fliegen auf. Und ein hell strahlendes, riesiges Reklameschild über ihnen zeigte eine fast ausschließlich mit Quasten behängte Frau, die fröhlich in die Hände klatschte neben einem Slogan: UM ZU GEWINNEN, BRAUCHST DU NUR ZU SPIELEN! Garvie überquerte den Vorhof des Bowlingcenters und strich an der Grenzmauer entlang, bis er im Schatten untertauchte. Kurz darauf befand er sich auf dem rückwärtigen Parkplatz des Casinos, einer holprigen Betonwüste, die in keiner Weise zu der eleganten Vorderansicht passte.

Zwei Minuten suchte er alles nach einem Fahrzeug ab, das ein Porsche hätte sein können. Nichts, weder in Schwarz noch in einer anderen Farbe. So zog er sich in die Dunkelheit am anderen Ende des Parkplatzes zurück, wo er, an einen klapprigen alten Renault Clio gelehnt, erst einmal nachdenklich eine rauchte und abwartete.

Nach kurzer Zeit rollten weitere Autos an, und als die Insassen sich auf den Weg zum Eingang machten, schloss Garvie sich ihnen an. Gemeinsam passierten sie den Türsteher, der einen flüchtigen Blick auf den Mitgliedsausweis von Felix' älterem Bruder warf, und betraten das Casino.

Die Teppiche waren vornehm, die ganze Einrichtung war nobel. Garvie ging durch einen Flur voller Spielautomaten in ein tiefergelegtes rundes Foyer, das wie ein kleines Amphitheater gestaltet war. Hinter einem Aquarium in der Form einer römischen Urne stand eine Frau in einer kurzen weißen Toga und machte ihm schöne Augen. Mit leutseligem Lächeln schritt er weiter durch die Cocktailbar und am Restaurant vorbei in die Spielsäle, während er alles aufmerksam wahrnahm. Es war das alte Rom, aber im Hollywoodstil, ein Bühnenbild mit grellen Effekten, deren Geschmacklosigkeit durch diskrete Beleuchtung gemildert wurde. Das Motiv des Imperiums begegnete einem auf Schritt und Tritt: klassische Statuen in efeubehängten Nischen, Mosaike auf dem Fußboden, Fresken mit angedeuteten erotischen Motiven an den Wänden und sanfte Leierklänge, die aus verborgenen Lautsprechern tröpfelten. Das *Imperium*-Logo, ein Goldkranz auf einer goldenen Urne, prangte auf den purpurroten Überzügen der Spieltische und stand in der Gestalt kleiner Goldskulpturen über den Rouletterädern. Es schmückte sogar die Plastiknamensschilder an den Togen der Kellnerinnen, die Getränke-Tabletts herumtrugen: Agrippina, Sabina, Flavia, Livia und andere bekannte Frauennamen aus dem alten Rom.

Es war voll. Aus jeder Ecke drang der übliche gedämpfte Lärm von Menschen, die Spaß daran haben, Geld zu verlieren, ein mäßiges Geplapper und gelegentliches Gelächter, grundiert vom Klackern der Roulettekugeln, dem Klatschen der auf den Tisch geschlagenen Karten und dem Klappern der aus einarmigen Banditen purzelnden Münzen.

Garvie stand an der Bar und sah sich um. Etwa vierhundert Kristallglasflaschen mit Alkoholika erzeugten einen weichen, beruhigenden Glanz. War Chloe hier gewesen? Sie hatte vom *Imperium* geredet, aber andererseits hatte sie von praktisch allen Bars und Clubs der Stadt geredet. Er dachte wieder an diese typische Eigenschaft, ihre Freude am Risiko. Dies war der geeignete Ort, um Risiken einzugehen, alles auf eine Karte zu setzen, auf das große Glück zu hoffen. Gewinnen. Das war ihr Stil.

Nachdem er einer umherstreifenden «Agrippina» das kostenlose Glas Sekt abgenommen hatte, begab sich Garvie auf einen Rundgang durch die Spielsäle und schlängelte sich durch Spieler und Zuschauer, die um die einzelnen Tische versammelt waren. Er schlenderte in den Baccara- und den Pokerraum, wo einige ältere Männer still an den Tischen saßen, ganz auf die Karten konzentriert, die die in eine Toga gehüllte Croupière mit einem dünnen Holzspatel über den violetten Fries schob. Er strich um die Roulette- und Blackjacktische, sie waren umlagert von Leuten, die fest entschlossen waren, sich zu amüsieren. Vorbei an den Spielautomaten, die hell flackerten vor den dunklen Wänden. Das größte Gedränge aber herrschte in der Cocktailbar, wo man bei Drinks und Häppchen saß, die von Kellnerinnen in weißen Togen serviert wurden.

Eine ganze Weile lang blieb Garvie am Roulettetisch stehen und beobachtete das Geschehen. Es war interessant, mathematisch gesehen. Achtunddreißig nummerierte Fächer auf einem blanken Holzrad: achtzehn rote, achtzehn schwarze und zwei – als 0 und 00 markierte – grüne. Das Rad drehte sich in einem rot-schwarzen Wirbel in die eine Richtung, die weiße Kugel rollte in die andere. Wie ein kleiner Läufer, der um eine Bahn rennt, rollte sie, bis sie nicht mehr konnte, und plumpste schließlich klappernd in eins der Fächer.

Das Haus zahlte eine Quote von fünfunddreißig zu eins aus, wenn man erfolgreich auf eine einzelne Zahl setzte. Wenn die Null oder Doppelnull fielen, wurde gar nichts gezahlt. Garvie dachte darüber nach.

Die Wahrscheinlichkeit, dass man seine Wette gewann,

lag bei 1:38, die Wahrscheinlichkeit, dass die Bank gewann, bei 37:38.

$-1 \times \frac{37}{38} + 35 \times \frac{1}{38} = -0{,}0526.$

Mit anderen Worten: Die Bank hatte immer eine um 5,26 % bessere Gewinnchance als der Spieler. Anders ausgedrückt: Langfristig verliert der Spieler *immer.*

Garvie dachte wieder an Chloe und daran, dass sie hergekommen war, um zu gewinnen.

Plötzlich wurde es am anderen Ende des Foyers unruhig. Eine der Kellnerinnen hatte einen Drink auf die Schuhe eines Mannes vergossen, aus dessen Reaktion man schließen konnte, dass er gerade beim Spiel verloren hatte.

Ihre Entschuldigungen waren fruchtlos. Ein Mann erschien – ein glatzköpfiger Riese in einem schwarz-gold gestreiften Hemd, das sich über seinem Wassermelonenbauch spannte. Er redete beruhigend auf den Mann mit den leicht angefeuchteten Schuhen ein, während er zwischendurch fingerschnipsend dem Barkeeper Zeichen gab und die Kellnerin zur Schnecke machte. Garvie konnte nicht verstehen, was er sagte, beobachtete aber, wie er mit seinem fetten Zeigefinger vor ihrem Gesicht herumfuchtelte. Es dauerte mehrere Minuten, bevor sie endlich mit ihrem Tablett von dannen wanken konnte. Garvie hatte genug gesehen, um das Schlimmste zu befürchten. Er schnappte sich ein Glas Wasser von der Bar und eilte in die andere Richtung aus dem Foyer, wo er die Kellnerin einholte. Sie mühte sich gerade mit einer Nur-für-Personal-Tür ab.

Er sah sie zögern, erst machte sie einen Schritt zurück, dann wieder einen nach vorn, sie schwankte und begann, sich langsam zu drehen.

«Hey», sagte Garvie und bekam gerade noch das Tablett zu fassen, während sie langsam, unter sanftem Flattern der weißen Toga und ihrer braunen Haare, in sich zusammensank und mit gedämpftem Aufprall auf dem schönen weichen Casinoteppich landete.

Er mühte sich, das heftig wackelnde Tablett unter Kontrolle zu bringen, während sie ohnmächtig zu seinen Füßen lag, die Beine züchtig angezogen, die Arme wie zum Ausruhen ausgebreitet und die Haare aus dem Gesicht gefallen.

Als Garvie das Tablett endlich ins Gleichgewicht gebracht hatte, riskierte er einen Blick nach unten. Und blieb wie angewurzelt stehen.

Sie war wunderschön. Ihr Gesicht war sehr blass, ihr Mund weich und rot, die Nase klein und fein gezeichnet. Als sich ihre Augen flatternd öffneten, sah er, dass sie grau waren.

«Hier ist ein guter Rat, den deine Mutter anscheinend vergessen hat, dir zu geben», sagte er. «Fall niemals mit einem Tablett voller Sektgläser in der Hand in Ohnmacht.»

Sie saß mit dem Rücken an der Wand und trank das Wasser, das er mitgebracht hatte. Eine Weile lang schwieg sie, dann schüttelte sie sich ein bisschen und sagte: «Geht schon wieder», und so klang es auch. Ihre Stimme war beschwingt und musikalisch. Sie sah ihn an, mit klarem, etwas amüsiertem Blick. «Du kannst also aufhören, so selbstzufrieden dreinzuschauen.»

Garvie starrte sie nur an. Ihre grauen Augen waren so frisch, heiter und groß, sie schienen ihn förmlich einzusaugen.

«Du kannst auch aufhören, mich so anzustarren. Hast du noch nie ein Mädchen gesehen, das wie eine Hure aus dem ersten Jahrhundert n. Chr. zurechtgemacht ist?»

Endlich fand er seine Stimme wieder. «Ich bin Garvie», sagte er. «Garvie Smith.»

«Hypatia. Wie du ja sehen kannst. Danke, dass du den Schampus aufgefangen hast, Garvie. Verschüttetes wird uns vom Gehalt abgezogen. Wenn man das als Gehalt bezeichnen will.»

«Hypatia? Nett. Wie heißt du richtig?»

Sie lächelte, wobei sich zwei hinreißende Grübchen in ihrem Gesicht abzeichneten. «Richtige Namen sind nicht erlaubt. Sie –»

«Werden euch vom Gehalt abgezogen, könnte ich wetten.»

«Wenn man das als Gehalt bezeichnen will.»

Sie standen jetzt bei den Spielautomaten, von wo man durch den Roulettesaal hindurch bis zur Cafébar blicken konnte, wo der glatzköpfige Riese inzwischen auf den Barkeeper einschrie.

Garvie deutete in seine Richtung. «Den richtigen Namen von *dem* da will ich gar nicht wissen.»

«Drecksack», sagte sie. «Er hat allerdings auch noch andere.»

«Und wer ist er?»

«Ihm gehört der Laden.» Sie zögerte.

«Und?»

Sie sah ihn forschend an.

«Du kannst mir vertrauen, Hypatia.»

Sie nickte. «Er ist ein absolutes Arschloch. Und man

kann wohl nicht behaupten, dass ich jetzt vertrauliche Informationen weitergegeben hätte.»

Sie sahen zu, wie er den Barkeeper rückwärts gegen die Flaschenregale drängte. Bei jeder seiner Bewegungen blitzte Gold auf. Er hob seinen fleischigen Zeigefinger und stieß ihn dem Barkeeper heftig vor die Brust.

«Ein großer Mann», sagte Garvie nachdenklich. «Ein großer, großer Mann. Du weißt nicht zufällig, was für einen Wagen er fährt?»

Wieder sah sie ihn neugierig an. «Ich verstehe nichts von Autos, und sie interessieren mich auch nicht. Seins aber ist flach und schnittig und schwarz und teuer.»

Garvie nickte. «Schon klar», murmelte er.

Zusammen beobachteten sie, wie der Große die Bar verließ. Im Schlepptau hatte er jetzt einen kleineren Typ, der beim Gehen zu ihnen herüberblickte und ein verärgertes Gesicht machte.

«Muss jetzt gehen, Garvie Smith. War nett, mit dir zu plaudern. Aber auch ich hätte einen guten Rat für dich. Trink deinen Schampus aus und sieh zu, dass du wegkommst, bevor sie deine Mitgliedskarte überprüfen und herausfinden, dass du erst siebzehn bist oder so.»

«Sechzehn», sagte Garvie. «Trotzdem danke. Wie immer du heißt.»

Er sah ihr nach, wie sie durch die Personaltür verschwand. Ein Rauschen von weißem Stoff, ein kurzes Wirbeln von braunen Haaren, dann war sie weg. Seufzend drehte er sich um und ging durch den Barbereich in Richtung Foyer. Der kleine Mann warf ihm einen weiteren finsteren Blick zu, doch Garvie beachtete ihn nicht, sondern schlenderte langsam weiter, nickte der Empfangsdame hinter ihrem Aquarium zu, woraufhin sie ihm erneut ihr einladendes Lächeln schenkte. Er stieg die halbkreisförmigen Stufen hinauf und ging durch Glastüren hinaus, die ein muskulöser Mann im Jackett aufhielt. Dort auf dem Vorplatz kam ihm Inspektor Singh entgegen.

«Viel Glück beim Spielen», sagte Garvie, tippte mit einem Finger gegen seine Haartolle und trat auf die Straße hinaus. Er machte sich auf den Heimweg, während Singh in stiller Wut zurückblieb.

16

Singh stand vor ihnen, mit dem Rücken zur Schautafel. Er wirkte noch verkrampfter als sonst. Es war der neunte Tag der Mordermittlung und die neunzehnte Einsatzbesprechung.

Sehr leise sagte er: «Ich bin gerade beim Polizeipräsidenten gewesen.»

Er machte eine Pause und sah sie an.

«Der Präsident hat mich gebeten, Sie an etwas zu erinnern.»

Er räusperte sich leise, und für einen kurzen Moment traten seine Halsmuskeln hervor.

«Ich soll Sie daran erinnern, dass Chloe Dow blond war.»

Seine Mitarbeiter wanden sich verlegen auf ihren Stühlen, aber Singh nahm keine Notiz davon. Sehr umständlich, als wären sie schwer von Begriff, erklärte er, was der Polizeipräsident damit sagen wollte. Nämlich dass Chloe Dows Bild in den Nachrichten auftauchen werde, immer wieder, bis der Fall abgeschlossen sei. Dies sei wichtig – erläuterte er –, weil es bedeutete, dass das öffentliche Interesse vorerst nicht nachlassen werde. Und dies wiederum sei wichtig, weil es bedeutete, dass Politiker, Vertreter der Justiz, Leiter der Kriminalämter und die selbsternannten Repräsentanten zahlloser Interessensgruppen fortfahren würden, den Polizeipräsidenten zu jeder Tages- und Nachtzeit anzurufen und ihn zu fragen, wie Singh und sein Team denn mit dem Fall vorankämen.

«Und Sie wissen, warum das für uns wichtig ist», sagte er.

Beklommenes Schweigen.

«Gehen wir also an die Arbeit.»

Bevor er sie um ihre Berichte bat, informierte er sie über sein Gespräch vom Vorabend mit Nichols Winder, dem Besitzer des *Imperium Casino und Restaurant.* Wie sie wüssten, fahre Winder einen schwarzen Porsche. Das Protokoll liege übrigens bereits den Dossiers bei. Er habe hier auch vermerkt, dass Winder ein Alibi für den betreffenden Freitagabend habe.

«Ich hoffe, Sie haben Zeit gefunden, das Protokoll zu lesen. Winder hat sich in Südfrankreich aufgehalten. Sein Porsche stand unterdessen in der Tiefgarage. Winder lebt allein, nur er hat die Schlüssel sowohl für den Wagen wie für die Garage. Das ist also die falsche Spur.»

«Ein Jammer», sagte Nolan. «Ich persönlich war an drei Ermittlungen gegen ihn beteiligt, die alle ergebnislos geblieben sind. Er ist ein Mistkerl und müsste wegen hundert anderer Sachen im Gefängnis sitzen.»

Dowell grunzte. «Höchste Zeit, unsere Ressourcen von dem Porsche abzuziehen. Das war von Anfang an eine fragwürdige Spur.»

Singh gab darauf keine Antwort. Er bat Collier, die Sitzung mit seinem Bericht über den Market Square am Donnerstagabend zu beginnen.

«Ergebnis bisher absolut null», sagte Collier. «Fehlanzeige, was die Überwachungskameras betrifft. In den Bars wurde Chloe auch von keinem gesehen. Die Taxifahrer bearbeiten wir derzeit noch. Aber es sieht nicht gut aus. Könnte sein, dass die Schüler sich hier einfach irren.»

Singh runzelte die Stirn. «Lawrence?»

«Was die Schüler uns erzählen, ist, dass Chloe viel über die Clubs am Market Square geredet hat. Besonders über zwei Läden: *Chi-Chi* und *Black Cat*. Die eine Hälfte der Schüler hat ihr geglaubt, die andere nicht. Schwer zu beurteilen, wer recht hat.»

Singh blätterte nachdenklich in seinen Unterlagen. «Sie entsprach nicht unbedingt dem Bild, das die Medien von ihr zeichnen.»

«Nein. Sie war nicht so unschuldig. Hatte eine große Klappe. Hat mit Modelverträgen geprahlt, mit Prominentenpartys, reichen Freunden, schnellen Autos und dergleichen. Die Clubs und Bars am Market Square gehören dazu.»

Singh wandte sich an Mal Nolan. «Mal?»

«Dass sie ein derart aktives Nachtleben gehabt hätte, wird zu Hause in keiner Weise bestätigt. Allerdings scheint Mrs. Dow insgesamt sehr wenig über ihre Tochter zu wissen. Sicher, Chloe konnte älter wirken, wenn sie wollte. Ich glaube nicht, dass sie Probleme gehabt hätte, irgendwo reinzukommen. Ich halte es für wahrscheinlich, dass einiges von dem, was sie erzählt hat, tatsächlich stimmt.»

Singh zeigte keine Reaktion. Nach einer Weile wandte er sich wieder Shan zu. «Gibt's sonst noch etwas aus der Schule zu berichten? Was ist mit diesem Lehrer? MacArthur.»

«Ein Fall von schlechtem Gewissen.» Shan schlug seine Akte auf. «Anscheinend hat er Chloe nach der Schule oft nach Hause gefahren. Sehr oft. Sie hat regelmäßig auf der

Laufbahn trainiert, und er hat auf sie gewartet und sie dann in seinem Auto mitgenommen. Er bestreitet, sie zu anderen Gelegenheiten gesehen zu haben, aber die Sache bringt ihn sichtlich in Verlegenheit. Ist natürlich verheiratet. Drei Kinder. Scheint kaum geschlafen zu haben, seit sie tot ist.»

«Sonst noch jemand?»

«Keine weiteren Lehrer. Aber der Hausmeister dort ist ein merkwürdiger Typ.»

«Merkwürdig?»

«Nichts, wo ich mit dem Finger draufzeigen könnte. Er ist mir einfach unheimlich.»

«Inwiefern?»

«Er benimmt sich komisch. Als würde es in ihm brodeln. Vielleicht ist er einfach nur der nervöse Typ. Aber er macht den Eindruck, als könnte er irgendwann echt mal durchdrehen. Für Freitag hat er ein Alibi, kann also sein, dass ich da zu viel hineinlese.»

Sie warteten auf Singhs Reaktion, aber der schwieg erneut. Dann ging ein nervöses Zucken über sein Gesicht.

«Mit dem Jungen, diesem Garvie Smith, haben Sie noch nicht gesprochen, oder?»

«Nein, Sie hatten uns gebeten, das nicht zu tun.»

Er nickte. «Ich habe mich bereits mit ihm befasst. Er ist keine Hilfe. Er ist» – er suchte vergeblich nach dem rechten Wort – «alles andere als eine Hilfe.» Sein Mund zuckte. «Fahren wir fort. Gibt's was Neues aus Froggett Woods?»

«Nur punktuell. Es ist gar nicht so einfach, alle Bewohner aufzuspüren. Einige sind geschäftlich unterwegs, andere im Urlaub. Irgendwann werden wir sie alle zu fassen kriegen. Aber die meisten Häuser stehen sowieso auf der anderen

Seite des Waldes. Unwahrscheinlich, dass die Leute viel von dem gehört haben, was am Pike Pond los war.»

Eine ganze Weile blieb Singh stumm.

«Pike Pond», sagte er schließlich. «Irgendetwas daran stört mich.»

Dowell zuckte mit den Achseln. «Es war eine ihrer üblichen Strecken. Sie ist oft dort gelaufen, sagt ihre Mutter.»

«Es ist...» Singh zögerte. «Gruselig.» Er korrigierte sich: «Ein fünfzehnjähriges Mädchen könnte es gruselig finden.»

«Wie gesagt, eine ihrer Lieblingsstrecken», sagte Collier. «Außerdem war es noch heller Tag, als sie losgelaufen ist.»

Singh sah ihn nachdenklich an. «Aber der Wald. Und die zerfallenen Gebäude.» Nach einer Weile vertiefte er sich wieder in sein Dossier. «Keine Fahrzeuge dort auf der Straße am Freitag?»

«Nein.»

«Einige Hinweise auf Landstreicher. Was für Leute sind das, Mal?»

Sie zeigte zwei Fotos. «Steven Wallis. Bekannt als der Fährmann. Unregelmäßiger Schlafgast im Hope House. Übernachtete manchmal draußen auf der Four-Winds-Farm. Und Lloyd Johnson. Achtundzwanzig. Eine Verwarnung vor ein paar Jahren wegen Erregung öffentlichen Ärgernisses.»

«Erregung öffentlichen Ärgernisses?»

«Er hatte ein Mädchen belästigt. Er hat aber behauptet, sie hätte ihn angestiftet.»

«Sonst keine weiteren Verdächtigen?»

«Einer noch. Kein echter Landstreicher allerdings.» Sie legte ein drittes Foto vor.

Singh nickte. «Alex Robinson.»

«Chloes Ex. Vor sechs Monaten wurde er in Four Winds festgenommen, als er einem anderen Schüler Cannabis verkaufte. Wir haben, wie Sie wissen, schon mit ihm gesprochen, nach dem Aufruhr, den er am Pike Pond veranstaltet hat. ‹Unkooperativ›, so würde ich ihn beschreiben.»

«Mit mir wird er kooperieren», sagte Singh. «Ich habe noch was anderes, worüber ich mit ihm sprechen möchte.» Er schlug sein Dossier zu und dachte nach, während die anderen auf seine Zusammenfassung warteten.

«Lawrence, laden Sie MacArthur vor, und bringen Sie ihn zum Reden. Lassen Sie auch den Hausmeister kommen. Vertrauen Sie Ihrem Instinkt. Mal, Sie machen die beiden Landstreicher ausfindig. Darren, bevor wir den Market Square abhaken, möchte ich sicher sein, dass wir nichts übersehen haben. Prüfen Sie das.» Er machte eine Pause und sah Bob Dowell an. «Bob, ich möchte, dass Sie an dem Porsche dranbleiben.»

Es wurde still, Dowell räusperte sich, und die anderen ließen ihre Blicke schweifen.

«Es gibt unter den Schülern keinen einzigen, der an den Porsche glaubt», sagte Dowell mit gedämpfter Stimme.

«Vielleicht irren die sich. Wie sie sich vielleicht auch irren, was den Market Square betrifft.»

«Und wir haben sämtliche schwarze Porsches in der Stadt überprüft. Ohne Ausnahme.»

«Dann weiten Sie die Suche aus.»

«Wir sind nicht genug Leute, um die Suche auszuweiten.»

«Dann ziehen Sie ein paar Kollegen von der Haustürbefragung ab.» Singh fixierte ihn. «Ich möchte, dass wir unserem Instinkt folgen. Und hier schlägt *mein* Instinkt an.»

Schweigen.

«Noch Fragen?»

Dowell begann seine Sachen zusammenzupacken.

«Bevor Sie gehen», sagte Singh. «Die Liste der Handygespräche. Lawrence?»

Shan zuckte zusammen. «Es gibt immer noch technische Probleme, sagt der Anbieter. Wir haben ein paar Leute hingeschickt, um die Sache zu beschleunigen.»

«Das wird nicht viel nützen. Sie werden selbst hingehen und Dampf machen müssen.»

Shan nickte.

«Letzter Punkt: Mir ist aufgefallen, dass Alex Robinson nicht in der Schule befragt wurde.»

«Er erscheint nicht mehr zum Unterricht.»

«Wo ist er?»

«In einer Absteige draußen in Limekilns.»

«Besorgen Sie mir die Adresse. Gut. Das war's.»

Es war elf Uhr. Als die anderen verschwunden waren, erhob sich Singh vom Schreibtisch und stellte sich, mit dem Gesicht zur Wand, in die Ecke seines Büros. Für einen Moment schien er unschlüssig. Sein Gesicht war blass, die Haut um die Augen dunkel. Er begann seine Gebete zu sprechen, brach aber, nach einem Blick auf die Uhr, gleich wieder ab und verließ das Büro, ohne sich noch einmal umzublicken.

17

Als das Taxi aus der Unterführung fuhr, setzte der Regen wieder ein. Es war kurz nach halb eins, in der Schule begann gerade die Doppelstunde Chemie.

Auf der anderen Seite der Ringstraße herrschte kaum Verkehr, nur einige Geldtransporter und Lastwagen der Stadtwerke waren unterwegs. Auch auf den Gehsteigen war so gut wie nichts los. Was Garvie zu sehen bekam, waren lediglich ein paar Jugendliche aus Sandhills, die schweigend vor einem Zeitschriftenladen rauchten. Als das Taxi an einer Ampel warten musste, bemerkte einer von ihnen Garvie und hob kurz die Hand zum Gruß. Garvie ließ das Fenster runter und streckte im Weiterfahren den Arm aus. Es war zwar nicht seine Gegend, aber er hatte Freunde überall in der Stadt.

Abdul warf ihm im Rückspiegel schon wieder einen nervösen Blick zu, sodass Garvie sagte: «Was ist los, Mann? Du bist ja total zappelig.»

Abdul versuchte sein berühmtes Lächeln, blieb aber auf halber Strecke stecken. «Miss Dow», setzte er an und biss sich sofort auf die Lippen.

«Was ist mit Miss Dow?»

«Polizei auf Besuch gestern.»

«Schon wieder? Das ist das dritte Mal, Abdul.»

«Fragen dies, fragen das. Fragen alles, Garvie, Mann. *Très* schwierige Leute.»

«*Très* dumme Leute. Was wollten die von dir wissen?»

«Alles über Donnerstag.» Ein weiterer unruhiger Blick in den Rückspiegel. «Ich sage, ist Freitag, wenn Miss Dow gestorben. *Freitag.* Ich am Freitag nicht arbeite. Sie sagen nein, nein, Donnerstag. Immer nur Donnerstag. Fragen mich, wen ich gefahren, wen ich gesehen.» Er leckte sich die Lippen. «Wo meine Papiere.»

«Du hast doch deine Papiere, Abdul.»

Abdul wirkte wie erstarrt.

«Soll meine Mum mal rüberkommen und dir helfen? Sie kann für dich mit der Polizei reden. Die werden ihr blaues Wunder erleben.»

Abdul langte zwischen den Sitzen nach hinten und drückte Garvie die Hand.»

«Schon gut, Mann. Das geht klar. Du brauchst dir keine Sorgen zu machen.»

Abduls Lächeln funktionierte wieder.

Im Nieselregen fuhren sie weiter, vorbei am Gemeindezentrum, dann durch die Siedlung Strawberry Hill mit ihren Garagen und Hochhäusern in Richtung Limekilns.

«Wie auch immer», sagte Garvie. «Erzähl mal, was du der Polizei über den Donnerstag gesagt hast.»

Abdul berichtete, dabei hielt er fast die ganze Zeit die Hand aufs Herz gelegt. Er hatte Chloe am Donnerstagabend nicht gefahren. Er hatte Chloe nicht gesehen. Er war gar nicht in die Nähe von Fox Walk gekommen. Auch Chloes Mutter oder ihren Stiefvater hatte er weder gesehen noch mitgenommen. Er hatte nicht mal an Chloe gedacht. Das war er bereit zu schwören.

«Vergessen wir Chloe mal für einen Moment.» Garvie

überlegte. «Hast du an dem Abend überhaupt *irgendwelche* weiblichen Fahrgäste gehabt?»

Nur einen. Sie war gegen sechs Uhr vor den Läden nahe der Schule in Abduls Taxi gestiegen und von ihm in die Innenstadt zum Market Square gebracht worden.

«Was war sie für eine?»

«Überhaupt so nicht wie Chloe.»

«Schon gut, Mann. Denk mal nicht an Chloe. Ich bin einfach nur neugierig.»

Die Frau war erstens schon mal viel älter als Chloe, vielleicht zwanzig, vielleicht fünfundzwanzig – das war bei manchen Frauen ja schwer zu erkennen. Sie hatte eine Menge sehr schwarze Haare. Und eine Menge Make-up im Gesicht. Abdul schüttelte den Kopf. Eine seltsame Frau war das.

«Wie, seltsam?»

Sie wusste nicht genau, wo am Market Square sie abgesetzt werden wollte. Sie ließ Abdul dreimal durch die ganzen Einbahnstraßen fahren und spähte dabei angestrengt aus dem Fenster. Und dann war da noch die komische Geschichte mit dem Trinkgeld.

«Was für eine Geschichte?»

Die Frau schien keine Ahnung zu haben, wie viel sie ihm geben sollte. Als wäre sie noch niemals mit einem Taxi gefahren. Sie nahm Geld aus ihrer Handtasche, steckte es wieder zurück, ärgerte sich über sich selbst und gab Abdul am Ende einen Zwanziger, was mehr war, als die Fahrt insgesamt gekostet hatte. Er gab ihr den Schein zurück, woraufhin sie noch verlegener und verwirrter wurde und ihn schließlich ganz ohne Trinkgeld zurückließ.

«*Très pertubée*, Garvie, Mann.» Abdul lachte und wedelte mit einem Finger neben seinem Kopf herum. «Eh? Verrückt wie Katze.»

Garvie sagte erst mal gar nichts.

«Abdul?»

«*Oui?*»

«Was hatte sie an, diese verrückte Frau?»

Abdul überlegte. Ein blaues Kleid, seiner Ansicht nach. Und ein weißes Jackett. Sie war gekleidet wie jemand, der ausgehen will, auch wenn sie nicht zu wissen schien, wohin sie ausgehen wollte.

«Und wo ist sie eingestiegen?»

«Vor Laden.»

«Welchem Laden?»

«Aphrodite-Laden. Kennst du?»

«*Aphrodites Schönheitssalon?*»

Abdul nickte.

«Kam sie gerade da raus?»

Abdul hatte darüber noch nie nachgedacht, aber jetzt begriff er, dass Garvie recht hatte. Sie hatte so viele Haare und so viel Make-up, da musste sie wohl bei *Aphrodite* gewesen sein, um sich zurechtmachen zu lassen.

Sie schwiegen jetzt beide für eine Weile. Inzwischen hatten sie Limekilns erreicht. Die Häuser hier waren alle Fertigbauten, hatten holzgetäfelte Fassaden und Vorbauten mit gewellten Plastikdächern. Die Straßen waren mit Eisenplatten ausgebessert. Geschäfte gab es nirgends. Es war eine ärmliche Gegend. Garvie ließ das Fenster runter und streckte den Kopf hinaus. Sogar die Luft schmeckte ärmlich.

Abdul setzte ihn an einer verlassenen Straßenecke ab. Er

wirkte wieder ziemlich nervös. «Ganz, ganz üble Gegend, Garvie, Mann.»

«Schon in Ordnung, Alter. Ein Freund von mir wohnt hier. Hör mal, Abdul.»

«Ja?»

«Noch mal zu dieser Frau. Hast du der Polizei von ihr erzählt?»

Abdul schüttelte den Kopf.

«Solltest du vielleicht. Um dich hilfsbereit zu zeigen. Vielleicht sind sie dir sogar dankbar.»

Abdul schien daran zu zweifeln, und Garvie sagte nichts mehr. So nickte Abdul schließlich und fuhr davon.

Garvie bog von der Straße ab und durchquerte auf einem Trampelpfad ein wüstes Stück Ödland voller Abfall und Dorngestrüpp, ging unter einer alten Bahnbrücke hindurch und einen Graben entlang, bis er schließlich zu einem verlassenen kleinen Häuschen mit zugenagelten Erdgeschossfenstern gelangte.

Vor dem Haus parkte ein Streifenwagen.

Die Haustür ging auf und ein Polizist mit nachdenklicher Miene trat heraus. Mit nachdenklicher Miene und einem Turban. Für einen Moment blieb er stehen. Dann blickte er auf, und sofort veränderte sich sein Gesicht.

«Herr Inspektor», sagte Garvie höflich. «Wieder einmal kreuzen sich unsere Wege.»

Singh ließ alle Spuren der Überraschung aus seinem Gesicht verschwinden und kam auf ihn zu. «Ich habe dich davor gewarnt, dich in polizeiliche Angelegenheiten einzumischen», sagte er.

«Ich mische mich nirgendwo ein», sagte Garvie.

«Was willst du dann hier?»

«Ich wollte mir nur ein paar Drogen beschaffen.»

Singh starrte ihn an.

«Aber», ergänzte Garvie, «ich verspreche, dass ich das Geschäft erst abwickle, wenn Sie weit weg sind.»

Einen Augenblick lang dachte Garvie, dass Singh die Beherrschung verlieren würde, aber der Mann blinzelte nur und machte ein paar Rückwärtsschritte, dabei zog er ein Notizbuch aus der Tasche.

In diesem Moment klingelte sein Handy. Stirnrunzelnd wandte er sich ab und ging ran. Garvie hörte ihn sagen: «Ja. Was soll das heißen, neue technische Probleme? Ach, lassen Sie, spielt keine Rolle. Ich komme jetzt selber. Ja, sofort.»

Er warf Garvie einen langen, verbitterten Blick zu, als er an ihm vorbei zu seinem Auto ging und einstieg. Garvie winkte zum Abschied, doch der Inspektor reagierte nicht.

Im Innern war das besetzte Haus mehr oder weniger abbruchreif: nackte Holzbalken und bröckelnder Putz, alles mit Graffiti übersät. Es roch nach abgestandenem Rauch. Im großen vorderen Zimmer des Erdgeschosses unterbrachen ein paar Jugendliche ihr Kartenspiel, als sie Garvie bemerkten.

«Haste was für uns, Smith?», sagte einer von ihnen mit quengliger Stimme.

«Heute nicht.»

Der Junge spuckte aus, sie spielten weiter, und Garvie stieg die rohen Treppenstufen hinauf in den ersten Stock, wo Alex sein Lager aufgeschlagen hatte. Es befand sich in einem ehemaligen Hinterzimmer, von dem nicht viel übrig geblieben war. Die durchhängende Decke war aufgerissen, das Waschbecken hing halb aus der Wand. Alex lag im Schlafsack auf einer Matratze und drehte sich gerade einen Joint. Er trug seine Collegejacke, und Garvie hielt kurz inne, um sie genauer unter die Lupe zu nehmen. Dann hockte er sich neben die Matratze, und sie klatschten sich zur Begrüßung ab.

«Na, schon wieder hier?»

«Hatte Sehnsucht. Ist so gemütlich hier.»

Alex ließ sich nicht beim Drehen stören. Er war groß und kräftig für sein Alter, mindestens eins fünfundneunzig, sehr breite Schultern. Er sah eigentlich ziemlich gut aus, auf die unkonventionelle Art, mit leicht wirrem Blick und dem üblichen Hip-Hopper-Image. Bis vor kurzem war er an der Marsh Academy Spitzensportler gewesen, Star der Fußball-Mannschaft und auch in allen anderen Disziplinen ganz vorn dabei. Doch obwohl er einen toughen Eindruck machte, war er ein sanfter, sogar weicher Typ. Als Chloe ihn abserviert hatte, war er praktisch vor die Hunde gegangen. Seit ihrem Tod schien er jeglichen Lebenswillen verloren zu haben. Wie die Bude, in der er hauste, befand er selbst sich in einem Zustand des rettungslosen Verfalls, sein lässig-entspanntes Getue war nur noch erbärmliche Fassade.

«Glaub, ehrlich gesagt, nicht, dass das hier sonderlich gut für deine Gesundheit ist», sagte Garvie.

Alex zuckte die Achseln.

«Oder für deine Nerven. Immer wenn ich komme, sind die Kids da unten noch jünger und ätzender.»

Alex sagte. «Die sind zum Schutz da.»

«Schutz! Du klingst wie ein Fernsehgangster. Vermisst du nicht deine Mum und deine Schwester? All die Bequemlichkeiten zu Hause? Ich erinnere mich noch gut an die Eintöpfe deiner Mutter.»

Alex machte ein finsteres Gesicht. «Ich bin kein Weichei.»

Garvie blickte sich um. «Was würde deine Mum zu diesem Siffloch hier sagen, Langer?»

«Ich kann für mich selbst sorgen.»

«Was würde Chloe sagen?»

Alex presste die Lippen zusammen und warf Garvie einen grimmigen Blick zu. Der beachtete ihn nicht.

«Was würde sie sagen, Alex?»

Schweigen breitete sich in dem verwahrlosten Zimmer aus.

«Hör auf, Garv», sagte Alex mit tiefer, belegter Stimme, als hätte er Kies und Kreide im Hals. «Sie ist nicht mehr da, um rumzustänkern.»

Er langte ins Innere seines Schlafsacks, holte ein kleines Päckchen hervor und warf es Garvie zu.

Garvie schüttelte den Kopf.

«Wozu bist du dann hier?»

«Um mich in polizeiliche Angelegenheiten einzumischen.»

Alex verdrehte die Augen. «Ich hab meinen Beitrag geleistet. Alles klar? Hab mir ein paar gefangen, musste eine Nacht in die Zelle. Dein Mann mit dem Turban war gerade wieder hier.»

«Ich weiß. Hab ihn unten getroffen. Sah überrascht aus.»

«Überrascht?»

«Überrascht, dass kein Porsche vor der Tür parkte, glaube ich.»

Alex grinste höhnisch. «Diese Sache mit dem Porsche. Alles Quatsch, Garv. Das weißt du. Sie ist nie im Leben in einem Porsche mitgefahren.»

«Trotzdem. Jeder weiß, dass Dealer solche Schlitten fahren. Singh dachte wahrscheinlich, du hättest drei oder vier davon.»

«Nicht mal annähernd lustig, Garv.»

«Blinkie fährt einen.»

Alex' Blick blieb kurz an Garvie hängen, schweifte aber gleich wieder ab. «Wer?»

«Der Typ, für den du arbeitest. Der mit der Augenklappe.»

«Ich arbeite nicht für Blinkie.»

«Aber er hat einen Porsche, stimmt's?»

«Kann sein. Woher soll ich das wissen?»

«Und der Porsche ist schwarz. Stimmt's?»

«Ich arbeite nicht für Blinkie. Ich hab noch nie in seinem Porsche gesessen.»

«Schon gut. Ganz ruhig, Alter. Ich versuche nur, mit dem Kopf eines Bullen zu denken.»

Alex zog eine Grimasse und rieb sich mit einer Hand über den Scheitel. «Viel mehr ertrag ich nicht, Garv.»

Garvie nickte. «Ich weiß. Was hast du ihm übrigens erzählt? Dem Bullen.»

«Nichts.»

«Gut. Dann hätte ich nur noch ein paar Fragen. Dauert nicht lange.»

Alex legte letzte Hand an seinen Joint, zündete ihn an und ließ sich zurücksinken. Mürrisch blickte er zur Decke hoch.

«Ich bin auch ganz vorsichtig», sagte Garvie.

18

Ort: *Elendsquartier; Zimmer im Obergeschoss; Einrichtung heruntergekommen; Geruch nach Kreide und Urin.*

Erscheinung des Befragenden: *lässig; gewinnend; schwarze, zerknitterte Schuluniform der Marsh Academy.*

Erscheinung des Befragten: *angespannt, schweißglänzendes Gesicht; bekleidet mit weißer Weste und Sporthose.*

DI Garvie Smith: Also. Du hast sie belästigt.

Alex Robinson: Fick dich!

DI Garvie Smith: Hast sie angerufen, sie mit Nachrichten zugeballert, bist ihr gefolgt.

Alex Robinson: Das weißt du doch. *(Raucht, reicht ihm Joint hinüber)* Jeder weiß das. Also was soll's?

DI Garvie Smith: Was ist passiert?

Alex Robinson: Nichts ist passiert. Sie wollte nichts mehr mit mir zu tun haben. Keine Anrufe. Keine Nachrichten. Auf der Straße hat sie mich einfach stehenlassen.

DI Garvie Smith: *(raucht)* Du hast sie oft beobachtet, wenn sie laufen war, stimmt's? Nach der Schule.

Alex Robinson: Nach der Schule, mittags. Sie hat dann diesen Schotten gerufen, damit er mich verscheucht. Als wäre ich irgendein Hund. Du hast es selber gesehen, Garv.

DI Garvie Smith: Ich erinnere mich. *(Reicht Joint zurück)* Und, warst du es, der ihre Laufschuhe gestohlen hat?

Alex Robinson: *(schnaubt)* Das ist ja schräg.

DI Garvie Smith: Schräg?

Alex Robinson: Dein Mann mit dem Turban hat mich das auch gefragt.

DI Garvie Smith: *(lacht)* Singh lernt dazu. *Hast* du sie gestohlen, Alex?

Alex Robinson: Hab ihr nie irgendwas weggenommen. Wünschte, ich hätt's getan. Irgendein Erinnerungsstück. *(Raucht)* Wenn du was über Chloes geklaute Sachen wissen willst, frag mal Jess. *(Reicht Joint weiter)*

DI Garvie Smith: Hab ich schon. Gutes Zeug hier übrigens. *(Längeres Schweigen)*

Alex Robinson: Das war's dann, Detective Smith?

DI Garvie Smith: Noch nicht ganz. Hast du in letzter Zeit mal Ware am Pike Pond vertickt?

Alex Robinson: Nein, Mann.

DI Garvie Smith: Sicher?

Alex Robinson: War dort schon seit … weiß nicht … Wochen nicht mehr. Hab ich dem Bullen gerade auch schon alles erzählt.

DI Garvie Smith: Also wann hast du Chloe zuletzt gesehen? Am Freitag? Freitagnachmittag?

Alex Robinson: Freitag auf keinen Fall.

DI Garvie Smith: Dachte, du hättest sie jeden Tag beobachtet. Machen Stalker das nicht so?

Alex Robinson: Donnerstag hab ich sie gesehen. Nach der Schule. Sie war laufen auf dem Sportplatz. Hab nicht mit ihr gesprochen. Bin nicht mal in ihre Nähe gekommen. Übliche Geschichte. Hat so getan, als wär ich gar nicht da.

DI Garvie Smith: Hier. *(Reicht Joint zurück)*

Alex Robinson: *(raucht)* Fertig?

DI Garvie Smith: Fast. Eins noch: Erzähl mir einfach, was du Singh gerade erzählt hast.

Alex Robinson: Hab ihm gar nichts erzählt. *(Reicht Joint weiter)*

DI Garvie Smith: Doch, hast du. Irgendwas Geheimes. Etwas, das du mir verschweigst. Er hat es mir verraten, als er wegging.

Alex Robinson: Er hat es dir *verraten*?

DI Garvie Smith: Sein Gesichtsausdruck hat es mir verraten. Bevor er so überrascht geguckt hat, sah er sehr nachdenklich aus. Wie jemand, der gerade etwas Wichtiges herausgefunden hat.

Alex Robinson: Garvie, Mann, du bist echt ein Freak. Na schön. Ist aber keine große Sache. Ich war am Freitag in Chloes Garten.

DI Garvie Smith: Du hast gesagt, du hättest sie am Freitag nicht gesehen. Dann muss es also am Freitagabend gewesen sein, später.

Alex Robinson: Ja. Spät. Nein, gesehen hab ich sie nicht.

DI Garvie Smith: *(raucht)* Was hast du da gemacht? *(Reicht Joint zurück)*

Alex Robinson: Nichts. Nur das Haus beobachtet. Dachte, sie taucht vielleicht auf. *(Raucht)* War nicht das erste Mal an dem Abend, dass ich da war, ehrlich gesagt. Hat mir'n bisschen geholfen, sie ab und zu zu sehen, weißt du, hinter ihrem Fenster oben. An dem Abend aber nicht. Und jetzt gar nie mehr. *(Schweigen)* Jedenfalls, als der Bulle aufkreuzte, bin ich rüber über den Zaun.

DI Garvie Smith: Und er hat dich gesehen.

Alex Robinson: *(schüttelt den Kopf)* Auf keinen Fall. War zu dunkel. Hatte einfach Pech.

DI Garvie Smith: Wie, Pech?

Alex Robinson: *(zeigt auf den Ärmel seiner Jacke)* Hier, siehst du? Der Knopf fehlt. Hab ich mir am Zaun abgerissen, beim Drübersteigen. Er hat ihn gefunden. *(Reicht Joint weiter)*

DI Garvie Smith: Was für ein cleverer Bulle dieser Singh doch ist. *(Raucht)* Das ist gut, Alex. Aber du sagst mir immer noch nicht die Wahrheit, stimmt's?

Alex Robinson: Was soll denn jetzt nicht wahr gewesen sein?

DI Garvie Smith: Du warst nicht im Garten, weil du *sie* sehen wolltest, hab ich recht? *(Schweigen)*

DI Garvie Smith: Du wolltest ihren neuen Freund sehen, nicht wahr?

Alex Robinson: Mein Gott, Garv. Hat dir dein Bulle das auch erzählt?

DI Garvie Smith: Du hast es mir erzählt.

Alex Robinson: Was? Wann?

DI Garvie Smith: Weißt du nicht mehr, was du am Pike Pond gerufen hast? ‹Warum hast du das getan, du elende Schlampe?› Felix glaubt, du denkst, dass sie sich selbst umgebracht hat, aber das ergibt irgendwie keinen Sinn. Ich hab überlegt, was sie getan haben könnte, um dich derart wütend zu machen. Und dann dachte ich, vielleicht hatte sie sich einen neuen Freund zugelegt.

Alex Robinson: Ja, na schön. Hast du richtig kombiniert.

DI Garvie Smith: Wie lange hattest du schon nach ihm Ausschau gehalten?

Alex Robinson: Paar Wochen.

DI Garvie Smith: Und wer war's?

Alex Robinson: Weiß ich nicht. Hab's nie rausbekommen. Sie hat ihn versteckt.

DI Garvie Smith: *(reicht Joint zurück)* Du hast dir aber eine Vorstellung davon gemacht, was für ein Typ er sein könnte.

Alex Robinson: Yeah. Der Arschloch-Typ.

DI Garvie Smith: Offensichtlich jemand, von dem die Leute nichts wissen sollten.

Alex Robinson: Genau. Sie hat ihn geheimgehalten.

DI Garvie Smith: Jemand, der schon älter war? Den sie vielleicht in irgendeinem Club kennengelernt hatte? Ein verheirateter Mann?

Alex Robinson: Ich weiß es nicht, Garv.

DI Garvie Smith: Vielleicht einer, der ein bisschen gefährlich war. Ein Mann mit Geld. Und einem Porsche.

Alex Robinson: Das ist Quatsch, das mit dem Porsche. Einen Porsche hab ich nie gesehen. Du kanntest sie doch, Garv. Alles Spinnerei. Sie hatte aber garantiert jemanden an der Hand, das hab ich deutlich gemerkt. Und noch etwas hab ich gemerkt: Sie war nicht glücklich. *(Raucht)* Du hast recht, es hat mich total wütend gemacht.

DI Garvie Smith: Du hast aber keine Ahnung, wer das gewesen sein könnte?

Alex Robinson: Nee.

DI Garvie Smith: Du wolltest es aber herausfinden?

Alex Robinson: Richtig. Und irgendwann hätt ich's auch geschafft.

DI Garvie Smith: Und was hättest du dann mit dem Betreffenden gemacht?

Alex Robinson: *(raucht schweigend)*

DI Garvie Smith: Verstehe. Und was hättest du mit Chloe gemacht? *(Schweigen)*

DI Garvie Smith: Alex? Alex, Alter. Du hast doch nicht irgendwas total Bescheuertes gemacht, oder?

Alex Robinson: *(raucht)* Hör mal zu. Ich weiß, was du von ihr gehalten hast, du und Smudge und Felix und all die anderen. Ihr habt völlig falsch gelegen, alle miteinander. Hattet nicht die leiseste Ahnung, wer sie wirklich war. Keiner kannte sie, außer mir. Das ist die Wahrheit. Ich war der Einzige. Nicht ihre Mama, nicht der Schotte, nicht der Arschloch-Typ. Nicht einmal du, Garv, und du warst ja 'ne Zeitlang mit ihr zusammen. Nur ich. Wie also hätte ich ihr irgendwie weh tun können? Das wär gar nicht gegangen. Nie im Leben. Egal, was sie mir angetan hat. Wenn die Leute was anderes sagen, werden sie es schon noch merken –

DI Garvie Smith: Komm runter, Mann. Chill. Ich versteh dich ja. Trotzdem haben wir hier ein kleines Problem.

Alex Robinson: Was für ein kleines Problem?

DI Garvie Smith: Du hast recht, ich bin in letzter Zeit reichlich oft hier gewesen. Der Knopf an deinem Ärmel –

Alex Robinson: Was ist damit?

DI Garvie Smith: Der ist schon seit über einem Monat ab.

Der Knopf, den Singh dir gezeigt hat, stammt von einer anderen Jacke.

Alex Robinson: Was?

DI Garvie Smith: Ist so.

Alex Robinson: *(Schweigen)* Aber das bedeutet …

DI Garvie Smith: Du warst nicht der Einzige, der sich in Chloes Garten versteckt hat. *(Schweigen)*

Garvie erhob sich, nickte Alex zu und ging zur Tür. Alex blieb in seinem Schlafsack und starrte verwirrt auf die Überreste des Joints zwischen seinen Fingern.

Garvie blieb an der Tür stehen. «Ach. Beinahe vergessen. Zwei Sachen noch: Hat sie dich je um Geld gebeten? Wahrscheinlich nicht, da ihr ja nicht miteinander geredet habt. Aber hat sie?»

«Geld? Nein. Selbst wenn sie mit mir geredet hätte, warum sollte sie mich um Geld bitten? Ich hab kein Geld.»

«Das ist ein Argument. Na gut, noch was anderes. Wegen Donnerstag nach der Schule. Nach ihrem Training auf der Laufbahn.»

«Ja?»

«Sie ist dann nach Hause?»

«Glaub schon.»

«MacAttack hat sie gefahren?»

«An dem Abend nicht.» Alex runzelte die Stirn. «Er war aber da. Tat so, als würde er sozusagen zufällig über sie stolpern, wie üblich. Sah erst so aus, als würde sie mit ihm fahren, aber sie haben nur geredet, dann ist sie zu Fuß weg.»

«Du bist ihr nicht gefolgt?»

«Ich wusste ja, dass sie das nicht abkonnte. Ich wollte nicht alles noch schlimmer machen.»

«Verstehe. Hatte sie ihre Trainingstasche dabei?»

Alex schüttelte langsam den Kopf. «Nein. Nichts.»

Garvie nickte. «Gut. Dann wissen wir jetzt, wo ihre Laufschuhe an dem Abend waren.»

Er lehnte sich an den Türrahmen und überlegte. «Und was hatte sie an?», fragte er.

Alex sah ratlos aus.

«Komm, Alex. Denk nach. So komisch es ist, aber die entscheidende Frage ist immer wieder dieselbe. Was. Hatte. Chloe. An?»

Nach einer ganzen Weile sagte Alex: «Jetzt, wo du es sagst, erinnere ich mich. Sie hatte nicht mehr ihre Schuluniform an. Irgend so ein Kleid.»

«Farbe?»

«Blau. Und eine weiße Jacke.»

Garvie nickte. Stand stumm in der Tür, rührte sich nicht.

«Alles klar, Garv?»

Er blickte auf. «Alex?»

«Was ist?»

«Du hast nicht die Absicht, irgendwas Bescheuertes zu tun, oder?»

Alex schüttelte den Kopf. «Nein, Mann.»

«Wir finden raus, wer Chloe umgebracht hat.»

«Okay.»

«Willst du mir einen Gefallen tun?»

«Was denn?»

«Ich bräuchte dich vielleicht morgen in der Schule, für eine halbe Stunde oder so.»

«Wozu?»

«Das ist jetzt nicht so wichtig. Ich würde dich kurz vorher anrufen und dir Bescheid sagen. Würdest du kommen?»

«Wenn du mich brauchst, bin ich da.»

Bevor er ging, warf Garvie noch einen Blick zurück auf seinen Freund im Schlafsack. «Hey. Es ist bald vorbei. Und dann verlässt du dieses Loch und gehst nach Hause. Denk daran. Denk an den Eintopf deiner Mum!»

Alex sagte nichts. Schwerfällig wälzte er sich herum und blieb mit dem Gesicht zur Wand liegen.

19

Die Marsh Academy wirkte wie eine Mischung aus Gefängnis und Entzugsanstalt: drei hochgesicherte Gebäudetrakte aus gallefarbenem Backstein und schmierigem Glas, eher willkürlich auf einen asphaltierten Platz gesetzt, auf dessen Hof man verschiedenfarbige Spielfeldmarkierungen gemalt hatte. Unpraktisch eingerichtet war sie obendrein. Einerseits war alles erstaunlich weit entfernt voneinander. Wollte man zum Beispiel vom einen Kurs in den nächsten, musste man ewig durch abgewetzte Korridore laufen, über trostlose, hallende Flure und über schlecht beleuchtete Treppen. Andererseits drängte sich manches viel zu eng nebeneinander: Die Spinde des elften Jahrgangs waren direkt vor dem Raum Tech 2, wo noch immer die Befragungen der Polizei stattfanden, sodass ein ständiges Kommen und Gehen herrschte. Schlimmer noch, Garvies Klassenzimmer lag gleich um die Ecke. Und noch schlimmer als diese beiden Umstände zusammen war die Tatsache, dass sich am Ende der Spinde die Tür zu dem Raum befand, in dem Garvie Smith in der dritten Stunde zum Mathematikunterricht hätte antreten sollen.

Chloe Dows Spind war der drittletzte in der oberen Reihe. Alle Spinde waren etwa fünfzig Zentimeter hoch und dreißig breit, und sie ließen sich wie ein Schrank im Schwimmbad öffnen und schließen, mit einem Schlüssel am Plastikband. Selbst wenn er verschlossen war, wäre es nicht besonder schwer, ihn aufzubrechen. Allerdings hatte Garvie gesehen, dass es an Chloes Spindtür keinerlei Spuren von Gewalteinwirkung gab – keine Kratzer, keine Beulen. Die Metalltür war glatt und sauber.

Garvie blieb kurz stehen, um darüber nachzudenken. Dann huschte er schnell an der Klassenzimmertür vorbei und eilte zurück ins Erdgeschoss.

Der Hausmeister war in seinem Dienstzimmer. Ein junger Mann mit kräftigen, herabhängenden Schultern und einer wachsamen, mürrischen Ausstrahlung. Er hieß Naylor und galt als geistig leicht gestört. Zwar sah man ihn oft mit seinem Werkzeugkasten oder seiner Karre durch die Schule stampfen, irgendwelche Reparaturen ausführen oder die Flure fegen, aber er sprach fast nie und vermied jeden Blickkontakt. Immerhin galt er als gutaussehend. Die Mädchen nahmen ihn durchaus wahr.

Naylor schien nicht zu begreifen, was Garvie von ihm wollte. Garvie drückte sich auch absichtlich unklar aus. Doch nach fünf Minuten begleitete Naylor ihn murrend über den Hof zum C-Trakt, die Treppe hinauf und durch den Flur zu den Spinden.

«Ich weiß nicht, worum es hier geht», sagte er noch einmal. «Du musst dich an einen Lehrer wenden. Ich bin beschäftigt. Ich hab keine Zeit für solche Sachen. Diese *verdammten* Schüler immer», murmelte er leise.

«Dauert nicht lange», erwiderte Garvie. Er stellte sich vor Chloes Spind und versuchte ihn mit seinem Schlüssel zu öffnen. «Sehen Sie? Mein Schlüssel funktioniert nicht. Und ich brauche dringend meine Sachen.»

Verächtlich sagte Naylor: «Das ist ja gar nicht dein –» und hielt inne, als wäre er über sich selbst erstaunt.

Garvie sah ihn neugierig an. «Nicht mein was? Mein Spind?»

Naylor antwortete nicht. Als Garvie ihm direkt ins Gesicht sah, wandte er sofort den Blick ab und begann auf seiner Unterlippe zu kauen. «Ich hab keine Zeit für so was», wiederholte er. Seine Augen flatterten nervös.

«Ach, Moment», sagte Garvie. «Sie haben recht. Das ist der Spind von diesem Mädchen. Dem Mädchen, das ... Ist ja'n Ding, dass Sie das wussten.»

Naylor ballte die Fäuste und fing an, tief und rasselnd zu atmen.

«Machen Sie ihn doch trotzdem mal auf», sagte Garvie.

Naylor wurde ganz still. Er hob den Kopf und sah Garvie mit starrem Gesicht und kaltem Blick an, als würde er überlegen, was er mit ihm anstellen solle.

Garvie ignorierte es. «Ich meine, mit Ihrem Hauptschlüssel», fuhr er fort. Er machte eine Pause. «Ist ja nicht nötig, ihn aufzubrechen und verräterische Kratzer zu hinterlassen, nicht wahr?», fügte er ruhig hinzu.

Wut blitzte über Naylors Gesicht. Er warf einen raschen Blick durch den leeren Flur und trat so dicht an Garvie heran, dass sich ihre Nasen fast berührten.

Rückwärts gegen die Spinde gedrängt, hob Garvie die Augenbrauen.

«Warum könnt ihr Schweinehunde mich nicht einfach mal in Ruhe lassen?», zischte Naylor.

In diesem Moment ertönte eine Stimme von hinten,

sie war ziemlich laut und hatte genau das richtige Maß an Drohpotenzial.

«He, ihr!»

Alex Robinson kam durch den Flur geschritten. Naylor hielt inne, dann wandte er sich nach kurzem Zögern und einem letzten schiefen Blick auf Garvie ab und machte sich mit seinem typisch stampfenden Schritt in die andere Richtung davon.

«Sorry für die Verspätung Mann», sagte Alex. «War so lange nicht hier, dass ich nicht mehr genau wusste, wo die Spinde sind.»

«War perfektes Timing. Dachte nur, ich hätte dich gern dabei, für den Fall, dass er austickt.»

«Und, ist er?»

Garvie überlegte. «Bin mir nicht sicher. Wahrscheinlich ist er harmlos. Aber seltsam. Sehr seltsam.»

Gemeinsam sahen sie dem Hausmeister hinterher, der sich eilig davonmachte.

«Was hat er hier überhaupt gemacht?»

«Versucht, mir nicht zu verraten, was ich eh schon wusste.»

«Und was war das?»

Doch bevor Garvie antworten konnte, näherten sich hinter ihnen plötzlich Schritte, und eine wohlvertraute sarkastische Stimme sagte: «Na, sieh mal einer an. Zwei Fliegen mit einer Klappe.»

Sie drehten sich um.

Miss Perkins – Oberzicke vom Dienst und außerdem Garvies Mathelehrerin – stellte sich vor das Klassenzimmer und fixierte sie mit einem ihrer berüchtigten Blicke.

«Alex Robinson, du meldest dich beim Rektor. Garvie Smith, willkommen auf dem Planeten Erde. Gerade habe ich mit deiner Mutter telefoniert.»

20

Am Ende eines siebenstündigen Vormittags saß Singh mit Shan und Nolan in seinem Büro, um die jüngste Entwicklung zu besprechen. Ein Taxifahrer hatte sich gemeldet und ihnen von einer jungen Frau berichtet, die am Donnerstagabend in sein Taxi gestiegen war.

«Er war sich nicht wirklich sicher. Zuerst hatte er sogar ausgeschlossen, dass es sich um Chloe handeln könnte. Ich weiß nicht mal genau, warum er überhaupt gekommen ist – ein ziemlich verwirrter Typ. Migrationshintergrund. Die Frau, die er gefahren hat, schien auf den ersten Blick überhaupt keine Ähnlichkeit mit Chloe zu haben. Zum Beispiel hatte sie schwarze Haare. Aber als ich ihm Chloes Foto zeigte, wurde er unsicher. Die Frau war anscheinend so stark geschminkt, dass es schwerfiel, sie so ohne Weiteres zu erkennen. Falsche Wimpern, Haarverlängerungen, die ganze Palette. Und raten Sie mal, wo sie eingestiegen ist.»

«Wo?»

«Vor *Aphrodites Schönheitssalon.*»

«Aphrodite? Das ist doch ganz in der Nähe von der Schule, oder?»

«Gleich um die Ecke. Es war sechs Uhr abends.»

«Sie könnte direkt nach dem Laufen hingegangen sein.»

«Um sich ein anderes Aussehen zu verschaffen», sagte

Nolan. «Schwarze Perücke. Jede Menge Make-up. Alles, was einen älter wirken lässt.»

Shan nickte. «Genau. Der Taxifahrer sagte, sie hätte älter als Chloe ausgesehen – mindestens zwanzig, seiner Ansicht nach. Aber verhalten hat sie sich wie ein junges Mädchen. Als er sie abgesetzt hat, wusste sie nicht, wie viel Trinkgeld sie ihm geben sollte. Es war dann viel zu viel. Er hat es ihr zurückgegeben, sagt er.»

«Da wette ich drauf», sagte Mal. «Alles wahre Heilige, diese Taxifahrer.»

«Na ja, wie auch immer», sagte Shan. «Die Kosmetikerin aus dem Aphrodite-Salon hat die Vermutung jedenfalls bestätigt. Es war eindeutig Chloe, davon können wir ausgehen.»

Nach längerem nachdenklichen Schweigen sagte Singh leise, fast wie im Selbstgespräch: «Sie war noch ein Kind. Das hat ihr Stiefvater gesagt. Und er hatte recht. Sie hat sich zurechtgemacht wie eine Erwachsene, hat wer weiß wie elegant und weltläufig getan, wusste aber nicht mal, wie man richtig Taxi fährt.» Einen Moment lang saß er grübelnd da. «Wo ist sie da reingeraten?», murmelte er.

Er blickte auf und sah Shan an. «Die naheliegendste Frage ist aber erst mal: Wo hat der Taxifahrer sie abgesetzt?»

«Das ist wirklich nicht schwer zu erraten. Am Market Square.»

Alle schwiegen einen Moment, um diese Information zu verarbeiten.

«Wir brauchen ein Phantombild, Lawrence.»

«Wir sitzen schon dran. Müsste in ein paar Stunden fertig sein.»

«Mal, gehen Sie bitte noch mal zu den Dows und versuchen Sie das blaue Kleid und die weiße Jacke zu finden. Es war genau richtig, dass wir am Market Square gesucht haben. Wir haben nur nach der falschen Person gesucht. Ich setze mich mit Darren in Verbindung. Er muss die Aufzeichnungen der Überwachungskameras noch mal sichten, noch mal das Publikum am Market Square befragen. Wir suchen jetzt aber nicht mehr nach einem blonden Schulmädchen, sondern nach einer schwarzhaarigen Frau in blauem Kleid und weißer Jacke.» Er überlegte. «Sie könnte sich in irgendeinem Laden mit jemandem getroffen haben – oder jemand hat sie abgeholt, und sie sind woanders hingefahren.» Er machte eine Pause. «In einem schwarzen Porsche vielleicht.»

Er sah Nolan an, doch die schüttelte den Kopf. «Immer noch keine Treffer am Pike Pond, und inzwischen haben wir fast alle Leute befragt. Zwei Männer fehlen noch, beide im Ausland unterwegs und vorläufig nicht erreichbar – einer im australischen Outback, einer in Botswana, glaube ich. Das einzige Fahrzeug jedenfalls, das bisher am Freitagabend dort gesichtet wurde, war ein Transporter. Ich habe das heute Morgen in meinen Bericht geschrieben.»

Singh nickte. «Hab ich gesehen. Zehn Uhr. Weißer Transporter. Er gehört Mr. Dow. Und der hat uns ja schon erzählt, dass er dort herumgefahren ist auf der Suche nach Chloe.» Er fuhr fort: «Na schön. Lawrence. Irgendwelche Neuigkeiten aus der Schule? Was ist mit MacArthur?»

«Tja, wir haben ihn ein zweites Mal befragt.»

«Und?»

«Ich hab den Eindruck, dass sein Interesse an Chloe eher nicht beruflicher Natur war. Er steht unter großem Druck.

Ich glaube aber nicht, dass er irgendwas gemacht, geschweige denn, sie getötet hat. Bloß eine Sache, die er erzählt hat, war doch interessant.»

«Nämlich?»

«Wir haben doch die Schüler gefragt, ob Chloe sich in letzter Zeit irgendwie verändert hatte. Die meisten konnten dazu gar nichts sagen. Mein Eindruck ist, dass sie gar nicht mehr richtig hingehört haben, wenn Chloe wieder anfing, von Modelverträgen, Promipartys und so weiter zu erzählen. Aber von MacArthur kam dann doch etwas. Moment, ich hab's hier gleich.» Er blätterte in seinem Notizbuch. «Er hatte sie ‹geneckt› – seine eigene Formulierung – wegen der glänzenden Zukunft, die auf sie warte, aber sie meinte daraufhin: ‹Ich will nicht darüber reden.›»

Lawrence schlug das Notizbuch zu. «Das war bei ihm hängengeblieben. Er konnte sich nicht erinnern, dass Chloe je eine Gelegenheit ausgelassen hatte, über sich selbst zu sprechen. Vielleicht war sie nur müde oder nicht in Stimmung. Aber ihr ganzes Leben lang konnte sie gar nicht genug davon kriegen, ihre hochfliegenden Pläne auszubreiten, und jetzt plötzlich will sie gar nicht mehr darüber reden?»

Singh erhob sich, ging zum Fenster und blickte hinaus. «Chloe, so zeigt sich, ist ein Mädchen mit einem Geheimnis», sagte er leise. «Mir gefällt das nicht. Wollte sie nur älter aussehen am Donnerstag? Oder hat sie eine Maske gebraucht? Und was hat sie am Freitagnachmittag gemacht, bevor sie laufen gegangen ist?» Er drehte sich um und warf einen erbitterten Blick auf die Funktionstafel, die für den Freitagnachmittag immer noch keinen Eintrag aufwies.

Nachdenklich kehrte er dann zu seinem Schreibtisch zurück. «Sonst noch etwas? Was ist mit diesem Hausmeister? Ist sein Alibi hieb- und stichfest?»

Mal Nolan nickte. «Ich habe ihn befragt. Er war mit einem Freund in einem Pub, dem *Jolly Boatman* unten am Kanal. So weit alles okay. Aber da ist etwas anderes. Ich habe mir seine Akten vorgenommen und festgestellt, dass die Unterlagen über frühere Beschäftigungen verschwunden sind. Die Schule versucht, sie wieder aufzutreiben. Auch hier wahrscheinlich wieder nichts Gravierendes. Aber ich gebe Lawrence recht. Er ist ein komischer Kauz. Wirkt irgendwie labil.»

«Sagen Sie im Archiv Bescheid, dass sie noch mal überprüfen sollen, was an Datensätzen da ist.»

Nolan nickte erneut.

«Und ich rede mit Bob wegen des Porsches. Das geht mir alles zu langsam.»

Nachdem die Kollegen gegangen waren, saß Singh reglos an seinem Schreibtisch und starrte auf die gegenüberliegende Wand.

Chloe Dow, ein Mädchen mit einem Geheimnis.

Er trat vor die Tür und sprach mit seiner Sekretärin. Siebzehn Anfragen nach einem offiziellen Statement waren von verschiedenen Medien eingegangen, zehn Interviewanfragen und drei Nachrichten vom Polizeichef.

Singh seufzte. «Ich werde ihn gleich anrufen. Hat sich der Pathologe gemeldet? Ich hatte ihm Nachrichten wegen des neuen Autopsieberichts hinterlassen.»

«Nein.»

«Versuchen Sie weiter, ihn zu erreichen. Ich muss dringend mit ihm sprechen. Auf jeden Fall heute noch. Notfalls auch heute Abend.»

«Ja, Sir.»

Und damit ging er in sein Büro zurück, um sich auf den Anruf beim Polizeipräsidenten vorzubereiten.

21

Garvie Smith steckte in Schwierigkeiten. Nun hatte er zwar sein halbes Leben lang in Schwierigkeiten gesteckt und sich nicht nur allmählich daran gewöhnt, sondern hatte sogar – auf eine verquere Weise – einen gewissen Gefallen daran gefunden. Aber diesmal waren die Schwierigkeiten besonders groß: Soeben hatte er eine Art Dreierkonferenz mit seiner Mutter und Frau Oberzicke über die Freisprechanlage im Büro der Lehrerin bestreiten müssen.

Es war schwer nachzuvollziehen, warum die Erwachsenen immer alles so verbissen sahen, warum sie sich endlos an vollkommen unwichtigen Details festbissen, warum sie die Vergeblichkeit ihrer unsinnigen, immer gleichen Drohgebärden nicht erkannten. Das war alles so langweilig! Zuerst steigerten sich die Lehrer in irgendeine Sache rein und machten ihm die Hölle heiß, woraufhin er die Versprechen abgab, die sie offenbar hören wollten. Dann machten sie einen halben Rückzieher, natürlich nicht, ohne ihm eindringlich ins Gewissen zu reden, und am Ende kehrte dann wieder Ruhe ein, bis zum nächsten Mal, wenn das Ganze von vorne losging.

Wozu sollte das gut sein? Normalerweise hätte er diesen Quatsch gar nicht mehr zur Kenntnis genommen, aber dieses Mal hatten sie seine Mutter mit ins Spiel gebracht.

Mit Unbehagen dachte er an sie.

Da war das Stellenangebot aus Barbados. Er war daran gewöhnt, dass sie Veränderungen plante, die dann doch nie in die Tat umgesetzt wurden, aber diesmal hatte er das Gefühl, dass es anders war. Am Telefon hatte sie es nochmals erwähnt, und ein gewisser Tonfall in ihrer Stimme sagte ihm, dass sie ihm etwas mitzuteilen hatte.

Hinzu kam noch etwas anderes, Grundsätzliches. Er wollte sie ja gar nicht wirklich ärgern. Ja, es war leicht, mit ihr zu streiten. Ja, sie war unfair, diktatorisch, nachtragend, immer auf der Lauer, was ihn anging. Aber sie richtig zur Verzweiflung bringen? Sie hatte schon genug Ärger in ihrem Leben gehabt. Jetzt hatte sie ein «ernsthaftes Gespräch» mit ihm geplant, bevor sie zum Nachmittagstee zu Onkel Len und Tante Maxie gehen wollten – und ihm war klar, was das bedeutete.

Es war dieses ewige *Verhörtwerden*, das er echt nicht gebrauchen konnte.

Und so ging er, in Gedanken versunken, die Bulwarks Avenue entlang, als sein Handy klingelte. Er warf einen Blick aufs Display und seufzte.

«Jess.»

«Hey, böser Junge. Hast du Lust, rüberzukommen?»

«Nichts wäre mir angenehmer. Leider habe ich aber eine Verabredung mit einem Exekutionskommando.»

«Was, so wie bei den Soldaten?»

«Nein, Jess. So wie bei meiner Mutter.»

«Du bist witzig, Garv.»

«Ja, echt zum Schreien. In ungefähr fünfzehn Minuten werde ich allerdings tot sein.»

«Willst du nicht stattdessen lieber rüberkommen?»

«Jess, wir stecken anscheinend in einer Zeitschleife fest. Nichts wäre mir angenehmer, aber und so weiter.»

«Ich wollte dir was erzählen.»

Stille.

«Garv?»

«Ja, sprich weiter. Ich bin ganz Ohr.»

«Ich erzähl's dir, wenn du hier bist, böser Junge.»

«Erzähl's mir morgen, Jess. Oder nächste Woche. Oder kann es vielleicht auch bis heute in einem Jahr warten?»

«Es geht um Chloe.»

Garvie blieb stehen. Dann setzte er sich auf die Bank vor *Jamal's*. «Was ist mit Chloe?»

«Etwas, das du nicht weißt, Sherlock.»

Garvie überlegte. Er sah auf die Uhr. «Ich wette, doch.»

«Das hier nicht. Das weiß keiner.» Sie senkte die Stimme, und ihr Flüstern klang so zischend, dass Garvie beinahe das Gefühl hatte, Spucke träfe ihn durch das Telefon. «Nicht mal der Turbanpolizist.»

«Jetzt lügst du aber.»

Sie kicherte. «Ich würde dich doch nicht anlügen, Garv. Ich bin kein böses Mädchen. Ich bin nicht *immer* ein böses Mädchen.»

Garvie sah ein weiteres Mal auf die Uhr, um die Lage abzuschätzen. «Bin in zehn Minuten da», sagte er und legte auf.

Das Haus von Jessica Walkers Familie stand in einer der schmalen Straßen am Rand von East Field, eine Doppelhaushälfte in einer ganzen Reihe von Backsteindoppelhäusern hinter abgenutzten Rasenflächen und lückenhaften

Hecken. Die geparkten Autos waren entweder Lieferwagen oder Taxis.

Man befand sich hier in unmittelbarer Nachbarschaft zur Schule. Garvie dachte über diese Tatsache nach, während er vor der Tür wartete.

Jessica machte ihm auf. «Meine Mutter ist noch nicht zurück», sagte sie. «Wir sind also ganz allein. Ich hoffe, du kriegst jetzt keine Angst.»

«Ja», sagte Garvie. «Und ich habe nicht viel Zeit.»

Er folgte ihr in ein ganz und gar violett eingerichtetes Wohnzimmer. Violetter Teppich, Tapete in zwei Violetttönen, die Fußleisten in einem dritten, dunkleren Ton. Das Sofa war violett, die Lampenschirme waren violett, und auch die übrigen Möbel waren in einem gebrochenen Violett gehalten. Das einzige Nichtviolette im ganzen Zimmer war Jessicas graue Katze Barbecue, die sich behaglich auf der warmen Bank des Erkerfensters fläzte, durch das die Nachmittagssonne hereinschien.

«Möchtste was trinken?», fragte Jessica. «Ich kann dir ein Bier besorgen, wenn du willst.»

«Du hast nicht zufällig etwas da, womit ich meine Augen vor all dem Violett schützen könnte?»

Jessica starrte ihn befremdet an. Sie hatte die Schuluniform gegen ein enges T-Shirt und Jeansshorts getauscht. An den Füßen trug sie nichts weiter als (violetten) Nagellack, grell und ziemlich verkratzt.

«Danke, aber kein Bier für mich», sagte er. «Keine Zeit. Du meintest, du wüsstest etwas über Chloe.»

«Etwas, was du nicht weißt.» Sie klopfte aufs violette Sofa. «Komm hier rüber, dann erzähl ich's dir.»

Sobald er sich gesetzt hatte, schwang sie ihre Beine auf seinen Schoß. Garvie schob sie wieder runter.

«Hör mal, Jess, ich hab keine Zeit. Und ich bezweifle ernsthaft, dass du irgendwas über Chloe weißt, das ich nicht weiß.»

«Tu ich wohl.»

Garvie sah ihr eindringlich in die Augen. «Falls du mir erzählen wolltest, dass der Turbanpolizist hier war, um dich zu befragen, spar dir die Mühe. Das weiß ich längst.»

Etwas unsicher geworden, sagte Jessica: «Es war eine spezielle Befragung. Weil ich sie so gut kannte.»

Garvie fuhr fort: «Und falls du mir sagen wolltest, dass du ihm erzählt hast, Alex hätte Chloe nachgestellt, gib dir keine Mühe – auch das weiß ich schon.»

Jessica wurde rot. «Hab ich überhaupt nicht», sagte sie. «Nicht so. Ich hab nur –»

«Und du brauchst auch gar nicht damit anzufangen, dass Singh dich gefragt hat, ob du Chloes Laufschuhe gestohlen hättest. Das weiß ich bereits. Und sag mir auch nicht, dass du ihm gesagt hast, du hättest es nicht getan, denn das weiß ich auch. Auch wenn wir beide natürlich wissen, dass du ihr eine Menge anderes Zeug geklaut hast.»

«Oh ...», sagte Jessica und verstummte.

«Und?», sagte Garvie. «Kann ich jetzt gehen?»

Jessica fand ihre Sprache wieder. «Nein. Da ist noch was.»

Garvie sah sie forschend an. «Geht es um Naylor?», fragte er unvermittelt.

«Wen?»

«Den Hausmeister in der Schule.»

Wieder wurde Jessica rot, diesmal über den ganzen Hals bis hinunter in den Ausschnitt. «Ähm, nein. Aber …»

«Was aber?»

«Jetzt, wo du's sagst: Da lief tatsächlich irgendwas Komisches zwischen ihm und Chloe. Er hat sie ständig angeglotzt.»

«Alle haben Chloe angeglotzt. Das weißt du.»

«Nein, aber … Es gefiel ihr.»

Garvie war aufmerksam geworden. «*Er* gefiel ihr?»

«Ich weiß nicht. Glaub ich eigentlich nicht. Aber sie … hat ihn provoziert. Die Art, wie sie sich hingestellt hat und so. Es gefiel ihr, dass er hinguckte. Irgendwie leicht pervers, glaube ich. Und er ist ein bisschen, na ja, seltsam, weißt du.»

«Ja. Ist mir auch aufgefallen. Ein bisschen gestört, wie es scheint. Eben noch das reinste Nervenbündel, und im nächsten Moment hast du das Gefühl, er überlegt gerade, wie er dich am besten um die Ecke bringen kann.» Er sah auf die Uhr. «'tschuldige, aber ich muss jetzt echt los, Jess. Du verstehst das nicht. Wenn ich zu spät komme …»

Erneut befreite er sich von ihren Beinen, stand auf und ging zur Zimmertür. Da sagte sie mit dünner Stimme: «Es gibt aber wirklich noch etwas. Ehrlich jetzt, Garv.»

Seufzend wandte er sich um. «Bist du sicher, Jess? Denn offen gestanden glaube ich, dass du Ehrlichkeit nicht mal erkennen würdest, wenn sie dich von hinten anspringt.»

Sie sah ihn von unten an, wie sie es immer tat, mit großen, schmelzenden Augen. «Ich war die letzte Person, die sie lebend gesehen hat», stieß sie in rauem Flüsterton hervor. Und brach in Tränen aus.

Garvie saß neben ihr auf dem Sofa, den Arm um sie gelegt.

«Besser?»

Als sie aufhörte zu schniefen, zog er den Arm weg, und sie legte ihn wieder zurück.

«Also gut. Aber jetzt musst du mir alles erzählen. Wann hast du sie gesehen?»

Sie wischte sich die Nase an Garvies Hemdärmel ab und holte tief Luft. «Freitagnachmittag.»

«Wann?»

«Zwei Uhr.»

«Wo? In der Schule?»

Sie schüttelte den Kopf. «Hier.»

«Wieso warst du zu Hause?»

«Hab mich nicht so gut gefühlt. Außerdem wollte ich abends noch ausgehen, da dachte ich, ein bisschen pennen könnte nicht schaden. Weißt schon.»

«Ja, ich weiß, du brauchst deinen Schönheitsschlaf. Wem hast du noch davon erzählt?»

«Niemandem.»

«Nicht mal dem Turbanpolizisten?»

«Ich hatte zu viel Angst. Es war so unheimlich, Garv. Ich muss immerzu daran denken. Ich, die Letzte, die sie lebend gesehen hat. Ich meine, außer dem Mann ... dem Mann, der ...»

Garvie wartete noch einmal, bis sie zu Ende geweint hatte.

«Okay», sagte er. «Lass dir Zeit und erzähl mir genau, was passiert ist.»

Chloe sei mit der schweren Sporttasche unterm Arm vor der Tür gestanden und habe ausgesehen wie aus der

Hölle entkommen, erzählte Jess. Für sie war es ein doppelter Schock. Sie hatten nicht mehr miteinander geredet, seit sie Anfang der Woche beim gemeinsamen Mathelernen zu Hause bei Chloe in Streit geraten waren. Noch schockierender aber war Chloes Anblick, als sie da plötzlich vor ihr stand. Die Haare wild zerzaust, die Augen zusammengekniffen und der Mund irgendwie wund, als hätte sie sich auf die Unterlippe gebissen. All das ergab ein so seltsames Bild, dass Jess, die eigentlich hatte fragen wollen, was Chloe hier wolle, unwillkürlich sagte: «Was ist passiert?»

Chloe schüttelte nur den Kopf und drängte sich an Jessica vorbei ins Wohnzimmer und ging direkt zum Fenster, um hinauszuspähen.

Jessica fragte, ob sie irgendwas für sie tun könne, und nach einer Weile schüttelte Chloe, sichtlich abwesend, noch einmal den Kopf.

«Es war, als wäre sie irgendwie in Trance», sagte Jessica.

«Und dann?»

Irgendwann hatte Chloe sich so weit beruhigt, dass sie um ein Glas Wasser bat. Dann unterhielten sie sich ein Weilchen über irgendwelche Belanglosigkeiten. Aber selbst dabei setzte Chloe sich kein einziges Mal hin, sondern lief immerzu im Zimmer auf und ab, die Tasche unterm Arm, und blickte aus dem Fenster. Nach ein paar Minuten sagte sie dann plötzlich, sie müsse wieder los. Und ohne sich zu verabschieden, marschierte sie durch den Hausflur, Jessica folgte ihr hastig. Chloe ging aus der Tür und über den nackten Erdboden des Vorgartens, bevor sie an der Hecke stehenblieb, sich zu Jessica umdrehte und ihr schief zulächelte. Dann wandte sie sich ab und war verschwunden.

«Verschwunden», sagte Jessica traurig. «Einfach weg. Für immer, Garv.»

Garvie saß auf dem violetten Sofa und starrte auf den violetten Teppich. «Um wie viel Uhr war das?»

«Ungefähr halb drei.»

Er dachte schweigend nach, während Jessica ihn von der Seite nervös ansah.

«Warum ist sie hergekommen?»

«Ich weiß nicht. Das war ja das Komische. Sie hat es nicht gesagt.»

«Erzähl mir, *was* sie gesagt hat.»

«Nichts. Langweiliges Zeug. Weißt schon. Übers Wochenende und so.»

Er sah sie ernst an. «Es ist wichtig, dass du dich genau erinnerst, Jess. Hat sie dich um Geld gebeten?»

«Nein. Das hab ich dir schon mal gesagt.»

«Hat sie irgendwas über einen neuen Kerl gesagt?»

Sie schüttelte den Kopf.

«Hat jemand sie angerufen, während sie hier war?»

«Nein, niemand.»

«Hat sie irgendwas von einem Porsche erwähnt?»

«Jetzt halt mal die Luft an, Garv. Jeder weiß doch, dass das Blödsinn war.»

«Oder irgendwas vom *Imperium*?»

«Was, das Casino? Nein, auch nicht.»

«Denk nach, Jess. Bitte! Irgendwas muss sie gesagt haben. Etwas Ungewöhnliches, etwas Merkwürdiges, etwas, das keinen Sinn ergibt.»

Sie schüttelte den Kopf.

«*Denk nach*, Jess.»

Sie presste ihre kleinen Fäuste an die Schläfen und verzog das Gesicht, bis die Augen heraustraten, dann ließ sie sich mit einem resignierten Seufzen gegen Garvie sinken.

Garvie runzelte die Stirn, und lange Zeit sagte keiner von beiden was.

«Warte …», sagte sie mit schleppender, wie von weither kommender Stimme. «Da war was.»

«Was?»

«Nicht unbedingt seltsam. Eigentlich eher unhöflich.»

«Was denn, Jess?»

Sie sah ihn an, und ihre Wimpern flatterten geziert. «Kannst du's dir nicht denken, Sherlock?»

Einige Sekunden lang starrte er intensiv zurück, dann hellte sich sein Gesicht auf. «Doch», sagte er. «Kann ich.»

«Im Ernst?» Sie schien irritiert.

«Sie sagte: ‹Was hast du doch für große Füße.› Hab ich recht, Jess?»

Sie stieß einen kurzen Seufzer aus. «Zufall. Sie sagte: ‹Du bist in Ordnung, Jess – nur schade, dass deine Füße zu groß sind.› Und dann kam noch so ein kurzes, bescheuertes Lachen. Ich dachte noch: *Du Schnepfe.* Typisch Chloe. Garv? Was ist los, Garv?»

Garvie war aufgesprungen und starrte mit bleichem Gesicht zu ihr hinunter.

«Was hattest du an? Deine Nikes? Die weiß-malvenfarbenen?»

«Ja, stimmt. Wusste gar nicht, dass dir meine Nikes aufgefallen sind, Garv. Beobachtest du immer, was ich anhabe?»

Halblaut sagte er: «Sie wären perfekt gewesen.»

«Garv?»

«Ich weiß, warum sie hier war. Sie brauchte ein Paar Laufschuhe. Und deine passten perfekt, Jess. Von der Farbe her. Aber du hast … Größe neununddreißig?»

«Schon eher vierzig.»

«Und sie brauchte Größe siebenunddreißig.»

«Ich verstehe das immer noch nicht. Warum brauchte sie die Schuhe?»

Er sah sie eindringlich an. «Weil ihr Leben davon abhing.»

Der Ton, in dem er das sagte, ließ ihr erneut Tränen in die Augen schießen. «Was? Ich … Ich hab nicht …» Verzweifelt schüttelte sie den Kopf.

«Macht nichts. Nicht deine Schuld.» Und nach einer kleinen Pause fügte er hinzu: «Wenigstens weiß ich jetzt, was es mit dem Geld auf sich hat.»

«Welches Geld? *Garv!* Ich verstehe nicht!»

Er war jetzt wieder ganz ruhig, beugte sich zu ihr und drückte kurz seine Lippen auf ihren Scheitel. «Danke, Jess. Hast du gut gemacht.»

Verwirrt und mit nassen Augen lächelte sie zu ihm hoch. «Willst du nicht noch ein bisschen bleiben, Garv? Ich kann dir immer noch das Bier holen.»

«Ein bisschen?» Er sah auf die Uhr und schlug sich auf die Stirn.

«Du musst doch nicht gehen, oder, Garv?», sagte Jessica. «Wenn du bleibst, kann ich …»

Aber da war er schon weg. Sie hörte die Haustür zuschlagen und dann die Schritte im Vorgarten. Sie entfernten sich in Richtung Straße.

22

Schauplatz: *enge Küche (beschlagene Fenster, aufgehängte Wäsche, Bügelbrett), Befragende und Befragter sitzen einander am Küchentisch gegenüber, auf dem sich eine Soßenflasche, ein Glas Milch und einige Schriftstücke befinden. Die Schriftstücke tragen den Schulstempel und die Überschrift* Anwesenheit.
Ausdruck der Befragenden: *einschüchternd; starrend; bitter.*
Ausdruck des Befragten: *zerzaust; gewinnend; wachsam.*

Garvies Mutter: *(nimmt eins der Schriftstücke in die Hand)* Wollen wir sie alle einzeln durchgehen?
Garvie Smith: Haben wir so viel Zeit?
Garvies Mutter: Na schön. Picken wir wahllos einige heraus. Heute Vormittag, dritte Stunde, Mathematik.
Garvie Smith: Ich hab's dir doch schon gesagt. Ich war in der Schule. Das gibt sogar Perkins zu. Ich hatte nur … diesen Kurs vergessen.
Garvies Mutter: Ah ja. Der Junge mit dem sagenhaften Gedächtnis vergisst, dass er Unterricht hat. Okay, mal sehen … Gestern, ab der Vierten, Doppelstunde Chemie.
Garvie Smith: Gleiche Geschichte. War mir entfallen.
Garvies Mutter: Verstehe, wieder das berühmte Gehirn. Oder dachtest du, der Unterricht sei nach Limekilns

verlegt worden? Wo dir Inspektor Raminder Singh um halb zwei Uhr nachmittags begegnet ist.

Garvie Smith: Ach, *die* Chemiestunde? Na ja, ich –

Garvies Mutter: Okay. Jetzt der Montag. Vierte Stunde, Geographie. Fünfte Stunde, Englisch. Sechste Stunde, Geschichte. Abwesenheit, drei Stunden nacheinander.

Garvie Smith: Ich bin mir eigentlich ziemlich sicher, dass ich wenigstens eine dieser Stunden besucht habe.

Garvies Mutter: Hier steht: ‹Garvie Smith und Liam Fricker den ganzen Nachmittag abwesend. Liam Fricker später auf dem Dach von Zeitschriftenhandel Spinks aufgegriffen.›

Garvie Smith: Ich kann mich definitiv nicht daran erinnern, dass ich bei Spinks auf dem Dach gewesen wäre.

Garvies Mutter: Ich will nicht lange um den heißen Brei herumreden, Garvie. Du versäumst ständig Unterricht. Wie willst du so irgendeine Prüfung bestehen?

Garvie Smith: Man soll Schulabschlüsse nicht überbewerten – hast du selber gesagt.

Garvies Mutter: In deinem Fall mache ich eine Ausnahme. Für dich sind sie eine Sache von Leben und Tod. Wir haben das alles schon durchgekaut. Du weißt, worum es mir geht. Guck dir das hier an, Garvie. Der sogenannte Felix Fricker bricht im Kiosk ein. Alex Robinson verkauft Drogen in Limekilns. Frag dich doch selbst! Was sind das für Freunde?

Garvie Smith: Die sind ganz in Ordnung. Alex hat nur gerade eine schwierige Phase. Und Felix ist … Felix wird nicht oft erwischt, muss man fairerweise sagen.

Garvies Mutter: Und du? Du wirst ziemlich oft erwischt,

nicht wahr? Jetzt auch von der Polizei. Sag mir eins: Wie viel rauchst du? Wenn ich jetzt in dein Zimmer gehe, wie viel von dem Zeug werde ich da finden?

Garvie Smith: Gar nichts, hoffe ich doch.

Garvies Mutter: Du bringst dich in Schwierigkeiten. Probleme mit den Lehrern. Probleme mit der Polizei. Die Probleme werden immer mehr und immer größer. *(Schweigen)* Sieh mir in die Augen und sag mir, dass es nichts mit diesem armen Mädchen zu tun hat.

Garvie Smith: Welchem armen Mädchen?

Garvies Mutter: Komm mir hier nicht mit ‹welchem armen Mädchen›. Heute Morgen hatte ich Inspektor Raminder Singh am Telefon. Er teilte mir mit, dass du auf der Stelle in eine Besserungsanstalt wanderst, wenn du dich noch einmal in seine Ermittlungen einmischst.

Garvie Smith: Der übertreibt, Mum. Halb so wild.

Garvies Mutter: Und Mrs. Dow hat angerufen, um sich für die Blumen zu bedanken, die ich ihr geschickt hätte.

Garvie Smith: Ah, na ja. Die ist gerade ein bisschen neben der Spur.

Garvies Mutter: Nicht so neben der Spur, wie ich mich fühle.

Garvie Smith: Hey. *(Streckt eine Hand aus)* So sehr neben der Spur bist du doch gar nicht.

Garvies Mutter: Versuch jetzt nicht, dich rauszuschmeicheln, Garvie. Ich kenne dich. Du glaubst, dass ich letzten Endes doch nichts tue, keine Konsequenzen ziehe. Nun, das war einmal. Es ist Zeit, ernsthafte Maßnahmen zu ergreifen. Ob du es dir eingestehst oder nicht, die Dinge hier laufen alles andere als gut. Und jetzt bietet sich mir die Chance eines Neuanfangs auf Barbados. Ein Neuanfang auch für dich.

Garvie Smith: Ich will keinen Neuanfang.

Garvies Mutter: Ich frag nicht, was du willst. Damit bin ich durch. Ich bin deine Mutter. Ich muss entscheiden. Und ich habe jetzt entschieden zurückzugehen.

Garvie Smith: Nein.

Garvies Mutter: Ich glaube, es ist das Richtige.

Garvie Smith: Ich werde nicht mitgehen. Ich quartier mich hier bei Freunden ein.

Garvies Mutter: In dieser Bruchbude in Limekilns? Na gut. Ich kann dich nicht mit Gewalt ins Flugzeug verfrachten, das ist klar. Ich sag dir nur, was *ich* tun werde. Den Job annehmen, die Wohnung hier verkaufen, die Chance in Bridgetown ergreifen. Mein Entschluss steht fest, Garvie. Tut mir leid. Du hattest die Möglichkeit, mich zu überzeugen, dass es ein falscher Schritt ist. Aber du hattest nichts Besseres zu tun, als mich zu bestärken, dass es genau das Richtige ist. Sieh mich an, Garvie. Ich meine es ernst.

Garvie Smith: *(nachdenkliche Pause)* Ich weiß.

Garvies Mutter: Dann ist ja gut. Belassen wir's dabei. *(Steht auf)* Lass uns jetzt zu Onkel Len gehen.

Garvie Smith: Mum?

Garvies Mutter: Was ist?

Garvie Smith: Ich möchte mit dir einen Deal machen.

Garvies Mutter: Deal? Was für einen Deal?

Garvie Smith: Warte, bis die Noten raus sind.

Garvies Mutter: *(setzt sich wieder, überdenkt den Vorschlag)* Hm. Und dann?

Garvie Smith: Wenn meine Noten schlecht sind, komme ich mit nach Barbados. Versprochen. Aber wenn sie gut ausfallen, bleiben wir hier.

Garvies Mutter: Wie kommst du darauf, dass das Krankenhaus wartet, bis deine Noten bekannt gegeben werden?

Garvie Smith: Frag wenigstens nach, ob es möglich ist. Ich kann es schaffen, das weiß ich. Ich geb mein Bestes, versprochen.

Garvies Mutter: Und all der andere Unfug?

Garvie Smith: Kein Unfug mehr.

Garvies Mutter: Wie sehr kann ich mich darauf verlassen? Sieh mich an.

Garvie Smith: Total, Mum. Ich schwöre es.

Garvies Mutter: *(Schweigen)* Hm. Na schön, ich werde mich mal erkundigen. Wenn sie nicht warten wollen, sag ich es dir. Aber die Abmachung gilt ab sofort.

Garvie Smith: *(streckt seine Fingerknöchel vor)*

Garvies Mutter: *(mit ebenfalls vorgestreckten Knöcheln)* Also gut. Lassen wir uns überraschen. Hol deine Schulsachen – du kannst sie zu Onkel Len mitnehmen.

Als Garvie und seine Mutter eintrafen, war Onkel Len gerade oben in seinem Arbeitszimmer mit einem Kollegen von der Polizei. Unten im Wohnzimmer servierte Tante Maxie Garvies Mutter einen Apricot Fizz und ihm ein Glas Dr. Pepper. Dann ließen sie sich alle auf den alten, aber bequemen Sesseln nieder.

«Garvie hat sich was zum Lernen mitgebracht, um sich nach dem Tee zu beschäftigen», sagte seine Mutter.

«Alle Achtung, Garvie», sagte Tante Maxie.

Garvie sagte nichts. Er hatte den Blick starr auf den Couchtisch gerichtet.

«In Gedanken versunken», sagte Tante Maxie. «Garvie?»

Er saß wie in Trance da, und Tante Maxie kicherte. «Worüber mag er wohl derart angestrengt nachdenken?»

«Das will man wahrscheinlich gar nicht so genau wissen», sagte seine Mutter. Sie schüttelte den Kopf. «Eines Tages wird dieser Junge noch mal zu weit gehen.»

«Muss was richtig Ernstes sein. Sieh ihn dir an. Er kriegt nicht mal mit, dass wir über ihn reden. Was kann es bloß sein?»

«Komplexe Zahlen», sagte Garvie, ohne den Blick vom Couchtisch abzuwenden.

«Oh.»

Mit einem misstrauischen Seitenblick auf ihren Sohn erkundigte Garvies Mutter sich bei Tante Maxie nach dem kürzlich eröffneten Mini-Markt in der Nachbarschaft, und schon waren sie in eine Unterhaltung über die skandalös steigenden Lebensmittelpreise vertieft.

Garvie hing weiter seinen Gedanken nach.

$a + bi$, wobei i die Eigenschaft $i^2 = -1$ hat. Das Produkt einer reellen und einer *imaginären* Zahl. Mit komplexen Zahlen rechnet man nicht, man lässt sie *rotieren.* Man verschiebt sie in eine imaginäre Dimension, und die Lösung erscheint wie ein Blitz aus heiterem Himmel.

«Garvie? *Garvie?*»

Er sah seine Tante an. «Alex lügt», sagte er.

Tante Maxie begegnete ihm mit einem verständnislosen Lächeln. «Wie bitte?»

«Wo sollte sie sonst hingehen?»

Seine Mutter fragte mit scharfer Stimme: «Wo sollte *wer* sonst hingehen?»

Er sah sie von der Seite an, und sein Blick bekam etwas Durchtriebenes. «Niemand Bestimmtes», sagte er, leerte sein Glas mit einem Zug und stand auf.

«Wo willst du hin?»

«Mal nach Bojo gucken. Ist das okay?»

«Ja, ist in Ordnung», sagte Tante Maxie. «Aber falls er schläft, weck ihn nicht auf.»

Garvie ging die Treppe hinauf und durch den oberen Flur. Als er am Arbeitszimmer seines Onkels vorbeikam, hörte er eine Stimme von drinnen.

Und es war nicht irgendeine Stimme. Sondern die Stimme von Inspektor Raminder Singh.

Das war eine echte Überraschung. Selbstverständlich blieb Garvie stehen. Er sah flüchtig zurück in Richtung Mutter und Tante, und noch flüchtiger erinnerte er sich an das zuvor geleistete Versprechen, keinen «Unfug» mehr zu machen. Aber aus dem Arbeitszimmer seines Onkels hörte er jetzt Singh «Chloe Dow» sagen, und schon waren alle Bedenken zerstreut. Überhaupt, wenn sich hier jemand einmischte, dann war es ja wohl eindeutig Singh. Was hatte er zur Teezeit hier bei seinem Onkel zu suchen? Mit Sicherheit war es nicht seine Schuld, wenn er zufällig mithörte, was im Arbeitszimmer seines eigenen Onkels gesprochen wurde. Dumm nur, dass es genau genommen nicht sehr viel war, was er verstehen konnte. Und so war es ganz natürlich, dass er auf Zehenspitzen näher trat und sein Ohr an den Türspalt legte.

«Überhaupt keine Spuren?», sagte Singh gerade.

«Keine», erwiderte sein Onkel.

«Alkohol?»

«Nein.»

Singh stieß einen entnervten Laut aus.

Nach einer längeren Pause hörte Garvie seinen Onkel sagen: «Raminder, alles in Ordnung mit Ihnen? Sie wirken … erschöpft. Ich weiß, wie das ist, wissen Sie. Der Stress. Lassen Sie sich nicht davon fertigmachen.»

Singh sagte mit leiser Stimme etwas, worauf Onkel Len mit einem Seufzen antwortete.

«Was ist hiermit?», fragte Singh wieder lebhafter.

«Ach das.» Der Onkel begann, irgendetwas zu erklären, und Garvie rückte noch ein Stückchen dichter an den Türspalt heran.

Sie sprachen jetzt gedämpft. Dann gab es wieder eine Pause. Schließlich sagte Onkel Len: «Wie ich höre, soll es einen Durchbruch gegeben haben, Raminder? Was hat es damit auf sich?»

Garvie drückte sein Ohr noch fester gegen den Türspalt. Ein Fehler, denn plötzlich gab die Tür nach, und er stolperte kopfüber ins Zimmer.

23

Der Schwung ließ ihn fast bis zur Schreibtischkante stolpern, wo er bäuchlings auf dem Boden landete und von unten in die Gesichter seines Onkels und Inspektor Singhs hinaufblickte, in denen sich schon fast cartoonhaft die Verblüffung abzeichnete.

«Haben Sie ihre alten Laufschuhe gefunden?», fragte Garvie noch im Liegen.

Onkel Len hatte sich so weit erholt, dass es für ein Stirnrunzeln reichte. «Ich muss mich entschuldigen», sagte er zu Singh.

Der sagte gar nichts.

Garvie rappelte sich hoch und sagte: «Alex hat sie nicht. In dieser Richtung brauchen Sie nicht weiter zu ermitteln.»

Singh sagte immer noch nichts. Sein Gesicht war ausdruckslos.

«Jess Walker hat sie auch nicht.»

Singh starrte ihn nur an.

«Soll ich Ihnen sagen, wer sie hat? Oder macht es Ihnen mehr Spaß, es selbst herauszufinden?»

Onkel Len griff ein. «Garvie!» Noch einmal entschuldigte er sich bei Singh, der stumm und reglos dastand.

«Ich vermute», fuhr Garvie nachdenklich fort, «dass Sie andere Fragestellungen verfolgen. Jetzt, wo Sie wissen, wie Chloe am Donnerstagabend ausstaffiert war, haben Sie natürlich das ganze Bildmaterial der Überwachungskameras am Market Square noch mal neu gesichtet.»

Jetzt weiteten sich Singhs Augen. Nur ein wenig, aber genug.

«Ich meine», fuhr Garvie fort, «die ganzen schwarzen Haare, das ganze Make-up, diese elegante Erwachsenenkleidung. Sie suchen jetzt nach einer ganz anderen Frau.»

Eine Pause entstand, die beiden Männer sahen ihn nur stumm an.

Schließlich ergriff Onkel Len das Wort: «Woher weißt du das alles, Garvie? Was hast du getrieben?»

Garvie zuckte die Achseln. «Aber wichtiger als alles andere ist der Porsche. Nicht wahr, Inspektor? Vorausgesetzt natürlich, dass Sie schon so weit sind.»

Jetzt hatte Onkel Len genug. «Garvie! Raus hier. Ich komme in zwei Minuten nach, und dann unterhalten wir uns.»

Garvie sagte: «Aber –»

«Geh jetzt. *Sofort!*»

Gerade wandte sich Garvie zur Tür, da machte Singh doch noch den Mund auf. «Warte.»

Garvie erschrak direkt und blieb stehen.

«Warum bist du der Meinung, dass es den Porsche gibt? Niemand sonst glaubt, dass ein Porsche mit diesem Fall zu tun hat. Jedenfalls nicht mehr als all die anderen Luxusautos, von denen Chloe laut geträumt hat.»

Garvie grinste. «Ist doch offensichtlich. Sie haben gehört, was sie immer gesagt hat. ‹Es ist so gemütlich, in einem Porsche zu fahren. Er ist so leise. Alles passt zusammen.› *Alles passt zusammen.* Das ist nichts, was Chloe erfunden hätte. Sondern es muss ihr *aufgefallen* sein.»

Singh sah ihn nachdenklich an.

«Sie war ein Mädchen, bei dem immer alles zusammenpassen musste», sagte Garvie. «Zum Beispiel ihre Laufschuhe und die dazugehörigen Klamotten. Wie auch immer», fügte er hinzu, «vermutlich haben Sie ihn inzwischen gefunden. Ich meine, Sie haben die Methodik, Sie haben die nötigen Leute, was sollte Sie aufhalten?»

Singh schwieg.

«Außerdem springt einem die Lösung doch direkt ins Auge. Großer Mann, großes Geld.»

Onkel Len runzelte erneut die Stirn. Singhs Gesicht blieb ausdruckslos, doch ein Muskel in seiner Wange zuckte leicht.

Er sagte: «Du spielst auf Mr. Winder an, den Betreiber des *Imperium*-Casinos, vor dem ich dich vorgestern Abend getroffen habe.»

Onkel Len ließ ein erstauntes Grunzen hören, während Garvie es tunlichst vermied, ihn anzusehen.

«In diese Richtung haben wir aufgehört zu ermitteln», sagte Singh.

«Sie sollten unbedingt wieder damit anfangen.»

«Es ist nicht meine Art, die Zeit der Polizei zu vergeuden. In einem Fall wie diesem ist jede Minute kostbar.»

Garvie konnte sich nicht mehr beherrschen. «Sie brauchen doch nur die Inneneinrichtung zu überprüfen, Mann», sagte er aufbrausend. «Das ist ja wohl nicht so schwer. Ob die Polsterung und die Verkleidung zusammenpassen, die Verkleidung und das Armaturenbrett. Das werden Sie doch wohl hinkriegen, oder?»

Onkel Len, der das Gespräch mit zunehmender Fassungslosigkeit verfolgt hatte, schritt ein: «Garvie, das reicht! Das Maß ist voll.»

«Meine Worte! Und jede Minute ist kostbar, wie der Inspektor zu Recht sagt.»

Onkel Len hatte schon den Mund geöffnet, doch Singh hielt ihn zurück, legte ihm eine Hand auf den Arm. Während er Garvie mit kaltem Blick fixierte, zog er eine Karte aus der Tasche und gab sie dem Jungen.

«Es gibt einen Punkt», sagte er schließlich, «an dem du aufhören musst, dich mit dieser Angelegenheit zu befassen. Dieser Punkt ist jetzt erreicht. Ich glaube, dein Onkel wird mir darin zustimmen.»

Onkel Len konnte das bestätigen.

«Du bist minderjährig», fuhr Singh fort. «Es liegt in meiner Verantwortung, deine Sicherheit zu gewährleisten, und es ist offensichtlich, dass du dich in Gefahr begeben hast.» Er deutete auf die Karte in Garvies Hand. «Nähere Angaben zu unserer Hotline. Ich erwarte, dass du dich ab sofort von allen Aspekten dieses Falles fernhältst. Haben wir uns verstanden?»

Garvie warf einen Blick auf die Karte.

KINDER-HOTLINE
DER STÄDTISCHEN POLIZEI
031 032 034
Polizeiliches Kinderschutzprogramm
City Squad Police Center
Service House
30 Cornwallis Way

Dann reichte er sie zurück.

Singh sah ihn an. «Ich habe sie dir gegeben, weil du sie vielleicht gebrauchen kannst.»

«Ich habe mir eingeprägt, was draufsteht. Außerdem bin nicht ich es, der Hilfe braucht. Ich würde Ihnen ja gerne *meine* Karte geben, aber leider habe ich keine.»

Sein Onkel sagte: «Geh jetzt, Garvie. Mach es nicht noch schlimmer. Der Inspektor hat recht.»

Garvie ging – jedenfalls bis zur Tür. Dort drehte er sich noch einmal um.

«Ein Wort noch, bevor ich verschwinde: Knöpfe!»

Singhs Augen verengten sich. Garvie mied den aufgebrachten Blick seines Onkels.

«Sie wissen, was ich meine, nicht wahr? Sie haben Alex in die Mangel genommen. Kann man nichts gegen sagen. Aber mal im Ernst, glauben Sie, dass ein Mädchen wie Chloe nur einen einzigen Stalker hatte? *Famous Stars and Straps.* Sie sind auf der falschen Fährte, Mann. Der Knopf stammt von einem anderen Ärmel. Am betreffenden Abend waren zwei Männer im Garten!»

Dann war er verschwunden.

Die Teatime bei Onkel Len und Tante Maxie verlief an diesem Abend in unbehaglicher Atmosphäre. Zwar hatte man sich darauf geeinigt, nicht mehr darüber zu sprechen, doch Garvies Verhalten hatte die Stimmung getrübt. Nach dem Essen saß er allein am Tisch und lernte, immer wieder misstrauisch beäugt von seiner Mutter.

Auch Inspektor Singh fühlte sich nicht wohl, als er durch die Stadt zurück zur Polizeiwache fuhr. Er nahm kaum Notiz von seiner Umgebung. Mit starrem Blick fuhr er den Pollard Way hinunter, anschließend auf der doppelspurigen Schnellstraße an den Autohäusern und Möbelcentern vorbei, um sich dann über die Wicker, an der das *Fiesta* und *Imperium* lagen, in das Einbahnstraßensystem rund um den Market Square einzufädeln. Nach insgesamt fünfundzwanzig Minuten erreichte er die Tiefgarage der Polizeiwache am Cornwallis Way. Er war angespannt und in einem Zustand unproduktiver Konzentration. Auf dem Beifahrersitz lag sein aufgeschlagenes Notizbuch, in Großbuchstaben hatte er schräg über eine ganze Seite die beiden Worte *ZWEITER STALKER?!* gekritzelt.

24

Es war neblig auf den Marsh Fields an diesem Freitagnachmittag. Regenwolken hingen dicht über den Baumwipfeln. Langsam stapften sie durch das büschelige Gras, die Kapuzen zum Schutz gegen den feuchten Wind ins Gesicht gezogen. Es hatte geregnet, der Boden war durchgeweicht. Sie sprachen mit gedämpften Stimmen.

«Ist hier genauso übel wie oben am Pike Pond», sagte Garvie.

Alex grunzte. «Wem sagst du das.»

Mühsam gingen sie weiter. Nach einer Weile sagte Garvie: «Ich dachte, du wärst schon seit Wochen nicht mehr da gewesen.»

Alex blieb stehen und biss sich auf die Lippen. «Ja, gut. Ich weiß aber, wie es da ist.»

In der Stille lauschten sie den gedämpften Geräuschen aus den nebelverhangenen Bäumen – dem Ruf eines Vogels, dem Rascheln der Blätter –, bevor sie weiterstapften.

«Übrigens», sagte Garvie, «weißt du, ob Chloe in den letzten Wochen irgendwann mal gemodelt hat?»

Alex zuckte die Achseln.

«Ach komm, du warst ihr doch ständig auf den Fersen.»

«Vielleicht hat sie's. Gesehen hab ich jedenfalls nichts.» Er schüttelte den Kopf. «Für wen soll sie denn gemodelt haben?»

«Niemand Bestimmtes. Egal.»

Sie stiegen über einen Graben, duckten sich durch eine Stechpalmenhecke und gelangten schließlich an den Rand eines Gartens, wo sie im Schatten eines Weißdorngestrüpps verharrten und sich umblickten.

«Sieht ja aus wie das letzte Loch», sagte Alex.

«Das musst grad du sagen. Lebst selber in einer Bruchbude.»

«Ist aber nicht meine Bruchbude.»

«Ist auch nicht sein Haus. Gehört der Schule.»

«Ja, ist aber sein ganzes Gerümpel.»

Der Bungalow des Hausmeisters stand auf einem eingezäunten, grasbewachsenen Grundstück in einer Ecke des Schulgeländes. Ein quadratisches braunes Backsteingebäude mit passend braunem Dach und kleinen länglichen Fenstern mit grünen Rahmen, ähnlich den öffentlichen Gebäuden in Parks, in denen Umkleideräume und Toiletten untergebracht sind. Der wuchernde Rasen war übersät von Baumaterialien, ausrangierten Gerätschaften und Abfall jeglicher Art. Etliche Gegenstände wurden unter Abdeckplanen oder in halb offenen Kisten gelagert.

«Scheint nicht übermäßig penibel zu sein, unser Mann», sagte Garvie.

In diesem Moment erschien ein Schatten hinter einem kleinen Rundglasfenster und verschwand gleich wieder.

«Er ist dadrin. Wir sollten lieber leise sprechen.»

Alex zog eine Grimasse. «Gut. Aber du müsstest mir mal erklären, was wir hier eigentlich *machen.* Zuerst hab ich die Polizei am Hals mit all ihren Fragen, und jetzt schleppst du mich hier durch die Gegend. Das verwirrt mich. Ich krieg Kopfweh, wenn ich darüber nachdenke.»

Es stimmte. Alex wirkte zapplig. Den ganzen Nachmittag hatte er immer wieder die gleichen Fragen gestellt.

«Sag es mir», fing er jetzt wieder an. «Ist er der Täter?»

«Ziehen wir keine voreiligen Schlüsse. Was wir sicher wissen, ist nur, dass er ein komischer Vogel ist.»

«Komischer Vogel?»

«Zum Beispiel ist er ein Schuhfetischist.»

Alex lächelte nicht. Stattdessen packte er Garvie am Arm. «Kannst du mir mal irgendwas geradeheraus sagen, ein einziges Mal?» Sein Griff war fest, aber zitternd, seine Stimme heiser.

Garvie löste sanft die Hand von seinem Arm. «Da ist nichts geradeheraus, Mann. An der ganzen Geschichte nicht. Vor allem, was den Freitagabend betrifft. Und wenn es nicht geradeheraus ist, bringt es auch nichts, geradeheraus draufzugucken. Also müssen wir schief draufgucken.»

Alex schien jetzt noch verwirrter.

«Hör zu. Nehmen wir das Einfachste überhaupt. Sie ist joggen gegangen, richtig?»

«Richtig.»

«Angenommen, sie war gar nicht joggen.»

Alex starrte ihn an. «Wie meinst du das?»

«Angenommen, sie ist um ihr Leben gelaufen. Das ist ein Unterschied.»

Alex hatte alle Mühe, ihm zu folgen. «Aber ...»

«Angenommen, sie hatte Angst, Alex. Richtig große Angst. Und niemanden, an den sie sich wenden konnte. Keine Freunde. Niemanden, dem sie trauen konnte.»

«Niemanden, an den sie sich wenden konnte», murmelte Alex. Dann sah er Garvie an. «Wieso Angst? Wovor?»

«Genau das wollen wir herausfinden. Also reiß dich zusammen, Alter. Und rede leise, okay? Sonst kriegen wir hier Ärger.»

«Ärger!» Alex wandte sich ab. «Den hab ich auch so.»

Sie trennten sich, um dem Verlauf des Zauns in jeweils entgegengesetzter Richtung zu folgen. Sie mussten sich mit dem Ort vertrauter machen, vielleicht einen Teil des Gerümpels im Garten genauer ansehen.

Es war, als ob der Nebel dichter geworden wäre, seit sie sich aufgeteilt hatten. Garvie kroch durch tropfnassen Wiesenkerbel und durch Brennnesseln, die zwischen Zaun und Waldrand wucherten, während er abwechselnd zum Bungalow und in die weißgetünchte Dunkelheit zwischen den Bäumen spähte. Zweimal sah er auf die Uhr. Er würde den ganzen Nachmittag bei Smudge verbringen, um mit ihm Mathe zu lernen, hatte er seiner Mutter erzählt und versprochen, spätestens um zehn zu Hause zu sein. Jetzt war es erst Viertel nach fünf. Trotzdem dachte er kurz, dass Alex nicht der Einzige war, der bereits Ärger hatte. Sofort verscheuchte er diesen Gedanken wieder und kroch weiter.

Auf der anderen Seite traf er wieder mit Alex zusammen. Der Grundriss des Bungalows war leicht auszumachen. Wohnzimmer und Küche im vorderen Bereich, zwei weitere Zimmer und Bad nach hinten raus. Im Garten auf der Vorderseite führte ein Pfad von der Tür zu einer Pforte, berichtete Alex. Dahinter verlaufe der asphaltierte Schulzufahrtsweg entlang der Laufbahn und den Sportplätzen in Richtung unteres Tor und Marsh Lane.

«Es gibt noch einen Pfad», sagte Garvie.

«Wo?»

«Auf der Rückseite. Da, hinter dem aufgetürmten Gestrüpp.»

Im Nebel ließen sich eine Lücke im Zaun sowie der Anfang eines matschigen Weges erahnen, der auf den Wald zuführte.

«Gut ausgetreten obendrein», fügte er hinzu. «Was glaubst du, was der wohl immer so treibt im Wald? Sollen wir mal nachsehen?»

Doch Alex packte ihn plötzlich am Arm und zog ihn hinunter in die Hocke. Stumm deutete er mit dem Zeigefinger.

An der Seite des Bungalows war Naylor aufgetaucht. Er hatte eine rot-gelbe Collegejacke an und trug einen blauen Motorradhelm unterm Arm. Unter den Blicken der Jungs ging er zu einer Abdeckplane und warf sie zurück, worauf ein Moped zum Vorschein kam. Dann setzte er sich den Helm auf.

«Ich muss wissen, wo dieser Pfad hinführt», flüsterte Garvie Alex zu. «Kannst du das für mich herausfinden?»

«Mach ich. Aber wo willst du solange hin?»

Er deutete in Naylors Richtung. «Weiß noch nicht.»

«Vorsichtig, Garv. Du hast es selbst gesagt. Er ist ein komischer Vogel. Wahrscheinlich gestört, Mann.»

Sie klatschten sich ab, und schon war Garvie verschwunden. Wie ein Schatten huschte er am Zaun entlang und dann in vollem Sprint um die nebelverhangenen Sportplätze herum Richtung unteres Tor.

Die Stadt war ein gewaltiges Muster aus Licht und Schatten. Sobald man die Randgebiete hinter sich gelassen hatte, wurde alles größer und kompakter. Keine Parks oder Gärten mehr, nur Beton, Stahl, Glas und Asphalt. Die Gebäude wurden immer höher, die Straßen immer breiter und belebter. Selbst um diese frühe Zeit war die Beleuchtung in den Schaufenstern der Geschäfte und in den Büros schon eingeschaltet. Erste Abendschatten verdichteten sich unter Brücken oder an den Hochhäusern. Ein Labyrinth – riesig und kompliziert.

In einer Großstadt kannst du dich verstecken. Ein Geheimnis verbergen. Wenn du aber hier etwas verlierst, wie willst du es je wiederfinden?

Garvie saß auf der Rückbank des Taxis und atmete durch. Er hatte großes Glück gehabt, Abdul am Taxistand anzutreffen. Kaum war er eingestiegen – zu Abduls großer Freude und gleichzeitiger Verwirrung –, da kam auch schon Naylor auf seinem Moped vorbeigezockelt.

«Garvie, Mann, willst irgendwo fahren?»

«Genau dahin, wo dieser Typ hinfährt», hatte er gesagt. «Bleib an ihm dran, Abdul, verlier ihn nicht aus den Augen.»

Abdul hatte ihn nervös im Rückspiegel angesehen, aber nichts gesagt, sondern Gas gegeben und sich an das Moped gehängt.

Sie folgten Naylor über den Pollard Way auf die doppelspurige Schnellstraße, wo sie mitten im Berufsverkehr landeten. Zweimal dachte Garvie, sie hätten Naylor aus den Augen verloren, doch dann tauchte das Moped nach einer Weile wieder vor ihnen auf.

«Da ist er, Abdul!»

«Ich sehe. Er fährt schnell, schnell.»

«Genau. Wie jemand, der spät dran ist», sagte Garvie.

Naylor nahm die Ausfahrt am Market Square, Abdul folgte ihm dicht, und gemeinsam schlängelten sie sich langsam durch das verstopfte Einbahnstraßensystem. Garvie ließ sich tief in den Sitz sinken. Es war unwahrscheinlich, dass Naylor ihn entdeckte, trotzdem – dieser Typ war wachsam. Wachsam und berechnend. Die ganze Woche lang hatte Garvie ihn beobachtet und war sich ziemlich sicher, dass Naylor es bemerkt hatte. Er hatte die verstohlene, missmutige Ausstrahlung eines Mannes, der sich überwacht fühlt. Eines Mannes mit einem Geheimnis.

Wie er so aus dem Taxifenster blickte, drängte sich Garvie erneut der Eindruck auf, dass die Großstadt der perfekte Ort war, um ein Geheimnis zu begraben.

«Garvie, Mann?»

«Ja, Abdul.»

«Bin ich zu Polizei hingegangen, wie du gesagt.»

«Gut. Haben sie sich bei dir bedankt?»

Abdul schüttelte verwirrt den Kopf. «Leute sind *très, très* durcheinander.»

«Das hast du richtig erkannt.»

Das Moped bog scharf in die Littlegate Street ab, und Abdul musste sich darauf konzentrieren, den Anschluss nicht zu verlieren. Garvie hing seinen Gedanken nach. Hin und wieder beugte er sich vor und spähte aus dem Fenster, um sich zu orientieren. Die Theater-Kuppel. Der Uhrenturm der Leonard-Kathedrale. Die Leuchtschrift des *Maxie's*. Sie ruckelten an den letzten Restaurants und Weinlokalen des Market Square vorbei, bogen in die Well Street, fuhren dann auf der Park Street in die entgegengesetzte Richtung und näherten sich dem Geschäftsviertel, Naylor immer knapp vor ihnen. Hier wurde es plötzlich ruhiger. Sie fuhren zwischen den Hochhäusern, und die Straßen verdüsterten sich. Es war bald sechs Uhr, die meisten Angestellten der Büros, Institute und Behörden hatten bereits Feierabend gemacht. Außerhalb der Geschäftszeiten war die ganze Gegend wie ausgestorben: leere Hochhäuser, leere Parkplätze, zwischendurch immer wieder Baustellen und gelegentlich ein altes, zumeist heruntergekommenes Gebäude, Überbleibsel einer früheren Ära. Hier herrschte kaum mehr Verkehr, die Gehsteige waren fast menschenleer. Stille lag über den Straßen.

Abdul deutete aus dem Fenster und machte ein ratloses Gesicht. «Macht alles zu», sagte er. «Leute gehen nach Hause. Ist seltsam, dass dieser Mann jetzt herkommt.»

Garvie nickte. «Er ist ein seltsamer Mann.»

Das Moped bog in eine Seitenstraße und hielt gleich darauf an einem kleinen Parkplatz.

«Hier», sagte Garvie. «Gleich hinter der Ecke.»

Abdul drehte sich zu ihm um. «Ich warte?»

«Nein, Mann, ist schon okay. Ich weiß nicht, wie lange ich hier zu tun habe.»

Abdul runzelte die Stirn. «Alles in Ordnung für dich?»

«Alles cool. Wir sehen uns.»

Nachdem Abdul weggefahren war, stand Garvie noch eine Weile hinter der Ecke eines Hochhauses und beobachtete, wie Naylor sein Moped abschloss. Er hatte es vor einem alten Gebäude geparkt, früher vielleicht eine Bibliothek oder ein Gemeindehaus, es strahlte jedenfalls eine gewisse Herrschaftlichkeit aus, mit einem Säulengang auf der Vorderseite, einer breiten Treppe hoch zur Eingangstür und großen, quadratischen Fenstern. Jetzt aber wirkte das Haus schäbig und auf reine Zweckmäßigkeit reduziert, wie verloren zwischen den Türmen aus Glas und Stahl, die es auf allen Seiten überragten. Anders als diese aber war es noch immer beleuchtet.

Jetzt blickte Naylor auf und Garvie drückte sich blitzschnell hinter die Hausmauer. Als er wieder um die Ecke lugte, eilte Naylor gerade die Vorderstufen hinauf und verschwand in der Eingangstür.

Garvie sah auf die Uhr. Sechs. Er rannte über den Parkplatz und stürmte die Treppe hinauf. Ein Schild am Eingang verkündete: ZENTRUM FÜR ÖFFENTLICHE DIENSTLEISTUNGEN IN PARTNERSCHAFT. Durch die Glasscheibe sah Garvie, wie Naylor mit einer Frau am Empfang sprach. Sie sah auf die Uhr und schien in scharfem Ton zu sprechen. Als sie einen Terminkalender hochhielt und auf einen Eintrag deutete, wandte Naylor mürrisch den Blick ab. Jetzt erschien ein Mann in marineblauer Uniform und führte ihn durch eine Sicherheitstür am anderen Ende der Empfangshalle.

Garvie überlegte, welche Möglichkeiten er hatte.

Er konnte warten. Er konnte nach Hause gehen. Oder …

Er fuhr sich heftig durch die Haare und stürmte durch die Tür.

«'tschuldigung, dass ich so spät komme», sagte er keuchend. «Noch später als Naylor! In welchem Raum sind wir heute Abend?»

Halb über den Empfangstresen gebeugt, schielte er auf den Terminkalender, der noch aufgeschlagen vor der Empfangsdame lag.

Sie kniff die Augen zusammen. Garvie schenkte ihr ein strahlendes Lächeln, und sie klappte das Buch zu.

«Wer sind Sie?»

«Freund von Naylor.»

«Wer ist Naylor?»

Ihre Stimme war wie Eis.

Der Anflug eines Runzelns huschte über Garvies Stirn, aber er blieb am Ball: «Ist doch gerade eben reingekommen. Ich habe ihn noch gesehen. Verraten Sie mir einfach den Raum, dann hol ich ihn noch ein.»

Die Empfangsfrau blieb einen Moment lang stumm. Graue Haare, starkes Kinn, strenger Blick – ganz die alte Schule.

«Ich weiß nicht, wer Sie sind», sagte sie schließlich. «Und ich weiß nicht, was für ein Spiel Sie hier treiben. Aber Sie sollten gehen. Sofort.»

Sie griff zum Telefon und hielt es drohend in der Hand. Garvie war sich nicht sicher, ob sie damit die Securities rufen oder ihm eins über den Schädel ziehen wollte.

«Schon gut, Conan», sagte er. «Bleiben Sie locker.»

Er drehte sich um. Noch im Weggehen hörte er, wie sie ein entnervtes Seufzen ausstieß und leise mit verbitterter Stimme murmelte: «Warum kann man sie nicht einfach in Ruhe lassen?»

Es war kalt. Ein frischer Wind fegte durch die Hochhausschluchten. Garvie ging grübelnd einmal ganz um dieses Zentrum für Öffentliche Dienstleistungen herum, bevor er sich schließlich in einem dunklen Hauseingang der Seitenstraße niederließ. Von hier aus hatte er einen guten

Blick auf die Vordertür des Zentrums. Wieder sah er zur Uhr. Halb sieben. Ein Anfall von Besorgnis erfasste ihn, er wollte nicht zu spät nach Hause kommen. Er hatte nicht die geringste Lust auf ein weiteres Verhör seiner Mutter. Aber darüber konnte er sich später noch Gedanken machen. Im Moment hatte er Wichtigeres zu überdenken.

Zum Beispiel die Tatsache, dass die Empfangsfrau mit Naylors Namen nichts hatte anfangen können.

Zum Beispiel die Tatsache, dass sie Naylors Beschwerde, warum man ihn nicht einfach in Ruhe lasse, praktisch wörtlich wiederholt hatte.

Er blies sich in die Hände, steckte sie in seine Jackentaschen und machte sich mit angespanntem Gesicht auf eine längere Wartezeit gefasst.

25

Um sieben Uhr abends stand Inspektor Raminder Singh in einer Ecke seines Büros, das Gesicht zur Wand gedreht. Er wollte gerade sein Abendgebet sprechen, da klingelte das Telefon, und er kehrte zum Schreibtisch zurück.

«Singh.»

Ein Großteil der Belegschaft hatte das Gebäude bereits verlassen, es war ruhig im fünften Stock. In dieser leeren Stille saß Singh auf seinem Schreibtischstuhl und lauschte der Stimme am anderen Ende der Leitung.

«Ja», sagte er nach einer Weile. «Ja, ich verstehe.» Seine Stimme war leise und angespannt.

«Nein», sagte er. «Ich übernehme die Verantwortung. Nach meiner Überzeugung wird sich aber herausstellen, dass der Porsche –»

Er verstummte, und die Stille des Gebäudes umfing ihn erneut.

«Ja, Sir», sagte er, und ein Muskel in seiner Wange zuckte.

«Ja», sagte er. «Sie sind gestern eingetroffen ... Es gab einige technische Schwierigkeiten. Wir hoffen, dass dies der Durchbruch ist, den wir – ... Nein, Sir ... Ja, mach ich. Heute Abend. Spätestens morgen.»

Er schluckte.

«Ich bin mir über meine Position im Klaren. Ja ... Nein, ich –»

Er hielt das stumme Telefon noch für einen Moment in der Hand, bevor er auflegte und zur Uhr sah. Dann schlug er die Unterlagen vor sich auf und blätterte ein weiteres Mal in den Protokollen der Befragungen aus der Schule. Er hatte sie schon mehrmals durchgelesen.

Wieder las er das Gespräch mit MacArthur, dann das mit Alex Robinson. Dann saß er da und dachte nach.

Nach einer Weile griff er zum Telefon und rief Mal Nolan an.

«Mal?»

«Was gibt's?»

«Ich habe eine Frage zu dem Hausmeister an der Schule. Naylor.»

«Ja?»

«Ist es denkbar, dass er Chloe nachgestellt hat?»

Es war still in der Leitung, sie schien zu überlegen. «Ausgeschlossen ist es nicht. Nach meiner Erinnerung hat aber keiner der Schüler ausgesagt, dass Chloe über ihn gesprochen hätte.»

«Das stimmt. Niemand erwähnt ihn bei den Befragungen. Kein einziges Mal. Chloe hat von vielen Männern behauptet, dass sie ihr nachstellten, aber niemals von Naylor. Vielleicht muss ich gerade deshalb an ihn denken.» Er machte eine Pause. «Haben Sie die Unterlagen zu seinen früheren Beschäftigungen aufgetrieben?»

«Ich warte immer noch darauf. Es ist seltsam. Erst verschwinden sie aus der Schule, und jetzt können die Kollegen vom Archiv sie auch nicht finden. Dafür haben sie ein paar andere Sachen gefunden. Gerade wollte ich Sie deswegen anrufen.»

«Was für Sachen?»

«Er ist in letzter Zeit einige Male als wichtiger Zeuge einbestellt worden. Einmal ging es um Einbruch und Diebstahl. Es kam aber nie zur Anklage. Keine zureichenden Beweise.»

«Wurde die Schule informiert?»

«Nein. Sie kennen ja die Bestimmungen. Aber die zweite Sache ist noch interessanter. Letztes Jahr hat die Zollbehörde ihn im Zusammenhang mit einer Drogenrazzia vernommen. Wieder keine Anklage. Anscheinend kannte er einen von den Leuten, die man erwischt hatte, aber das war's dann wohl schon.»

«Ja und?»

«In der Akte war noch ein Vermerk über einen zurückliegenden Vorfall. Naylor scheint ein bisschen jähzornig zu sein. Es wird dort auf eine Schlägerei verwiesen, in die er verwickelt war. Ich bin dem nachgegangen, habe den anderen Beteiligten aufgespürt.»

«Und?»

Nolan antwortete nicht gleich.

«Er trägt immer noch eine Halskrause. Nach achtzehn Monaten. Naylor hätte ihm beinahe den Kopf abgerissen.»

Singh schwieg.

«Hat der Mann Anzeige erstattet?», fragte er schließlich.

«Nein. Hatte offenbar Angst. Naylor ist gewalttätig. Und zwar richtig.»

Singh dachte nach.

«Haben wir irgendwas, das Naylor mit Pike Pond in Verbindung bringt?»

«Nein.»

«Wir sollten uns noch einmal an die Anwohner von Froggett Woods wenden. In der Schule können Sie sich bestimmt ein Foto geben lassen. Vielleicht erinnert sich jemand an Naylor.»

«In Ordnung.»

Als Singh den Hörer aufgelegt hatte, saß er still an seinem Schreibtisch und versuchte, seine Gedanken zu ordnen. Doch fast augenblicklich klingelte es schon wieder.

«Ja?»

Lawrence Shan war dran, der Leiter des Beamtenteams, die von Haus zu Haus gingen. Während Singh lauschte, verzog sich plötzlich sein Gesicht. «Was? Wer?» Er hörte aufmerksam zu. «Um wie viel Uhr am Freitag?» Die um den Hörer gespannten Finger waren weiß. «Welche Zeugen? Sind sie sicher?» Er stand auf. «Ja, sofort», sagte er. «Ich fahre gleich los. Bringen Sie ein Unterstützungsteam in Stellung, wenn Sie eintreffen, und warten Sie auf mich. Ja, bewaffnet. Und ... Lawrence? Ich möchte nicht, dass irgendwas schiefgeht. Wir brauchen ihn lebend und unverletzt. Sie wissen, wie die Presse sonst reagiert.»

26

Es war Viertel vor neun, stockdunkel inzwischen, und Garvie war völlig durchgefroren, als die Warterei schließlich ein Ende hatte. Er machte sich schon länger Sorgen, ob er rechtzeitig zu Hause sein würde, und er war drauf und dran, für heute Schluss zu machen, da hörte er Stimmen. Kurz darauf erschien eine Gruppe von Männern an der Rückseite des Gebäudes. Sie gingen auf der anderen Straßenseite. Offenbar hatten sie einen Hinterausgang genommen. Es war zu spät, um den Standort zu wechseln, daher drückte Garvie sich noch tiefer in den Schatten des Hauseingangs und hoffte, sie würden an ihm vorbeigehen, ohne ihn zu bemerken.

Sie kamen immer näher auf diesem gegenüberliegenden Gehsteig. Naylor ging allein am Ende der Gruppe, den blauen Motorradhelm unter dem Arm. Wie die anderen stapfte er vornübergebeugt gegen den Wind, die Schultern hochgezogen, eine Zigarette im Mund. Von seinem Versteck aus sah Garvie ihre Umrisse an der dunklen Wand hinter ihnen entlanggleiten. Sie hielten die Köpfe weiterhin gesenkt, als sie auf eine Höhe mit ihm kamen. Sie waren schon fast an ihm vorbei, als Naylor plötzlich den Kopf wendete und seinem Blick begegnete.

Zuerst dachte Garvie, Naylor habe ihn nicht erkannt. Jedenfalls ließ er sich nichts anmerken, ging einfach weiter an dem Gebäude entlang und dann um die Ecke zum Parkplatz. Nachdem er sich von den anderen verabschiedet hatte, schloss er sein Moped auf, setzte den Helm auf und zog die Handschuhe an. Dann aber, als Garvie schon dachte, er würde aufsteigen und wegfahren, drehte er sich abrupt um und sah direkt zu dem Hauseingang, in dem Garvie sich verbarg.

Garvie trat auf den Gehsteig und ging im Schatten der Hauswand in die entgegengesetzte Richtung. Es war reiner Instinkt. Normalerweise gab es keine Situation, so peinlich sie auch sein mochte, aus der er sich nicht herausreden konnte, aber da war etwas in der kurzen Kopfbewegung von Naylor, als er sich in Garvies Richtung gedreht hatte, das äußerst ungut wirkte. Einmal mehr hatte er das deutliche Gefühl, dass der Mann gleichzeitig heiß und kalt war. Ein Besessener. Die Sorte Mensch, die sich in sich selbst verkriecht, die beobachtet, bis sie ausgetüftelt hat, was zu tun ist, und das dann ohne Rücksicht auf Verluste durchzieht bis zum bitteren Ende. Alex hatte recht gehabt: Der Mann war ein Psychopath. Wie lange hatte er Chloe beobachtet? Und was hatte er dann getan?

In jedem Fall war er jemand, mit dem man sich besser nicht anlegte.

Nach wenigen Schritten hörte Garvie, wie das Moped angelassen wurde. Der Motor lief leer, drehte einmal hoch, zweimal, und tuckerte dann gleichmäßig los. Garvie ging weiter, ohne sich umzudrehen. In den nächsten Sekunden würde das Motorengeräusch entweder verklingen – oder lauter werden …

Es wurde lauter. Viel lauter, und das sehr schnell. Mit einem Mal heulte der Motor auf, und als Garvie sich umdrehte, sah er den Scheinwerfer des Mopeds aus der Dunkelheit direkt auf sich zupreschen.

Blitzschnell überlegte er. Neben ihm verlief entlang des Gehsteigs ein niedriger Maschendrahtzaun, der von drei Seiten her ein unbebautes Grundstück zwischen zwei Hochhäusern einfasste. Er sprang hinüber und lief durch Unkraut und Geröll schräg über das Brachland auf die gegenüberliegende Ecke zu, wo er ein Stück Straße erkennen konnte. Kurz darauf hörte er, dass Naylor ebenfalls den Zaun erreichte, und blieb stehen, um zu sehen, was er tun würde – weiterfahren oder umdrehen und nach Hause zurückkehren. Keines von beidem. Naylor hielt an, saß dort unter seinem Helm, gerade mal zwanzig Meter entfernt, und starrte über den Zaun zu Garvie. Er sagte kein Wort, starrte nur herüber. Aber seine Wut war unverkennbar. Und noch etwas sah man ihm an – absolute Entschlossenheit. Jetzt griff er nach hinten und holte etwas aus dem Gepäckkasten des Mopeds. Etwas sichtlich Schweres, es glänzte silbern im Licht der Straßenlaterne. Ein Schraubenschlüssel. Während er ihn an einer Schlaufe ums Handgelenk nahm, spähte er in beide Richtungen am Zaun entlang, als prüfe er seine Optionen, dann legte er den Gang ein, setzte sein Moped auf den Gehsteig und hielt auf einen Fußweg zu, der um zwei Seiten des Zauns zur anderen Seite des Grundstücks führte. Dort war die Straße. Offensichtlich wollte er Garvie den Weg abschneiden.

Garvie war ein rationaler Denker, präzise und nüchtern, also nahm er sich jetzt einen Moment Zeit und überlegte – rational, präzise und nüchtern. Dann rannte er los.

In vollem Sprint jagte er über den unebenen Grund

zur Straße auf der anderen Seite. Zwischendurch verfolgte er aus den Augenwinkeln, wie Naylor auf seinem Weg außen herum vorankam. Inzwischen hatte er sein Moped auf den Weg gesetzt und preschte geräuschvoll am Zaun entlang. Das ging alles viel schneller, als Garvie erwartet hatte.

Garvie sprang über einen Haufen aus rostigem Draht, der plötzlich vor seinen Füßen auftauchte, und erreichte das Ende des Grundstücks im selben Moment, als Naylor um die Ecke gekurvt kam.

Über eine kleine Böschung sprang er hinunter auf eine andere Straße. Breit, gut ausgeleuchtet und vollkommen menschenleer – und sie war Garvie absolut unbekannt. BANK AVENUE besagte das Straßenschild. Er blickte in beide Richtungen, dann rannte er zur anderen Seite, sprintete an einem leeren Bürokomplex vorbei und bog jäh in eine Nebenstraße ein.

Als er das Moped hinter sich knattern hörte, wusste er, dass Naylor den Fußweg bereits verlassen hatte und dabei war, die Böschung zu überqueren. Garvie rannte dreißig Meter in die Nebenstraße hinein, bevor er in einen Hauseingang abtauchte. Gerade noch rechtzeitig. Einen Moment später fuhr Naylor in die Nebenstraße ein. Er bremste ab und saß reglos auf dem tuckernden Moped, während er die Straße hinunterblickte und sie sorgfältig von einer Seite zur anderen absuchte. Für einen Moment schien er direkt auf Garvies Hauseingang zu starren, doch dann wendete er sein Moped, gab Gas und verschwand wieder in der Bank Avenue. Garvie rappelte sich hoch und sah auf die Uhr. Ihm blieben ein paar Minuten, wenn überhaupt, bis Naylor seinen Fehler erkennen und wieder umkehren würde. Er rannte los und versuchte sich dabei zu orientieren.

Dreißig Sekunden später hörte er von weitem, wie das Moped abbremste. Erst blieb es offenbar stehen, fuhr dann aber wieder los.

Garvie rannte mit voller Kraft, blickte sich dabei zu beiden Seiten nach Auswegen um, doch diese Nebenstraße war eine lange Gerade. Es gab hier weder Seitenstraßen noch geparkte Autos oder sonstige mögliche Verstecke. Nicht einmal mehr Hauseingänge, nur die Glasfronten und die glatten Wände der Bürohochhäuser. Das andere Ende der Straße war mehr als zweihundert Meter entfernt.

Hinter ihm kam das Motorengeräusch plötzlich näher, und als er sich kurz umdrehte, sah Garvie einen Scheinwerfer in die Straße einbiegen. Er rannte weiter, das Knattern des Motors wurde lauter.

Er hatte jetzt keine andere Wahl mehr, als weiterzulaufen. Gut sichtbar rannte er mitten auf der Straße und hielt dabei die Augen unentwegt nach beiden Seiten offen.

Garvie rannte noch angestrengter. Das Moped hinter ihm wurde lauter.

Verzweifelt suchte er links und rechts nach einem Fluchtweg, den es aber nicht zu geben schien. Keine Ausgänge in der langen Straßenschlucht. Keine Barrieren zum Durchschlüpfen, keine Zäune zum Drüberhüpfen, keine schmalen Gassen zum Ausweichen. Nicht eine einzige Lücke in den glatten, turmhohen Wänden … außer, plötzlich, einem kleinen Schattenloch, das wie aus dem Nichts auftauchte, ein Stück vor ihm auf der rechten Seite.

Das Moped dröhnte in seinen Ohren. Vom Scheinwerfer

erfasst, sah Garvie seinen eigenen Schatten vor den Füßen über die Straße tanzen und wusste, dass ihm keine Zeit blieb. Er scherte zur Seite aus, sprang über den Gehsteig und warf sich der Länge nach in die Lücke, die sich so unverhofft aufgetan hatte.

Dann ging es abwärts.

Er knallte die Betonstufen einer Fußgängertreppe hinunter und landete auf einem Gehweg. Oben heulte das Moped kurz auf, dann war Stille.

Benommen und hustend lag er auf dem Boden und blickte hinauf zur Straße. Am oberen Ende der Treppe saß Naylor auf seinem Moped, eine schwarze Silhouette, die zu ihm herunterstarrte. Garvie rappelte sich hoch und stand da, den Blick weiterhin nach oben gerichtet. Keiner von beiden rührte sich oder sagte etwas. Garvie konnte beinahe sehen, wie Naylor abzuschätzen versuchte, ob er sein Moped stehen lassen und ihn zu Fuß schnappen könnte. Aber Garvie hatte einen Vorsprung, und Naylor machte zum Glück nicht den Eindruck eines geübten Läufers.

Nach einem endlos scheinenden Augenblick schob Naylor sein Moped langsam zurück, wendete und gab Gas, fuhr zurück Richtung Bank Avenue. Das Dröhnen des Motors wurde schwächer.

Garvie tastete sich am ganzen Körper ab und fluchte. Anscheinend hatte er seine Zigaretten verloren.

Er blieb stehen und horchte. In der Ferne verklang das Geräusch von Naylors Moped, dann aber kehrte es zurück, brach ab und war dann wieder zu vernehmen, doch alles in immer größerer Entfernung. Wo fuhr Naylor jetzt hin? Zurück in die Bank Avenue, um dort auf ihn zu warten? Oder versuchte er wieder, Garvie den Weg abzuschneiden? Vielleicht wusste Naylor ja, wohin dieser Gehweg hier führte. Er selbst wusste es jedenfalls nicht. Er musste sich eingestehen, dass er keine Ahnung hatte, wo er war.

27

Wenn *die Großstadt ein Labyrinth ist, dann ist das Geschäftsviertel ein unbeleuchtetes Labyrinth.*

Große, nichtssagende Gebäude, dunkel und leer. Glatte Wände aus spiegelndem Glas und glänzendem schwarzen Stein. Verlassene Plätze, umgeben von Arkaden, die nur aus Schatten zu bestehen schienen.

Kein Labyrinth. Eine Falle.

Das Erste, was ihm einfiel, war, Abdul anzurufen.

«Mein Garvie, wie ist?»

«Ist ein bisschen sonderbar, Abdul. Stehst du gerade noch bei den Läden?»

«*Non, non*, ich mach gleich große Tour. Am Flughafen.»

«Oh. Bist du schon dort?»

«*Oui*, bin da.»

«Na gut, dann hat es sich erledigt.»

«Ist okay alles, Garvie, Mann?»

«Alles okay, Abdul. Wir sehen uns später.»

Er legte auf, sah sich um. Und seufzte.

Eine Dreiviertelstunde lang stapfte er über Gehwege und Plätze, durch Straßenschluchten und Gassen, immer möglichst im Schatten der Hochhäuser und immerzu auf Geräusche eines Mopeds bedacht. Einige Male hörte er es in der Ferne brummen. Es kam und ging, manchmal näher, manchmal weiter weg, als würde Naylor durch die Gegend kurven und darauf warten, dass er wieder auftauchte.

Keine Menschenseele. Alle Cafés geschlossen. Wo er auch hinkam, war es menschenleer.

Er achtete auf Straßen- und sonstige Hinweisschilder. Exchange Street, Fulton Plaza, City Gate, Corporation Tower. Nach und nach speicherte er sie ab. Im Kopf erstellte er eine Karte. Auf einer Fläche von knapp einem mal anderthalb Kilometer ging er so lange hin und her, bis er sich ein genaues Bild von diesem Ort machen konnte.

Schließlich gelangte er an die Kreuzung zweier Straßen und eines unbeleuchteten Durchgangs, in den er ohne Zögern einbog. Er bahnte sich seinen Weg durch die übelriechende Dunkelheit, vorbei an Müllcontainern und Industrieabfällen, bis er zu einer Hauptstraße kam, die seiner festen Überzeugung nach zum Market Square führen musste. Es war eine breite Straße, gut beleuchtet, aber ebenfalls menschenleer. Wenn er sich nicht sehr täuschte, war das wieder die Bank Avenue. Er sah auf das nächste Straßenschild. Nein, er hatte sich nicht getäuscht. Seiner Berechnung nach befand er sich etwa fünfhundert Meter östlich von der Stelle, wo er die Straße zuvor verlassen hatte. In der entgegengesetzten Richtung konnte er den Uhrenturm von St. Leonard's erkennen, der in der Bridgewater Street stand, Ecke Market Square. Jetzt musste er nur noch der Straße folgen und dann endlich im Gewusel freundlicher Menschen abtauchen. Nichts leichter als das!

Er rührte sich nicht. Blieb im Schatten des Durchgangs stehen und lauschte. Naylors Moped war nicht mehr zu hören. Ein einzelnes Auto fuhr vorbei, und nach zwei oder drei Minuten kam eins aus der anderen Richtung. Ansonsten Stille. Trotzdem machte Garvie keine Anstalten, ins Licht der Straße hinauszutreten. Eine weitere Minute verging. Und noch eine. Er sah auf seine Uhr. Viertel vor zehn. Er fluchte in Gedanken, als er an das Versprechen dachte, das er seiner Mutter gegeben hatte. Höchste Zeit, hier zu verschwinden.

Genau in diesem Moment wurde keine fünfzig Meter entfernt ein Moped angelassen, und von seinem Versteck aus beobachtete Garvie, wie Naylor aus einer nahen Seitenstraße kam und langsam, nach allen Seiten Ausschau haltend, die Avenue entlangfuhr. Er passierte den Durchgang, ohne Garvie, der sich eng an die Wand drückte, zu entdecken, und fuhr mit leise brummendem Motor in Richtung Market Square weiter. Garvie wartete noch eine Weile, dann machte er kehrt und ging den Weg zurück, den er gekommen war.

Als Erstes rief er Alex an. Keine Antwort. Dann Felix. Keine Antwort. Smudges Mailbox teilte mit: «Der Smudger kann grad nicht. Also verzieh dich.» Fast zehn Uhr. Schließlich rief er zu Hause an, aber seine Mutter meldete sich ebenfalls nicht. Wenn er Glück hatte, war sie schon unterwegs zur Arbeit. Wenn nicht, war er am Arsch.

Lange Zeit wanderte er durch die Straßen, bewegte sich verstohlen von Schatten zu Schatten. Einmal verließ er sogar das Geschäftsviertel und kam an einem Kanal raus, in einer dunklen Gegend voller verfallener Lagerhallen und Läden, mit holperigem Kopfsteinpflaster und von Unkraut übersäten Höfen hinter eingestürzten Mauern. Hier gab es zwar keine Straßenlaternen, dafür aber Menschen: Er sah sie um lodernde Ölfässer stehen und auf alten Reifen lagern, ihre Zelte und Verschläge hatten sie mitten im Gerümpel aufgebaut. Hier und da durchstöberten Hunde den Abfall. Garvie sah ihnen eine Weile zu, dann drehte er sich um und kehrte zu den Hochhäusern zurück.

Es war schon eine Weile her, seit er das Moped zuletzt gehört hatte. Dennoch wollte er kein Risiko eingehen. Er steuerte Fulton Plaza an, einen länglichen Platz aus glattem Granit, der nur über Gehwege von niedrigeren Ebenen aus zu erreichen war. Auf zwei gegenüberliegenden Seiten des Platzes gab es Arkadengänge, dunkle, verborgene Plätze mit Steinbänken zum Ausruhen.

Im tiefsten Schatten einer dieser Arkaden ließ Garvie sich auf einer Bank nieder und schickte sich an, das Problem Naylor auszusitzen. Es war ein sicherer Unterschlupf, der ihn zudem vor dem kalten Nachtwind abschirmte. Wenn es ganz schlimm kam, konnte er hier notfalls auch bis zum Morgen ausharren. Er horchte. Alles war jetzt still, als schliefe die ganze Stadt. Es war halb elf.

Er versuchte es noch einmal bei Alex, erreichte ihn aber nach wie vor nicht. Das war ungewöhnlich und beunruhigte ihn. Er rief seine Mutter auf ihrem Handy an, diesmal sprang die Mailbox an.

«Hi, Mum», sagte er gezwungen munter. «Smudge und ich sind ein bisschen sehr tief eingetaucht in die ‹Analysis›, und dabei hab ich total die Zeit vergessen. Wär wohl am besten, wenn ich gleich dableibe, meint Smudge. Wollte nur eben Bescheid sagen. Bis morgen also.»

Seine Stimme hallte kurz unter dem Arkadengang wider, dann war alles still. Er schaltete sein Handy ab. Die Knie hochgezogen, starrte er über die Plaza und überließ sich seinen Gedanken.

Er dachte an ein laufendes Mädchen. Ein Mädchen auf der Flucht. Die vor einem Stalker wegläuft. Die in die Stadt läuft, um einen Fremden zu treffen. Die auf der Suche nach Hilfe bei einem Freund angelaufen kommt, der sie hasst. Die ganz bis zum Pike Pond läuft und am Ende gar nichts mehr hat, nicht einmal mehr ihre eigenen Laufschuhe. Deren technische Beschreibung lief vor seinem geistigen Auge ab, klar und präzise, wie auf einem Newsticker.

Gegenstand: Damenlaufschuh, links. Farbe Lindgrün mit orangem Muster und Schnürsenkeln. Größe 37. Asics «Lady GEL-Torana 4 Trail Running Shoes»; Kunststoff. Neu. Keine sichtbare Beschädigung.
Gegenstand: Damenlaufschuh, rechts. Farbe Lindgrün mit orangem Muster und Schnürsenkeln. Größe 37. Asics «Lady GEL-Torana 4 Trail Running Shoes»; Kunststoff. Neu. Keine sichtbare Beschädigung.

Er wusste, wo die alten Schuhe abgeblieben waren. Aber wo kamen diese neuen her? Ein Mädchen wie Chloe würde nie im Leben ein solches Paar Schuhe kaufen. Wer also hatte sie gekauft?

Wieder der Blick zur Uhr. Viertel vor elf. Alles war still und friedlich. Trotzdem blieb er bewegungslos sitzen und starrte über den Platz zur Arkade auf der anderen Seite, während er systematisch die offenen Fragen durchging. Weitere fünf Minuten vergingen. Irgendwas an dem Schatten unter dem Arkadengang gegenüber störte ihn. Er sah genauer hin. In dem Schatten ballte sich ein noch dunklerer Schatten. Nur ein Schatten. Nichts Ungewöhnliches.

Aber er konnte ihn nicht näher bestimmen. Je länger er hinstarrte, desto mehr wurde seine Phantasie gereizt, desto mehr nahm der Schatten andere Formen an, die keinen Sinn ergaben. Ein Einkaufswagen? Ein Kiosk? Ein Mann auf einem Moped? Garvie sah weg und wieder hin. Der Schatten war noch immer da. Er schloss die Augen, aber als er sie wieder öffnete, hatte er sich nicht bewegt. Wieder vergingen fünf Minuten sehr langsam. Endlich konnte Garvie die Ungewissheit nicht länger ertragen und stand auf. Er wollte die Plaza überqueren und nachsehen, was es mit dem Schatten auf sich hatte. So konnte er seine Zweifel zerstreuen.

Auf halber Strecke blieb er abrupt stehen. In der Mitte des Schattens ging plötzlich ein Scheinwerfer an, der ihn blendete. Als Garvie die Hände hob, um seine Augen vor dem Licht zu schützen, hörte er den Tritt, mit dem das Moped angelassen wurde. Der Motor heulte auf, und Naylor kam aus dem Arkadengang hervorgeprescht.

Garvie drehte sich um und sprintete die enge Straße hinunter, das Moped war dabei so dicht hinter ihm, dass er die Reifen über den Boden schaben hörte. Für einen Moment war es auf gleicher Höhe. Garvie sah aus dem Augenwinkel, dass Naylor sich irgendwie drehte, und blitzschnell duckte er sich, sodass der Schraubenschlüssel zischend über seinen Kopf hinwegfuhr.

Er scherte zur Seite aus, packte eine Mülltonne, schleuderte sie hinter sich und zwang Naylor damit zu einem Ausweichmanöver, das sein Moped aufheulen ließ.

Er rannte weiter, schlängelte sich zwischen geparkten Autos hindurch, überquerte die Straße und lief hakenschlagend wieder zurück, versuchte alles, was ihm seinen Verfolger vom Hals halten konnte.

Er verließ die Exchange Street, lief in die Fulkes Passage hinein, bog scharf in die Besom Road ab und wandte sich nach Westen, Naylor immer noch dicht auf den Fersen. Solange er noch Kraft hatte, konnte er dem Moped ja ausweichen. Aber es war absehbar, dass er das nicht mehr lange schaffen würde. Schlimmer noch, als er in die Cornwallis Road bog, begriff er, dass er über seine geistige Straßenkarte hinausgeraten war. Er befand sich jetzt wieder auf unbekanntem Terrain.

Die Cornwallis Road war gut beleuchtet und übersichtlich. Ausschließlich Hochhäuser. Keine geparkten Autos oder sonstigen Hindernisse. Wie alle anderen Straßen in der Umgebung menschenleer. Zögernd blickte Garvie in beide Richtungen. Nach Norden hin beschrieb die Straße eine Kurve und verschwand hinter einem Hochhaus. Nach Süden verlief sie schnurgerade über zehn oder mehr Häuserblocks, bevor sie von einer Überführung verschluckt wurde. Nach hundert Metern zweigte links eine Seitenstraße ab.

Garvie kam ein vager Gedanke, wie ein kleiner, schwacher Stromstoß. *Wo es eine Cornwallis Road gibt, da gibt es vielleicht auch einen Cornwallis Way.*

Für weitere Überlegungen war keine Gelegenheit mehr. Heulend kam das Moped um die Ecke gebogen und hielt auf ihn zu, also wandte er sich nach Süden und rannte los.

Er versuchte nicht länger auszuweichen, rannte mitten auf der Straße, den Blick starr auf die abzweigende Seitenstraße gerichtet. Langsam kam das Straßenschild in Sicht,

Garvies Hoffnung stieg. Er tat, als wollte er geradeaus weiterlaufen, dann aber, als das Moped rechts neben ihm war, scherte er nach links aus.

Sein Herz sackte ihm in die Hose. Hinter den Gebäuden mittlerer Größe, die beide Seiten der kurzen Straße säumten, erhob sich die hohe glatte Steinwand eines alten Lagerhauses. Cornwallis Way war eine Sackgasse.

Und doch gab es noch Hoffnung. Er setzte alles auf eine Karte, rannte weiter, suchte nach den Hausnummern an den Eingängen der Bürogebäude. Zur Linken erschien die Nummer 20, er holte tief Luft und beschleunigte noch einmal, als er hörte, wie das Moped hinter ihm lauter wurde.

Er lief an der Nummer 24 vorbei. An der 26.

Das Moped hatte ihn fast eingeholt. Er lief mit aller Kraft, die er noch hatte, auf das Ende der Sackgasse zu, ohne zu wissen, ob es reichen würde.

Als er bei der Hausnummer 28 war, hing das Moped an ihm, stieß ihn am Bein an, sodass er seitwärts ins Straucheln geriet, doch schnell fand er sein Gleichgewicht wieder und rannte weiter. Er rannte, ohne nachzudenken. Rannte, ohne zu atmen. Rannte, ohne sich umzublicken, selbst als das aufheulende Moped ihn von neuem bedrängte.

Und plötzlich trat, zehn Meter weiter vorn, eine Gestalt aus dem Eingang von Nummer 30 und blieb mit offenem Mund unter der bläulichen Leuchtschrift CITY SQUAD POLICE CENTER stehen.

Dann ging alles durcheinander. Zornige Schreie, ein harter Schlag gegen Garvies Schulter, der ihn vornüber taumeln ließ, das Kreischen des Mopeds, das eine jähe Kehrtwendung vollführte, und das verblüffte Gesicht von

Inspektor Raminder Singh, als Garvie durch die Luft segelte. Der konnte nur noch anerkennend registrieren, wie geistesgegenwärtig Singh zur Seite trat, während er kopfüber angeflogen kam und ein Stück weiter auf dem Boden aufschlug.

Dann herrschten Stille und eine vage Helligkeit in der dunklen Straße.

Als Garvie seine Sinne wieder beisammenhatte, fühlte er sich seltsam ruhig. Er sah sich um und stellte zu seiner Freude fest, dass seine Packung Benson & Hedges gar nicht verloren gegangen war, sondern gleich neben ihm auf dem Pflaster lag, sogar schon geöffnet. Er fischte sich eine verbogene Zigarette heraus und schob sie sich in den Mund. Er stützte sich auf den Ellbogen, kramte in einer seiner Taschen und fand zum Glück Streichhölzer. Er zündete die Zigarette an, nahm einen tiefen, sehr tiefen Zug und blies genüsslich eine ellenlange Rauchwolke in Singhs Richtung. Der stand über ihm, in einer starren Haltung schierer Ungläubigkeit.

«Ich war grad in der Gegend», sagte Garvie schließlich, «und erinnerte mich, dass Sie ja Ihr Büro hier haben. Und da dachte ich, schaue ich doch mal vorbei.»

Singhs Gesicht nahm den bekannten kalten und unbewegten Ausdruck an. «Und ich versuche schon den ganzen Abend, deine Mutter zu erreichen», erwiderte er, «um dich zu bitten, dass du herkommst.»

«Sehr freundlich von Ihnen», sagte Garvie mit einem mulmigen Gefühl. «Warum denn?»

«Wir haben soeben deinen Freund Alex Robinson unter dem Verdacht des Mordes an Chloe Dow verhaftet.»

28

In Begleitung eines jungen Polizisten ging Garvie zwei Treppen hinunter und einen Korridor entlang bis zu einer Sicherheitstür. Nachdem der Polizist sie hindurchgeschleust hatte, gingen sie weiter, fast lautlos, auf dem weichen Plastikfußboden.

«Ich weiß, wer du bist», sagte der Polizist nach einer Weile.

Seine kurzen schwarzen Haare standen wie ein Feld feiner Borsten auf dem Kopf. Wenn er lächelte, kamen große und auf gewinnende Weise schiefe Zähne zum Vorschein. Er schien nicht viel älter zu sein als Garvie.

«Ach ja? Haben Sie die Fahndungsplakate studiert?»

«Du bist Leonard Johnsons Neffe.»

«Sie kennen Onkel Len?»

«Jeder kennt Len.»

Der junge Polizist lächelte einnehmend. Sie gingen durch eine weitere Tür und wieder durch einen Flur. Er war kahl und hatte keine Fenster, dafür gab es grelles Neonlicht.

«Alles in Ordnung?», fragte der Polizist. «Du hast dir das Gesicht aufgeschlagen.»

«Mir geht's gut. Es ist der Junge, den ihr hier eingebuchtet habt, um den ich mir Sorgen mache.»

Endlich kamen sie zu einer Tür mit einem kleinen Gitterfenster, durch das der Polizist einen prüfenden Blick warf, bevor er aufschloss.

«Hat mich gefreut», sagte er. «Wenn du fertig bist, klopf an die Tür, dann lass ich dich raus.»

Nachdem sie sich die Hand gegeben hatten, ging Garvie in die Zelle. Die Tür schlug hinter ihm zu.

Alex saß auf dem Fußboden, die Knie an die Brust gezogen, den Kopf an die Wand gelehnt. Sein Gesicht blieb ausdruckslos, als Garvie eintrat. Es wäre auch kaum möglich gewesen, in einem derart ramponierten, geschwollenen Gesicht einen Ausdruck zu erkennen. Das eine Auge war schon vollkommen zugeschwollen, das andere beinahe, und die Oberlippe sah aus wie eine zerquetschte Beere.

Die Deckenlampen spendeten eine Beleuchtung wie für ein Foto-Shooting.

«Hey, Alter.»

Alex neigte den Kopf und zuckte zusammen.

«‹Der Verhaftung widersetzt›, hat man mir berichtet. ‹Verweigerung jeglicher Zusammenarbeit. Will mit niemandem reden, außer mit G. Smith›.»

Alex räusperte sich. «Schwer, überhaupt zu reden, Garv.» Seine Stimme klang wie Kies, rau und nass.

«Da sind wohl ein, zwei Bullen, die auch nicht mehr so gut reden können, laut Singh.»

Alex' noch sichtbares Auge funkelte kurz. Vorsichtig berührte er mit den Fingerspitzen eine Seite seines Kopfes, worauf Garvie seinerseits eine Hand hob und zusammenzuckte.

«Ich weiß. Mich hat's an der Schulter erwischt. Du erinnerst dich an den harmlosen Naylor? Tja, er ist wohl doch nicht so harmlos.»

Er setzte sich auf die Pritsche, und für einen Moment breitete sich ein unbehagliches Schweigen aus.

«Singh meint, sie hätten etwas Schwerwiegendes gegen dich in der Hand. Was, hat er nicht verraten. Er sagt außerdem, du würdest dich weigern, ein Alibi anzugeben.»

Alex stöhnte aus tiefster Brust. Er flüsterte: «Ich hab sie nicht umgebracht, Garv.»

«Du solltest lieber sagen, was du stattdessen getan hast. Sonst könnte die Polizei im Dreck wühlen und dir eine Anklage anhängen.»

«Mit den Bullen reden? Niemals!»

«Dann rede mit mir.»

Alex dachte darüber nach. «Fast genauso schlimm.»

Garvie sah sich in der Zelle um. «Der ideale Ort für ein Verhör.»

«Nein, Alter, nein. Nicht noch mal.» Er lehnte seinen Hinterkopf gegen die Wand und verharrte in störrischem Schweigen.

«Ich fange mal für dich an», sagte Garvie, «und du übernimmst dann. Lass alles raus.» Er seufzte. «Tatsache ist, Alex, du hast mich angelogen. Hast behauptet, du wärst schon seit Wochen nicht mehr am Pike Pond gewesen.»

Alex stöhnte.

«Freitagabend?»

Er stöhnte noch einmal.

«Jemand muss dich gesehen haben. Irgendeine von den Muttis in den großen Häusern, könnte ich wetten.»

«Garv, ich war da, was weiß ich, fünf Minuten lang. Gegen halb zehn. Hab den Deal fertig gemacht und bin gleich wieder weg. Hab sonst niemanden gesehen. Echt.»

«Ich glaube dir. Aber Singh hat noch mehr gegen dich in der Hand, stimmt's?»

Alex sagte nichts.

«Komm schon, Alter. Spuck's aus. Ich weiß, dass es nichts mit Blinkies Porsche zu tun hat.»

«Dieser Idiot. Ich hab mich nur an Blinkie rangemacht, weil ich dachte, er wär derjenige, mit dem Chloe rummacht. Hat mich total aus der Fassung gebracht, dieses ganze Gerede von einem Porsche.»

«Genau. Hat was mit den Kids bei dir im Haus zu tun, schätze ich.»

«Ist ja gut, du Freak. Sie haben die Knarre gesehen. Sie wollten Stoff von mir, ich hab ihnen aber nichts gegeben, und da haben sie mich angeschwärzt. Die Bullen haben sie gefunden, als sie mich hopsgenommen haben.»

«Nicht schön.»

«Und noch was, bevor du hier weiter rumspekulierst. Die Polizei hat eine Aufstellung meiner Anrufe.»

«Deiner Anrufe bei Chloe? Gar nicht schön.»

«Manchmal war ich ziemlich sauer auf sie. Hab ihr Sachen an den Kopf geworfen.»

«Übel, ganz übel. Sonst noch was, das die Polizei weiß?»

Alex schüttelte langsam und unter offensichtlichen Schmerzen den Kopf. «Das ist alles.»

«Was ist mit den Sachen, die sie nicht wissen?»

«Was meinst du?»

«Sachen, die du ihnen nicht erzählt hast. Sachen, die du mir nicht erzählt hast.»

«Ich hab dir jetzt alles erzählt. Und was ich nicht erzählt habe, das hast du ja erraten.»

«Freitagnachmittag, Alex.»

Schweigen.

«Lass mich das nicht auch noch erraten. Du warst um halb zehn am Pike Pond, aber nicht um drei Uhr nachmittags, stimmt's?»

Alex starrte auf den Linoleumboden.

«Um drei warst du zu Hause in deiner behaglichen Bude.»

Alex atmete zweimal heftig aus.

«Und du hattest Besuch. Stimmt's, Alex?»

Allein Alex' abgehackte Atmung durchbrach die Stille in der Zelle.

«Komm schon, Alex, hilf mir weiter», seufzte Garvie. «Gegen halb drei ist sie bei Jess weggegangen. Geflohen, müsste man eher sagen. Sie brauchte Hilfe. Und an wen würde sie sich da wenden, Alex? Wer war die einzige Person, der sie sich ganz und gar anvertrauen konnte?»

Alex stöhnte auf und brach dann schluchzend zusammen.

Garvie ließ ihm Zeit, sich zu beruhigen.

«Schon gut, Alter. Erzähl mir, was passiert ist.»

Chloe war um kurz nach drei in Limekilns aufgetaucht. Ein Schock. Und was für einer. Seit Monaten war sie ihm aus dem Weg gegangen, hatte nicht mit ihm reden wollen, praktisch so getan, als existierte er gar nicht – und dann stand sie plötzlich vor der Tür seiner versifften Bruchbude. Und er hatte keinen blassen Schimmer, was er davon halten, geschweige denn, was er sagen sollte.

«Was ist, kann ich reinkommen?», sagte sie schließlich. Und ging an ihm vorbei die Treppe hinauf.

Für einen Moment fragte er sich, ob sie vielleicht zu ihm zurückkommen wolle. Doch sie sah seltsam aus – schön wie immer, aber blass und irgendwie angegriffen um die Augen –, und er war so verwirrt, dass er hinter ihr die Treppe hinauftappte, ohne zu begreifen, was hier gerade vor sich ging.

Was dann passierte, war nicht seine Schuld. Sie erzählte, sie sei in Schwierigkeiten, aber wie und warum, das verriet sie nicht. Wollte nicht damit herausrücken. Er dachte sich natürlich seinen Teil. Es war dieser neue Typ, den sie hatte, mit dem sie sich heimlich traf, aber obwohl sie es mehr oder weniger zugab, wollte sie sich nicht über ihn auslassen. Mit keinem Wort. Es war zum Verrücktwerden. Sie ignorierte alle seine Fragen, sagte nur immer wieder, sie müsse für eine Weile irgendwohin, aber da hörte er schon gar nicht mehr richtig zu. Sie fing an zu weinen, aber er durfte sie nicht in den Arm nehmen. Und dann lief die Sache aus dem Ruder. Er fing an zu schreien, sie war am Heulen, nur noch Lärm und Aufregung, ohne Sinn und Verstand.

«Und dann?»

«Nichts. Nichts mehr, Garv. Ich schwör's.»

«Natürlich hast du ihr gesagt, du würdest den Typen trotzdem aufspüren und ihn dir vorknöpfen.»

«Na ja. Okay.»

«Und hast du auch gesagt, dass du dir *sie* ebenfalls vorknöpfen würdest?»

Keine Antwort.

«Hast du, Alex?»

Nach einer langen Pause sagte er leise. «Ich hab's nicht so gemeint.»

«Aber du warst so sauer, dass du es ihr zeigen wolltest. Und wie hast du das getan?»

«Lass es, Garv. Bitte!»

«Hast deinen ‹Beschützer› rausgeholt und ihr unter die Nase gehalten?»

«Garv, ich würde nie –»

«Hast sie die vergammelte Treppe damit runtergejagt?»

«Ja, aber –»

«Hast sie vertrieben, obwohl sie nichts anderes wollte als deine Hilfe?»

«Hör auf, Garv! *Hör auf!*»

Alex klappte zusammen und wurde von Weinkrämpfen geschüttelt, sein Rücken scheuerte dabei wie Schmirgelpapier an der Zellenwand. Garvie trat zu ihm, legte ihm sanft eine Hand auf die Schulter, die Alex ergriff und festhielt. So verharrten sie eine ganze Weile lang.

«Es stimmt, das hab ich alles gemacht», sagte Alex schließlich. «Aber ich hab sie nicht umgebracht.»

«Ich weiß. Aber zusammengenommen macht das keinen richtig guten Eindruck, oder? Dass du am Pike Pond identifiziert wurdest, dass die Polizei die Pistole gefunden und deine Beschimpfungen am Telefon gehört hat. Ich fürchte, du musst jetzt was tun, was dir wirklich nicht gefallen wird.»

«Nämlich?»

«Mit den Bullen reden.»

«Oh, *Mann.*»

«Aber eigentlich dürfte das kein Problem sein. Im Grunde brauchst du nichts weiter zu tun, als ihnen dein Alibi zu liefern.»

«Alibi!»

«Ich weiß, dass du eins hast. Es hat keinen Sinn, es abzustreiten. Wann ist Chloe am Freitag bei dir weg? Halb vier?»

Er nickte.

«Und wann warst du abends bei ihr im Garten? Halb elf?»

Er nickte noch einmal.

«Dann brauchst du nur noch zu sagen, was du in den sieben Stunden dazwischen gemacht hast. Wie verfänglich kann das schon sein? Na gut, um halb zehn hast du am Pike Pond einen Deal gemacht. Das ist zwar unangenehm, aber immerhin ein Alibi. Was hast du den Rest der Zeit gemacht?»

Alex schnaubte kurz.

«Ach komm, Alex.»

«Ich war zu Hause, Teetrinken», sagte er leise. «So dermaßen durch den Wind war ich.»

Garvie lächelte nicht. «Du alter Clown. Wusste doch, dass du die Eintöpfe deiner Mum nicht vergessen hast. Du brauchst also nur zu gestehen, dass du zur Teezeit schön brav bei Muttern zu Hause warst. Ist vielleicht nicht so gut für dein Image, aber wenigstens bedeutet es, dass du nicht eingebuchtet wirst.»

Er setzte sich wieder auf die Pritsche und stützte sein Kinn auf eine Hand. «Okay. Jetzt muss ich mal ein bisschen nachdenken.»

Lange herrschte Stille in dem grell ausgeleuchteten Raum. Alex nickte zwischendurch ein, und als er wieder aufwachte, saß Garvie noch genau wie zuvor da, unbeweglich, in klassischer Denkerpose vor der weißen Zellenwand.

«Natürlich», sagte er, als würde er unmittelbar an eine Unterhaltung anschließen, «stellst du das geringste Problem in dieser Geschichte dar. Ihr neuer Freund ist das Problem.»

Alex grunzte mit schmerzverzerrtem Gesicht.

«Hat sie dir überhaupt nichts von ihm erzählt?»

«Nein.»

«Was für ein Auto er fuhr?»

«Nein.»

«Wo er wohnte?»

«Nein, Garv, nichts. Sie meinte nur, dass er schwierig ist.»

«Ach ja? Inwiefern schwierig? Gewalttätig?»

Alex überlegte. «Sie hatte Angst, Alter. Als wäre er – wie sagt man? – unberechenbar.»

«Jähzornig.»

«Genau.»

«Jemand, den sie nicht einfach abservieren konnte. Jemand, der in der Gegend lebt. In Five Mile. Und vielleicht in der Schule arbeitet?»

«Ich weiß nicht. Ich meine, sie hat nichts wirklich Konkretes gesagt. Außerdem» – er zögerte – «hab ich auch nicht richtig hingehört.»

«Irgendwas muss ihr doch rausgerutscht sein.»

Alex schüttelte den Kopf.

Garvie grübelte. «Probieren wir's so herum: Hat sie irgendwas Seltsames gesagt?»

«Seltsam?»

«Etwas, das keinen rechten Sinn ergab.»

«Ich ... ich glaube nicht.»

«Versuch dich zu erinnern. Irgendwas Ungewöhnliches. Etwas, das irgendwie auffällig, schräg war.»

Eine Weile schwieg Alex. Dann sagte er: «Du hast recht, Garv. Da war was. Hatte ich total vergessen. Mitten in dem ganzen Gekeife meinte sie ... wie war das noch? Ich erinnere mich nicht. Aber, wie du sagst, es war irgendwie komisch.»

«Was?»

Stirnrunzelnd schüttelte Alex den Kopf. «Ich krieg's nicht zu fassen. Da war so viel Geschrei und so. Aber es war komisch. Irgendwas Eingängiges. Weißt du, wie einer von diesen Slogans. *Jeden Tag wird's ein Stückchen besser.*»

«Jeden Tag wird's ein Stückchen besser?»

Alex schüttelte den Kopf. «Nein, aber so was in der Art. Verstehst du, was ich meine? Wie ein Werbespruch.» Angestrengt legte er die Stirn in Falten. «*Alles eine Sache des Kopfes.* Das war es auch nicht. Ach, es hat keinen Zweck, ich weiß es nicht mehr, Garv.»

Er begann wieder zu weinen. «Garv», sagte er schluchzend. «Sie hat Hilfe bei mir gesucht, Garv.»

Garvie zögerte. «Ja, Alex. Das stimmt.»

«Ich weiß. Du hattest recht, sie war in Panik. Und ich hab ihr nur noch mehr Ärger gemacht. Hab sie hängenlassen.» Stöhnend schüttelte er den Kopf. «Ich hab sie rausgeschmissen. Das ist das Schlimmste. Sie ist zu mir gekommen, und ich hab sie abgewiesen. Und ich weiß auch, wo sie dann hin ist.»

«Wohin?», fragte Garvie scharf.

«Hat sich mit ihm getroffen. Ihrem Typen.»

«Das wissen wir nicht, Alex.»

«Ich weiß es.»

«Woher?»

«Weil, als sie weg war, da wusste ich, was ich getan hatte. Ich wusste es, Garv. Und ich hab sie angerufen.»

«Echt? Wann? Wie viel Uhr?»

«Zehn nach vier. Ich hab auf die Uhr geguckt, weil ich überlegt hab, wo sie sein könnte. Ich hab gewählt, und sie hat abgenommen. Sie wollte nicht reden, aber ich hab gemerkt, dass sie zuhörte. Und bevor sie auflegte, hab ich noch was gehört. Irgendwas im Hintergrund. Sie war mit jemandem zusammen, Garv. Ich konnte ihn hören.»

Garvie stand auf und blickte zur Decke, und als er Alex wieder ansah, glitzerten seine Augen. Er ging zur Tür und schlug mit dem Handballen dagegen.

«Ich werde mit Singh reden, dass er dich hier rausholt, Alter. Dass du zurück nach Hause kannst. Oder zurück in deine Schnuckelbude, wenn dir das lieber ist. Du musst nichts weiter tun, als ihnen das zu erzählen, was du mir erzählt hast.»

Die Tür ging auf, und der junge Polizist zeigte Garvie lächelnd seine sympathisch schiefen Zähne. «Fertig?»

Auf der Türschwelle zögerte Garvie und drehte sich noch einmal um. «Eine letzte Sache noch, Alex.»

«Was?»

«Hast du, nachdem sie aufgelegt hatte, gleich noch mal angerufen?»

Alex machte ein verdutztes Gesicht. «Nein. Warum –»

«Egal. Ruh dich aus. Wir sehen uns.»

Während der Freund den Kopf an die Wand sinken ließ und sich wieder seiner Verzweiflung hingab, verließ Garvie mit dem freundlichen jungen Polizisten die Zelle und stieg hinauf in den vierten Stock.

Es war gerade Mitternacht.

29

Ort: *Detective Inspector Singhs Büro. DI Singh hinter seinem Schreibtisch, Garvie Smith auf einem Drehstuhl vor dem Schreibtisch; Funktionstafel mit vielen leeren Stellen; drei leere Wände; kleines schmieriges Fenster; digitale Schreibtischuhr, die 00:09 anzeigt; überquellender Posteingang, obenauf Exemplar einer Zeitung mit der schwarz umkringelten Schlagzeile:* POLIZEI ORIENTIERUNGSLOS IM FALL «DIE SCHÖNE UND DAS BIEST».

Erscheinung des Befragenden: *angespannt; erschöpft; aufgesetzt steif.*

Erscheinung des Befragten: *erschöpft, dennoch pfiffig; aufgesetzt lässig.*

DI Singh: Es ist Zeit –

Garvie Smith: Schöner Stuhl. *(Dreht sich hin und her)* Das Büro ist auch ganz schön. Bisschen langweilig.

DI Singh: Ich habe mit deiner Mutter gesprochen.

Garvie Smith: *(hört auf sich zu drehen)* Oh. Musste das sein?

DI Singh: Genauer gesagt, hat sie sich bei uns gemeldet, vor einer halben Stunde. Um dich als vermisst zu melden. Als sie erfuhr, dass du nicht bei deinem Freund zu Hause warst, ist sie unruhig geworden. Verständlicherweise. Sie ist jetzt so weit beruhigt und –

Garvie Smith: Wahrscheinlich fuchsteufelswild.

DI Singh: Sobald wir uns unterhalten haben, wird ein Beamter der Nachtschicht dich nach Hause fahren, dann kannst du alles erklären.

Garvie Smith: Oh. Gut. Ich erkläre für mein Leben gern.

DI Singh: Dann kannst du mir ja mal erklären, was es mit dem Mann auf dem Moped auf sich hatte, vorhin vor der Wache.

Garvie Smith: Was ist mit Alex?

DI Singh: Alex hat sich sehr dumm verhalten. Die Waffe, der Besuch am Pike Pond, die ständigen Belästigungen am Telefon. *(Pause)* Genug zum Thema Alex. Ich möchte hören, was heute Abend los war.

Garvie Smith: Bekommt er eine Entschädigung? Wegen unrechtmäßiger Verhaftung?

DI Singh: Wir sprechen jetzt nicht über Alex. Wir sprechen über dich. Ich stelle die Fragen, und du wirst sie nach bestem Wissen beantworten.

Garvie Smith: Apropos, haben Sie diesen Porsche inzwischen gefunden?

DI Singh: Bitte, es wird Zeit, dass du kooperierst, anstatt dazwischenzufunken.

Garvie Smith: Wie wär's, wenn ich Ihnen erzähle, wo ihre alten Laufschuhe sind?

DI Singh: *(Pause)* Eins nach dem anderen. Wer war der Mann auf dem Moped?

Garvie Smith: Ich weiß eine bessere Frage: Wo hatte sie ihre neuen Schuhe her?

DI Singh: Lass diese Spielchen.

Garvie Smith: Oder diese hier: Wer hat den Porsche gefahren?

DI Singh: Ich sagte: *Keine Spielchen!*

Garvie Smith: Warum ist sie zum Pike Pond gelaufen? Warum hat sie Jess zugelächelt? Was hat sie zu Alex gesagt? Wozu brauchte sie das Geld?

DI Singh: *(entnervtes Schweigen)*

Garvie Smith: *(mit dem Finger zeigend)* Gucken Sie sich Ihre Funktionstafel an, Mann. Da sind ja lauter Leerstellen. Donnerstagabend? Leer. Freitagnachmittag? Leer. Freitagabend? Leer. Sie stellen die falschen Fragen, Meister.

DI Singh: *(aufgebracht)* Und ich nehme an, du kannst all diese Leerstellen ausfüllen?

Garvie Smith: *(mit ausgestrecktem Finger)* Donnerstagabend war sie im *Imperium.* Glauben Sie, was Sie wollen, aber dass Abdul sie um halb sieben am Market Square abgesetzt hat, bedeutet nicht, dass sie den ganzen Abend dort geblieben ist. *(Schweigen)*

Garvie Smith: Freitagnachmittag, von zwei bis halb drei war sie bei Jessica Walker und hat versucht, sich ein Paar Laufschuhe auszuleihen.

DI Singh: Das kannst du nicht wissen. *(Zögern) Woher* weißt du das?

Garvie Smith: Dann hat sie den Bus nach Limekilns genommen. Nummer siebenundzwanzig. Überprüfen Sie's. Um drei kam sie bei Alex an.

DI Singh: *Was?*

Garvie Smith: Fragen Sie ihn. Jetzt wird er es Ihnen erzählen. Sie haben gestritten. Chloe hat irgendwas zu ihm gesagt. Und um halb vier ist sie wieder gegangen. *(Pause)* Na, sehen Sie, da haben Sie doch jetzt ein paar Punkte zum Ausfüllen.

DI Singh: *(langes Schweigen, den Blick zuerst auf Garvie, dann auf die Funktionstafel gerichtet)*

Garvie Smith: Ich kann das für Sie übernehmen, wenn Sie mal einen Stift hätten.

DI Singh: *(leise, aber zornig)* Jetzt hörst du *mir* mal zu. Selbst wenn deine Angaben, wo sie zu den jeweiligen Zeiten war, richtig sind – und du wirst in diesem Zusammenhang noch eine Menge Fragen zu beantworten haben –, hast du das Wesentliche immer noch nicht begriffen. Das hier *ist kein Spiel.* Wir tun nicht nur so, als wären wir Polizisten. Ein Mädchen ist ermordet worden. Was wir hier tun, hat einen Zweck, und der besteht darin, herauszufinden, was passiert ist, nicht hier *(auf die Funktionstafel schlagend)*, nicht hier *(auf die Funktionstafel schlagend)*, nicht hier *(auf die Funktionstafel schlagend)*, sondern hier *(heftig gegen die Funktionstafel trommelnd)*, am Freitagabend, als sie getötet wurde. Das ist es, worauf ich mich konzentriere. Du sagst, sie sei um halb vier bei Alex Robinson weggegangen. Aber ich will wissen, was danach passiert ist, hier, zwischen vier und neun, in dem Zeitraum, als sie ermordet wurde. Und das kannst du mir nicht sagen, oder? *(Schweigen, schweres Atmen)* Du kannst mir nicht sagen, wo sie hingegangen ist oder wen sie getroffen hat.

Garvie Smith: *(leise)* Doch, das kann ich Ihnen sogar sagen.

DI Singh: Und zwar kannst du es mir nicht sagen, weil – was hast du gesagt?

Garvie Smith: Ich kann Ihnen ganz genau sagen, wo sie hingegangen ist, nachdem sie bei Alex war. Und ich kann Ihnen auch sagen, mit wem sie um vier Uhr zusammen war.

DI Singh: *(lange Pause)* Mit wem?

Garvie Smith: Mit mir.

Die Stille im Büro war die Betäubung, mit der öffentliche Bekanntmachungen von Katastrophen aufgenommen werden – die Fassungslosigkeit einer Frau, die fremden Lippenstift auf dem Hemdkragen ihres Mannes findet, oder das angstvolle Schweigen im Untersuchungszimmer eines Arztes. In diese Stille hinein nahm Garvie eine Zigarette aus der Schachtel, zündete sie an und sagte: «Als Nächstes werden Sie mich fragen, was passiert ist.»

Singhs Blick irrte zwischen Zigarettenrauch, dem Rauchmelder an der Decke und Garvie hin und her. Immer noch völlig perplex, klappte er den Mund auf.

«Entspannen Sie sich», sagte Garvie. «Die Dinger gehen praktisch nie los. Und ich bin gerade dabei, Ihnen etwas Nützliches mitzuteilen. Wie ich schon mal sagte, ich versuche nur zu helfen.» Für einen Moment betrachtete er eingehend das Ende seiner Zigarette. «Natürlich», fuhr er fort, «hätten Sie all das schon längst gewusst, wenn Sie sich die Mühe gemacht hätten, mich genauso zu befragen wie alle anderen auch.» Er nahm einen Zug, blies Rauch aus und kniff die Augen zusammen. «Um vier Uhr», sagte er schließlich, «nicht lange nach dem letzten Läuten, saß ich am oberen Spielfeld. Hab versucht, ein bisschen zu entspannen nach einem harten Schultag.»

Singh fing sich wieder und tastete nach seinem Notizbuch. «Allein?»

«Bis Chloe kam. Das mit dem Entspannen klappte gerade sehr gut. Aber dann kommt sie vom unteren Platz heraufgestiegen und sieht ... komisch aus.»

«Wie, komisch?»

«Dazu komme ich noch. Es war schon eine Überraschung, sie überhaupt zu sehen, ehrlich gesagt. Wir haben nicht viel miteinander geredet. Nichts Schwerwiegendes, kein Streit oder so. Aber ich hatte halt nicht mit ihr gerechnet.»

Er nahm einen tiefen Zug, legte den Kopf zurück und blies Rauch an die Decke. Eine Weile lang starrte er ihm hinterher. Dann sagte er: «Komisch hat sie ausgesehen, weil sie nicht wie Chloe aussah. Nicht nur, dass die Wimperntusche verlaufen war, die Haare in alle Richtungen abstanden und ihr Gesicht aussah wie Spachtelmasse. Sondern es schien ihr auch ganz egal zu sein oder sie bemerkte es nicht einmal. Das war das Merkwürdige. Verstehen Sie? Als hätte sie vergessen, wie es ist, Chloe zu *sein.*»

«Was wollte sie?»

«Ich hätte gedacht, das müsste mittlerweile auf der Hand liegen. Geld.»

«Geld?»

Garvie blies achselzuckend Rauch aus.

Singh runzelte die Stirn und sagte: «Geld wofür? War sie in Schwierigkeiten? Ist sie deshalb in Panik geraten? Wie viel Geld brauchte sie? Viel?»

«Hat sie nicht gesagt. Kann man sich aber leicht ausrechnen. Meinen Sie nicht?»

Singh machte nicht den Eindruck, als würde er irgendetwas leicht finden. Sein Wangenmuskel zuckte zweimal.

«Neunundvierzig neunundneunzig», sagte Garvie.

Singhs Gesicht sah aus, als würde es gleich auseinanderfallen.

«Der Preis für ein neues Paar Laufschuhe», fügte Garvie hinzu.

Vor ein paar Tagen wäre ein etwas selbstsicherer Detective Inspector Raminder Singh noch explodiert. Jetzt schien es, als wüsste er gar nicht mehr, wie das ging. Sein Blick schwirrte durch den Raum, als suchte er nach einem Fluchtweg, wurde dann aber, leicht flackernd, wieder von Garvie angezogen.

«Neue Laufschuhe?», wiederholte er zögernd, als wollte er erst einmal testen, ob die Worte sein Gewicht auch trugen.

Garvie sagte nichts. Er rauchte.

«Neue Laufschuhe», murmelte Singh wieder. Das Gesicht hatte er noch immer Garvie zugekehrt, aber seine Worte waren nicht an ihn gerichtet. Sein Blick ging nach innen, als würde er über einem Problem brüten. Garvie beobachtete ihn, ließ ihn reden.

«Warum wollte sie ein neues Paar Laufschuhe kaufen?», fragte Singh sich selbst. «Weil», antwortete er sich, «ihre alten gestohlen worden waren. Aber warum brauchte sie das neue Paar sofort? Weil sie zum Pike Pond wollte. Ja, aber warum wollte sie zum Pike Pond?»

Seine Finger krampften sich um den Kugelschreiber.

«Weil», sagte er, «sie musste. Weil sie es *bereits verabredet* hatte. Weil sie dort jemanden treffen wollte und sich nicht verspäten durfte.»

Er fasste Garvie ins Auge. Mit zurückgewonnener Entschlossenheit schlug er sein Notizbuch auf und beugte sich vor. «Das ist jetzt wichtig», sagte er. «Berichte mir alles, was sie zu dir gesagt hat. Alles. Versuch dich zu erinnern.»

Garvie stieß eine langgezogene Rauchwolke aus und beobachtete, wie sie über ihm schwebte, in bläulichen, papiertuchartigen Fetzen vor dem gleißend hellen Licht der Deckenleuchten.

«Mich erinnern?», murmelte er. «O Mann, ich tu praktisch nichts anderes.»

Ihre Augen waren glasig, winzige Lichter tanzten darin, als sie ihn von oben ansah, und er wusste, dass sie geweint hatte. Das war ungewöhnlich. Aber das Sonderbarste war es noch längst nicht. Das Sonderbarste war der matte beigefarbene Schatten auf ihrem Hals. Er verriet ihm etwas viel Interessanteres. Er verriet ihm, dass sie seit dem Abschminken am Abend vorher nicht mehr in den Spiegel gesehen hatte.

«Hey», sagte sie. Sie stellte ihre Tasche ab und setzte sich neben ihn.

«Hey.»

«Dachte mir doch, dass du hier oben bist. Zur Eigenbehandlung.»

«Willste mal ziehen?»

«Sehe ich aus, als wär ich bescheuert?»

Sie sah aus, als hätte sie ein paar Züge gut vertragen können, aber das sagte er nicht. Er sagte erst einmal gar nichts, um ihr Gelegenheit zu geben, ein bisschen runterzukommen, bevor er dann, betont beiläufig, fragte: «Was steht an?»

Sie schüttelte nur den Kopf.

«Lass es mich anders formulieren. Was brauchst du?»

«Geld.» Sie stieß ein kurzes Lachen aus.

«Ich wünschte, ich könnte dir was geben. Sonst noch was?»

«Ja. Ein bisschen Glück.»

Sie kaute auf ihren Nägeln und blickte sich um, nach unten in Richtung Block C, und hinter sich zu den Weißdornbüschen. Der blaue Nagellack an ihrem linken Zeigefinger war verschrammt.

«Männer, wie?», sagte Garvie.

Sie hüstelte verächtlich.

«Willkommen in deinem Leben», sagte Garvie.

«Diesmal ist es anders.»

«Es ist immer anders. Ich weiß noch, wie anders es war.»

Sie ging nicht darauf ein. Immer wieder blickte sie sich forschend um, kontrollierte das Schulgelände, kontrollierte die Bäume. Er rauchte weiter, sie stand auf.

«Ich muss dann mal wieder.»

«Falls du irgendwo auf Geld stößt, gib mir Bescheid.»

Sie sah ihn nachdenklich an, die Augen sonderbar hell, und er wartete ab.

«Was ist?»

«Garv, fragst du dich manchmal, ob wir –» Sie biss sich auf die Lippen.

«Ob wir was?»

Sie schüttelte den Kopf. Ließ ein leichtes Schnauben hören. «Ach, nichts.»

Er schnipste den glühenden Rest des Joints ins hohe Gras. «Lass es nicht so jämmerlich klingen, Chloe. *Nichts* ist das Einzige, was ich wirklich gut beherrsche.»

Sie lachte, wenn auch nur kurz und knapp. «Wenigstens hast du mich immer zum Lachen gebracht.» Und als sie sich abwandte, beschrieb ihr Haar, wie es das immer getan hatte, einen vollkommenen blonden Halbkreis, einen Lichtbogen vor dem dunklen Hintergrund der Bäume, ein Anblick, der einem das Herz aufgehen lassen konnte. Dann war sie verschwunden.

Singh klopfte ungeduldig auf sein Notizbuch. «Na, komm. An irgendetwas wirst du dich doch erinnern können.»

Garvie sah ihn mitleidig an. «Eine Sache zum Beispiel: Etwas, das sie gesagt hat, als sie wegging.»

«Nämlich?»

«Kopf hoch, vielleicht kommt es gar nicht so weit.»

Singhs Kugelschreiber verharrte zögernd über der aufgeschlagenen Seite.

«Ist mir im Gedächtnis geblieben», sagte Garvie. «Es war nämlich so, dass ich den Kopf gar nicht hatte hängenlassen. Sie hat nicht zu mir gesprochen, verstehen Sie. Die Worte waren an sie selbst gerichtet. *Vielleicht kommt es gar nicht so weit.* Aber ich glaube, ihr war bereits klar, dass es so weit kommen würde.»

«Du meinst … sie wusste, dass sie sterben würde?»

Garvie antwortete nicht. Langsam zog er eine neue Zigarette aus der Schachtel, während Singh angespannt wartete und ihm dabei zusah.

«Wer hat sie um vier Uhr elf angerufen?», fragte Garvie unvermittelt.

Singh blinzelte überrascht. «Was?»

«Wie ich höre, haben Sie die Anruferliste endlich bekommen. Alex hat sie um zehn nach angerufen. Und jemand anders dann genau eine Minute später.»

Singh starrte Garvie an, während er sich sammelte. Sein Gesicht wirkte verändert, nicht mehr so verkniffen, so kalt und Singh-typisch. Als würde allmählich eine Entscheidung in ihm reifen, streckte er, ohne Garvie aus den Augen zu lassen, die Hand aus, zog einen Bericht quer über den Schreibtisch zu sich heran und ließ die Hand darauf ruhen. «Ja, wir haben die Anruferliste. Gestern Abend ist sie endlich gekommen, kurz bevor ich deinen Onkel besuchte. Keine Aufzeichnungen natürlich, nur die Zeit des Eingangs und die Länge des Gesprächs. Aber ich brauche hier gar nicht reinzugucken, um zu wissen, welchen Anrufer du meinst.»

«Zurückverfolgbar?»

«Nein, es ist ein gestohlenes Gerät.»

«Aber er ist es, oder?»

Singh sagte mit Bedacht: «Wer es auch sein mag, er hat Chloe zwischen ein Uhr fünfzehn in der Nacht vom Donnerstag und acht Uhr am Freitagabend siebenunddreißig Mal angerufen. Das ist sogar häufiger, als Alex es getan hat.» Zum ersten Mal sah er Garvie an, als hätte er trotz allem, was passiert war, nicht mehr die Absicht, ihn einzuschüchtern oder ihn in eine Besserungsanstalt zu schicken. «Erzähl mir endlich, was du weißt, Garvie. Du warst dabei, als sie den Anruf entgegengenommen hat? Was hat sie gesagt?»

«Es war nicht, was sie gesagt hat. Sie hat gar nichts gesagt.»

«Was war es dann?»

Mit einem tiefen Seufzer stieß Garvie Zigarettenrauch aus. «O Mann. Es war die Art, wie sich ihr Gesicht verändert hat.»

Er saß ganz still, beobachtete, wie der Rauch von seinen Fingern aufstieg, und auch Singh sah wie gebannt zu. Schließlich sagte Garvie leise: «Es war, als würde man Zeuge, wie jemand erkennt, dass seine Zeit fast abgelaufen ist.»

30

Es hatte sich etwas verändert zwischen ihnen, das wussten sie beide.

Die Uhr auf Singhs Schreibtisch zeigte 00:43 Uhr an. Ein Teil von Garvie war sterbensmüde. Ein anderer Teil war schon eingeschlafen. Allen Teilen gemeinsam war, dass sie weh taten. Er sah Singh an, der zwar blass, aber längst nicht mehr so verspannt wie sonst auf seinem Stuhl hing, und dachte, dass auch er müde sein musste. Es war fast, als hätten sie in ihrer beiderseitigen Müdigkeit eine gemeinsame Basis gefunden.

«Du bist ein sehr ungewöhnlicher Junge», sagte Singh leise.

«Sie selbst sind auch einigermaßen ungewöhnlich. Obwohl Sie, ehrlich gesagt, manchmal auch ein bisschen zickig rüberkommen.»

Singh schien ihn gar nicht zu hören. Er sagte: «Erzähl mir jetzt von dem Mann auf dem Moped.»

Garvie überlegte lange, während Singh geduldig wartete.

«Welcher Mann?», sagte er schließlich.

Singh zuckte zusammen. Er schüttelte den Kopf. «O nein», sagte er. «Tu das nicht. Nicht jetzt.»

«Welches Moped?»

«Lass es, Garvie. Hör mit dem Blödsinn auf.»

«Na schön, ich sag Ihnen was. Wir machen einen Deal.»

«Deal? Was für einen Deal?»

«Ich erzähle Ihnen, was draußen mit Mr. Muffin dem Moped-Mann abging, wenn Sie mir dafür was zeigen.»

«Was zeigen?»

«Können Sie sich das nicht denken?»

Singh machte nicht den Eindruck, als hätte er Interesse an Ratespielen. «Ihre Schuhe?», sagte er.

«Nein, nicht ihre Schuhe. Ich weiß alles über ihre Schuhe. Die Nachricht.»

«Nachricht?»

«Den Zettel, den sie hinterlassen hat, als sie laufen ging.»

«Der ist unter Verschluss. Ich kann dir den Zettel nicht zeigen.»

«Sie brauchen ihn mir nicht lange zu zeigen. Ich hab so eine Art fotografisches Gedächtnis.»

Singh sank in seinen Sessel zurück, und ein Zittern lief über sein sonst so beherrschtes Gesicht. Für einen Moment war nicht klar, ob er Garvie achtkantig rausschmeißen oder aber weinend zusammenbrechen würde. Garvie rechnete eher mit dem Letzteren. Stattdessen tat er etwas völlig Unerwartetes. Er lächelte. Ein schiefes, konsterniertes, die Waffen streckendes Lächeln.

Garvie hatte ihn noch nie lächeln sehen und war folglich ziemlich schockiert. «Weiß nicht, was daran so komisch sein soll», sagte er. «Wie ich schon mehrmals sagte, ich versuche nur zu helfen.»

Singh schüttelte den Kopf. «Wenn du nicht findest, wonach du suchst, liegt es daran, dass du auf die falsche Weise suchst.»

«Ach ja?»

«Polizeihandbuch.»

«Hätte ich mir denken können.»

«Die Wahrheit ist ewig und allgegenwärtig, selbst in der Rede eines Kindes.»

«Das steht im Polizeihandbuch?»

«Nein. In den Lehren des Gurus Granth Sahib.»

«Aha, ja. Das mit dem ‹Kind› wollen wir aber nicht so wörtlich nehmen, wenn's recht ist.»

Singh nickte lebhaft. Er setzte sich wieder aufrecht hin. «Na gut. Vielleicht bin ich verrückt geworden, aber ich werde dir, gegen alle Regeln, den Zettel mit ihrer Nachricht zeigen. Aber nur für eine Minute. Danach erzählst du mir alles über den Mann auf dem Moped. Das ist der Deal.»

Garvie zuckte die Achseln. «Okay. Abgemacht.»

Er streckte die Fingerknöchel vor, worauf Singh kurz die Augenbrauen hob, dann aber seinerseits die Faust vorstreckte, sodass sie ihr Abkommen besiegeln konnten.

Garvie stand hinter ihm, während Singh die pdf-Datei mit der Nachricht öffnete.

«Was ist mit der Rückseite des Zettels?», sagte Garvie. «Ist die hier auch erfasst?»

Singh scrollte nach unten, um es ihm zu zeigen. «Da kannst du es sehen. Nichts drauf. Absolut leer. Ich gebe dir aber eine Minute extra zum Angucken, wenn du mit der Vorderseite fertig bist.»

«Mit der Vorderseite bin ich schon fertig», sagte Garvie und trat zur Seite.

Singh starrte ihn an. «Treib keine Spielchen. Mehr Zeit gebe ich dir nicht.»

«Ich brauche nicht mehr Zeit.»

Singh schnaubte.

Garvie stand am Fenster und blickte hinaus. «Einzelnes DIN-A4-Notizblatt, weiß, liniert, aus einem Schulblock herausgerissen, mit ausgestanzten Löchern zum Abheften in einem Ringbuch. Vorderseite. Mit anderen Worten, die rechte Seite eines aufgeschlagenen Blocks. Die Löcher befinden sich am linken Rand. Richtig?»

Singh warf einen Blick auf den Bildschirm. «Ja. Allerdings ist das nicht wichtig. Wichtig ist die Nachricht.»

«Die Nachricht also. Geschrieben mit Chloes Handschrift in der Mitte der Seite, mit schwarzem Filzstift und eingekringelt. Der Wortlaut ist: ‹*Bin joggen gegangen Um halb acht wieder da*›.»

«Ja, das stimmt. Hast du dir gut gemerkt. Ist allerdings auch nicht besonders lang.»

«Hinter ‹*gegangen*› fehlt der Punkt.»

Singh beugte sich stirnrunzelnd zum Bildschirm vor. «Ja. Kann schon mal vorkommen.»

«Diverse Kritzeleien und Notizen über und unter der eingekreisten Nachricht», fuhr Garvie fort und schaute weiter aus dem Fenster.

«Ja, ja», sagte Singh. «Es ist aber nicht nötig, dein fotografisches Gedächtnis mit irrelevanten Details zu belasten. Komm, setz dich hin und lass uns darüber reden, was vor der Wache passiert ist.»

«Kritzeleien», wiederholte Garvie und blieb, wo er war, «mit dem gleichen schwarzen Filzschreiber ausgeführt, in der gleichen Handschrift. Im oberen linken Viertel des Blatts elf Wörter in einer Liste aus zehn Zeilen: ‹*Schokolade zartbitter, Milch, Backpulver, Butter, Pecanüsse, Mehl, Spei-*

sestärke, Eier, Vanillezucker, Puderzucker›. In dieser Reihenfolge. *Pecanüsse* falsch geschrieben.»

Singh musterte den Bildschirm. «Offensichtlich eine Zutatenliste.» Er machte eine Pause. «Eindrucksvoll. Aber trotzdem unerheblich.»

Garvie fuhr fort: «Rechtes unteres Viertel, gleiche Handschrift, gleicher Filzstift, Zahlen in Form einer Gleichung – ein Xtel plus zwei in Klammern plus ein Drittel gleich minus eins.»

Singh verglich mit dem, was er auf dem Bildschirm sah. «Ja. Eine Matheaufgabe. Für die Schule offensichtlich.»

«Wahrscheinlichkeitsrechnung, normaler Schwierigkeitsgrad. *X* gleich minus elf Viertel, nebenbei bemerkt. Aber Chloe ist sicherlich nicht draufgekommen. Wahrscheinlichkeitsrechnung war nicht ihr Ding. Dagegen sollen ihre Schokobrownies erste Sahne gewesen sein.»

Singh sagte nichts.

«Zu guter Letzt», sagte Garvie, «im linken unteren Viertel des Blatts, in der gleichen Handschrift, mit dem gleichen Filzstift, ein einzelnes Wort: *‹Jacke›*.»

«Ja», sagte Singh. «Okay. Ich bin beeindruckt. Aber der Kern des Ganzen –»

«Allerdings sollte ich auch noch erwähnen», fuhr Garvie fort, «dass das Blatt ein bisschen zerknittert ist, von links nach rechts. Und dass es eine ziemlich undeutliche Kritzelei unter der mathematischen Gleichung gibt. Und leichte gelbe Schmierspuren auf den Wörtern *‹Eier›* und *‹Vanille›*. Außerdem ist die linke Kante des Blatts ausgezackt und zwei Zentimeter unter dem oberen Rand etwas eingerissen.»

Endlich war er fertig.

«Hab ich irgendwas weggelassen?», fragte er.

«Im Gegenteil, du hast dich an viel zu viel erinnert. Offensichtlich hat Chloe diese Seite aus ihrem Block ausgerissen, um ihre Nachricht aufzuschreiben. All die anderen Sachen – Hausaufgaben, Rezept und so weiter – waren schon vorher drauf.»

«Ja, ich weiß. Interessant.»

«Was ist daran interessant?»

«Das weiß ich noch nicht.»

Singh runzelte die Stirn. «Na, dann.»

Nachdenkliches Schweigen. Singh hob die Augenbrauen. Garvie nickte knapp.

Singh sagte: «Gut. Es wird Zeit, dass du endlich deinen Teil der Abmachung erfüllst. Was war da los vor der Wache?»

Und Garvie erzählte es ihm endlich.

«Deiner Ansicht nach ist also Naylor ihr zweiter Stalker?»

«Offensichtlich. Donnerstagabend hat er die Laufschuhe aus ihrem Spind gestohlen, mit Hilfe seines Generalschlüssels. Mit der Folge natürlich, dass sie am Freitagabend keine hatte. Wahrscheinlich hat er ihr auch andere Sachen geklaut. Er hat Chloe immer in der Schule beobachtet, das hat sie Jess erzählt. Er hat sich regelmäßig in ihrem Garten versteckt, um ihr nachzuschnüffeln. Wenn Sie sich seine Collegejacke angucken, werden Sie feststellen, dass am linken Ärmel ein Knopf fehlt. Und offensichtlich ist er ein bisschen durchgeknallt.»

Singh nickte. «Er ist schon als Gewalttäter auffällig geworden, haben wir gerade festgestellt.»

«Bestimmt hat er jede Menge Dreck am Stecken. Wenn ich Sie wäre, würde ich ihn einbuchten.»

«Du brauchst mir nicht zu erzählen, was ich zu tun habe. Aber ich bezweifle, dass er Chloe umgebracht hat. Wir haben sein Alibi überprüft. Er war an dem Abend mit einem Freund im Pub. Davon abgesehen liegt nicht so viel Belastendes gegen ihn vor, wie du glaubst.»

«Was ist mit all dem, was ich Ihnen gerade erzählt habe?»

«Hörensagen. Vermutungen. Nicht mal Indizien. Du hast nicht gesehen, wie er ihre Schuhe gestohlen hat. Du hast ihn nicht in Chloes Garten gesehen. Was wir brauchen, sind handfeste Beweise.»

«Na ja, ich habe ziemlich handfeste Beweise für seinen Angriff auf mich. Sie sollten mal meine Schulter sehen.»

Singh sah ihn an. «So einfach ist das nicht. Das scheint dir nicht klar zu sein.»

«Er ist auf mich losgegangen. Sie haben ihn gesehen!»

«Ich habe einen Mann auf einem Moped gesehen, der eine Collegejacke und einen blauen Helm trug. Sein Gesicht konnte ich nicht erkennen. Ich hatte keine Zeit, auf sein Nummernschild zu achten. Ich bezweifle, dass meine Aussage vor irgendeinem Gericht als Bestätigung von Naylors Identität standhalten würde. Und was ist mit deinen Beweisen? Die sind nicht so stark, wie du anzunehmen scheinst.»

«Na, kommen Sie, Mann. *Ich* habe ihn definitiv gesehen!»

«Könntest du ihn vor Gericht identifizieren?»

«Natürlich.»

«Nachdem er auf der Fulton Plaza wiederaufgetaucht ist, hat er da jemals seinen Helm abgenommen, sodass du sein Gesicht sehen konntest?»

«Nein, aber –»

«Hattest du Gelegenheit, dir sein Nummernschild noch einmal anzugucken, nachdem er aus dem Arkadengang hervorgekommen war?»

«Natürlich nicht. Ich war vollauf mit Weglaufen beschäftigt.»

«Ein ordentliches Gericht verlangt Beweise, die jeden begründeten Zweifel ausschließen. Wenn Naylor schlau ist, geht er nach Hause, schmeißt seine Collegejacke weg und besorgt sich einen neuen Helm.»

Garvie schwieg. «Ich würde ihn wenigstens mal verhören», sagte er dann. «Er weiß etwas. Er lag immer auf der Lauer. Wenn er nicht selbst der Mörder ist, weiß er vielleicht, wer es war.»

Singh ließ sich Zeit; er stützte sich auf die Ellenbogen, verschränkte die Hände und legte sein Kinn darauf ab.

«Jetzt treffe ich mal eine Abmachung mit *dir*», sagte er schließlich.

«Eine *Abmachung*?»

«Du stehst doch auf Abmachungen. Ich werde Naylor noch einmal befragen. Ich werde sogar mein Bestes tun, um eine Anklage gegen ihn zu erwirken, wegen tätlichen Angriffs auf deine Person. Solange du mir versprichst, dass du dich nicht wieder in diese Sache einschaltest. Nie mehr.»

Garvie blickte finster drein.

«Hör mir zu», sagte Singh. «Verstehst du nicht? Du hast genau das getan, was ich vermeiden wollte. Hast dich in Schwierigkeiten gebracht. Und in Gefahr. Und wenn *du* in Schwierigkeiten gerätst, bekomme auch *ich* Ärger.»

Garvie verschränkte die Arme. «Und wenn ich nicht einverstanden bin? Schicken Sie mich dann in die Besserungsanstalt?»

«Ich glaube nicht, dass das nötig sein wird. Wie gesagt, ich habe vorhin mit deiner Mutter telefoniert. Sie hat mir von ihrem Jobangebot auf Barbados erzählt. Ich schätze mal, ich muss nichts weiter tun, als mit ihr zu reden.»

Garvies Gesicht wurde noch finsterer.

«Sind wir uns einig?»

In der Stille konnte man das Klicken der Schreibtischuhr hören: 01:30 Uhr. Garvies Schultern fielen herab. Plötzlich fühlte er sich müder als je zuvor in seinem Leben. Er blickte auf Singhs vorgestreckte Fingerknöchel, und mit einem tiefen Seufzer streckte auch er die Faust aus und biss in den sauren Apfel.

Er zog einen Zettel aus der Tasche, kritzelte etwas darauf und reichte ihn Singh.

Der Polizist runzelte die Stirn. «Was ist das?»

«Meine Handynummer. Vielleicht brauchen Sie Hilfe, wenn Sie nicht weiterkommen.»

Singh beherrschte sich. «Geh durch den Flur bis zum Stationsbüro. Dort wartet ein Beamter auf dich. Er fährt dich nach Hause. Und denk dran ...!»

Garvie, schon an der Tür, drehte sich noch einmal um.

«Du musst dich in Acht nehmen. Ich wollte vermeiden, dass jemand aggressiv gegen dich wird – besonders wenn der Jemand psychopathische Tendenzen hat. Er ist gewalttätig und hat auch schon mit Einbruchsdelikten zu tun gehabt. Ich glaube nicht, dass es ihm schwerfallen würde, herauszufinden, wo du wohnst.» Er zögerte und sah Garvie plötzlich mit einem Blick an, in dem sich so etwas wie Besorgnis ausdrückte. «Ich möchte nicht, dass dir was passiert.»

Garvie erwiderte den Blick. «Ja, na gut. Ich möchte auch nicht, dass Ihnen was passiert, Mann. Wie auch immer, es ist nicht Naylor, wegen dem ich mir Sorgen mache.»

Singh hob die Augenbrauen.

«Ich habe meiner Mutter versprochen, um zehn zu Hause zu sein, und Ihretwegen bin ich jetzt total spät dran.»

Bevor Singh reagieren konnte, klingelte das Telefon auf seinem Schreibtisch. Während er abnahm, verließ Garvie das Zimmer und ging durch den Flur bis zu dem Büro, wo der junge Polizist ihn erwartete. Er hörte Singh sagen: «Ja, Herr Präsident. Ich wusste nicht, dass Sie noch im Haus sind. Nein, nein, ich bin allein. Ich komme gleich hoch.»

31

In den frühen Morgenstunden des Samstags hatte sich der Betrieb in der Ringstraße endlich beruhigt. Die Siedlung Five Mile schlief friedlich unter einem dicht bewölkten Nachthimmel. In dem Wohnhaus Eastwick Gardens waren bis auf die Türlampe im Hauseingang alle Lichter gelöscht. Alle schliefen.

Fast alle. Auf der Treppe gab es jetzt ein Geräusch. Ein leises Geräusch, verstohlen und zielgerichtet. Es glitt wie ein Schatten die Treppe hinauf, ging durch eine Tür und über den lichtlosen Flur des Obergeschosses. Etwas Metallenes klirrte leise, und in der Dunkelheit eines Türeingangs nahm ein Schatten Gestalt an. Eine Zeitlang gab es keine weiteren Geräusche, doch die Stille schien sich unter einer bestimmten Spannung, einer unsichtbaren Kraftanstrengung, zu verdichten. Ein scharfes Klicken ertönte, jemand atmete zischend. Dann öffnete und schloss sich die Tür zur Wohnung 12 lautlos, und der Flur lag wieder verlassen da.

Im Innern der gänzlich stillen Wohnung bewegte sich jetzt im stockdunklen Wohnzimmer ganz langsam etwas Schattenhaftes. Ein neues Geräusch, das die Stille verwischte, kaum hörbar, wie unterdrücktes Atmen. Leise, vorsichtig tastende Schritte. Ein Schatten, der sich auf ein Zimmer zubewegte.

Plötzlich ging das Wohnzimmerlicht an wie ein grelles Wetterleuchten. Garvies Mutter stand in der Tür ihres Schlafzimmers, und auch er selbst war nun überaus sichtbar, erstarrt in seiner schleichenden Haltung. Beide blickten genau im gleichen Moment zur Uhr.

«Darüber wollen wir uns unterhalten», sagte Garvies Mutter. «Sofort.»

Ort: *Küche im Haus Eastwick Gardens, Wohnung 12; Resopaltisch, auf dem eine Reihe von Immobilienbroschüren liegen; sauber abgewischte Stühle; Zuckerdose; Soßenflasche; leerer Kaffeebecher.*
Erscheinung der Befragenden: *in einen Morgenmantel gewickelt; grimmige Miene; gefährlich.*
Erscheinung des Befragten: *erschöpft; schwer angeschlagen; auf der Hut.*

Garvies Mutter: Um zehn Uhr hab ich deinen Freund angerufen. Der sich Smudge nennt. Er hatte keine Ahnung, wovon ich rede. Um halb elf bekomme ich eine vollkommene Quatschnachricht von dir, du wärst immer noch bei Smudge. Daraufhin rufe ich deine anderen sogenannten Freunde an, den Einbrecher Felix Fricker, den Drogenhändler Alex Robinson. Nichts. Keine Spur von Garvie Smith. Um elf Uhr rufe ich die Polizei an. Vermissten-Hotline. Werde schließlich mit einem Beamten verbunden, der mit dem Namen Garvie Smith bereits vertraut ist. Halbe Stunde später ruft er mich zurück. Garvie Smith ist auf der Polizeiwache. Es hätte dort einen, Zitat, «kleinen Tumult» gegeben. Kein Grund zur Sorge. Sieh mich an. Mache ich mir Sorgen?

Garvie Smith: Ja, Mum.

Garvies Mutter: Hast du mich je so wütend erlebt?

Garvie Smith: Nein, Mum.

Garvies Mutter: Und das ist noch gar nichts.

Garvie Smith: Mum, ich bin furchtbar müde. Können wir nicht morgen früh darüber reden?

Garvies Mutter: Du glaubst, dass du den Morgen noch erlebst? Lass deine Erklärung hören. *(Schweigen)*

Garvies Mutter: Das geht besser.

Garvie Smith: Na schön, ich war nicht bei Smudge zu Hause. Ich habe nicht Mathe gelernt.

Garvies Mutter: So viel hab ich mir auch schon zusammengereimt. Was hast du stattdessen gemacht?

Garvie Smith: Ich war unterwegs.

Garvies Mutter: Wo unterwegs? Mit wem unterwegs?

Garvie Smith: Die Antwort wird dir nicht gefallen.

Garvies Mutter: Das erste Mal, dass du etwas sagst, mit dem ich übereinstimme. Mit wem unterwegs?

Garvie Smith: Mit Alex.

Garvies Mutter: Du hast recht, das gefällt mir nicht. Wenn du mit Alex Robinson unterwegs warst, weiß ich auch, was ihr gemacht habt. Und das gefällt mir erst recht nicht.

Garvie Smith: Ich weiß. Ich versuch ja auch, damit aufzuhören. Es ist nur … es fällt so schwer, zu widerstehen, Mum. Aber ich gebe mir alle Mühe, versprochen. Ich will nicht, dass es meine Leistungen bei den Prüfungen beeinträchtigt. *(Schweigen)*

Tut mir leid, Mum. Tut mir leid, dass ich dir Sorgen gemacht habe. *(Schweigen)*

Nun ja, danke, dass du mich angehört hast. Ich bin echt müde, also gehe ich wohl mal –

Garvies Mutter: Bleib sitzen. Du hast mir noch nicht erzählt, wie du dir diese hässliche große Beule am Kopf eingefangen hast.

Garvie Smith: Oh. Die. Ja, komisch, so genau weiß ich das nicht mehr. Tut aber gar nicht weh. Nicht sehr.

Garvies Mutter: Oder wie du bei der Polizeiwache gelandet bist. Wäre doch wohl der letzte Ort, wo du hingehen würdest, wenn du dieses Zeug rauchst.

Garvie Smith: Na ja, im Grunde war es Alex. Kontrolle, durchsuchen, das Übliche. Aber ich bin mitgegangen, um ihm Gesellschaft zu leisten.

Garvies Mutter: Oder wegen dem «leichten Tumult».

Garvie Smith: Ah ja, okay, damit hatte ich nichts zu tun. Alex war ein bisschen genervt, und das hat den Bullen nicht gefallen. Kinderkram, im Grunde. Wirklich nur «leichte Turbulenzen».

Garvies Mutter: *(langes Schweigen)* Das alles hat hoffentlich nichts mit Chloe Dow zu tun, oder?

Garvie Smith: *(schockiert)* Nein, natürlich nicht.

Garvies Mutter: Oder damit, dass du dich da einmischst, wie dieser Inspektor gesagt hat? Und dich in Schwierigkeiten bringst?

Garvie Smith: Nein, nein. Nichts in der Art.

Garvies Mutter: Wir haben eine Abmachung. Du erinnerst dich?

Garvie Smith: Du wirst den Job nicht annehmen, es sei denn, ich schneide bei den Klausuren schlecht ab.

Garvies Mutter: Tja, die Abmachung gilt nicht mehr.

Garvie Smith: *Was?*

Garvies Mutter: Gestern habe ich ein offizielles Angebot für die Stelle bekommen.

Garvie Smith: Aber Mum!

Garvies Mutter: Du brauchst mir noch nicht zu gratulieren. Ich habe vier Wochen Bedenkzeit. Keinen Tag länger. Mit anderen Worten, du hast vier Wochen Zeit, Eindruck auf mich zu machen. Schau her. Was siehst du?

Garvie Smith: Broschüren.

Garvies Mutter: Der Makler hat sie mir heute dagelassen. Ich bin drauf und dran, diese Wohnung auf den Markt zu bringen. Tanz noch einmal aus der Reihe – dann steht hier am nächsten Tag das «Zu verkaufen»-Schild. Hast du gehört?

Garvie Smith: Ja, Mum.

Garvies Mutter: Was immer du getrieben hast, damit ist es jetzt vorbei. Verstanden?

Garvie Smith: Ja, Mum.

Garvies Mutter: Geh jetzt ins Bett. Morgen früh musst du frisch und munter sein. Um zu lernen.

32

Garvie wartete bereits am unteren Tor, als Smudge am Montagmorgen zur Schule kam. Hände in den Hosentaschen, hochgezogene Kapuze, hochgezogene Schultern, so lehnte er am Zaun und dachte nach. Darüber zum Beispiel, wie bequem es wäre, wenn man hin und wieder einen Erinnerungsschwund hätte. Unseligerweise konnte er sich immer an alles erinnern.

An ihr blasses, vom Weinen verschmiertes Gesicht zum Beispiel. Den heiser-belegten Klang ihrer Stimme, bevor sie verstummte. Den befremdlichen beigefarbenen Schmierfleck an ihrem Hals. Und am schlimmsten: an den feuchten Schimmer in ihren Augen. Wieder einmal sah sie ihn an in seiner Erinnerung, um ihn stumm um etwas zu bitten, das er ihr nicht geben konnte. Was war es? Geld? Hilfe? Oder etwas, das sie ein Jahr zuvor verloren hatten und nicht vergessen konnten?

Schon möglich, dass Singh richtig lag mit seiner Vermutung, dass sie sich am Pike Pond mit jemandem verabredet hatte. Aber Singh hatte nicht gesehen, was Garvie gesehen hatte. Es kam gar nicht mal darauf an, dass sie überhaupt die Absicht hatte, zum Pike Pond zu gehen. Entscheidend war, dass dies für sie eine verzweifelte Notwendigkeit zu sein schien.

Irgendwas war schiefgelaufen für Chloe. Garvie wusste nicht, was, aber er wusste, wann: am Donnerstagabend.

Und er wusste, wo des Rätsels Lösung zu finden war: im *Imperium.*

Der Gedanke ans Casino rief eine andere Erinnerung wach, das Gesicht eines anderen Mädchens kam ihm vor Augen, atemberaubend hübsch, mit humorvoll kühlen, grauen Augen, einem lächelnden Mund und Grübchen, die wie Pointen in einem Witz waren, den er noch nie gehört hatte.

Eine Stimme drang an sein Ohr.

«Mein alter Sherlock! Reichlich früh dran, oder? Hey, was hast'n mit deinem Gesicht gemacht?»

Garvie ignorierte die Frage. «Hast du eine Ziese, Smudge?»

«Sitzt du auf dem Trockenen?»

«Meine sind alle ein bisschen verbogen.»

Mit der gewohnten Lässigkeit warf er sich eine Zigarette in den Mundwinkel und zündete sie an.

«Hatte deine Mum gestern Abend dran», sagte Smudge.

Garvie warf ihm einen Blick zu. «Ach ja? Worum ging's?»

«Keine Ahnung, Alter. Ich hab nur Bahnhof verstanden. Klang irgendwie, als würde sie von Ananas reden. Echt schräg.»

«*Ananas*, Smudge?»

«Jau.»

«Könnte nicht vielleicht *Analysis* gewesen sein? Differenzial- und Integralrechnung?»

Smudge schüttelte den Kopf. «Nee, so was bestimmt nicht. Ich weiß nicht mal, was das ist.» Er kratzte sich am Kopf. «Da, wo ihr herkommt, da esst ihr das viel, oder? Ananas?»

«Na ja, weißt du, Smudge, dass wir das essen, kann man eigentlich so nicht sagen.»

«Nicht?»

«Nein, wir rauchen es.»

«Im Ernst?» Smudge schien beeindruckt. «Und, wie geht das?»

Aber das sollte er nie herausfinden, denn in diesem Moment rief jemand, und als sie sich umdrehten, sahen sie Jess Walker in vorschriftsmäßiger Schuluniform und unvorschriftsmäßigen hohen Keilsandaletten angestöckelt kommen.

«Sieht gut aus, unsere Jess», raunte Smudge Garvie zu. «Weißt, was ich meine?»

«Ja. Du meinst, du hättest nichts dagegen, mit ihr in die Kiste zu springen.»

«Damit komm ich dir doch nicht in die Quere, oder?»

«Nein, nein, Smudge, mach nur.»

«Hey, Garv.»

«Hey, Jess.»

«Muss mit dir reden, Garv.»

«Worüber?»

«Wichtige Sachen.»

«Hey, Jess», sagte Smudge, «siehst super aus.»

«Ist ja spannend. – Garv, es ist wegen, du weißt schon.»

«Hey, Jess, gefallen mir echt gut, die Schuhe. Die Beine auch, ey.»

«Du kannst mich, Fettwanst. Hör mal, Garv, können wir irgendwo hingehen?»

Doch bevor Garvie antworten konnte, fuhr eine vertraute Stimme von der anderen Seite des Schultors dazwischen.

«Smith. Howell.»

Die Temperatur schien sofort um einige Grade zu fallen, als sie sich zu Miss Perkins umdrehten. Klein und steif, wie sie war, konnte sie kaum über den Zaun hinwegsehen, aber ihre Stimme schien wie ein Laserstrahl hindurchzufahren.

«Wie ich sehe, sind euch die Schulvorschriften über das Rauchen abhandengekommen.»

Smudge sah zu, dass er seine Zigarette verschwinden ließ, und versuchte, einen unschuldigen Eindruck zu machen.

Garvie drückte seine Zigarette aus und steckte sie vorsichtig in seine Jackentasche, für später. «Formal gesehen, Miss Perkins», sagte er höflich, «befinden wir uns außerhalb des Schulgeländes.»

Miss Perkins durchbohrte ihn mit einem ihrer berüchtigten Blicke. «Komm mit in mein Büro, Smith. Oder ich lass dich formal abschieben.»

«Abschieben, Miss?»

«Vor ungefähr zehn Minuten habe ich eine Übereinkunft mit deiner Mutter getroffen. Wenn ich sie anrufe, verlässt du innerhalb von vier Wochen das Land. Verstanden?»

«Verstanden, Miss.»

Jess schob sich unauffällig an seine Seite und flüsterte ihm zu: «Garv? Nicht vergessen, ja? Wir sehen uns später.»

«Walker», sagte Miss Perkins. «Du gehst nach Hause und tauschst deine Poledance-Sandalen gegen vorschriftsmäßiges Schuhwerk aus. Danach meldest du dich in meinem Büro. Du wirst wegen Verspätung nachsitzen.»

Smudge hob die Augenbrauen, und Garvie erwiderte seinen Blick, bevor er Miss Perkins über die Auffahrt folgte.

Im Weggehen hörte er Smudge noch sagen: «Falls du Hilfe brauchst, um aus deinen Schuhen rauszukommen, Jess, dann …»

«Wird's bald, Smith», sagte Miss Perkins über die Schulter hinweg.

Sie gingen an Naylors Bungalow vorbei. Das Gelände ringsum war so unaufgeräumt wie seit eh und je. Das Moped stand wieder unter seiner Abdeckplane. Vom Hausmeister selbst war nichts zu sehen.

Als sie um die Ecke bogen, kamen ihnen der Schulleiter Mr. Winthrop und Inspektor Singh entgegen, sie waren auf dem Weg zu Naylors Bungalow.

Singh und Garvie wechselten einen kurzen Blick und gingen weiter.

Kurz darauf holte Garvie sein Handy hervor.

«Alex, Kumpel. Biste schon zu Hause?»

«Smith?»

«Bleib mal eben dran, Alter. Ja, Miss Perkins?»

«Was machst du da?»

«Telefoniere mit einem Freund, Miss.»

«Du telefonierst mit einem Freund?»

«Es geht um einen Fußweg, Miss.»

«Was auch immer es ist, hör sofort auf damit.»

Seufzend steckte er das Handy wieder ein und folgte der Lehrerin in den Block C.

33

Während Singh und Mr. Winthrop über das Schulgelände marschierten, beklagte der Schulleiter sich ausführlich über die Unannehmlichkeiten, die die ständigen Befragungen von Schülern und Kollegium durch die Polizei bisher mit sich gebracht hätten.

«So störend», sagte er. «Und so zeitraubend!»

Singh blieb eine Antwort schuldig. Er war mit seinen Gedanken woanders. Garvies Anblick hatte ihn auf unangenehme Weise an die nächtliche Unterhaltung mit dem Polizeipräsidenten erinnert, die er nach seinem Gespräch mit Garvie noch hatte führen müssen. Es war, streng genommen, keine wirkliche Unterhaltung gewesen – der Polizeichef war kein gesprächiger Mensch. Genau wie Singh selbst starrte er sein Gegenüber lieber an, nur war er dabei noch kälter, noch schweigsamer. Er traf knappe Feststellungen, deren Wucht durch sein anschließendes Schweigen noch verstärkt wurde, weshalb auch nicht vorgesehen war, dass man ihnen widersprach, sie durch Erklärungen abschwächte oder überhaupt darauf antwortete. Er hatte Singh die Titelseite der nächsten Morgenausgabe einer überregionalen Zeitung gezeigt, auf der unter dem Titel WER SIND HIER DIE BIESTER? das zerschundene Gesicht von Alex Robinson – *unschuldiges Opfer von Polizeigewalt* – zu sehen war. Er hatte Singh daran erinnert, wie viele Tage bereits vergangen waren, ohne dass eine

Anklage erhoben oder auch nur gegen einen «wirklichen» Verdächtigen ermittelt worden sei. Er hatte die Zahl der Stunden überschlagen, und gleich auch die Kosten dieser Stunden, die damit vertan worden seien, einen Porsche zu suchen, der gar nicht existierte. Er hatte Singh vor Augen geführt, dass einzig Ergebnisse zählten und dass ein Detective Inspector ohne Ergebnisse sich nicht wundern dürfe, wenn er sich demnächst als Wachtmeister im Verkehrsdienst in einer kleinen dreckigen Stadt am Arsch der Welt wiederfände. Seine Bemerkungen ließen Singh den Verdacht schöpfen, dass ein Mitglied seines Teams den Polizeichef mit seinen persönlichen Informationen und Meinungen versorgte. Wenn er mehr Zeit gehabt hätte, dann hätte er Möglichkeiten gefunden, um Bob Dowell oder Darren Collier an anderer Stelle der Ermittlungen einzusetzen. Aber er hatte keine Zeit. Der Polizeichef hatte ihm eine Woche gegeben, um den Fall entweder zu klären oder hinzuschmeißen. Und hinzuschmeißen, daran hatte er keinen Zweifel gelassen, bedeutete, nicht nur den Fall zu verlieren, sondern auch jegliche Karriereaussichten.

Mr. Winthrop öffnete das Tor zu Naylors kleinem Garten und geleitete Singh kopfschüttelnd hindurch.

«Bei der Arbeit in der Schule ein so ordentlicher Mann, aber sehen Sie sich das bloß an!»

Er klopfte an die Tür des Bungalows, und als Naylor öffnete, machte er ihn mit dem Inspektor bekannt, um sich gleich darauf zu entschuldigen und die beiden sich selbst zu überlassen.

Es war das erste Mal, dass Singh dem Hausmeister persönlich begegnete. Er sah auf eigenwillige Weise gut aus, fand Singh. Drahtig, mit kurzen dunklen Haaren und kantigen Gesichtszügen. Er war das, was eine Frau vielleicht als «Rohdiamant» bezeichnen würde. Aber Naylors Nervosität war überdeutlich. Als wüsste er nicht, wohin mit sich, stand er vor Singh und kaute auf seiner Unterlippe herum, während seine Augen unstet hin und her huschten.

«Soviel ich weiß, besitzen Sie ein Moped», sagte Singh.

«Ja und?»

«Kann ich es mal sehen?»

Mürrisch führte Naylor ihn über den mit Abfall übersäten Rasen zu einem kleinen gepflasterten Platz, wo er die Abdeckplane von seinem Moped zog.

Singh nickte. Durchaus möglich, dass das die Maschine war, die er im Cornwallis Way gesehen hatte.

«Was ist in der Gepäcktasche?»

«Nichts.»

«Zeigen Sie mal.»

Naylor öffnete den Kasten hinter dem Sitz. Er war leer. Singh nickte wieder, dann gingen sie zum Haus zurück.

Drinnen war es genauso chaotisch wie draußen. Die Wände waren voller Wasserflecken, offenbar von einem Wasserschaden, und es roch nach Schmiere. Singh betrat den schmutzigen, an mehreren Stellen losen Linoleumboden und ging durch den Flur. An einem Kleiderhaken hing ein roter Motorradhelm.

«Ist das Ihr Helm?»

«Ja.»

«Haben Sie noch andere?»

«Nein.»

Sie gingen weiter in das kleine Wohnzimmer und

setzten sich auf alte Stühle an einen niedrigen Tisch, der mit benutztem Geschirr vollgestellt war. Durch eine Tür konnte Singh in die kleine Küche hinübersehen, wo sich Töpfe, Pfannen und irgendwelches Werkzeug in der Spüle stapelten. Die Frage, ob Naylor allein lebte, konnte er sich sparen.

«Ich bin schon vernommen worden», sagte Naylor. «Ich weiß nicht, was das jetzt noch soll. Das ist nicht in Ordnung. Ich habe schon auf alle Fragen geantwortet.» Er wandte den Blick ab und biss sich auf die Lippe.

«Nun, ich möchte, dass Sie sie mir noch einmal beantworten», sagte Singh ruhig. Er zog eine Mappe aus seiner Aktentasche. «Es geht um den Abend des Dreizehnten.»

Naylor betete sein Alibi herunter. An dem betreffenden Freitag hatte er nur den halben Tag gearbeitet und war ab vier zusammen mit einem Freund im Pub gewesen, dem *Jolly Boatman.* Sein Freund hatte das bereits bestätigt. Singh beobachtete ihn beim Reden. Der Mann konnte nicht stillsitzen, immer wieder fuhr er sich über die Bartstoppeln oder kaute auf den Fingernägeln, und wenn Singh ihm in die Augen sah, wandte er mürrisch den Blick ab.

«Kennen Sie Pike Pond?»

«Da bin ich noch nie gewesen.»

«Was ist mit Fox Walk?»

«Wo soll das sein?»

Auf alle Fragen antwortete er mit der gleichen unwirschen Bockigkeit. «Hab ich alles schon erzählt», sagte er immer wieder.

Singh betrachtete ihn prüfend. «Erzählen Sie mir noch mal von Chloe Dow.»

Naylor sah ihn wütend an. «Hab ich doch gesagt. Ich weiß gar nichts über sie. Hab nie ein Wort mit ihr gesprochen.»

«Hat Ihnen ihr Aussehen gefallen?»

In Naylors Blick loderte der Zorn. «Das *hab ich doch erzählt.* Ich würde nicht mal mehr wissen, wie sie aussah, wenn nicht jeden Tag ihr verdammtes Bild in der Zeitung wäre.»

«Man sagt, Sie hätten sie häufig beobachtet.»

«Dann sagt man was Falsches, weil – das hab ich nie.»

«Es heißt, Sie hätten sie immer beim Laufen auf dem Sportplatz beobachtet.»

«Ich wusste nicht mal, dass sie laufen gegangen ist.»

Singh machte eine kleine Pause. Dann, er behielt Naylor dabei im Visier, sagte er: «In den letzten Wochen ihres Lebens sind Chloe mehrere Gegenstände aus ihrem Spind abhandengekommen. Haben Sie sie gestohlen?»

Naylor zitterte heftig, sah aber diesmal nicht weg. «Nein, verdammt noch mal.» Er starrte Singh ins Gesicht. «Sie können alles durchsuchen, wenn Sie wollen. Sie werden nichts finden.»

Dann schwiegen sie beide, Naylor hielt dabei Singhs Blick stand, bis der das Duell schließlich abbrach, um sich Notizen zu machen.

Beim Schreiben fragte er: «Übrigens, wo haben Sie eigentlich vorher gearbeitet?»

«Hatte keine Arbeit.»

«Sie sind wie alt? Neunundzwanzig? Dies ist Ihre erste Stellung?»

«Hab immer mal gejobbt. Meistens auf dem Bau.»

«Wo?»

«Hier und da.» Er schniefte. «Hab nie einen Vertrag unterschrieben. Wollte ich nicht.»

Singh nickte. Nach einer Weile sagte er: «Letzten Freitag waren Sie in der Stadt unterwegs. Ist das richtig?»

Sofort veränderte sich Naylors Gesichtsausdruck. Er öffnete den Mund und klappte ihn wieder zu.

Singh sagte mit Schärfe: «Ist das richtig?»

Naylor nickte.

«Sie sind mit dem Moped gefahren?»

«Na und? Warum ist das wichtig?»

«Wo sind Sie hingefahren?»

Fast eine Minute lang sagte Naylor nichts, kaute nur auf seiner Lippe herum und fuhr sich übers Gesicht. Singh beugte sich vor.

«Treffen», sagte Naylor endlich.

«Was für ein Treffen?»

«Privates Treffen.»

«Was für ein privates Treffen?»

Ausdauerndes Schweigen.

«Mr. Naylor», sagte Singh schließlich, «Ich möchte jedes Missverständnis vermeiden. Daher würde ich Ihnen raten, die Frage zu beantworten.»

Naylor schüttelte den Kopf.

«Ich behaupte, dass Sie zu einem Treffen im *Zentrum für Öffentliche Dienstleistungen* in der Deal Street gegangen sind. Was für ein Treffen war das?»

«Man hat mir gesagt, dass das vertraulich ist», sagte Naylor aufgebracht.

«Diese Befragung ist vertraulich. Nichts von dem, was

Sie mir sagen, wird an irgendeine Stelle in der Schule weitergegeben, falls es das ist, was Ihnen Sorge macht.»

Naylor sah aus, als würde er jeden Moment in Tränen ausbrechen. Nach einem Moment aufgewühlten Schweigens sprudelte es aus ihm heraus. «Ich hab Probleme, okay? Angstzustände zum Beispiel. Die haben mir gesagt, es wär alles vertraulich, und jetzt das hier. Die wissen, wie es mir manchmal geht. Panikattacken, und jetzt das hier.» Er stöhnte und schloss kurz die Augen.

Singh sagte ruhig: «Ich verstehe. War das eine Veranstaltung des Gesundheitsdienstes?»

«Psychische Erkrankungen», sagte Naylor. «Gruppentherapie gegen Angststörungen. Mir wurde gesagt, dass das nicht in meine Akten kommt. Sonst wär ich da gar nicht hingegangen, verdammt. Ich muss das nicht.» Er biss sich in die Fingerknöchel. «Warum können die Leute mich nicht in Ruhe lassen?»

«Es ist keine Schande, Hilfe zu suchen, wenn man ein Problem hat, Mr. Naylor. Wir haben alle unsere Probleme. Und ich gebe Ihnen recht, Sie sollten die Freiheit haben, daran zu arbeiten, ohne dass sich jemand einmischt. Es war aber wichtig für mich, das zu erfahren.»

Er machte sich eine Notiz, klappte seine Akte zu und sah auf. Naylor warf ihm einen wilden Blick zu. Ein schwer zu bestimmender Ausdruck huschte über sein Gesicht.

Singh runzelte die Stirn und überlegte. Dann sagte er: «An dem Freitagabend wurde ich im Cornwallis Way Zeuge, wie ein Mann auf einem Moped einen Jungen gejagt hat. Waren Sie dieser Mann?»

«Nein, war ich nicht, verdammt.»

«Ein Mann in einer Collegejacke, mit einem blauen Motorradhelm.»

«Mein Helm ist rot, und eine Collegejacke habe ich gleich gar nicht.»

«Es war gegen elf Uhr.»

«Das Treffen war um neun zu Ende, danach bin ich hierher zurückgefahren. Um elf hab ich bestimmt schon längst geschlafen.»

Singh nickte. Er stand auf und ging in den Flur. Als er auf dem Weg zur Haustür an dem roten Helm vorbeikam, der dort am Haken hing, bemerkte er, dass er ganz neu war.

Aus dem Wohnzimmer hörte er, dass Naylor angefangen hatte zu weinen. Ohne ein Wort zu sagen, trat Singh aus dem Haus und ging langsam über die Auffahrt zurück in Richtung Schule.

Schon nach wenigen Schritten führte der Weg an dem Sportplatz mit der Laufbahn vorbei. Sie war allenfalls fünfzig Meter vom Bungalow entfernt und von dort aus gut sichtbar. Und da wollte Naylor nicht einmal bemerkt haben, dass Chloe regelmäßig lief? Während Singh gemächlich dem Verlauf der Kurve folgte, ließ er das Gespräch von gerade eben noch einmal Revue passieren und dachte über einige von Naylors Aussagen nach.

«Sie können alles durchsuchen, wenn Sie wollen. Sie werden nichts finden.» Singh glaubte ihm das ohne Weiteres. Was aber, wenn er die Möglichkeit hatte, seine Sachen anderswo zu verstauen? Er warf einen Blick zurück zum Haus und zum Wald dahinter.

Vom Auto aus rief er in der Wache an und verlangte,

Mal zu sprechen. Sie war nicht da, ebenso wenig Lawrence Shan. Schließlich wurde er mit Darren Collier verbunden.

«Darren, ich habe gerade mit Naylor gesprochen. Dem Hausmeister an der Schule.»

«Ich erinnere mich. Ja?» Singh glaubte eine gewisse Zurückhaltung in seiner Stimme zu hören.

«Hat Mal irgendwas aus Froggett Woods zu berichten? Sie wollte sein Foto herumzeigen.»

«Das weiß ich nicht.»

Für einen Moment herrschte Schweigen in der Leitung. Singh fuhr fort: «Noch etwas: Ich möchte, dass sein Alibi noch einmal überprüft wird.»

«Schon geschehen. Zweimal. Er war mit einem Freund im Pub, nicht wahr? Dem *Jolly Boatman.* Bob war noch mal da und hat mit dem Wirt gesprochen.»

«Hat er auch mit dem Barkeeper gesprochen? Kann sich sonst noch jemand erinnern, ihn an dem Abend dort gesehen zu haben? Ich möchte, dass noch mal jemand hingeht und nachfragt.»

Erneutes Schweigen.

«Außerdem möchte ich, dass die Akte über seine früheren Beschäftigungen aufgetrieben wird. Mal sagt, sie sei verschwunden. Im Archiv haben sie auch schon nachgesehen, aber nichts gefunden.»

«Wenn das Archiv sie nicht hat, hat sie keiner.»

Singh überlegte. «Nehmen Sie sich doch mal sein Führungszeugnis vor. Er ist vor einiger Zeit einbestellt und befragt worden. Finden Sie heraus, wer mit ihm gesprochen hat. Nein, warten Sie. Setzen Sie sich mit den Leuten im *Zentrum für Öffentliche Dienstleistungen* in Verbindung.

Fangen Sie da an. Naylor war letzten Freitag bei einem Treffen dort. Angstprobleme. Sozialpsychiatrischer Dienst. Haben Sie das?»

«Ja, das hab ich.»

«Gut, also.»

Ein dumpfer Laut des Unmuts war am anderen Ende der Leitung zu hören, doch bevor Singh etwas sagen konnte, hatte Collier schon aufgelegt. Singh saß still in seinem Auto und starrte hinaus auf die Laufbahn.

Plötzlich fühlte er sich erschöpft. Alle Energie schien aus ihm herauszufließen und mit ihr auch der Glaube an sich selbst. Kein Wunder, dass seine Kollegen kein Vertrauen mehr in ihn hatten. Der Polizeichef kritisierte ihn unverblümt. Seine Ahnungen hatten sich nicht bestätigt, sie hatten sich als falsch erwiesen. Dowells Team suchte immer noch vergeblich nach einem Porsche. Singh hatte den Fehler begangen, Alex Robinson zu verhaften. Jetzt stellte sich heraus, dass Naylor schwieriger und möglicherweise gefährlicher war, als sie angenommen hatten.

Hinter der Laufbahn konnte er den Rand des Wäldchens Marsh Woods erkennen. Dahinter wiederum verliefen die Ringstraße und der Weg hinaus zum Pike Pond. Selbst jetzt am Vormittag sah der Himmel darüber düster aus. Ein düsterer Ort, abgelegen und trostlos. Ihm kam ein Gedanke. Wenn Chloe sich dort mit jemandem verabredet hatte, in den Ruinen der Four-Winds-Farm – konnte dieser Jemand vielleicht Naylor gewesen sein?

Erst wenn er die Fragen irgendwie umwenden, sie in einem anderen Licht betrachten könnte, dachte er frustriert, erst dann würde er die Antworten finden. Er schlug mit beiden Händen aufs Lenkrad, um sich aus seiner Lethargie zu reißen, drehte den Zündschlüssel und lenkte den Wagen mit grimmigem, blassem Gesicht durch das Schultor. Er war Polizist und Sikh. Er würde nicht aufgeben. Er hatte einen eisernen Willen. Resignieren kam absolut nicht in Frage.

34

«**Die** Sache ist die», sagte Garvie, «ich denke daran, aufzuhören.»

«Aufzuhören, Smith?»

«Es ist eine schlechte Angewohnheit, Miss.»

«Mit dem Rauchen aufzuhören, meinst du?»

«Tabak, ja.»

Miss Perkins sah ihn scharf an. Sie hatte rötliche Augenbrauen, ihre Augen wirkten dadurch noch kälter. Seufzend blickte Garvie sich in ihrem Büro um, einem Muster an seelenloser Funktionalität. Durch die schalldichte Glastür sah er draußen die Schüler, wie sie scheinbar lautlos durch den Flur in ihre Klassenzimmer wuselten.

«Übrigens hätte ich jetzt eigentlich Gemeinschaftskunde. Oder vielleicht auch Physik. Wenn das also alles wäre, würde ich dann mal –»

«Bleib, wo du bist, Smith. Ich habe deiner Mutter versprochen, dass ich mal ein Wörtchen mit dir rede. Es gibt da ein, zwei Dinge, die dir klarwerden sollten.»

«Das wünschte ich mir auch», sagte er. Er dachte an Dinge, die mit Chloe Dow zusammenhingen. Aber als er an die vergangene Nacht dachte, an die Worte seiner Mutter – und die Broschüren des Immobilienmaklers –, wischte er die Gedanken an Chloe Dow weg. Es sah wirklich so aus, als sollte er jetzt mal ernsthaft für die Schule arbeiten. Ein bisschen jedenfalls.

Miss Perkins schlug eine Akte auf und blätterte ein paar Seiten um. «Du bist nicht unbedingt der dümmste Junge an dieser Schule», sagte sie.

«Danke, Miss. Smudge wird erleichtert sein.»

«Smudge?»

«Ryan Howell, Miss. Der Spitzenplatz in der Rangliste der Dümmsten bedeutet ihm viel.»

Sie fixierte ihn mit zusammengekniffenen Augen. «Du sollst nicht reden, Smith. Du sollst zuhören.» Sie blickte auf ihre Akte. «Hier steht, du hättest den höchsten IQ, der je bei einem Schüler dieser Schule gemessen wurde.»

Er nickte höflich.

«Aber du hast die schlechtesten Noten. Rekordverdächtig schlechte Noten.»

Er schüttelte den Kopf und blickte so traurig und niedergeschlagen drein, wie es ihm nur möglich war.

Miss Perkins runzelte die Stirn. Dann klappte sie die Akte zu. «Ich habe so etwas schon häufiger erlebt. Nicht ganz so spektakulär, aber doch ähnlich. Fehlende Motivation. Unzufriedenheit. Schlechte Angewohnheiten.»

Garvie nickte, anscheinend noch trauriger. Er wandte den Kopf, als schämte er sich, und sah durch die Glastür, dass Jessica Walker im Flur stand und ihm Zeichen machte. Sie zeigte auf ihre Armbanduhr und bewegte dazu den Mund. Als er den Kopf schüttelte, zog sie einen Schmollmund und deutete mit dem Daumen in Richtung Kantine. Er schüttelte wieder den Kopf. Hielt den Zeigefinger an seine Schläfe und drückte den Abzug.

«Smith?»

«Ja, Miss?»

«Was machst du da?»

Sie kam um den Schreibtisch herum zur Tür, woraufhin Jessica schleunigst verschwand. Zu Garvie gewandt, sagte Miss Perkins: «Lass sie in Ruhe, Smith.»

«Aber ich wollte gar nicht –»

«Natürlich nicht. Du wüsstest auch gar nicht, wie.»

«Miss?»

Klein, aufrecht und streng stand sie vor ihrem Schreibtisch und sah ihn an. «Sieh mal, Smith, du hast gar keine Ahnung. Woher auch? Du verstehst nichts von weiblicher Psychologie. Nicht das Geringste. Vielleicht hast du Gerüchte gehört, dass es so etwas gibt, aber trotzdem bleibt das Ganze *terra incognita* für dich.» Sie machte eine kleine Pause. «*Terra incognita* ist ein lateinischer Ausdruck.»

«Hat es was mit Terror zu tun?»

«Es bedeutet *unbekanntes Land.*»

«Sehr nützlich, Miss. Ich werde es bestimmt demnächst mal einfließen lassen, wenn ich mich mit Mädchen unterhalte.»

Er blickte verstohlen zur Seite, weil Jessica schon wieder vor der Glastür aufgetaucht war und ihre seltsamen Verrenkungen machte. Doch Miss Perkins folgte seinem Blick sofort, und so verdrückte sie sich notgedrungen durch den Flur.

Miss Perkins schnalzte mit der Zunge. «Warte wenigstens so lange, bis du mit den Klausuren durch bist. Jetzt hör mir mal zu, Smith. Schlechte Angewohnheiten sind deine Sache, aber schlechte Noten schaden dieser Schule.» Sie hatte sich vor ihm aufgebaut. «Deine Mutter bat mich, dafür zu sorgen, dass du alle deine Klausuren schreibst, aber ich hatte eine noch bessere Idee: Ich habe ihr versprochen, dass du Noten erreichst, die deiner Intelligenz entsprechen. Glaubst du, das war leichtfertig?»

«Ja, ein bisschen.»

«Ich bin aber doch keine leichtfertige Person, oder, Smith?»

«Nein, Miss.»

«Was für eine Person bin ich?»

«Eine, die keinerlei Rücksicht nimmt, Miss.»

«Das ist richtig. Ich bin froh, dass wir uns verstehen. Weißt du, Smith, du brauchst ja nur ein bisschen Arbeit zu investieren. Und du hast immerhin vier Wochen Zeit dafür.» Sie schob ihr Gesicht näher heran. «Und ich weiß, dass du genau das tun wirst. Woher weiß ich, dass du genau das tun wirst?»

«Weil Sie andernfalls nicht zögern werden, mich aus dem Land schaffen zu lassen.»

«Das ist hundertprozentig korrekt.»

Mit überaus zufriedener Miene kehrte sie hinter ihren Schreibtisch zurück und setzte sich.

«Ab sofort wirst du überwacht. Versäumst du eine Stunde, bekommt deine Mutter eine Nachricht. Versäumst du eine zweite Stunde, ziehe ich dich von allen deinen Klausuren ab. Ich werde keine minderwertigen Noten akzeptieren. Andererseits, wenn dein Abschluss ins Wasser fällt, wird sich die Lage für deine Mutter natürlich erheblich vereinfachen. Aus dem, was sie mir erzählt hat, würde ich folgern, dass du bis Ende des Monats in Bridgetown gelandet bist. Noch irgendwelche Fragen?»

Garvie dachte kurz nach.

«Wenn Sie jung, blond und attraktiv wären, Miss, was würden Sie tun, falls Sie feststellten, dass Sie sich mit der falschen Sorte Mann eingelassen haben? Jetzt einfach mal durch die Psychologie- und *Terra-incognita*-Brille betrachtet.»

Miss Perkins saß steif auf ihrem Stuhl und sah ihn aus funkelnden Augen an. Zuerst schien es, als würde sie umgehend den Sicherheitsdienst rufen oder Garvie mit der beängstigenden Kraft ihres Blickes in Stein verwandeln, aber nach einem Moment Bedenkzeit sagte sie mit frostiger Stimme. «Ich würde mich gar nicht erst in eine solche Lage begeben, Smith.»

«Das ist genau die Antwort, die ich erwartet habe», sagte Garvie. «Vielleicht bekomme ich diese Psychologie-Geschichte doch allmählich in den Griff. Zumindest, wenn es um Frauen geht, die keinerlei Rücksicht nehmen.»

Und mit einem leutseligen Kopfnicken erhob er sich und verließ das Zimmer, bevor Miss Perkins sich aus ihrer Trance lösen und in einen Wutanfall ausbrechen konnte.

Draußen fing ihn Jessica am Ende des Flurs ab.

«Sie mag dich, Bad Boy. Ich erkenne es an der Art, wie sie dich anguckt.»

«Nein, Jess. Sie mag mich nicht. Sie versteht mich nicht. Für sie bin ich *terra incognita*.»

«In-cog-was?»

«Egal. Ich hab jetzt Gemeinschaftskunde, und da muss ich mich echt zeigen. Tut mir leid.»

«Warte. Ich muss dir was sagen.»

Er schüttelte den Kopf. «Keine Zeit, Jess.»

«Es geht um *sie*. Chloe.»

Er wandte sich ab und schritt forsch durch den Flur, doch Jessica eilte hinterher, bis sie ihn eingeholt hatte.

«Ich weiß, was es ist. Du kannst nicht aufhören, an sie zu denken, kriegst sie nicht aus deinem Kopf raus. Und ich weiß auch, warum. Du liebst sie immer noch, stimmt's? Obwohl sie dich abserviert hat. Obwohl sie nicht mehr da ist.»

Garvie verdrehte die Augen, sagte aber nichts, sondern marschierte stur weiter. Er stieß die Brandtür auf und überquerte den Schulhof im leichten Nieselregen, der den schlierigen Asphalt bereits in einem Grau der Marke «nasser Hund» besprenkelt hatte.

«Ich weiß, wie sich das anfühlt», fuhr Jessica fort. «Können wir übrigens mal kurz anhalten? Mir tun die Füße weh.»

Garvie bog um die Ecke von Block A, ohne etwas zu sagen, und steuerte den Eingang des geisteswissenschaftlichen Trakts an.

«Ich kann in diesen flachen Schuhen nicht laufen», jammerte Jess.

Er stieg die Treppe hoch, immer zwei Stufen auf einmal.

«Sie war nicht die, für die du sie gehalten hast, Garv!» Ihre Stimme hallte im Treppenhaus wider.

Er stieg weiter hinauf bis zu den Musikräumen, dann durch weitere Brandtüren in einen anderen Flur, wo er an Klassenräumen, Spinden und Automaten vorbei zur Fremdsprachenabteilung marschierte. Jessica stolperte die ganze Zeit hinterher.

«Sie hat dich nie geliebt!», rief sie. «Sie hat nicht mal Alex geliebt.»

Garvie ging unbeirrt weiter, und sie blieb strauchelnd und schmollend zurück.

«Ihren neuen Typen mochte sie nur wegen dem, was er ihr alles versprochen hat!», rief sie, gab die Verfolgung endgültig auf und hielt sich jammernd den Knöchel, während sie verzweifelt Garvie nachblickte, der gerade um die nächste Ecke bog.

Zwei Sekunden später tauchte er wieder auf.

«Was?»

Sie lehnte matt an der angestoßenen, abblätternden Wand, ein Vogel mit gebrochenem Flügel. «Es tut echt weh, Garv.»

Er kam durch den Flur auf sie zu.

«Du hast mir vorher noch nie was über den neuen Mann erzählt, Jess.»

«Es ist mir gerade erst wieder eingefallen.»

«Was hat er ihr denn versprochen?»

«Ich weiß nicht. Das hat sie nicht gesagt. Aber ich weiß, dass es etwas war, das sie sich wirklich sehr gewünscht hat.»

«Wer war er?»

Jessica schüttelte den Kopf. «Ich weiß nur, dass er jemand war, mit dem sie sich ganz bestimmt nicht hätte einlassen sollen.»

«Und?»

Sie zuckte zusammen. «Die Sache ist die, mein Knöchel tut immer noch ziemlich weh. Er müsste mal ein bisschen massiert werden, Garv.»

Er wandte sich ab, und Jessica sagte: «Nein, warte. Ich sag es dir. Sie meinte, falls irgendjemand das mit ihnen beiden rausfinden würde, kämen sie echt in Teufels Küche. Er genauso wie sie, meinte sie. Oder noch schlimmer.»

«Warum?»

«Das hat sie nicht gesagt.»

«Warum in Teufels Küche? Weil er hier arbeitet?»

«Ich weiß nicht.»

«Oder wegen dem, was er ihr versprochen hatte?»

«Sie hat nur gesagt, dass irgendwann alle Bescheid wissen würden, aber dann wäre es zu spät. Ja. Das war's. Ich hab dir alles erzählt. Kannst du mir jetzt den Fuß massieren, Garv? Nur für eine Minute?»

Er sah sie an, blickte erst auf seine Uhr, dann auf ihren Fuß, und dann klingelte sein Telefon.

Er zog es aus der Tasche, schaute aufs Display und runzelte die Stirn, bevor er hineinsprach. «Ja?»

Sein Gesichtsausdruck veränderte sich. Er veränderte sich so dramatisch, dass Jessica die Hand ausstreckte, als würde sie ihn stützen wollen.

«Garv? Was ist los, Garv?»

Er stand da, eine Hand in den Haaren, so konzentriert lauschend, dass sich sein Gesicht zusammenzog.

«Ja, ich habe eine Frage», sagte er schließlich. «Warum rufen Sie mich an?»

Für eine Weile hörte er wieder zu.

«An Ihrer Stelle würde ich das nicht tun», sagte er.

Stille.

«Zum Beispiel, weil ich Ihnen davon abrate?»

Er fuhr fort: «Das klingt nicht sehr logisch, was Sie sagen. Wie kann ich Ihnen trauen? Im Ernst? Nach dem, was Sie an dem Abend abgezogen haben?»

Jetzt schwieg er für längere Zeit, seine Augen blitzten. Dann sagte er: «Na schön, ich treffe mich mit Ihnen. Wo? Ja, das kenne ich. Spät. Ich muss vorher noch woandershin. Nein, später. Elf. Alles klar.» Und dann, einen Moment später: «Sie wollen wissen, was ich denke? Ich denke, wir sollten das nicht machen. Aber ich weiß, dass wir's trotzdem tun werden. Ja, Sie auch.»

Er stand geistesabwesend da, sein Handy zwischen den Fingern wie eine Karte, von der er nicht wusste, ob er sie abwerfen oder ausspielen sollte.

«Garv? Wer war das? Was hast du vor, Garv?»

Jessica löste sich humpelnd von der Wand, aber Garvie hatte sich schon wieder in Bewegung gesetzt.

«'tschuldige, Jess. Ich muss los. Es wird noch ein langer Tag.»

«Aber Garv!»

«Versuch's mal bei der Krankenschwester!»

Eilig ging er weg, entzog sich ihrem Blick, Jessica konnte nur noch seine Schritte hören.

35

Auf dem Rückweg zum Hauptquartier fühlte Singh sich erschöpft und entmutigt. Aber er konnte sich keine Ruhepause leisten. Sobald er an seinem Schreibtisch saß, rief er Collier an, der zehn Minuten später mit einer Akte in der Hand aufkreuzte.

«Haben Sie rausgefunden, an welchem Treffen Naylor teilgenommen hat?»

Collier legte ihm die Akte vor. «Es gab acht Gruppentreffen an dem Abend, alle in verschiedenen Räumen. Es herrscht mächtig Betrieb dort.»

«Und in welcher Sitzung war Naylor?»

«In keiner.»

Singh schlug stirnrunzelnd die Akte auf. «Hier», sagte er. «Das muss es sein. *‹SAD. Social Anxiety Disorder – Sozialphobie. Gruppentherapie. Halb sieben bis halb neun›*.»

«Er war nicht da.»

«Ist an dem Tag nicht erschienen?»

«Er ist noch nie da erschienen. Er ist bei keinem einzigen SAD-Treffen gewesen. Er ist nicht mal eingetragen. Sehen Sie hier. Vergleichen Sie die Teilnehmerliste.» Erneut registrierte Singh einen Unterton von Feindseligkeit und Erbitterung in Colliers Stimme. «Er hat noch nie an irgendeinem Treffen in dem Zentrum teilgenommen. Ich habe die letzten fünf Monate überprüft. Da sind die Listen von allen Sitzungen. Hat mich eine Stunde gekostet. Kein Naylor.»

«Aber er wurde beim Reingehen beobachtet.»

«Von wem?»

Singh zögerte. «Spielt keine Rolle. Ich werde es selber nachprüfen.»

Nachdem Collier gegangen war, saß Singh erst einmal ratlos da. Er vertraute auf Garvies Aussage, wonach Naylor das Zentrum betreten hatte, warum also war seine Anwesenheit nicht dokumentiert?

Er nahm sich die Liste der Gruppensitzungen am Freitagabend vor. Es gab acht davon, wie Collier gesagt hatte.

17.30–20.30 Uhr: Gruppentherapie (SOTP)
18.30–20.30 Uhr: Kognitive Verhaltenstherapie (SAD)
19.30–20.30 Uhr: Haushaltsplanung für Nicht-Finanzmanager (CE)
19.30–20.30 Uhr: Bewältigung familiärer Krisen (FID)
20.00–21.00 Uhr: Unterstützung positiver Verhaltensweisen (ILD)
20.00–21.00 Uhr: Selbstverteidigung für Frauen (CDA)
20.00–21.00 Uhr: Gruppensitzung (GA)
20.30–21.00 Uhr: Kokainsucht, Gruppensitzung (GDC)

Das war alles bekannt und normal: Hilfsangebote für die üblichen Probleme und Abhängigkeiten. ILD war das Institut für Lernschwierigkeiten, GA die Anonymen Glücksspieler, FID stand für Familien in Not. Das einzige Akronym, das er nicht kannte, war SOTP. Er schlug es nach.

Und saß erst einmal mit großen Augen da.

Sex Offenders Treatment Programme – Therapie für Sexualstraftäter.

Er sah sich die Teilnehmerliste dieses Programms an. Kein Naylor. Fünf Minuten lang stand er am Fenster und starrte ins Nichts. Dann führte er drei Telefongespräche.

Das erste mit dem Bewährungsdienst, der für SOTP verantwortlichen Einrichtung, wo man ihm mitteilte, dass die Herausgabe weiterer Informationen, selbst an die Polizei, eine rechtliche Prozedur erforderte, die mindestens zwei Wochen in Anspruch nehmen würde.

Der zweite Anruf ging an das Sexualstraftäterregister, das ihm eine halbe Stunde später einen Bericht über alle bei ihnen verzeichneten Naylors zuschickte, von denen aber keiner mit *seinem* Naylor übereinstimmte.

Danach rief er im Archiv an.

«Bill? Raminder Singh hier. City Squad.»

«Was steht an, Raminder?»

«Erinnern Sie sich, dass wir Unterlagen über einen Schulhausmeister angefordert hatten?»

«Richtig, einen gewissen Naylor. Aber wir mussten passen.»

«Ich glaube, wir haben nach dem falschen Mann gesucht.»

«Dem falschen Mann?»

«Beziehungsweise dem richtigen Mann, aber dem falschen Namen.»

Am anderen Ende der Leitung herrschte Stille.

Singh sagte: «Ich komme rüber und erkläre es Ihnen. Wenn ich richtig liege, geht die Sucherei gerade erst richtig los.»

Es war Mittagszeit, aber Singh ignorierte seinen Hunger.

Als er das Büro verließ, sagte seine Sekretärin: «Der Chef hat angerufen.»

Er zögerte kurz, verabschiedete sich dann aber mit den Worten: «Ich bin fürs Erste im Archiv. Vielleicht den ganzen Nachmittag. Aber falls Mal anruft, möchte ich sofort informiert werden.»

Und damit war er verschwunden.

Bill Archer war ein junger Mann mit orangefarbenen drahtigen Haaren und einem australischen Akzent. Er holte Singh am Empfang ab und führte ihn hinauf in das Großraumbüro. Während sie zwischen den Schreibtischen der Datenarchivare und -forscher (von denen einige erstaunt Singhs Turban zur Kenntnis nahmen) hindurchmarschierten, erläuterte Singh, was er wollte, und als sie das mit einer Glaswand abgeteilte Büro am anderen Ende erreichten, war Archer so weit unterrichtet, dass er sofort loslegen konnte.

Er öffnete die Datenbank. «Hier ist das Datenloch. Sehen Sie?»

Singh blickte ihm über die Schulter.

Das System barg all die üblichen Informationen über Naylor – Geburtsdatum und -ort, aktuelle Krankheitsakte, Sozialversicherungsdaten, finanzielle und versicherungsbezogene Angaben, polizeiliches Führungszeugnis und den aktuellen Beschäftigungsnachweis – aber keinerlei Einträge zum Thema Schule, Ausbildung oder frühere Beschäftigung. Selbst wenn er zuvor arbeitslos gewesen war, hätte das irgendwie in den Akten vermerkt sein müssen – zumindest in Gestalt seiner Bewerbung an der Marsh Academy, irgendwelcher Referenzen oder seiner vorherigen Adresse.

Da war aber nichts. Ein ganzer Abschnitt seines Lebens war verschwunden.

«Wo sind die Sachen geblieben?», fragte Singh.

Archer zuckte die Achseln. «Verloren gegangen.»

Es war nicht ganz ungewöhnlich, dass Daten abhandenkamen. In großem Maßstab war das vor einigen Jahren passiert, als das Archiv auf das neue System umgestellt worden war. Hin und wieder passierte es aber auch jetzt noch, zum Beispiel wenn Daten in eine ganz andere Region übermittelt wurden.

«Wenn Naylor also, sagen wir, als Hausmeister ganz woanders gearbeitet hat, dann könnten seine Daten auf dem Weg von der einen Schulbehörde zur anderen verloren gegangen sein?»

Archer nickte. «Höchstwahrscheinlich schwirren sie irgendwo im System herum, aber Sie können sie nicht finden, wenn Sie nicht wissen, wie er sich früher genannt hat.»

Singh reichte ihm eine Kopie der Teilnehmerliste vom SOTP-Treffen. Archer warf einen Blick darauf und hob die Augenbrauen.

«Er ist einer von denen hier?»

«Falls er ein verurteilter Sexualstraftäter ist, wird man ihn nach seiner Freilassung mit einer neuen Identität ausgestattet haben. Er wäre dann Naylor, für alle außer den SOTP-Leuten. Sein wirklicher Name wäre einer von diesen hier.»

Archer betrachtete die Liste. «Neunzehn Mann – das geht ja noch. Aber die Initialen der Vornamen sind notorisch unzuverlässig; da wird man die gesamten Nachnamensgruppen durchforsten müssen. Und davon haben wir ein paar der häufigsten. Miller, Johnson, Williams. Bei der Bevölkerungszahl bedeutet das eine Menge zäher Arbeit. Meine Güte!»

Singh verzog das Gesicht. «Würde es schneller gehen, die Bilddokumentation des Sexualstraftäterregisters heranzuziehen?»

Archer schüttelte den Kopf. «Nur die Hälfte dieser Akten enthalten Fotos. Außerdem» – er lächelte schief – «kommunizieren die Systeme nicht miteinander.»

«Dann gibt es keine Alternative.»

Archer nickte. «Ich rufe Ihnen alles auf, was Sie brauchen. Aber ich muss Sie vorwarnen: Das kann verdammt lange dauern.»

Singh zog seine Jacke aus, rollte die Hemdsärmel auf und machte sich an die Arbeit. Es war halb drei Uhr nachmittags. Er fing mit den weniger gewöhnlichen Namen an, gab Naylors Alter, das ethnische Profil und die Jahre ein, in denen er wahrscheinlich angestellt war, dann startete er die Suche. Die besten Ergebnisse sortierte er aus, begutachtete sie und startete neue Suchläufe. Archer hatte recht gehabt. Es war eine mühsame Arbeit.

Die Zeit verging. Halb vier. Halb fünf. Ein breiter Sonnenbalken kroch langsam über den Schreibtisch und den Teppich und verschwand dann in der Zimmerecke. Fünf Uhr. Sechs Uhr. Die Schreibtische und abgeteilten Kabinen in dem Großraumbüro leerten sich. Die Geräusche der Schritte und Stimmen verklangen nach und nach, schließlich herrschte absolute Stille.

Allein auf weiter Flur, arbeitete Singh weiter, langsam

und methodisch. Die Zeit für sein Abendgebet kam und ging, doch er blieb unverdrossen am Bildschirm, gab seine Daten ein und startete seine Suchläufe, während um ihn herum alles dunkel wurde.

36

Garvie Smith kam pünktlich von der Schule nach Hause, zog gleich an der Tür seine Basketballschuhe aus, machte seiner Mutter einen Tee, ging in sein Zimmer und setzte sich an seinen verblüffend aufgeräumten Schreibtisch, um mit dem täglichen Lernen zu beginnen.

«Gemeinschaftskunde», sagte er, «von vier bis fünf. Biologie von fünf bis sechs. Erdkunde nach dem Tee.»

Seine Mutter musterte ihn argwöhnisch.

«Na gut», sagte sie schließlich. «Ich weiß nicht, ob das vorhält, aber jedenfalls scheinst du tatsächlich was zu tun. Das sehe ich immerhin.»

«Hab ich doch gesagt. Diese Klausuren sind alles, woran ich zur Zeit denke.»

«Ach ja?» Sie sah ihn skeptisch an. «Welche ist deine erste? Lass mal hören.»

«Mathe-Leistungskurs.»

«Und du weißt, was du zu tun hast?»

«Beantworte alle Fragen in dem dafür vorgesehenen Feld. Der Aufgabenbogen ist nicht zu beschriften. Die pro Aufgabe zu erzielenden Punkte sind in runden Klammern angezeigt. Falls dein Taschenrechner keine Pi-Taste hat, verwende den Wert –»

«Ist gut, Garvie. Wann *ist* die Prüfung?»

«Montag, achtundzwanzigster Mai, vierzehn Uhr dreißig.»

Ihre Skepsis kehrte zurück. «Da bleibt dir ja nicht viel Zeit, um die Arbeit eines ganzen Jahres nachzuholen.»

Er sah auf die Uhr. «Achtundzwanzig Tage. Sechshundertzweiundsiebzig Stunden.»

«Hm.»

«Vierzigtausenddreihundertzwanzig Minuten.»

«*Ist gut*, Garvie.»

«Zwei Millionen vierhundertneunzehntausend...»

Doch seine Mutter war schon in die Küche zurückgegangen und sah nachdenklich aus dem Fenster.

Um Punkt fünf Uhr fing Garvie an, Biologie zu lernen.

Um sechs Uhr trank er seinen Abendtee.

Um sieben Uhr fing er mit Erdkunde an, war damit um acht fertig und nahm sich anschließend die Physikunterlagen vor.

Um kurz nach acht jedoch klingelte, wie verabredet, das Telefon. Er blickte nicht auf von seiner Arbeit. Er schien nicht einmal zu bemerken, dass seine Mutter durchs Wohnzimmer ging, um abzunehmen.

«Hallo.»

Als sie Felix' Namen hörte, legte sich ihre Stirn in Falten. «Er lernt», teilte sie kurz angebunden mit.

Anschließend schwieg Mrs. Smith längere Zeit, während die Falten auf ihrer Stirn immer tiefer wurden, dann folgte eine gedämpfte Unterhaltung, die für jemanden, der in einem anderen Zimmer saß, schwer zu verfolgen war.

Schließlich erschien sie wieder an Garvies Tür. Garvie war anscheinend völlig in sein *Übungsbuch Physik* vertieft. Sie hatte sich bereits umgezogen und trug ihre Krankenschwesterkleidung.

«Das war dein Freund Felix, der Einbrecher. Er sagt, er lernt gerade für Mathe.»

«Felix? Lernt? Bist du sicher, du hast dich nicht verhört?»

«Anscheinend hat er sich heute mal von der Einbrecherei freigenommen. Er meint, er käme nicht weiter. Ich soll dich fragen, ob du irgendwann vorbeikommen und ihm mit der Wahrscheinlichkeitsrechnung weiterhelfen kannst. Wo du doch so ein Mathegenie bist.» Sie sah ihn misstrauisch an.

Garvie sagte: «Kann das nicht bis morgen warten?»

«Er sagt, es ist dringend. Sein Lernplan muss ziemlich vollgepackt sein.»

«Na ja.» Garvie blickte zur Uhr. «Immerhin sitze ich seit vier Stunden über meinen Büchern, nach einem vollen Schultag. Aber weißt du, ich gehe nicht, wenn du was dagegen hast. Auf keinen Fall. Dann bleibe ich hier und leg noch ein paar Stunden obendrauf.»

Seine Mutter sah ihn prüfend an und war offenbar bereit, sich alle Zeit zu nehmen, die dafür nötig war.

«Na schön», sagte sie schließlich. «Vielleicht kannst du wirklich eine Pause gebrauchen. Und sogar Einbrecher profitieren von einer anständigen Ausbildung. In einer halben Stunde fängt meine Schicht an, ich werde also nicht hier sein, wenn du zurückkommst. Aber lass es nicht später als zehn Uhr werden. Ich möchte, dass du alle Ablenkungen meidest, bis die Klausuren vorbei sind.»

Er traf Felix wie verabredet auf dem Spielplatz an der Old Ditch Road, wo sie sich auf das Karussell setzten und ihre Taschen tauschten. In Garvies Rucksack befanden sich mehrere Mathebücher. In Felix' Tasche steckte das vertraute

Hemd von Jil Sander, die schwarze Acne-Jacke, die Stretchhose von Ralph Lauren und die schwarzen Halbschuhe, alles von Felix' älterem Bruder, der davon allerdings nichts wusste, da er zurzeit auswärts arbeitete.

«Willst du wieder ermitteln oder diesmal nur Roulette spielen?»

Garvie ignorierte die Frage. «Hast du den Ausweis?»

Felix reichte ihn ihm. «Ich muss wohl nicht erwähnen, dass wir beide tot sind, wenn du den verlierst oder die Klamotten versaust.»

«Geht klar. Bin mir ziemlich sicher, dass ich unsterblich bin. Und du, mein Freund, bist schon seit Jahren tot. Hast du das Geld besorgen können?»

Felix zog den Schein aus der Tasche und gab ihn Garvie. «Das ist eine Menge Cash, Mann. Da werden einige ein sehr trauriges Gesicht machen, wenn der nicht zurückkommt.»

«Er kommt zurück.»

«Weiß auch nicht, warum du alles in einem einzelnen Schein haben wolltest.»

«Ein simpler Trick, Alter. Sieht besser aus. Ich bin ein vom Pech verfolgter reicher Junge, der seinen letzten Hunni einsetzt.»

Er verstaute den Schein in seiner Jackentasche, stieg vom Karussell und stellte sich in Positur. «Seh ich glaubwürdig aus?»

«Du siehst aus wie 'n Vollwichser.»

«Perfekt.»

Felix überließ ihm sein Fahrrad. «Verrätst du mir, was abläuft bei der großen Mordermittlung? Während du dich wer weiß wo rumgetrieben hast, waren die Bullen Tag für

Tag in der Schule zugange. Wir mussten alle unsere Alibis vorweisen und so. Smudge glaubt steif und fest, dass sie ihn auf dem Kieker haben. Ich mach mir echt Sorgen, dass er zusammenklappt und ein Geständnis ablegt.»

«Smudge ist der geborene Killer. Aber weißt du, Felix, die Polizei ist viel zu sehr auf Alibis fixiert. Ich glaube, das Beste wäre, ihnen nicht allzu viel Beachtung zu schenken.»

«Ach ja?»

«Ja. Sie sind wie komplexe Zahlen.»

«Ach ja?»

«Ja. Die Zahlen sind real, aber sie existieren in einer imaginären Dimension.»

«Ja, ja, wie wahr, Garv. Pass bloß auf die Klamotten auf, okay? Oh, und lass dich nicht von den bösen Jungs schnappen.»

Mit dem Fahrrad brauchte man zwanzig Minuten bis zum Casino. Da die Beziehung zu seiner Mutter momentan etwas heikel war, wollte Garvie lieber nicht auf Abduls Dienste zurückgreifen und damit riskieren, dass sie doch noch von seinem Ausflug erfuhr.

Er radelte auf der Bulwarks Lane bis zur Umgehungsstraße, dann südwärts durch das Verkehrsrauschen in Richtung Kläranlage, hinten an den Hochhaussiedlungen und dem abgezäunten Brachland vorbei, bis er auf den alten Eisenbahnpfad stieß, auf dem ihn Dunkelheit und völlige Stille umfingen. Er tauchte unter alten Steinbrücken und überhängenden Dornbüschen hindurch und schlingerte über Asphaltwege voller Wurzeln, Unkraut und Abfall, bis er den Kanal erreichte. Dann ging es auf dem Leinpfad bis zum

Southside-Einkaufszentrum. Hier stellte er das Fahrrad ab. Er überquerte den riesigen, fast leeren Parkplatz, ging über die Fußgängerbrücke und stand schließlich auf der Wicker Street, mitten im Getöse großstädtischen Nachtlebens. Selbst am Montagabend tanzte hier der Bär.

Wie beim ersten Mal überquerte er den Vorplatz des Bowlingcenters, das direkt neben dem Casino lag. Dann huschte er zwischen den Grundstücken hindurch in den Schatten, stieg über die Mauer und gelangte so auf den Parkplatz des *Imperiums*.

Das Erste, was ihm ins Auge fiel, war ein Porsche. Er war rot. Garvie ging daran vorbei, schritt den gesamten Parkplatz zweimal ab, ohne irgendwelche anderen Autos zu entdecken, die auch nur entfernt einem Porsche ähnelten, und zog sich dann in den Mauerschatten zurück. Erst einmal rauchte er zwei Benson & Hedges und dachte nach, die Stirn in tiefe Falten gelegt. Einerseits dachte er über Porsches nach, andererseits über ein Mädchen mit schulterlangen braunen Haaren, bekleidet mit einer Toga.

In der Tasche der Ralph-Lauren-Hose von Felix' Bruder fand er eine Münze. Er warf sie hoch, fing sie mit einer Hand und deckte sie auf dem Rücken der anderen Hand auf. Kopf. Grinsend warf er seinen Zigarettenstummel auf den Boden und trat ihn aus. Er ging aus dem Schatten und schloss sich einer Gruppe von Leuten an, die gerade ihr Auto geparkt hatten. Mit ihnen spazierte er zum Eingang des Casinos.

37

Das vertraute sanfte Rauschen umfing ihn, als er durch die tiefergelegte Empfangshalle und anschließend zwischen Geplapper, Gelächter und Lautenmusik weiter in die Spielsäle schlenderte. Sie war weder im Pokerzimmer noch an den Roulette- oder Blackjacktischen. Auch in der Coffee Lounge und an der Bar fand er sie nicht, sodass er sich erst einmal in eine ruhige Ecke hinter den Spielautomaten stellte, um nachzudenken.

Ein blondes Mädchen in einer Toga – Livia, ihrem Namensschild zufolge – kam mit einem vollen Tablett vorbei, und er nahm sich ein Glas Sekt.

«Ist Hypatia auch da heute?»

Sie sah ihn schräg an. «Bist du ein Fan von ihr?»

«Nein, ich bin ihr Zwillingsbruder.»

Sie musterte ihn lächelnd. «Bist du dafür nicht ein bisschen zu jung?»

«Das sieht nur so aus wegen meiner Krankheit.»

Sie berührte leicht seinen Arm. «Ist es ansteckend? Ich hoffe doch.»

«Falls du sie siehst, könntest du ihr sagen, dass Garvie nach ihr sucht?»

«Vielleicht.» Sie entfernte sich, drehte sich jedoch im Gehen noch mal um. «Vielleicht behalte ich es aber auch einfach für mich, Garvie.»

Um sich die Zeit zu vertreiben, schlürfte er seinen Sekt

und schaute beim Blackjack zu, einem Spiel, das ihm völlig unbekannt war. Sechs Spieler saßen um einen gebogenen, mit grünem Stoff bespannten Tisch herum und ließen sich von einem ernst dreinschauenden Mädchen mit dem Namensschild «Messalina» Karten aus einem länglichen Plastikkasten geben. Das Spiel war leicht zu verstehen: Jeder Spieler spielte gegen die «Bank», und das Blatt, das am nächsten an einundzwanzig Punkte herankam, gewann. Es gab noch einige andere Regeln und Gebräuche, die zu lernen waren, ein paar spezielle Handbewegungen, aber es waren vor allem zwei Dinge, die Garvies Interesse weckten: Alle Karten wurden offen ausgespielt, und nach dem ersten Mal wurden sie nicht mehr gemischt.

Eine neue Runde begann. Messalina packte vier neue Kartenspiele aus, mischte sie ineinander, stellte sie in einen der Kästen und begann auszuteilen.

Garvie konzentrierte sich.

Nach zwanzig Minuten waren genau drei Viertel der Karten ausgespielt. Fünf der Spieler verließen den Tisch, zurück blieb eine einzelne Frau. Sie trug ein langes smaragdgrünes Kleid, und die abwärts fallende Linie ihrer unbedeckten Schultern zeigte an, wie es um ihr Spielglück bestellt war. Garvie trat zu ihr.

«Hi.»

Die Frau sah ihn mit großen, verwirrten Augen an. «Setz dich bloß nicht in meine Nähe, Schätzchen. Ich bringe Unglück.»

«Auf mich machen Sie einen makellosen Eindruck.»

Sie war ungefähr dreißig, hatte einen niedlichen Mund, der regelmäßig an einem Glas Champagner nippte, und ihr sehr schwarzes Haar war von so viel Pech ganz zerzaust. Sie lachte kurz auf und strich sich ein weiteres Mal durch die Mähne. «Oh, welch Schmeichelei!» Sie musterte ihn genauer, zog eine Augenbraue hoch und strich unwillkürlich ihr Kleid glatt.

Er überreichte Messalina seinen Hunderter, bekam dafür einen kurzen überraschten Blick und einen Haufen Chips, und dann begannen sie zu spielen.

«Bist du ein großer Blackjackspieler, Süßer?»

«Hab's noch nie gespielt.» Er legte einen weißen Chip auf den Tisch, bekam eine Herz sieben und eine Kreuz neun zugeteilt und verzichtete auf weitere Karten. Pechmarie bekam eine Pik sechs und acht, wollte noch eine haben, bekam eine Karo zehn und war raus. Messalina deckte das Blatt des Hauses auf, das aus einer Kreuz neun und einer Herz acht bestand, und Garvies Chip wurde ebenso wie der von Pechmarie eingesammelt.

Sie schlürfte von ihrem Champagner und zog eine Schnute. «Eine Schande. Du hättest ein bisschen Anfängerglück verdient.»

«Bestes Blatt, das ich kriegen konnte», sagte Garvie. «Genau wie Sie.»

Sie lächelte und nahm noch einen Schluck. «Ich glaube, du hast den Dreh noch nicht so ganz raus.»

Auch Garvie lächelte, bevor er seine Aufmerksamkeit wieder den Karten zuwandte. Es waren noch fünfundvierzig im Kasten.

Sie spielten zwei weitere Hände aus, die beide von der Bank gewonnen wurden.

«Sag ich doch. Ich ziehe das Pech an. Bald wird mein

Freund kommen und feststellen, dass ich sein ganzes Geld verspielt habe.»

Mit dem Glas am Mund, fuhr sie sich durch die Haare und schielte auf ihre wenigen verbliebenen Chips.

Es waren noch siebenundzwanzig Karten im Kasten. Auch das nächste Blatt ging an die Bank, neunzehn verblieben.

Garvie hatte jetzt vier Hände nacheinander verloren. «Ich kann nicht glauben, wie gut das hier läuft», sagte er. «Es wird Zeit, den Einsatz zu erhöhen, würde ich sagen.» Er schob ein paar große Chips über den Tisch.

Pechmarie sah ihn stirnrunzelnd an. «Das würde ich an deiner Stelle nicht tun, Süßer. Du hast da was in den falschen Hals gekriegt. Das ist eine Pechsträhne, was wir beide hier haben.»

Er zuckte die Achseln. «An Ihrer Stelle würde ich es auch nicht tun.» Er beugte sich zu ihr und flüsterte. «Wenn mir aber jemand sagen würde, dass da noch drei Asse, ein König, zwei Damen, ein Bube und zwei Zehnen im Kasten liegen, dann würd ich's doch tun.»

Sie sah ihn mitleidig an. «Alles klar, Röntgenauge.»

Er bekam zwei Neunen ausgeteilt, splittete die Karten und schob einen weiteren Haufen über den Tisch, bekam einen Buben und eine Zehn und schlug damit zweimal die Hand der Bank, die bei siebzehn lag.

Blinzelnd sagte sie: «Oh.»

«Genau», erwiderte er. «Anfängerglück.»

Als er seine gewonnenen Chips einsammelte, erklang eine andere Stimme an seiner Schulter.

«Ich hörte, du suchst nach mir, Garvie Smith.»

Er drehte sich um, und da stand sie, ein Tablett voller Sektgläser in der einen Hand, die andere in die Hüfte gestemmt, so sah sie ihn aus diesen großen, amüsiert glitzernden grauen Augen an, und für einen Moment blieben ihm die Worte im Hals stecken, als wäre er plötzlich in Atemnot geraten. Sie war größer, als er sie in Erinnerung hatte, und sogar noch hübscher, und da war ein Grübchen in der einen Wange, aber nicht in der anderen, was ihm so wunderbar unwahrscheinlich vorkam, dass sich seine Lippen zu einem dümmlichen Lächeln verziehen wollten. Sofort beherrschte er sich und sagte so cool wie irgend möglich: «Hey.»

Ein zweites Grübchen bildete sich. Garvie nahm es als Zeichen, sich ein Glas Champagner von ihrem Tablett zu nehmen.

Sie sah ihn streng an. «Ich darf Minderjährigen keinen Alkohol servieren. Auch nicht, wenn sie Glück im Spiel haben.»

«Ich muss mit dir sprechen.»

«Jetzt gleich?»

«In ein paar Minuten. Zuerst muss ich mir mein Geld zurückholen.»

Ohne Kommentar entfernte sie sich in Richtung der einarmigen Banditen, und Garvie sagte zu Pechmarie: «Tut mir leid, aber ich muss die Sache jetzt zu Ende bringen.»

Er schob die Hälfte seiner Chips über den Tisch, woraufhin sie ihm einen sarkastischen Blick zuwarf. «Okay. Wenigstens sieht es so aus, als würde es schnell gehen.»

Er nickte Messalina zu und bekam zwei Damen. Er sah Pechmarie an.

«Splitten? Würde ich nicht tun.»

Er splittete und sah sie erneut an.

«Großer Einsatz? Das würde ich wirklich nicht», sagte sie. «Also wirklich, wirklich ...»

Er schob alle seine verbliebenen Chips nach vorn, und sie schüttelte traurig den Kopf. «Das ist alles, was du hast. Ich glaub es nicht. Einmal ein bisschen Glück gehabt, und schon trittst du es mit Füßen.»

Sie versteckte ihr Gesicht hinter dem Sektglas, und als Messalina ein Herz Ass auf eine von Garvies Damen legte, nahm sie aus Versehen einen Schluck.

Dann legte Messalina das Pik Ass auf die andere Dame, und Pechmarie sprühte den Schampus über den grünen Filz.

Mit den Worten «Die Bank zahlt einen 3:2-Gewinn aus», schob Messalina einen großen Stapel hochwertiger Chips zu Garvie hinüber, während dieser seiner Mitspielerin hilfsbereit auf den Rücken klopfte, bis ihr Hustenanfall vorüber war.

«Ich wollte Sie nicht erschrecken. Aber ich muss jetzt gehen, wissen Sie.»

Sie starrte ihn an. Es sah aus, als würde sie ihn am liebsten anstupsen, um sicherzugehen, dass er keine bloße Einbildung war. «Ist das wirklich gerade passiert? Doppelter Blackjack?»

Er zuckte die Achseln. «Nennen wir's simple mathematische Wahrscheinlichkeit.»

Sie nickte verständnislos. «Wahrscheinlich bin ich einfach nicht wahrscheinlich genug, mathematisch gesehen.» Und als er vom Tisch aufstand, wich ihre Benommenheit einer echten Verstörung; sie warf ihren letzten weißen Chip auf den grünen Filz und ließ ihre leeren Hände in den smaragdgrünen Schoß sinken.

Sie zeigte ihm ein übertrieben breites Lächeln. «Geh nur. Du hast mich gut unterhalten. Ich komm schon zurecht.»

Garvie sagte nichts dazu. Er legte ihr nur kurz die Hand auf die Schulter, bevor er sich zwischen den Gästen hindurch seinen Weg zu den einarmigen Banditen bahnte.

«Bist du jetzt ein Glücksspieler?»

«Ich kann jedenfalls spielen.»

«Weiß deine Mutter davon?»

«Meine Mutter weiß alles.»

«Und du?»

«Ich weiß fast alles. Eigentlich gibt es nur eine wissenswerte Sache, die ich nicht weiß.»

Sie hob eine Augenbraue. «Und das wäre?»

«Dein Name.»

Sie lachte mit zurückgeworfenem Kopf, sodass die glänzenden Haare ihr über die Schultern fielen, und sein Herz machte ein paar beschwingte Sprünge.

«Armer Garvie Smith. Ausgerechnet das kann ich dir nicht verraten. Und jetzt sind dir die Fragen ausgegangen. Zum Glück aber hätte ich etwas, das ich dich fragen möchte.» Sie musterte ihn neugierig.

«Was denn?»

«Hast du gerade alle deine Chips in die Tasche dieser Frau fallen lassen?»

Mit gerunzelter Stirn drehte er sich um und blickte zurück zu der Frau im smaragdgrünen Kleid, die immer noch wie vernichtet am Blackjacktisch saß. Ihre offene Handtasche hing an der Rückenlehne ihres Stuhls.

«Nein.» Er sah ihr in die grauen Augen. «Den hier hab ich behalten.» Er zeigte ihr einen schwarzen Chip. «Der gehört mir nicht. Ich muss ihn zurückgeben.»

Sie belohnte ihn mit zwei Grübchen. «Du bist ein sehr ungewöhnlicher Junge, Garvie Smith.»

«Du bist auch nicht so ganz gewöhnlich, o Namenlose. Ich hätte da aber doch noch eine Frage.»

«Na schön.»

«Über das *Imperium.*»

«Was ist damit?»

Sie blickten gemeinsam durch die Räume. Während sich eine neue Gruppe von Spielern am Blackjacktisch niederließ, saß die smaragdgrüne Dame in sich gekehrt und lautlos weinend da. Der große, bullige Mann namens Winder trat gerade aus der Pokerhöhle und schob sich mit einem Gesicht wie ein weichgeklopftes Steak durch den Barbereich. Der kleinere Mann, den Garvie vom letzten Mal kannte, ging dicht hinter ihm, wie ein Hund an der Leine, und warf zornige Blicke nach allen Seiten. Garvie neigte den Kopf und lauschte. Das helle Klappern der Roulettekugeln war das Geräusch des Verlierens, das von der Bar herüberdringende Gelächter eine prahlerische Fröhlichkeit, schrill und aufgesetzt, und sobald es abbrach, machte sich eine aufgewühlte Stille breit, als würde alles furchtsam den Atem anhalten.

«Scheint ja ein reizender Ort zu sein», sagte er schließlich.

«Es ist die Hölle.»

Er sah sie aufmerksam an. «Hölle?»

«Du würdest es nicht glauben. Erst letztens war da was –» Sie brach ab und wischte sich mit der Hand übers Gesicht. «Entschuldige. Normalerweise bin ich nicht so empfindlich. Mir ging's nicht so gut in letzter Zeit. Na ja, du hast ja selber miterlebt, wie ich in Ohnmacht gefallen bin. Das ist sonst auch nicht meine Art. Wie auch immer, was wolltest du fragen?»

«Wie kommt ein Mädchen wie du dazu, hier zu arbeiten?»

«Durch Armut.» Sie lächelte. «Aber ich habe einen Plan, dem zu entkommen. Ein paar Monate noch, dann bin ich weg. Auf und davon. Raus hier. Ab durch die Lüfte.»

«Nett. Du willst also Ballonfliegerin werden.»

«Reiseleiterin, genauer gesagt.»

«Wo?»

«In Indien.»

«Kann ich mitkommen?»

«Ist nur für Frauen. Meine Freundin und ich. Wir machen das zusammen. Sie ist schon da.»

«Wie ist *ihr* Name?»

Sie lächelte. «Ihren richtigen Namen verrät sie auch nicht. Sie nennt sich die Globetrotterin von Tick Hill. Weil sie nämlich schon überall war. Und nach ihren Worten ist Indien der Ort überhaupt.»

«Warum?»

«Tja, Garvie, versuch doch mal, dir das genaue Gegenteil von dem hier vorzustellen, einen Ort, wo es warm ist, voller Licht und Farben, exotisch, romantisch. Dieser Ort ist Indien. Sagen wir mal: Meine Freundin meint, falls sie je ihre Autobiographie schreibt, dann würde sie *Von der Wohnwagensiedlung zum Taj Mahal* heißen. Verstehst du? Indien ist einfach … schöner als das hier.»

Garvie dachte darüber nach. «Ich kann dich vermutlich nicht dazu überreden, stattdessen nach Barbados mitzukommen?»

Eine andere Kellnerin kam an ihnen vorbei, warf Garvie einen Blick zu und sagte verstohlen zu Hypatia: «Setz dich lieber in Bewegung. Er hat dich im Auge.»

Von der anderen Seite des Blackjackraums sahen sie den kleinen Mann finster herüberblicken.

«Ich muss dann mal.»

«Warte. Wer ist das? Der Typ mit dem irren Blick. Der hat mich letztes Mal auch schon so komisch angestarrt.»

«Der Manager. Passt auf den Laden auf, wenn Mr. Drecksack nicht da ist. Ein Widerling. Tja, Garvie Smith … unsere Zeit ist um.» Sie lächelte, und für einen Moment glaubte er, sie würde sich zu ihm beugen, doch dann schwang sie sich in die andere Richtung und ging auf die Nur-für-Personal-Tür zu.

«Warte, ich muss noch wissen, was da letztens war …»

Aber sie war schon verschwunden.

Er sah auf seine Uhr und seufzte. Am Blackjacktisch hatte Pechmarie inzwischen Gesellschaft von einem Mann im Smoking bekommen, der vor ihr auf und ab lief, während sie immer nur den Kopf schüttelte. Auf seinem Weg nach draußen kam Garvie an ihnen vorbei.

«Alles?», hörte er den Mann sagen. «Einfach so? Bist du sicher? Hast du in deiner Handtasche nachgeguckt? In deinem Beutel?»

Garvie schlenderte an der Bar und der Coffee Lounge vorbei, durch die tiefliegende, kreisrunde Empfangshalle und den Haupteingang nach draußen auf den Gehweg, wo er von dem Mann mit dem irren Blick in Empfang genommen wurde. Ins blaue Licht der Wandlampen getaucht und mit einem unguten Gesichtsausdruck erwartete er Garvie.

«Du gehst?»

«Richtig erkannt, wow. Sie müssen einer Eliteeinheit angehören.»

«Brauchst auch gar nicht wiederzukommen.»

«Kein Thema. Ich muss eh noch woandershin.»

«Ich meine, nie mehr.»

Garvie blickte hinauf zu der Reklametafel über dem Eingang. «Das Modell da ist noch vom letzten Jahr», sagte er. «Genauso wie der Kundenservice.»

Der Mann reagierte überaus seltsam. Er ging nicht etwa auf Garvie los oder schrie ihn an. Stattdessen schluckte er, so auffällig und übertrieben wie ein ertappter Missetäter im Stummfilm, drehte sich abrupt um und verschwand durch den Eingang.

Nachdenklich sah Garvie ihm nach. Dann blickte er zur Uhr, sah, dass es schon halb elf war, und rannte die Straße hinunter zu seinem Fahrrad.

38

Singh saß erschöpft, aber immer noch aufrecht vor seinem Bildschirm, eine einsame Gestalt im grellen Licht des Büros aus Glasfronten. Inzwischen war es stockfinster draußen, und er war ganz allein im Haus, abgesehen von einem Sicherheitsbediensteten unten am Empfang.

Die Anzahl der Datensätze, die er bereits durchgesehen hatte, war gewaltig. Die meisten Suchanfragen hatten weitere, zum Teil sehr aufwändige Suchläufe nach sich gezogen. Da war ein gewisser Rolfe, J. gewesen, der genau auf Naylors Profil passte und im richtigen Zeitraum als Hausmeister in einer Grundschule im Norden gearbeitet hatte. Aber das Archiv enthielt kein Foto, woraufhin Singh sich gezwungen sah, eine geschlagene halbe Stunde lang weiterzusuchen, bevor er auf die Information stieß, dass J. Rolfe vor zwei Jahren wegen Invalidität vorzeitig in den Ruhestand gegangen war, infolge eines Unfalls, bei dem er ein Bein verloren hatte. Es war 21:00 Uhr, als der letzte Williams abgehakt war und Singh mit der letzten Namensgruppe, den Johnsons, anfangen konnte. Er war hundemüde, ließ aber nicht locker.

Es gab 172 Johnsons, die auf Naylors Profil passten und in den fraglichen Jahren in verschiedenen Funktionen an Schulen arbeiteten. Weitere Suchläufe ergaben, dass siebenunddreißig von ihnen in sogenannten technischen

Diensten standen – Hausmeister, Pförtner und Platzwarte. Er ging sie systematisch durch, sortierte fünf nach kurzer Ansicht aus, untersuchte drei andere etwas genauer, um sie dann ebenfalls auszusortieren, und betrieb ausführliche, letzten Endes jedoch ergebnislose Recherchen in achtzehn weiteren Fällen, bevor er schließlich auf «Johnson, Paul» stieß, Hausmeister an einer nahegelegenen Schule namens Maltby. Hier hielt Singh inne.

Maltby war nur dreißig Kilometer entfernt, unterlag aber der Zuständigkeit einer anderen regionalen Schulbehörde. Paul Johnsons Profil entsprach dem von Naylor in allen Punkten, und auch der Zeitraum seiner Beschäftigung passte. Doch was Singh in erster Linie ins Auge stach, waren zwei Details: Johnsons Dienstverhältnis hatte dort nur vier Monate gedauert – so als wäre es plötzlich und ungeplant beendet worden. Und die Akte dieses Mannes enthielt die Anschuldigung eines Kollegen, es ging um tätlichen Angriff.

Ein Ruck ging durch Singh. Mit einem Mal war er hellwach.

Es war halb zehn.

Da war kein Foto von Paul Johnson in den Unterlagen. Dreißig Minuten lang durchsuchte Singh diverse Datenbanken nach Kontaktdaten der Schulleiterin und fand schließlich ihre Nummer in einem frei zugänglichen Telefonverzeichnis.

Doch als er anrief, nahm keiner ab. Es blieb ihm also nichts anderes übrig, als eine Nachricht zu hinterlassen.

Die Müdigkeit setzte ihm zu, aber noch immer wollte er nicht aufgeben. Er rief die Website der Schule auf, wo er unter dem Titel *Goldene Jahre an der Maltby* eine Fotostrecke fand, eine große, aber ungeordnete Sammlung zufälliger Schnappschüsse aus dem Schulleben. Ohne auch nur einen Augenblick zu verschnaufen, ging er sie der Reihe nach durch.

Offizielle Porträtfotos des Kollegiums, sowohl einzeln als auch in Gruppen.

Mannschaftsfotos von Tennis- und Fußballteams.

Preisverleihungen, Theateraufführungen und Promibesuche.

Von ehemaligen Schülern gepostete private Fotos, auf denen die Leute sich in der Mensa amüsierten, über den Schulhof spazierten oder auf dem Rasen herumtollten.

Um halb elf saß er immer noch da, ohne das Geringste gefunden zu haben. Seine Müdigkeit war wie ein Gürtel, der sich immer enger um die Brust schnürte. Die Augen taten ihm weh. Unversehens stand er auf und ging zum Fenster, wo er mit geschlossenen Augen einfach dastand und fast automatisch sein Abendgebet zu sprechen begann. Nach einer Weile jedoch brach er abrupt ab und kehrte zum Schreibtisch zurück. Blinzelnd fuhr er sich übers Gesicht, konzentrierte sich wieder auf den Bildschirm – und fand augenblicklich, wonach er gesucht hatte.

Auf dem Foto standen zwei Mädchen in marineblauer Schuluniform vor einem Schuppen auf dem Schulgelände, lächelten in die Kamera und machten die üblichen Faxen. *Jazz* und *Ellie* hießen sie laut Bildunterschrift. Aber das war es nicht, was Singh interessierte. Er fasste den Schuppen im Hintergrund ins Auge. An die Wand gelehnt, in grünem Overall und Gummistiefeln, eine Hand auf dem Griff einer

Schubkarre, die andere in der Hosentasche, stand der jüngere, dennoch unverkennbare Naylor und beobachtete die Mädchen.

In diesem Moment klingelte das Telefon.

«Singh.»

Es war die Leiterin der Maltby-Schule, die er um Rückruf gebeten hatte. Bevor er sein Anliegen näher erläutern konnte, fiel sie ihm schon ins Wort.

«Ich nehme an, es geht um den Grund seines Weggangs.»

Singh zögerte. «Ja, so ist es.»

«Er wanderte ins Gefängnis. Aber das müssen Sie doch gewusst haben.»

Wieder stockte Singh. «Diese Information lag mir nicht vor. Stand das im Zusammenhang mit dem tätlichen Angriff gegen einen Lehrer, der ihm vorgeworfen wurde?»

«Nein. Der wurde nie bewiesen.»

«Weswegen wurde er dann verurteilt?»

«Vergewaltigung.»

Beide schwiegen. Das ganze Gebäude um Singh herum lag in völliger Stille.

«Vergewaltigung?»

«Ja. Ein Mädchen hier an der Schule. Aber das muss doch in seiner Akte stehen.»

«Seine Akte ist abhandengekommen», sagte Singh nach erneutem Zögern.

Wieder gab es eine längere Pause. Dann brach die Schulleiterin das Schweigen: «Bedeutet Ihre Anfrage, dass wieder etwas passiert ist?» Und als Singh nicht antwortete, fügte sie hinzu: «Was hat er diesmal angestellt?»

Noch während er das Archiv verließ, rief er die anderen an. Als er in seinem Büro am Cornwallis Way eintraf, erwarteten Lawrence Shan und Darren Collier ihn bereits mit Kopien des SOTP-Profils über Paul Johnson, alias Ben Naylor.

Singh setzte sich an den Schreibtisch und begann zu lesen. Es war ein kurzer amtlicher Bericht über eine schwere Kindheit und eine von Gewalt geprägte Jugend, die in eine vierjährige Haftstrafe mündete, verbüßt wegen der Vergewaltigung der sechzehnjährigen Schülerin Livvy Warren, Johnsons letzte unter diesem Namen verzeichnete Handlung. Lediglich im Sexualstraftäterregister verblieb er als Paul Johnson. Ansonsten war er Ben Naylor geworden. Er hatte damit die Möglichkeit, nach seiner Entlassung ein neues Leben anzufangen – allerdings mit der Auflage, regelmäßig an verschiedenen Rehabilitationsmaßnahmen teilzunehmen und im Wissen, dass künftige Arbeitgeber automatisch Einsicht in seine SOTP-Akte bekamen.

«Aber die Akte ist verloren gegangen», sagte Singh. «Also hat die Marsh Academy gar nicht gewusst, wen sie da eingestellt hat.»

«Was jetzt?», fragte Shan. «Wir wollen nicht wieder so überstürzt zugreifen wie letztes Mal. Das war ein Fest für die Presse.»

«Wo ist Mal?»

«Immer noch in Froggett Woods.»

«Und Bob ist unterwegs, um Naylors Alibi noch mal zu überprüfen?»

«Richtig.»

«Naylors Akte ändert alles. Ich möchte die Festnahme so bald wie möglich vornehmen. Darren?»

Collier machte ein säuerliches Gesicht. «Ich hab mich getäuscht, was den Mann angeht», sagte er. «Das gebe ich zu. Und wir alle kennen die Statistiken über die Rückfallquote bei Vergewaltigern. Was aber bleibt, ist die Sache mit seinem Alibi.»

«Darum warten wir jetzt auf Bob», sagte Singh.

Also warteten sie.

Zehn Minuten später traf Dowell ein. Er trat ins Zimmer, ohne einen der Anwesenden anzusehen, und ließ sich auf einen Stuhl fallen.

«Was macht sein Alibi?», fragte Singh.

«Er hat keins.»

«*Was?* Sie haben es doch nachgeprüft. Zweimal. Sie haben mit dem Wirt gesprochen.»

Halb sauer, halb entschuldigend erklärte Dowell den Sachverhalt. Zum einen war der Mann, der Naylors Aussage bestätigt hatte – wonach er den ganzen Abend im Pub *Jolly Boatman* verbracht habe – verschwunden. Dann hatte der Wirt, der Naylor zum Zeitpunkt der letzten Bestellungen gesehen haben wollte, zugegeben, dass er den Großteil des Abends gar nicht in seinem Pub gewesen sei, weil er anderswo zu tun gehabt hätte. Dann die eigentliche Bombe: Die Bedienung hatte gestanden, dass es an dem Abend einen Stromausfall gegeben habe, verursacht durch irgendeinen Spaßvogel, der den Sicherungskasten mit einem Feuerlöscher außer Gefecht gesetzt hatte. Man habe nicht gewagt, es dem Wirt zu erzählen, sondern alles darangesetzt, den Schaden notdürftig zu beheben, bevor er zurückkam. Aber während des Stromausfalls sei überhaupt niemand in der Kneipe gewesen.

«Um welche Zeit war der Strom weg?»

Dowell schluckte. «Von fünf bis neun.»

«Haargenau das Fenster für den Todeszeitpunkt.»

«Sag ich ja.» Dowell vermied es, Singh anzusehen. «Er hat kein Alibi.»

«Wenn Naylor also nicht im *Jolly Boatman* war, wo war er dann?»

In diesem Moment klingelte Singhs Telefon.

«Mal? Was gibt's Neues?»

Ohne jede Vorrede sagte sie: «Ich habe eine eindeutige Identifizierung für den dreizehnten. Er ist am Pike Pond gesehen worden.»

Ein Muskel in Singhs Wange zuckte. «Wo kommt die Aussage her? Ist sie wasserdicht?»

«Auf jeden Fall. Eine der Anwohnerinnen ist gerade aus dem Urlaub zurückgekehrt. Sie hat ihn auf dem Bild sofort erkannt. Gegen vier Uhr hat er am Wegrand an seinem Moped rumgebastelt, und als sie ihn fragte, was er da mache, meinte er, sie solle sich verziehen. Er war es eindeutig.»

Singh sagte: «Wir gehen jetzt los und holen ihn uns.»

«Aber denkt dran», sagte sie.

«Woran?»

«Er ist gewalttätig.»

Singh legte auf und sah zur Uhr. Punkt elf. «Kommen Sie mit mir, Lawrence.»

Zu Dowell sagte er: «Sie halten hier die Stellung. In einer halben Stunde möchte ich Einsatzkräfte an der Schule haben. Falls wir sonst noch was brauchen, melde ich mich.»

Als er das Büro verließ, ging in seinem Kopf eine leise Alarmglocke los. Naylor war ihnen voraus. Seit Singhs Besuch am Vormittag wusste er, dass die Polizei ihn verdächtigte, und er wusste auch, wer sie auf seine Spur zurückgeführt hatte. Er war ein von Emotionen getriebener Mann mit einem Hang zur Gewalt. Was mochte er mit einem Jungen anstellen, der ihm in die Quere gekommen war und sich zu einem so leichten Ziel für Racheaktionen gemacht hatte? Aber im Moment war keine Zeit für solche Überlegungen, und so eilte er, mit Shan im Schlepptau, durch das Großraumbüro zum Fahrstuhl.

39

Kaum hatten sie die Tiefgarage unter der Wache verlassen, setzten sie Sirene und Blaulicht in Gang und brausten gut sicht- und hörbar durch die Cornwallis Road zur Umgehungsstraße. Shan, der am Steuer saß, warf hin und wieder einen Blick zu Singh hinüber. Der grübelte aufgewühlt vor sich hin. Sein Gesichtsausdruck war verbissen, der Turban saß schief. Alle paar Minuten blickte er zur Uhr.

Nach einer Weile murmelte er: «Fahren Sie schneller.»

Dann: «Was, wenn er gar nicht da ist?»

Shan gab Gas, antwortete nicht.

«Wir haben ihm genug Hinweise gegeben», sagte Singh, mehr oder weniger zu sich selbst. «Er wusste schon heute Morgen, dass wir ihn im Auge haben.»

«Falls er sich aus dem Staub gemacht hat», sagte Shan, «finden wir ihn.»

«Es gibt da einen Jungen», setzte Singh an und stockte.

«Was für einen Jungen?»

Singh schüttelte den Kopf. «Nicht so wichtig.» Er starrte stur nach vorn. «Ich war einfach blöd», fügte er nach einer Weile hinzu.

Shan reagierte nicht darauf, und den Rest der Fahrt schwiegen sie in dem dröhnenden Auto.

Am Schultor wartete bereits die Verstärkung, und nun fuhren alle Fahrzeuge ohne Blaulicht und Sirene den langen

Weg über das Gelände entlang zu Naylors Bungalow. Schon aus mehreren hundert Metern Entfernung sahen sie ihn vor dem Hintergrund des dunklen Wäldchens leuchten. Aus allen Fenstern drang Licht.

«Anscheinend ist er zu Hause», murmelte Singh.

Blitzschnell bewegten sich die Männer im Lichtschatten des Hauses. Als alle ihre Position eingenommen hatten, trat Singh an die Tür und klopfte.

Niemand öffnete, er klopfte noch einmal.

«Polizei!», rief er.

Immer noch keine Reaktion. Auf sein Zeichen hin traten zwei Beamte, die zu beiden Seiten gestanden hatten, die Tür ein und stürmten mit erhobenen Waffen durch den engen Flur ins Wohnzimmer und von dort gleich weiter. Sie traten Türen auf, stürzten Möbel um und veranstalteten einen Heidenlärm.

Nach einer halben Minute hatten sie festgestellt, dass niemand da war.

Singh stand mitten im Chaos und sah sich in dem winzigen Wohnzimmer um. Die Unordnung war noch schlimmer als zuvor, und es roch süßlich und irgendwie unrein. Geschirr war von dem kleinen Tisch gefegt und zertreten worden, Kleidungsstücke lagen auf dem Boden verstreut. Auf einem Stuhl war ein Teller abgestellt, auf dem ein Feuerzeug und eine umgekippte leere Coladose lagen.

Singh nahm die Dose und drehte sie um. Die Unterseite war geschwärzt; an den Seiten gab es mehrere kleine Einstichstellen. Er hielt sie sich schnuppernd vor die Nase.

Shan, der neben ihm stand, hob die Augenbrauen.

«Kokain», sagte Singh.

Bevor Shan antworten konnte, rief einer der Männer aufgeregt aus dem Schlafzimmer: «Sir!»

Als sie durch die Tür traten, zeigte der Beamte aufs Bett. «Ich dachte, das sollten Sie sich ansehen, Sir.»

Ein Laptop lag eingesunken auf der Bettdecke.

«Er war nicht richtig runtergefahren», sagte der Mann. «Ich habe ihn gerade neu gestartet, und ...» Er sah Singh an, und Schweigen breitete sich im Zimmer aus.

Singh blinzelte wie unter Schmerzen. Auf dem Bildschirm war ein Foto von Chloe Dow zu sehen.

«Es ist eine Diashow», sagte der Kollege.

Er drückte auf eine Taste, und neue Fotos erschienen. Chloe inmitten einer Gruppe von Mädchen vor dem Block C. Chloe beim Aufstoßen einer Brandtür im Block B. Chloe auf dem Rasen des oberen Platzes neben zwei Jungs, von denen einer Garvie Smith war.

Der Polizist wollte auf Pause klicken, doch Singh bat ihn, die Bilder weiterlaufen zu lassen.

Immer mehr Bilder liefen ab. Chloe auf dem Spielplatz. Chloe auf irgendeinem Flur. Chloe am Schultor. Es gab Dutzende von Bildern. Manche waren verschwommen oder bruchstückhaft, wie heimlich und in Eile aufgenommen. In einigen Aufnahmen blickte Chloe direkt in die Kamera, mit einem Gesichtsausdruck, der nicht eindeutig zu erkennen war.

«Sie wusste Bescheid», sagte Singh leise. «Sie wusste, dass er sie fotografiert.»

Sie starrten weiter auf den Bildschirm, wie gebannt von der scheinbar endlosen Folge der Bilder, bis Singh plötzlich sagte: «Moment! Halten Sie da mal an!»

Zu sehen war eine Fernaufnahme von Chloe. Sie trug eine rote Weste und rosa Shorts, und offensichtlich joggte sie, leichtfüßig und mit erhobenem Kopf, in freier Natur zwischen gelben Rapsfeldern.

Shan hielt die Luft an.

«Pike Pond», sagte Singh.

Shan fluchte. «Er ist unser Mann. Er war dort und hat ihr aufgelauert.»

Singh nickte mit verbissenem Gesicht. «Aber wo ist er jetzt?»

Noch während sie das Zimmer verließen, nahm Shan Funkverbindung mit der Zentrale auf, um eine Fahndung in Auftrag zu geben, während Singh mit Dowell telefonierte und weitere Verstärkung sowie Scheinwerfer und Lampen anforderte.

«Dann ist er's also?», fragte Dowell.

«Sieht so aus.»

Dowell stieß einen Fluch aus.

«Moment mal», sagte Singh. Er lief aus dem Haus und suchte im Rasen herum, der übersät mit Müll war. Singh stöberte so lange, bis er eine Abdeckplane fand. Sie lag ebenfalls im nassen Gras herum.

«Sein Moped ist weg», sagte er ins Telefon. «Besorgen Sie das Kennzeichen, und geben Sie's raus zur Fahndung. Er kann noch nicht weit sein; ich glaube nicht, dass er schon lange weg ist. Ich möchte, dass jeder einzelne Beamte im Bezirk die Augen offen hält.»

Dann rannte er zurück ins Haus, wo Shan mit einem seltsamen Gesichtsausdruck wartete und ihm sein Handy entgegenstreckte.

«Der Chef», sagte er.

Singh nahm das Telefon und stand lauschend da, wie in einer Zone der Stille isoliert, während sich ringsum seine Männer geräuschvoll zu schaffen machten.

«Wie ich höre, wissen Sie, wer Chloe Dow umgebracht hat», hörte er den Polizeipräsidenten sagen.

Singh setzte zu einer Antwort an, doch der Präsident fuhr fort: «Wie ich außerdem höre, haben Sie ihn laufen lassen.»

Singh zog eine Grimasse. «Wir werden ihn finden», sagte er. Er begann, die Lage zu erläutern, bemerkte dann aber, dass er keinen Gesprächspartner mehr hatte, reichte das Telefon mit einem beklommenen Gefühl an Shan zurück und wandte sich für weitere Anweisungen an seine Männer. Kurz darauf verließen sie das Haus; drei Beamte blieben zurück, um den Ort zu sichern und auf die angeforderte Spurensicherung zu warten.

Allerdings schien sich ihr Eintreffen hinzuziehen. Singh stand blass und steif neben seinem Auto, und nach einigen vergeblichen Anläufen gab Shan den Versuch auf, sich mit ihm zu unterhalten. Kaum aber sah er sich allein gelassen, zückte Singh sein Notizbuch und nahm einen Zettel heraus, auf den eine Nummer gekritzelt war. Er zog sein Handy hervor, wählte und lauschte erwartungsvoll, zuerst dem Rufzeichen, dann der Mailbox-Ansage. Die Stimme des Jungen klang seltsam fremd. Aber was er sagte, war absolut typisch: «Hab grad keinen Bock, ans Telefon zu gehen. Versuch's später noch mal.»

Singh biss die Zähne zusammen. Nach einem Blick auf die Uhr wählte er eine weitere Nummer und wartete ungeduldig, während es klingelte. Er wollte schon aufgeben, da nahm doch noch jemand ab, und er sagte hastig: «Mrs. Smith, hier ist Inspektor Singh. Tut mir leid, Sie so spät noch zu stören. Könnte ich bitte Ihren Sohn sprechen?»

Er hörte ein Schnauben. «Da gibt es eine ganze Warteschlange von Leuten, die mit diesem Jungen sprechen wollen. Und ich bin vor Ihnen an der Reihe.»

«Er ist nicht da? Wo ist er?»

«Sobald ich ihn zu fassen kriege, werde ich ihn fragen.»

«Er hat Ihnen nicht gesagt, wo er hinwollte?»

«Herr Inspektor, ich vermute mal, dass Sie keine eigenen Kinder haben. Ich bin gerade zwischen zwei Schichten nach Hause gekommen und finde auf dem Küchentisch einen Zettel vor, auf dem steht, dass er noch mal wegmusste. Eine Art Notfall, meint er. Ausrufezeichen. Ich werd ihm ein paar Ausrufezeichen zum Nachtisch servieren.»

«Hat er gesagt, mit wem er sich treffen will?»

«Ich bin nur seine Mutter, Herr Inspektor. Mit solchen vertraulichen Informationen werde ich nur ganz selten beehrt.»

«Und er hat auch nichts gesagt, wo?»

Er hörte sie seufzen. «Warten Sie, ich hole mal eben den Zettel.»

Er musste einen Moment warten.

«So. Hier hab ich ihn. *‹Tut mir leid, Mum, ich musste noch mal weg. Eine Art Notfall!›* Ausrufezeichen. Das sagte ich ja schon. Ah. Auf der Rückseite hat er noch was anderes aufgeschrieben.»

«Was denn?»

«Badger Lane.»

«Badger Lane?»

«Kenne ich gar nicht. Vielleicht wohnt da einer von seinen Freunden.»

Singh antwortete nicht. In sein Schweigen hinein sagte Mrs. Smith: «Werden Sie mir verraten, warum Sie ihn so dringend sprechen wollen? Denn wenn er sich wieder Ärger eingehandelt hat, möchte ich es wissen.»

Singh zögerte. «Er hat keinen Ärger – mit uns.»

Und bevor sie fragen konnte, was er damit meinte, hatte er aufgelegt.

Shan sah ihn befremdet an. «Worum geht es da, Raminder? Wer ist dieser Junge? Sie haben ihn schon mal erwähnt. Und was hat es mit dem Ärger auf sich?»

In diesem Moment klingelte Singhs Handy, sodass ihm eine Antwort erspart blieb. Er meldete sich sofort und lauschte dann schweigend.

«Ja?», sagte er schließlich. «Gut. Sehr gut. Wo sind Sie?»

Die Antwort schien ihn zu erschrecken. Er zuckte zusammen, fast fiel ihm das Handy aus der Hand, und als er weitersprach, war seine Stimme heiser und brüchig.

«Trommeln Sie alle zusammen. Ich will alle Mann vor Ort haben. *Alle!*»

«Was ist los?», fragte Shan.

Singhs Gesicht war weiß. «Naylors Moped wurde gefunden.»

«Schnelle Arbeit. Wo denn?»

Singh schien außerstande zu sprechen, Shan starrte ihn verblüfft an.

«Wo, Raminder?», wiederholte er.

Endlich fand Singh seine Stimme wieder. «Am Ende der Badger Lane», sagte er. «Wo der Junge ist.»

40

Badger Lane war eine alte Landstraße, unbeleuchtet und matschig, mit Schlaglöchern und vertrocknetem Laub übersät. Tagsüber als Joggingstrecke, nachts für Drogendeals und gern auch als Müllkippe genutzt, verlief sie von der Rückseite der Neubauten am Fox Walk entlang sumpfiger Grasflächen und Buschland und verlor sich schließlich irgendwo am Rand der Marsh Woods.

Von den Scheinwerfern eines Streifenwagens beleuchtet, lag Naylors Moped auf dem rauen Schotterboden unter einer Esche. Singh trat heran, öffnete die Gepäcktasche. Sie war leer.

Singh ignorierte die wartenden Beamten und griff sofort zu seinem Handy, wählte und hörte sich ein weiteres Mal die Ansage an: «Hab grad keinen Bock, ans Telefon zu gehen …», bevor er sich dann doch mit besorgtem, angespanntem Gesicht den versammelten Einsatzkräften zuwandte.

«Alle mal herhören.»

Sie versammelten sich um ihn – Shan und seine Leute, Bob Dowell und das zur Verstärkung angeforderte Team, die Männer und Frauen der Hundestaffel und die Streifenbeamten, die das Moped gefunden hatten – und als er seine Ansprache beendet hatte, nahmen sie ihre Lampen und die Hunde und gingen alle zusammen in den Wald. Niemand sprach. Sie bewegten sich langsam und unsicher, spähten in alle Richtungen, krochen durch die dichte Dunkelheit, die durch die zuckenden Lichtkegel ihrer Lampen eher noch verwirrender wurde. Sie folgten den an den Leinen zerrenden Hunden und verteilten sich zwischen Büschen und Sträuchern, stolperten durch Senken und stapften durch Bäche und Pfützen, ihr Atem nebelte ringsum die Nachtluft ein.

Vor langer Zeit hatte es hier Schrebergärten gegeben, und so mussten sie von Zeit zu Zeit über eingestürzte Steinwände steigen, traten knirschend auf Überreste alter Gewächshauswände, die unversehens unter ihren Füßen aufblitzten, und krochen unter gewaltig wuchernden Ligusterhecken durch. Keiner kannte sich hier aus, und so kamen sie nur langsam voran.

Singh hatte sie gewarnt, dass Naylor gefährlich sei und vermutlich unter dem Einfluss von Drogen stehe. Außerdem habe er möglicherweise einen Jungen in den Wald gelockt.

Eine halbe Stunde lang bahnten sie sich ihren Weg verbissen zwischen Bäumen und Unterholz hindurch, immer darauf bedacht, möglichst zusammenzubleiben. Sie fanden jedoch nichts außer Abfällen, verkohlten Überresten von Lagerfeuern oder rostigem Gerümpel. Dennoch ließen sie nicht nach in ihrer stummen Entschlossenheit. Singh marschierte in der Mitte, zusammen mit Shan und einer Frau von der Hundestaffel. Er schwieg, zog jedoch zweimal sein Handy hervor und wählte wieder die besagte Nummer, nur um dann hilflos der immer gleichen Ansage zu lauschen.

«Hab grad keinen Bock ...»

Es war halb zwölf. Ein kalter Regen setzte ein.

Plötzlich ertönte ein Ruf.

«Sir!»

Lichter wurden wild in alle Richtungen geschwenkt.

Für einen Moment zeichnete sich der Umriss einer Gestalt auf einer Anhöhe vor ihnen ab, verschwand aber sofort wieder.

Rufe von verschiedenen Polizisten wurden laut. Einer rannte los, stürzte jedoch nach wenigen Metern, dann erhob sich Singhs Stimme über den ausbrechenden Tumult und befahl Ruhe, während sie alle einen weiteren kurzen Blick auf die Gestalt erhaschten, die sich geräuschlos zwischen die Bäume zurückzog.

Endlich fand Singh seine Pfeife. «Ruhe jetzt! Bleibt, wo ihr seid! Richtet die Lampen auf ihn!»

Die Anhöhe vor ihnen erstrahlte im Licht von zwei Dutzend leistungsstarken Taschenlampen: ein öder Streifen mit dichtem Stechpalmenbewuchs und jungen Buchen, deren schlanke Stämme sich blass vor der Dunkelheit des Dickichts abzeichneten. Der Regen wurde stärker, er prasselte auf die Blätter, blitzte und flackerte im künstlichen Licht, alles wurde klatschnass.

Singh rief: «Naylor?»

Für eine ganze Weile konnten sie nichts sehen außer schwarzen Stechpalmen und blassen, vom Regen verwischten Buchenstämmen; dann tauchte die Gestalt wieder auf, von Schatten zu Schatten huschend, während die Polizeilichter ihr folgten, eine Gestalt in einer rot-gelben Collegejacke, die Kapuze tief ins Gesicht gezogen.

«Bleiben Sie stehen, Naylor!», rief Singh. «Hier ist eine bewaffnete Polizeieinheit!» Rings um ihn wurden die Pistolen gezogen.

Die Gestalt schien das jedoch nicht zu bekümmern, und jetzt sah man, dass sie näher kam. Verunsichert beobachteten sie, wie sie zwischen den Bäumen hervor ins Offene trat, um dann ohne Eile, ja geradezu gemächlich den Hang hinunter auf Singh zuzuschlendern, bis sie direkt vor ihm stand, die Kapuze aus dem Gesicht schob und sagte: «Alter, können Sie nicht mal mit dem Lärm aufhören?»

Singhs Augen wurden groß. «Smith!», sagte er schließlich.

«Freut mich auch, Sie zu sehen, Mann. Aber Sie sind viel zu laut. Naylor wird Sie hören.»

«Naylor? Wo ist Naylor? Und warum trägst du seine Jacke? Und was *zum Teufel* machst du überhaupt hier?»

«Bleiben Sie ruhig, Mann, Sie hören sich an wie meine Mutter. Ich bin hier, weil Naylor sein Zeug hier lagert. Und das hier ist nicht Naylors Jacke. Ich dachte, das wüssten Sie inzwischen. Der Knopf ist am falschen Ärmel ab, hier, sehen Sie? Es ist Alex' Jacke. Sie haben ihn übrigens knapp verpasst. Er lässt sich entschuldigen. Tut mir leid, das sagen zu müssen, aber er hatte einfach keine Lust, Sie wiederzusehen.»

Singh konnte sich nicht länger beherrschen; er packte Garvie am Arm und zog ihn zu sich heran. «Was für ein Spiel treibst du?», zischte er.

Garvie sah ihn kühl an. «Hören Sie, wenn Sie meine Hilfe nicht wollen, brauchen Sie's nur zu sagen. Es ist nicht nötig, dass Sie mich am Jackenärmel meines Freundes durch die Gegend zerren. Was ist, wenn der andere Knopf dabei auch noch abreißt?»

«Deine *Hilfe*! Du hast versprochen, *nicht* zu helfen.» Singh blickte sich um. «Ich lass dich von einem der Beamten zu den Autos zurückbringen.»

Garvie strich seine Jacke glatt und blickte auf. «Wollen Sie wirklich die ganze Nacht durch den Wald stolpern? Oder wollen Sie, dass ich Sie zu Naylor führe?»

Ganz in der Nähe verlief ein Pfad, auf dem sie Garvie folgten, wobei sie die Lampen weitgehend ausschalteten und die Hunde ruhighielten.

«Der führt ganz bis zu Naylors Haus zurück», sagte Garvie zu Singh. «Da ist eine Öffnung im Zaun, die er mit Gestrüpp getarnt hat.»

«Und wo führt er hin?»

«Das werden Sie gleich sehen. Aber Sie müssen still sein.»

Einige hundert Meter weit gingen sie langsam, im Gänsemarsch, in den Wald, vorbei an einem alten, überwachsenen Steinbruch, einer eingestürzten Grotte in einem steilen Erlenhang und schwarz glitzernden, halb zugewachsenen Teichen.

«Falls das hier ein Katz-und-Maus-Spiel wird …», sagte Singh schließlich.

«Psst.»

Garvie zeigte nach vorn, und Singh sah, dass dort zwischen den Bäumen etwas war, ein Umriss.

Garvie flüsterte: «Naylors Hütte. Alex hat sie gestern gefunden und mich heute Morgen angerufen. Für mich klang es echt schräg, und Alex war ... na ja, Alex war auch ziemlich schräg drauf. Ich werde Ihnen nicht sagen, was er vorhatte, aber es war ganz schön unheimlich. Da, sehen Sie!»

Jetzt sah Singh den schwachen, schmalen Lichtschein, der aus einem Fenster drang. «Er ist dadrin?»

«Als ich das letzte Mal nachgesehen habe, ja.»

Singh nickte und legte Garvie eine Hand auf die Schulter. «Dann ist es jetzt Zeit, dass du dich entfernst.»

«Was, ich soll nicht dabei sein, wenn Singh, unser Mann von Scotland Yard, seinen Verbrecher fängt?»

Ohne auf seine Worte einzugehen, wandte Singh sich ab und sagte etwas zu Shan und Dowell. Als er kurz darauf zurückkehrte, brachte er einen Beamten mit, der Garvie am Arm packte.

«Hey!»

Singh hielt einen Finger an die Lippen. «Du musst zurück», sagte er leise. «Warum, weißt du genauso gut wie ich.» Zu dem Polizisten sagte er: «Bringen Sie ihn weg.» Und damit drehte er sich um, ohne Garvie eines weiteren Blickes zu würdigen.

Ein paar Minuten später rückten die Polizisten vor, einer nach dem anderen schwärmten sie aus, bis sich alle rund um die Hütte verteilt und Stellung bezogen hatten.

Der Regen hatte aufgehört, doch Wolken verdeckten den Mond, es war dunkel, bis auf den schmalen Lichtkegel aus einem Fenster der Hütte. Zu hören war nichts. Nicht das geringste Geräusch drang heraus. Von seiner Stellung nahe der Tür aus blickte Singh noch einmal wachsam in die Runde, um sich zu überzeugen, dass alle an ihrem Platz waren – und zuckte zusammen, als er Garvie neben sich stehen sah. Schon öffnete er den Mund, doch Garvie legte grinsend einen Finger auf die Lippen. Es war zu spät, um noch etwas dagegen zu machen, also wandte sich Singh mit wütendem Gesicht zurück zur Hütte und zerriss die Stille mit seinem Ruf:

«Naylor! Polizei! Kommen Sie raus!»

Seine Stimme hallte kurz nach und versank dann in der Stille des dunklen Waldes. In der Hütte rührte sich immer noch nichts.

«Polizei!», rief er noch einmal, lauter sogar noch, doch mit demselben Ergebnis.

Alles lag still und friedlich da, zu still, und wie aus dem Nichts befiel ihn ein Gedanke mit solcher Heftigkeit, dass er zusammenzuckte.

«Naylor?», rief er fragend, und jetzt klang seine Stimme besorgt. Doch bevor er sich zu seinem nächsten Schritt entschließen konnte, war Garvie an die Tür getreten und zog sie auf, sodass ihm nichts anderes übrigblieb, als ihm nachzusetzen, Shan, Dowell und die anderen dicht auf den Fersen, alle hinein in die enge Hütte, durcheinanderrufend, die Waffen erhoben wie bei einer Einsatzübung, nur um dann plötzlich innezuhalten, die Waffen sinken zu lassen und in stummem Schock vor Naylor alias Paul Johnson stehen zu bleiben, dessen schlaffer Körper von der Decke hing.

41

Es war weit nach Mitternacht. Garvie saß schweigend in dem Polizeiauto, das Singh langsam um die Schlaglöcher der Badger Lane herummanövrierte, während sie Marsh Woods hinter sich ließen. Der Regen hatte wieder zugelegt und prasselte unentwegt auf die Windschutzscheibe.

«Ich habe deine Mutter angerufen», sagte Singh, «und ihr gesagt, dass du auf dem Weg nach Hause bist.»

Garvie sagte nichts. Seit der Entdeckung von Naylors Leiche in der Hütte hatte er kein Wort mehr gesprochen. Er saß krumm auf seinem Sitz und starrte mit leerem Blick aus dem Fenster, seine nassen schwarzen Haare klebten an der Stirn.

Sie holperten die Badger Lane hinunter. Singh befand sich in einem Zustand jenseits der Müdigkeit, leer, aber dennoch wachsam, fast als würde er nie wieder schlafen müssen – was ihm ganz gelegen kam, da er in dieser Nacht mit Sicherheit nicht mehr ins Bett kommen würde. Nachher würde er nach Marsh Woods zurückkehren, um sich mit dem Chefpathologen und der Spurensicherung auszutauschen. Unter anderem brachte er Garvie nach Hause, um zu verhindern, dass sein Onkel am Tatort mit dem Jungen zusammentraf. Aber wenigstens, dachte er bei sich, war in wenigen Tagen endlich alles vorbei. Jetzt war nur noch das Resümee zu ziehen – Auffüllen der kleinen Lücken in der

Rekonstruktion der Ereignisse, Pressearbeit, Ordnung der Akten – dann würde das rechtliche Verfahren seinen Gang nehmen, und er könnte den Fall Dow hinter sich lassen und sich erholen.

Er warf einen Blick zu Garvie hinüber, der stumm neben ihm saß und durchs Fenster zum nassen Nachthimmel starrte, als gäbe es nichts mehr auf der Welt, das sein Interesse erregen könnte. Ein unzufriedener Mensch, dachte Singh. Schwierig, selbstbezogen. Intelligent war er natürlich, aber auch seltsam. Singh wusste nicht recht, ob er Abneigung oder Mitleid für ihn empfinden sollte.

«Du hast gesehen, dass man ihre Laufschuhe gefunden hat?», sagte er. «Auch eine ganze Menge Kleidung von ihr. Er muss diese Sachen über einen langen Zeitraum an sich genommen haben. Aus ihrem Spind, mit Hilfe seines Generalschlüssels, ganz wie du gesagt hast.»

Garvie antwortete nicht, rührte sich nicht einmal aus seiner versunkenen Haltung, und Singh bekam eine Ahnung davon, wie es sich anfühlen musste, Garvies Mutter zu sein.

Stirnrunzelnd fuhr er weiter, starrte an den Scheibenwischern vorbei in die regenverhangene Dunkelheit. Nach einer Weile begann er wieder zu reden. Obwohl er den Jungen nicht verstand, wollte er die Dinge korrekt zum Abschluss bringen, Garvie sollte begreifen, dass der Fall jetzt endlich gelöst war. Er berichtete ihm von all den Fotos von Chloe Dow, die sie auf Naylors Laptop gefunden hatten, von der Entdeckung, dass er ein Sexualstraftäter war, und vom Verschwinden seiner Maltby-Akte aus dem Archiv im Anschluss an seinen Identitätswechsel. Er ergänzte noch, dass Naylors Alibi fingiert gewesen und er in Wirklichkeit am Freitagnachmittag am Pike Pond gesehen worden sei. Sie wussten jetzt, dass er schon vorher, vielleicht viele Male, dort gewesen war, um Chloe beim Laufen zu fotografieren.

«Und ich glaube, wir werden auch das gestohlene Handy finden, mit dem er Chloe angerufen hat», sagte Singh. «Das ist das letzte Puzzleteil, das wir noch einfügen müssen. Wenn wir diese Nummer aus der Anruferliste zugeordnet haben, dann sind wir durch.»

Garvie reagierte auf keine dieser Mitteilungen. Singh konnte nicht mal erkennen, ob er überhaupt zuhörte.

Als sie die Badger Lane verlassen hatten, konnten sie auf der hell erleuchteten Bulwarks Lane Gas geben und fuhren über den Pollard Way zur Siedlung Five Mile.

«Ich kann verstehen, dass du durcheinander bist», sagte Singh.

Garvie ignorierte ihn noch immer.

«Du hast einen Schock. Aber das wird schon wieder. Es ist vorbei, du kannst aufhören, dir darüber den Kopf zu zerbrechen. Du musst es sogar. Das Leben geht weiter.»

Nachdem er sich geräuspert hatte, fuhr Singh fort: «In meinem Bericht werde ich ... die Unterstützung würdigen, die du geleistet hast. Ich kann es wohl als Unterstützung bezeichnen, denke ich. Ich werde das auch deiner Mutter gegenüber klarstellen und in deiner Schule. Aber» – er warf einen Blick zur Seite – «es gibt da etwas, das ich sagen muss, etwas, das ich schon mehrmals gesagt habe.» Er war einfach nicht imstande, seine Steifheit abzulegen, selbst dann nicht, wenn die Situation danach verlangte, und dabei war er sich seines unfreien Verhaltens, seiner abgehackten Redeweise sehr wohl bewusst. Er räusperte sich noch einmal, während er sich zu erinnern versuchte, was das Polizeihandbuch zum Thema Verhaltensregeln sagte. «Du hättest dich da wirklich nicht hineinziehen lassen dürfen. Du hattest keine Ahnung, in welche Gefahr du dich begeben hast. Ich hoffe, das ist dir jetzt klargeworden. Sieh mal, die Polizei hat gegenüber jungen Leuten eine gewisse Verantwortung. Und es hat Situationen gegeben, mehrere Situationen, in denen ich nicht mehr für deine Sicherheit garantieren konnte. Wie heute zum Beispiel, dort im Wald», sagte er und dachte daran, wie Garvie auf eigene Faust zur Tür von Naylors Hütte gegangen war.

Endlich erreichte er das Ende der Eastwick Road und parkte.

«Ich bin sicher, dass du all das irgendwann verstehst», sagte er und versuchte, einen leichteren, freundlicheren Ton anzuschlagen. «Und sei es nur deiner Mutter zuliebe.»

Nachdem er den Motor abgestellt hatte, blieben sie für einen Moment schweigend sitzen. Es war zwanzig nach eins, die Siedlung ringsum lag in tiefem Schlaf.

Jetzt endlich rührte sich Garvie, als würde er aus einer Trance erwachen, und zum ersten Mal, seit sie den Wald verlassen hatten, sah er Singh an.

«Also, Naylor, Johnson, wie immer er hieß – er war ein Sexualstraftäter?»

Singh sah ihn verwundert an. Manchmal schien dieser Junge eigentümlich schwer von Begriff. «Ja, sag ich doch.»

«Im Sexualstraftäterregister?»

Singh nickte stirnrunzelnd. «Das hab ich dir alles gerade eben erzählt.»

«Dann», sagte Garvie traurig, «ist er mit ziemlicher Sicherheit nicht Ihr Mörder.»

Und ohne ein weiteres Wort stieg er aus dem Auto und verschwand durch das Eingangstor von Eastwick Gardens.

42

Sie saßen einander am hell erleuchteten Küchentisch gegenüber.

«Rede», sagte sie, während sie ihn mit einem sehr seltsamen Ausdruck ansah.

Sie trug ihren blauen Flanellmorgenmantel und die Hauslatschen mit der ausgetretenen Sohle. Der seltsame Blick ließ ihr Gesicht ganz fremd erscheinen, als wäre es in Wirklichkeit gar nicht ihres.

«Rede mit mir», sagte sie, «solange du noch kannst.»

«Ich dachte, du wärst bei der Arbeit», sagte er mit Unbehagen. «Und deswegen würdest du dir auch keine Sorgen machen, dachte ich.»

«Ich bin zwischen zwei Schichten zurückgekommen und hab deine Nachricht gefunden. Und während ich hier war, hat der Inspektor angerufen. Da wusste ich, dass es Ärger gibt. Und seitdem sitze ich hier und warte.»

Er war zu müde, um seinen Charme spielen zu lassen, und der seltsame Blick seiner Mutter verunsicherte ihn zusätzlich. Also erklärte er so demütig wie möglich, dass er mal wieder Ärger bekommen habe, mit der Polizei.

«Was für Ärger diesmal?»

Er bemerkte, dass auch die Stimme seiner Mutter fremd klang – so fremd, dass er ihr fast die Wahrheit erzählt hätte. Aber nur fast. Die Wahrheit war eine schwierige Angelegenheit. Außerdem wusste er nicht, ob er es sich momentan zutrauen konnte, über Naylor zu sprechen oder auch nur an ihn zu denken.

«Gleiche Geschichte wie schon mal», sagte er vorsichtig.

«Soll heißen?»

«Bin auf dem Spielplatz an der Old Ditch Road mit Alkohol erwischt worden.»

Er hatte erwartet, dass sie ihm ein paar Takte erzählen, ihm gehörig den Kopf waschen würde auf ihre übliche lautstarke, auf größtmögliche Wirkung zielende Art. Aber sie sagte gar nichts, sondern fixierte ihn nur mit diesem neuen, seltsamen Blick.

«Auch wieder euer Zauberzeug geraucht?»

«Nein, Mum.»

«Nicht?»

«Damit hab ich aufgehört.»

«Ach, aufgehört hast du damit?»

Er nickte.

Langsam griff sie in die Tasche ihres Morgenmantels, zog eine kleine Plastiktüte hervor und legte sie auf den Tisch.

Es war ein Zehner Gras von Alex.

«Hab ich in deinem Zimmer gefunden», sagte sie.

Er hatte darauf nichts zu sagen.

«Aber auf dem Spielplatz heute Abend, sagst du, hast du davon nichts dabeigehabt?»

«Hab ich nicht. Ich schwöre.»

«Keine Sorge, das weiß ich selber. Weil du nämlich gar nicht auf dem Spielplatz warst, stimmt's?»

Garvie schwieg.

«Ich weiß, wo du warst», sagte sie. «Und ich weiß, was du gemacht hast.»

Er sah, wie ihre Lippe zu zittern begann und ihre Augen feucht wurden, und da begriff er mit Schrecken, was es war, das sie so seltsam, so fremd erscheinen ließ. Sie würde ihm heute nicht den Kopf waschen. Sie konnte es nicht. All ihre Forschheit, ihre Gewissheit waren verschwunden und mit ihnen auch ihre Autorität. Augenblicklich war ihm klar, dass das noch viel schlimmer war.

Er wollte aufstehen, aber sie schüttelte den Kopf und begann mit dieser fremden, leisen und gleichzeitig schroffeen Stimme zu sprechen.

«Jetzt verstehst du es, ja? Was es bedeutet, eine Mutter zu sein. Um Mitternacht hier zu sitzen und mich zu fragen, wo du bist. Nicht zu wissen, was mit dir passiert ist. Mir zu sagen, dass es, wenn du dir Ärger eingehandelt hast, meine Schuld ist. Meine Schuld, dass du die ganze Nacht weg bist, meine Schuld, dass du dieses Zeug rauchst und dich mit diesen Dieben und Dealern rumtreibst, meine Schuld, dass du all die Talente vergeudest, mit denen du geboren wurdest. Meine Schuld, Garvie, nicht deine. Ich kann dich verlieren, aber du kannst dich niemals selbst verlieren. Verstehst du, was ich sage?»

Tränen liefen ihr übers Gesicht.

«Ich will dir sagen, was es noch bedeutet. Es bedeutet, dass ich jetzt weiß, wie es Mrs. Dow geht. Dieser verrückten Frau, über die du so gern lachst. Ich weiß, was sie nachts denkt, wenn sie keinen Schlaf findet, egal, wie viele Tabletten sie schluckt. Ihre Tochter ist tot, aber sie lebt weiter, nur um sich jede Nacht für den Rest ihres Lebens sagen zu müssen, dass sie sie verloren hat und dass sie schuld daran ist, niemand sonst.»

Ihr Kinn war nass, ihre Nase lief.

«Und jetzt du. Machst deine Spielchen, als wär alles nur ein Spaß, als wär's ein Puzzle, das du in den Papierkorb schmeißen kannst, wenn du es gelöst hast. Als wär …»

Sie sprach nicht weiter.

Eine Hand auf den Mund gepresst, saß sie da, die Tränen liefen. Die Wangen nass, die Augen geschwollen, ein wütendes Weinen, lautlos. Diese weinende Frau war kaum wiederzuerkennen, eine Fremde beinahe, als hätte man seine Mutter vor seinen Augen ausgetauscht.

Er sprang so heftig auf, dass er den Stuhl umwarf, aber sie hob die Hand, um seine Umarmung abzuwehren. Dann stand sie auf, drehte sich um und ging, immer noch weinend, in ihr Zimmer und schloss die Tür hinter sich. Garvie blieb allein am Küchentisch zurück.

Sie hatte immer gesagt, dass er eines Tages zu weit gehen würde. Aber er hatte nie gewusst, was genau das bedeutete. Jetzt wusste er es. Er musste kein Genie sein, um zu begreifen, dass dieser ohnehin schon üble Tag gerade eine Wendung genommen hatte – es war noch viel schlimmer gekommen.

43

Als die Morgendämmerung den Cornwallis Way in ein trübes grünes Licht tauchte, saß Detective Inspector Singh einsam in seinem Büro, vor sich auf dem Schreibtisch eine Liste der Therapieangebote des *Zentrums für Öffentliche Dienstleistungen.* Seine Kleidung war verschmutzt und eingerissen, der Turban durchnässt, das müde Gesicht grau. Aber er hielt sich noch immer aufrecht, seine Haltung war unbeugsam. Er war nicht der Typ, der sich etwas vormachte. Ihm war völlig klar, dass dies der mit Abstand bitterste Tag in seiner kurzen und mit ziemlicher Sicherheit bereits beendeten Karriere war.

In Gedanken ging er die zurückliegenden Ereignisse noch einmal durch. Dachte an all die Fehler, die er gemacht hatte. Dachte, immer noch voller Zorn, an Garvie Smith. Daran, wie der Junge wenige Stunden zuvor beim Aussteigen aus dem Auto behauptet hatte, dass Naylor nicht der Mörder Chloe Dows sei. Er erinnerte sich, wie er sich dabei gefühlt hatte. Verärgert. Ausgesprochen wütend sogar. Hinterher war er wie geplant zu Naylors Hütte zurückgefahren, um den Pathologen zu treffen, fest entschlossen, nicht mehr an das zu denken, was Garvie gesagt hatte. Dennoch begannen sich, gegen seinen Willen, in ihm Zweifel zu regen, und je länger er zusammen mit der Spurensicherung in der Hütte, mitten im regennassen Wald, arbeitete, je vergeblicher sie nach dem Handy suchten, das Naylor benutzt haben musste, um Chloe mit seinen Anrufen zu quälen, desto bohrender wurden diese Zweifel. Immer wieder führte er sich die Beweislage vor Augen. Sie sprach eindeutig gegen Naylor. Der Hang zur Gewalttätigkeit, durch seine Kokainsucht sicherlich noch verstärkt. Mindestens ein Fall von Vergewaltigung in der Vergangenheit. Und er war von Chloe besessen gewesen, hatte ihre Sachen gestohlen, sie fotografiert, ihr in der Schule nachgestellt, sie in ihrem Zuhause ausspioniert, sie bis zum Pike Pond verfolgt, wo er nachmittags am Tag ihrer Ermordung sogar gesehen worden war. Sein Alibi hatte sich als gefälscht erwiesen. Es konnte kein vernünftiger Zweifel bestehen: Er hatte, um es mit den altmodischen Begriffen auszudrücken, die Mittel, das Motiv und die Gelegenheit gehabt.

Und dennoch – Fluch über diesen Jungen! – nagten die Zweifel weiter und wollten sich nicht beschwichtigen lassen. Aber erst um vier Uhr morgens, als er auf dem Weg nach Hause war, begriff er plötzlich, was Smith gemeint haben musste. Sofort wendete er sein Auto und brauste zurück in den Cornwallis Way, wo er ohne ein Wort an der verblüfften Nachtschichtbesetzung vorbeimarschierte, die Treppe hinauf und durch das Großraumbüro zu seinem Raum stürmte. Er riss den Aktenschrank auf, um nach der Liste der Gruppentreffen im Zentrum für Öffentliche Dienstleistungen zu suchen.

Dann saß er, während es draußen heller wurde, am Schreibtisch und starrte auf das Papier. Insbesondere auf einen bestimmten Eintrag:

17.30–20.30 Uhr: Gruppentherapie (SOTP)

Es war so offensichtlich, dass er es vergessen hatte. Naylor hatte unter der Auflage gestanden, an dem Therapieprogramm für Sexualstraftäter teilzunehmen. Jeden Freitagnachmittag war er bei der wöchentlichen Gruppensitzung. Wenn man An- und Abreise berücksichtigte, war er *jeden* Freitag von fünf bis neun Uhr beschäftigt – also genau in dem Zeitfenster von Chloes Tod. Das war sein Alibi für den dreizehnten. Er hatte sie nicht angelogen, weil er den Mord begangen hatte, sondern um zu verbergen, dass er ein Sexualstraftäter war.

Ein Anruf bei der Nachtschicht der Bewährungshilfe bestätigte, was er ahnte: Paul Johnson war zum Zeitpunkt von Chloes Ermordung im Zentrum gewesen.

Singh vergaß sein Morgengebet und blieb in seinem Büro sitzen, sah zu, wie der Morgen herandämmerte.

Genau so – ausgezehrt und ungepflegt – saß er noch immer da, als Kollegen, die die Nachricht gehört hatten, in sein Büro kamen, um ihm zum Abschluss des Falles zu gratulieren. Ihren Blicken sah er an, was für einen Eindruck er offenbar machte, mit dem nassen Turban und den blutunterlaufenen Augen, und er bemerkte auch ihre Verwunderung darüber, dass sie als Reaktion auf ihre Anerkennung nur säuerliche oder gar angewiderte Blicke ernteten. Hin und wieder bekam er mit, wie man seiner Sekretärin draußen flüsternde Fragen stellte. Später standen Dowell und Collier mit einer Gruppe jüngerer Beamter am Wasserspender vor seinem Büro, ließen die Ermittlung Revue passieren, und Singh hörte Dowell sagen: «Es hat länger gedauert, als es hätte sollen, aber letzten Endes sind wir ans Ziel gekommen.»

Dann brach jede Unterhaltung ab, und als er aufblickte, sah er den Polizeipräsidenten in sein Büro treten und die Tür sorgsam hinter sich schließen. Sie sahen einander an. Es war keine Spur von Anerkennung im hageren Gesicht des Präsidenten zu sehen, als er Singh mitteilte, er sei erleichtert, den Fall Dow endlich abgeschlossen zu sehen.

Singh konnte nicht an sich halten, er sprang auf und sagte: «Wir haben den falschen Mann.»

Der Präsident sah ihn mit unveränderter Ausdruckslosigkeit an. Seine Augen schienen keine Lider zu haben.

«Er war ihr Stalker», sagte Singh, «aber nicht ihr Mörder.»

Der Präsident äußerte sich noch immer nicht. Sein Blick war unverrückbar auf Singhs Gesicht gerichtet. Zur Erläuterung begann Singh, von Johnsons Therapiemaßnahme zu berichten, doch seine Stimme versagte, und es herrschte Schweigen im Zimmer.

«Und ich», sagte der Präsident langsam, «habe Sie befördert!»

Er führte den Gedanken nicht aus, sondern stand nur da und starrte Singh stumm an, als erwartete er, dieser würde schrumpfen, implodieren und sich in Staub verwandeln. Tatsächlich kam es Singh vor, als würde eben dies mit ihm geschehen.

«Wenn man an all die Fehler denkt. Die Missgriffe. Die Dummheiten.»

Singh brachte kein Wort heraus. Andererseits waren seine Worte jetzt ohnehin nicht gefragt.

«Wenn man an den Selbstmord eines offenbar Unschuldigen denkt», fuhr der Präsident fort. Sein kalter Blick ließ nicht von Singh ab. «An die unrechtmäßige Verhaftung von

Alex Robinson. An die vielen Stunden, die völlig ohne Sinn und Verstand für die Suche nach einem nicht existierenden Porsche vertan wurden.»

Und selbst während er nichts sagte, schien das Gesicht des Präsidenten vor Verachtung zu glühen, wie bei einem außerirdischen Wesen.

«In zwanzig Minuten findet eine Pressekonferenz statt», schob er noch nach, und in diesem Moment klingelte das Telefon.

Singh starrte den Apparat dümmlich an.

«Gehen Sie ran», sagte der Präsident.

Singh nahm ab und hörte Shans Stimme sagen: «Ich weiß, eigentlich sollte die Sache erledigt sein, aber wir haben hier was reinbekommen. Könnten Sie sich das mal ansehen?»

Singh warf einen Blick auf den Präsidenten. «Ich bin beschäftigt», sagte er zu Shan.

«Es ist etwas, das ich nicht kapiere. Es fügt sich nicht ein. Sie sollten selbst einen Blick drauf werfen.»

Wider Willen spürte Singh, wie seine Neugier zurückkehrte. «Worum handelt es sich?»

«Bilder der Überwachungskamera in der Bootham Street. Nähe Market Square.»

Singh antwortete nicht, sondern legte langsam, mit gerunzelter Stirn, den Hörer auf. Zum ersten Mal an diesem Morgen regte sich in ihm etwas anderes als schiere Verzweiflung. Allem Anschein zum Trotz schien sich hier noch einmal die unverhoffte Aussicht auf eine letzte Chance zu eröffnen.

«Auf der Pressekonferenz –», setzte der Polizeichef wieder an, doch Singh holte Luft und unterbrach ihn: «Entschuldigung, einen Moment, bitte. Es gibt da etwas, das Sie sich ansehen sollten.»

Der Präsident starrte ihn an. Singh gelang es, seinem Blick standzuhalten.

«Wie, ‹einen Moment›? Was gibt es?»

Singh holte Luft. «Einen nicht existierenden Porsche, glaube ich.»

Der Blickwinkel der Überwachungskamera war äußerst ungünstig, der Film braunstichig und körnig, aber die Bilder waren klar genug, um die spezielle Szenerie der Bootham Street erkennen zu lassen, mit der Kirche und der Bank, dem in beide Richtungen dichten frühabendlichen Verkehr und dem Gewusel der Menschen, die im Zeitraffer auf die Bars und Clubs am Market Square zustrebten.

Nach einer Weile verlangsamte Shan den Bildlauf und zeigte auf eine dunkelhaarige Frau in einem dunklen Kleid und einer hellen Jacke, die am Straßenrand wartete.

«Chloe Dow», sagte er. «Wir haben sie nicht eher entdeckt, weil wir nur auf den Market Square geachtet haben. Sie war ein Stück weiter südlich, in der Bootham Street. Ich bin sicher, dass sie es ist. Sehen Sie sich die Kleidung und die Haare an. Und wie sie offenbar nach jemandem Ausschau hält. Jetzt passen Sie auf …»

Er ließ das Band wieder schneller laufen, und sie sahen, wie sich ein flaches Auto mit dem vertrauten Porscheprofil vom Market Square her näherte, aus dem abgehackten Verkehrsfluss ausscherte und am Straßenrand hielt. Die Beifahrertür wurde von innen aufgestoßen, Chloe stieg ein, und sofort fädelte der Wagen wieder in den Verkehr ein, um sich in Richtung der Ringstraße zu entfernen.

«Es ist leider nicht möglich, das Nummernschild auf diese Entfernung zu identifizieren», sagte Shan. «Aber im Hinblick auf den Wagen ist einiges zu analysieren. Und auf den Fahrer. Wahrscheinlich ein Mann. Könnte aber auch eine Frau sein. Keine weiteren Mitfahrer, soweit wir erkennen können.»

Der Polizeipräsident schwenkte seinen Blick auf Singh und hob eine Augenbraue.

Singh atmete durch. «Chloe Dow hatte Angst. Sie wurde von ihrem Ex-Freund belästigt. Außerdem stellte Naylor ihr nach. Aber die Person, die ihr richtig Angst gemacht hat, sitzt in diesem Auto. An diesem Donnerstagabend hat sie sich in Schale geworfen, ist mit ihm ausgegangen, und dabei ist irgendetwas passiert.»

Es herrschte Stille, während der Präsident darüber nachdachte.

«Was?», sagte er schließlich.

«Das weiß ich nicht.»

Wiederum Stille.

«Wenn sie solche Angst hatte, warum ist sie dann in sein Auto gestiegen?»

«Das weiß ich auch nicht. Aber wenn wir herausfinden, was vorgefallen ist, nachdem sie am Donnerstagabend in dieses Auto gestiegen ist, finden wir auch heraus, was am nächsten Tag am Pike Pond passierte, da bin ich sicher. Garantiert. Ich hatte recht», fügte er starrsinnig hinzu, «was den schwarzen Porsche betrifft. Keiner hat mir geglaubt, außer ...»

«Außer wem?», fragte der Präsident scharf.

Singh schob den Gedanken an Garvie Smith beiseite. «Außer dem Stiefvater. Er hat den Wagen gesehen, als Chloe nachts nach Hause kam.»

Mehr hatte er nicht zu sagen. Er sah in beinahe strammer Haltung den Präsidenten an.

Eine volle Minute lang fixierte der Präsident ihn mit starrem Blick zurück, und Singh hielt stand. Schließlich trat der Präsident auf ihn zu, und als er direkt vor ihm stand, sagte er mit leiser, gepresster Stimme: «Gehen Sie zur Pressekonferenz. Erzählen Sie ihnen, was Sie getan haben.»

Er wandte sich ab.

Singh sagte: «Heißt das …? Darf ich fragen, ob …?» Er räusperte sich. «Leite ich diese Ermittlung weiter?»

«Ich habe mich noch nicht entschieden», sagte der Präsident, ohne sich umzudrehen, und verließ das Zimmer.

44

Es gab nichts, was irgendjemand sagen oder tun konnte, um ihn aufzuheitern. Weder Smudge noch Felix, obwohl sie ihn nach Kräften eindeckten mit Albernheiten und Rauchwaren. Auch nicht Jess mit ihren hübschen nackten Füßen und ihrer aufreizenden Art. Nicht einmal Abdul, der ihn jeden Morgen, wenn Garvie an seinem Stand vor der Ladenzeile in der Bulwarks Lane vorbeigetrottet kam, mit der immer gleichen Begeisterung begrüßte.

«Mein Garvie, Mann, wie geht, wie geht?»

Doch als Reaktion erntete er nur ein Kopfschütteln und ein paar gebrummelte Worte: «Schlecht, Abdul. *Très* schlecht.»

Nicht, dass er den Leuten aus dem Weg gegangen wäre, aber er redete einfach kaum. Wenn er rauchte, rauchte er, als wäre er allein, wie verloren in seinen Gedanken, die ihn ebenso einzunebeln schienen wie die Rauchschwaden des Joints.

Die einzige Person, die diesen Wandel erfreut zur Kenntnis nahm, war Miss Perkins – so niedergeschlagen war Garvie, dass er seit drei Tagen keine Stunde Unterricht versäumt hatte und nicht einmal die Mittagspause oder die Prüfungsvorbereitungskurse am Nachmittag schwänzte. Auch seine Mutter hätte allen Grund zur Freude gehabt. Doch sie sprach nach wie vor kaum mit ihm.

Von Zeit zu Zeit überfiel ihn eine unliebsame Erinnerung: seine Mutter im Morgenmantel, in Tränen aufgelöst. Wie alle seine Erinnerungen war auch diese scharf und deutlich, und sie tat nicht nur weh, sondern warf auch Fragen auf, die ebenso schmerzhaft waren. Sie hatte recht. Was er getan hatte, war ein Spiel für ihn gewesen. Er war an Chloes Ermordung wie an ein Puzzle herangegangen, wie an ein formales Problem mit interessanten Zügen, das man zur eigenen Unterhaltung löst und gleich wieder vergisst, ohne Folgen. Fast so schlimm wie der Gedanke an seine weinende Mutter war das Erinnerungsbild Naylors, wie er von der Decke seiner Hütte baumelte.

Und die Tatsache, dass Chloes Tod unaufgeklärt blieb, erschien ihm jetzt schrecklicher als je zuvor. Der Gedanke daran rumorte in seinem Kopf wie ein dunkles Geheimnis.

Das Lästigste war, dass er all diese bescheuerten Vorbereitungskurse besuchen musste. Also trieb er sich ewig in der Schule herum und sprach kaum ein Wort.

Am Freitagmittag schien die Sonne, daher gingen Smudge und Felix hinauf zum oberen Platz, um eine zu rauchen. Garvie setzte sich zu ihnen und starrte über die Spielfelder hinweg in Richtung Stadtzentrum.

«Ich meine ja», sagte Smudge, «da hätte jeder drauf kommen können, dass nicht Naylor der Täter war.»

Felix blies Rauch aus. «Und wieso?»

«Na ja, es war einfach zu offensichtlich. In einem Buch ist das ja vielleicht in Ordnung. Aber im wirklichen Leben geht es nie so zu.»

«Was weißt denn du vom wirklichen Leben, Smudge?»

Sie rauchten schweigend.

Nach einer Weile deutete Smudge rüber zur Schule und sagte: «Da kommt ein Stück wirkliches Leben, über das ich gern mehr wissen würde.»

Jessica Walker kam über den grasbewachsenen Hang auf sie zu, musste dabei jedoch mehrmals stehen bleiben, um die Schnüre ihrer Plateausandalen zu richten. Sie hatte ihre Strickjacke ausgezogen und um ihre Schultern gebunden, und trug eine Sonnenbrille, die auf ihrem blassen Gesicht sehr dunkel wirkte.

«Jess, mein Mädchen, siehst aus, als würdste direkt von irgendwelchen Dreharbeiten kommen.»

Ohne Smudge zu beachten, ging sie direkt auf Garvie zu. «Hey, Garv, haste mal 'ne Kippe für mich?»

Er warf ihr seine Packung zu, starrte aber weiter in die Ferne, während sie ihre Schuhe abstreifte, sich neben ihm niederließ und sich eine Zigarette anzündete.

«Hast du meine SMS gekriegt?»

Er sagte nichts.

«Komm schon, Garv. Du kannst nicht ewig vor dich hingrübeln.»

Er hob eine Augenbraue.

«Du musst loslassen.» Sie blies Rauch aus. «Du kannst sie nicht wieder lebendig machen. Auch wenn du ... na ja ... Gefühle für sie hattest.»

Garvie seufzte müde.

Mit sanfter Stimme sagte sie: «Wenn du Hilfe brauchst, musst du nur fragen.» Ihre Lippen öffneten sich ein wenig, sie blies ihm eine kleine Rauchfahne entgegen. «Weißt schon, was ich meine.»

«Kannst dir die Mühe sparen, Baby», rief Smudge herüber. «Er hat 'ne bestimmte Krankheit, die macht, dass er nicht mehr sprechen kann. Er hat schon, na, drei Tage lang nichts gesagt. Wenn du dich unterhalten willst, kannst du aber hierherkommen, zu Felix und mir. Obwohl Felix natürlich ein bisschen langweilig ist, ehrlich gesagt.»

Sie zeigte ihm den Mittelfinger und senkte ihre Stimme. «Komm schon, Garv. Ich sorge dafür, dass du sie vergisst.»

Er warf ihr einen flüchtigen Blick zu; für einen Moment schien es, als würde er tatsächlich den Mund aufmachen, doch dann seufzte er nur und ließ den Kopf stöhnend in die Hände sinken.

«Ich hab's dir schon ein paar Mal gesagt, Garv. Um zu gewinnen, brauchst du nur zu spielen. Verstehst du, was ich meine? Du und ich, das könnte so gut hinhauen!»

Garvie rührte sich nicht, sein Kopf blieb in den Händen vergraben. Jessica zog einen Schmollmund und erhob sich ein wenig mühsam.

«Aber ich werde nicht ewig warten», sagte sie.

Smudge horchte interessiert auf.

«Na, das hört sich doch schon mal gut an, Jess!»

«Halt du dich da raus.»

Sie zog ihre Plateausandalen wieder an, und als sie sich abwandte, sagte Garvie, ohne aufzublicken: «Was hast du gesagt?»

Jess zögerte. «Ich sagte: ‹Halt du dich da raus.› Aber ich hab mit Smudge geredet. Das war nicht –»

«Davor.»

Sie warf einen unsicheren Blick in Richtung Smudge und Felix, die sie beide höchst interessiert ansahen. «Ich sagte das mit dem Warten. Weißt du, nicht für ewig und alle Zeit.»

Jetzt hob Garvie den Kopf. «Du sagtest: ‹Um zu gewinnen, brauchst du nur zu spielen.›»

«Ja, gut.» Verlegen fummelte sie an ihrem Ohr herum. «Ist doch klar genug, oder? Muss man kein Ding draus machen.»

Sie wollte noch mehr sagen, verstummte aber, denn Garvie sprang plötzlich auf und fing an, auf dem sonnenbeschienenen Rasen auf und ab zu laufen, das Handy bereits am Ohr.

Er hielt kurz inne, sah sie alle drei an. «Ich bin ein Schwachkopf», sagte er mit leiser, nachdrücklicher Stimme. «Ein totaler Schwachkopf.»

Jetzt wirkte sogar Smudge verlegen. «Na ja, keine Panik, Alter. Kann nicht jeder von uns eine Intelligenzbestie sein.»

Garvie brach sein Hin- und Hergelaufe ab und sprach eindringlich ins Telefon. «Alex, Alter, pass auf: nicht nachdenken, nur reagieren. *Um zu gewinnen, brauchst du nur zu spielen.*»

Mit starrem Blick stand er da und lauschte.

«Bist du sicher? Ganz bestimmt? Alles klar. Spielt keine Rolle, was es bedeutet. Ja. Ist es. Sehr wichtig. Wir sehen uns, Mann.»

Als wäre Jess nicht schon genug von den Socken gewesen, nahm Garvie sie in die Arme und gab ihr einen Kuss auf die Wange. «Jessica Walker», sagte er, «du bist ein Star.»

Smudge sagte: «Hör mal, Sherlock, willst du uns nicht verraten, was dieser ganze Aufstand zu bedeuten hat?»

Garvie, im Aufbruch begriffen, drehte sich noch einmal

um. «Weißt du nicht mehr, Smudge? Du hast mich gefragt, welche Bedeutung das Glücksspiel hat.»

«Äh, ja. Und?»

«Chloe hätte es dir erklären können.»

«Was erklären?»

«Spielen, um zu gewinnen. Einen Versuch wagen. Ein Risiko eingehen. Alles auf eine Karte setzen. Das letzte Hemd verlieren. Findest du nicht, dass das ein bisschen nach Chloe klingt?»

«Ja, aber ... ja, aber ...» Ihm fiel nichts mehr ein.

«Freitagnachmittag war sie bei Alex, und sie haben sich richtig übel gestritten. Sie hat dann etwas zu ihm gesagt, das er merkwürdig fand, aber er konnte sich nicht mehr erinnern, was es war. Tja, jetzt ist es ihm wieder eingefallen. *Um zu gewinnen, brauchst du nur zu spielen.* Hat sie vor sich hingemurmelt. In bitterem Ton. Zufällig ist das der Slogan des Casinos.»

Smudge, der wohl vorübergehend vergessen hatte, dass Jessica anwesend war, begann sich ausgiebig und hingebungsvoll zu kratzen. «Ich kapier es trotzdem noch nicht», sagte er schließlich. «Ich mein, welches Spiel hat sie denn gespielt?»

«Gute Frage. Genau das werde ich herausfinden müssen.»

Und damit war er verschwunden.

45

Man konnte die Sache natürlich auch andersherum sehen: Um zu *verlieren*, brauchst nur zu spielen. Aber eine solche Denkweise hätte Chloe verabscheut. Sie war eine Draufgängerin. Auf Nummer sicher zu gehen, war nicht ihr Ding. Sie ging immer aufs Ganze, packte Gelegenheiten beim Schopf. Aber warum musste er plötzlich an Chloes Mutter denken, in ihrem Morgenmantel, mit verhärmtem Gesicht und verlorenem Blick? Warum fielen ihm Chloes Kinderfotos auf dem Kaminsims in ihrem Zimmer ein, die Teddybären auf ihrem Bett? Er fuhr sich übers Gesicht und seufzte. Dann stieg er auf die übliche Weise über die Mauer auf den Parkplatz des *Imperiums* und schlängelte sich im Schatten zwischen den Autos hindurch.

Das Erste, was er sah, war ein schwarzer Porsche, der vor dem Hintereingang des Casinos parkte. Er schlich einmal um ihn herum. Der Porsche war kurz, flach und so schwarz, dass es schon fast wie Blau aussah. Er spähte durchs Fenster, stieß einen leisen Pfiff aus und zog sich dann in den Schatten am anderen Ende des Parkplatzes zurück, wo er eine rauchte und sich einredete, dass er erst noch beschließen wollte, was er als Nächstes tun würde, obwohl das im Grunde schon längst feststand. Wie immer.

Im Casino schlenderte er, das Sektglas in der Hand, wie gehabt durch die Räumlichkeiten, ohne jedoch ein bekanntes

Gesicht zu sehen, was beides war – ungünstig und doch gut. Die ganze Zeit dachte er an Chloe: Warum war sie hergekommen? Um zu gewinnen, offensichtlich.

Aber – um Smudges Frage aufzugreifen – bei welchem Spiel?

Immer auf der Hut vor dem Manager, strich er systematisch durch die Baccara- und Pokerräume, vorbei an den Roulette- und Blackjacktischen, den Spielautomaten und den einarmigen Banditen, durch die Coffee Lounge und die Bar. Sobald er seine Gefühl für die räumliche Anordnung aufgefrischt hatte, trat er unauffällig durch eine Tür mit der Aufschrift Nur für Personal und verschwand von der Bildfläche.

Auf der anderen Seite der Tür war plötzlich alles still. Keine römischen Motive mehr zu finden. Alles schlicht und funktional. Garvie blickte in beide Richtungen des Flurs und wandte sich dann nach links. Bald gelangte er an den Fuß einer mit schwarzem, langflorigem Teppich bezogenen Treppe, die mit einer goldenen Kette abgesperrt war. Nachdem er einen kurzen Blick nach oben geworfen hatte, ging er weiter den Flur entlang. Auf der rechten Seite gab es mehrere Türen, alle waren verschlossen. Er bog links ab, dann noch mal links. Offenbar führte der Flur um alle Räumlichkeiten des Casinos herum. Bald, so rechnete er sich aus, würde er beim Restaurant und bei der Cocktailbar ankommen. Kurz darauf hörte er vor sich Stimmen, wich wiederum nach links aus und fand sich in einer kleinen, von riesigen Topfpflanzen exotischer Herkunft halb verdeckten Lounge mit einigen Sofas und niedrigen Tischen wieder. Hier war kein Mensch. Aber gegenüber gab es drei Türen, von denen eine offen stand, und dahinter war eine zornige Stimme zu hören.

«Was zum Teufel ist los mit dir?»

Eine männliche Stimme. Eine Stimme, in deren Barschheit eine ordinäre Autorität zum Ausdruck kam. Und auch noch etwas anderes, dachte Garvie. Sorge. Oder Furcht.

Das war interessant.

Garvie setzte sich auf eines der Sofas und zündete sich eine Zigarette an. Halb verborgen unter den breiten Blättern einer Palme, lehnte er sich zurück und lauschte.

«Ich hab keine Zeit für so 'nen Scheiß», sagte die Stimme. «Was ist das hier, ein Wohltätigkeitsverein?»

«Nein, Sir. Aber diese Kopfschmerzen –»

«Glaubst du, deine Scheiß-Kopfschmerzen interessieren mich? Glaubst du, die Kunden draußen wollen was von deinen Kopfschmerzen hören?»

«Nein, aber –»

«Du machst ein Gesicht wie Grumpy der Zwerg. Na gut, du bist klein. Aber du kannst wohl trotzdem lächeln, oder?»

«Ja, Sir.»

Kurz darauf kam ein Mädchen in Toga durch die Tür, Tränen im Gesicht. Sie war klein. Und sie lächelte nicht. Sie ging an den Sofas vorbei, ohne Garvie zu bemerken, dann durch eine Tür auf der anderen Seite. Für einen Moment war die Geräuschkulisse des Casinos zu hören, dann, als die Tür zufiel, wurde es wieder still.

Die Stimme aus dem Zimmer sagte: «Wie heißt die überhaupt?»

Eine zweite, tiefere und bedächtigere Stimme sagte: «Messalina.»

«Ich mein, ihren richtigen Namen.»

«Madonna.»

Es folgte ein kurzes, verblüfftes Schweigen.

«Du willst mich doch verarschen – Madonna? Hör zu, wenn mein alter Herr diese Madonna da draußen mit so einer mürrischen Fresse rumlaufen sieht, dann reißt er ihr gleich den Kopf ab, was mir am Arsch vorbeigeht, aber als Nächstes reißt er *mir* den Kopf ab. Und dagegen hab ich was. Also, wenn du den Eindruck hast, dass er sauer wird, gibst du mir Bescheid. Okay?»

Kurzes Schweigen. Dann sagte dieselbe Stimme: «Mann, ich hasse es, wenn er freitags hier ist.»

Wieder Schweigen.

«Hör zu.»

Jetzt war seine Stimme zurückhaltend.

«Er hatte heute Morgen wieder Besuch. So'n Inspektor mit 'nem Lappen auf dem Kopf.»

«Was wollte der?»

«Nichts. Ich weiß nicht. Ich mein', was können die schon wollen? Was ich aber wissen möchte: Wir haben diesen Laden doch im Griff, oder?»

«Klar.»

«Keiner, der querschießt?»

«Keiner.»

«Was ist mit den Schnepfen? Das ist meine einzige Sorge. Was ist mir dieser Madonna, zum Beispiel? Oder mit dieser Neuen? Hannah, stimmt's?»

«Ja, Hannah.»

«Die hält sich doch für sonst wie unabhängig. Was ist mit der? Wird die quatschen?»

Es folgte eine weitere, diesmal längere Pause, offenbar dachte der andere nach.

«Verstehst du, was ich meine?»

«Jep.»

«Ich will nur sichergehen, dass niemand was rumposaunt.»

«Keine Sorge. Ich rede mal mit ihr.»

«Gut.»

Kurz darauf traten zwei Männer aus dem Zimmer. Der Erste war groß und kahl, gekleidet wie ein Türsteher, mit sehr enger Smokingjacke und schwarzer Fliege. Er ging mit ausladenden Bewegungen auf eine Tür zu und verschwand im Casinobereich.

Der andere war der Manager. Garvie fiel erneut auf, wie jung er war. Zwanzig, einundzwanzig. Er hatte ein raues, feuchtes Gesicht, in dem es oft zuckte. Und Schweinsäuglein, in denen der Wahnsinn lauerte. Er folgte dem Schrank, blieb plötzlich stehen, blickte sich schnüffelnd um, ohne jedoch etwas Auffälliges zu bemerken, stieß einen Fluch aus und verzog sich ebenfalls ins Casino.

Garvie rauchte erst einmal in Ruhe seine Benson & Hedges zu Ende, drückte den Stummel im Palmentopf aus und folgte den beiden.

46

Es war ein Risiko. Andererseits hatte er, genau wie Chloe, eine Schwäche für Risiken. Während er Schweinsauge im Blick behielt, suchte er in der Menge nach einem Mädchen in einer Toga. Einem Mädchen mit schulterlangen braunen Haaren, belustigten grauen Augen und Zwinkergrübchen. Er konnte sie nicht finden. Sie war weder an der Bar oder Coffee Lounge noch bei den Roulette- oder Blackjacktischen noch in den Poker- oder Baccararäumen. Am Ende wartete er einfach neben den einarmigen Banditen. Dort fand sie ihn dann.

«Gehst ein ganz schönes Risiko ein, Garvie Smith. Du hast hier keinen Zutritt. Der Manager hat gesagt, wir sollen es sofort melden, wenn wir dich sehen.»

«Na ja. Risiko ist mein zweiter Vorname.» Er konnte sich nicht erinnern, jemals etwas so Kitschiges gesagt zu haben.

«Ach ja? Wie lustig. Jetzt kenne ich drei Namen von dir, und du kennst immer noch keinen einzigen von mir.»

«Könnte schon sein, dass ich einen kenne.»

«Das glaube ich nicht.»

«Ich kann ziemlich gut raten.»

«Tatsächlich?»

«Zufällig ist Raten meine Spezialität.»

«Und du glaubst, dass du meinen Namen erraten kannst?»

Während er sie so ansah, hatte er das Gefühl, er könnte in ihren grauen Augen ertrinken, deshalb sah er schnell woandershin und sagte: «Am besten probier ich's erst mal bei jemand anderem, zum Aufwärmen.» Er deutete in den Blackjackraum. «Na los, stell mich auf die Probe. Wähl jemanden aus. Egal, wen.»

«Na gut, Sherlock. Dann rate mal ihren Namen da.»

«Wer, die Kartengeberin?»

«Genau.»

«Also gut.» Er wand sich ein wenig. «Ich muss mich dafür konzentrieren. Ein Glas Schampus könnte helfen.»

«Erst raten, dann Schampus.»

Er seufzte tief, kniff sich mit den Fingerspitzen in den Nasenrücken und richtete seine Aufmerksamkeit auf das unfröhliche Mädchen mit den Blackjackkarten.

«Ein Mädchen, das offensichtlich Probleme hat», sagte er nach einer Weile. «Kopfschmerzen, würde ich sagen.»

Hypatias Augenbrauen hoben sich. «Weiter.»

«Unglücklich ist sie auch. Hat vor einer Weile geweint. Siehst du, wie steif ihre Haare vorne sind, wo sie sich das Gesicht abgewischt hat? Meine Vermutung ist: Der Manager mag sie nicht. Höchstwahrscheinlich hat er sie runtergemacht.»

Hypatia sah ihn neugierig an, die Andeutung eines Lächelns im Gesicht.

«Andererseits», sagte er, «mag sie sich selber auch nicht so richtig.»

«Ach? Und warum nicht?»

«Sie wäre gern ein bisschen größer.»

Hypatia starrte ihn an. «Okay. Interessant. Aber wie lautet ihr Name? Das hast du mir noch nicht verraten.»

«Dazu komme ich. Ihr Name ist … auch etwas, das sie unglücklich macht.»

«Warum?»

«Passt nicht zu ihr. Sie empfindet ihn als Belastung. Sie ist vom Äußeren her nicht die Person, einen solchen Namen zu tragen.»

«Sehr interessant. Aber wie lautet er?»

Er seufzte. «Ich werde einfach wild drauflosraten müssen.»

Dann schwieg er.

«Na, dann mal los», sagte sie.

Er winkte sie näher heran, beugte sich zu ihr und flüsterte: «Madonna.»

Für einen Moment starrte sie ihn verblüfft an. Dann fing sie an zu lachen. Es war das reizendste Lachen, das er je gehört hatte. Und als sie aufhörte, boxte sie ihn auf den Arm. Der Schlag war nicht von schlechten Eltern.

«Aua!»

«Na schön, du hast also irgendwo ihren Namen aufgeschnappt. Ich gewähre dir noch drei Minuten meiner Zeit. Abgesehen von *meinem* Namen, der weiter geheim ist, was willst du wissen?»

«Der Mann da drüben. Mr. Schweinsauge.»

Sie folgte seinem Blick und sah den Geschäftsführer, der kurz auf der anderen Seite des Blackjacktisches auftauchte und gleich wieder in der Coffee Lounge verschwand.

«Ja?»

«Sehe ich da eine gewisse Ähnlichkeit mit dem Besitzer?»

«Auch wieder gut geraten. Ja, Darren ist sein Sohn.»

«Und was war es, das Darren getan hat und du mit angesehen hast?»

Ihr Gesicht nahm einen starren Ausdruck an, ihre großen Augen wurden noch größer.

«Gestern vor drei Wochen», sagte Garvie. «Da hat eine Bekannte von mir hier etwas Unangenehmes erlebt. Und meine dritte scharfe Vermutung heute Abend ist, dass Mr. Schweinsauge etwas damit zu tun hatte. Er ist ein bisschen übernervös, hat vor irgendetwas Angst, und ich kann mich des Gedankens nicht erwehren, dass er vielleicht –»

Sie legte eine Hand auf seinen Arm, und er verstummte. Ihrem Blick folgend, drehte er sich langsam um und sah sich unvermittelt von dem fast aus dem Jackett platzenden Bauch eines Mannes bedrängt, in dem er den muskelbepackten Kumpan des Geschäftsführers erkannte.

«Der Geschäftsführer lässt in sein Büro bitten», sagte der Mann teilnahmslos.

«Nett von ihm», sagte Garvie, «aber um ehrlich zu sein, bin ich im Moment ein bisschen in Eile. Wär's nicht möglich –»

Doch der Typ packte ihn am Arm, und dann marschierten sie, ein etwas seltsames Duo, gemeinsam um den Blackjacktisch herum und durch eine weitere Nur-für-Personal-Tür zum Büro des Geschäftsführers.

Es roch nach Rasierwasser. Es war ein schick eingerichteter Raum, der aber vernachlässigt wirkte. Die exotische Pflanze in der Ecke war eingegangen, um den Messingpapierkorb herum lag Abfall verstreut, und auch das Ledersofa war mit Kram übersät: Pappkartons, Geräteteile, aufgerollte

Werbeposter. Der große Schreibtisch aus Walnussholz war staubig und voller Wasserflecken.

Hinter dem Schreibtisch saß Winder jun., die Quelle des Rasierwassergeruchs. Sein Gesicht glänzte.

«Mitgliedsausweis», sagte er und streckte die Hand aus. Sie zitterte leicht.

«Lohnt sich eigentlich nicht, ehrlich gesagt. Ist fake.»

Garvie blickte sich um. Das Muskelpaket stand hinter ihm neben der Tür. Die Pappkartons auf dem Sofa waren alle identisch, klein, länglich und unbeschriftet. Darunter lugten ein Stativ und ein Reflexschirm hervor. In einer Ecke eines aufgerollten Posters waren die Worte *Um zu gewinnen* zu sehen. Durch das Fenster über dem Sofa konnte er einen Teil des schwarzen Porsches erkennen.

«Nettes Auto», sagte er.

«Schnauze.»

«Könnte wetten, dass innen drin alles tadellos zusammenpasst.»

«Schnauze, hab ich gesagt.»

Winders Augen quollen hervor. Seine Stimme schien beim Sprechen ebenfalls aufzuquellen. «Hältst dich für ganz groß, wie?»

Garvie sah ihm ins schweißnasse Gesicht. «Ja, riesenhaft. Sieht man doch.»

Winder riss mit den Zähnen an seinem Daumennagel. Es sah aus, als wollte er ihn sich ausreißen. «Meinst, du wärst schlauer als ich, wie?»

Garvie sagte nichts. Eine Antwort erübrigte sich. Stattdessen fragte er sich, warum Winder so nervös war. Im Allgemeinen werden Leute nervös, wenn sie Angst haben.

Angst vor irgendwas oder irgendwem. Oder weil sie etwas Bestimmtes getan haben.

«Die Schlauheit wird dir vergehen, wenn ich dich anzeige, du Scheißschuljunge.»

Garvie beobachtete, wie er hinter seinem Schreibtisch schwitzte und zuckte. Interessant, wie wütend er war. Wütende Menschen machen dumme Fehler. Sie bringen sich in heikle Situationen und verlieren leicht den Kopf.

«Was ist? Wenn ich die Polizei rufe, dann machste garantiert nicht mehr auf cool.»

«Sie werden die Polizei nicht rufen», sagte Garvie.

«Du glaubst nicht, dass ich die Polizei rufe?»

Er machte keine Anstalten, zum Telefon zu greifen. Stattdessen fuhr er sich mit beiden Händen durch die bereits schütteren Haare und zog eine Grimasse.

«Darauf kannst du einen lassen, dass ich die Polizei nicht rufe. Hab Besseres zu tun, als meine Zeit mit so was zu verplempern. Mir doch egal, ob du strafrechtlich verfolgt wirst oder nicht. Aber es stinkt mir, wenn neugierige Gören wie du ihre Nase in meine Geschäfte stecken. Du verziehst dich.» Er warf seinem Kumpan einen Blick zu. «Sofort.»

Das Muskelpaket setzte sich in Bewegung und packte Garvies Arm.

«Oh, eine neugierige Frage noch, bevor unsere Wege sich trennen», sagte Garvie. «Wie oft ist Chloe hier gewesen?»

Winder zuckte zusammen, als hätte ein Peitschenhieb ihn getroffen, und für einen Moment stand ihm ein heilloser Schrecken ins blasse Gesicht geschrieben. Er musste ein paar Mal hefig durchatmen, bevor er, an das Muskelpaket gerichtet, krächzend sagte: «Schaff ihn hier raus, bevor ich ihm die Fresse poliere.»

Es gab einen Hinterausgang mit einer schweren Feuertür. Der Kraftprotz benutzte Garvies Kopf, um sie aufzustemmen, und seine Knie und Schienbeine, um die drei Stufen dahinter auf ihre Festigkeit zu prüfen. Dann schleifte er ihn wie ein unhandliches, für den Müll bestimmtes Möbelstück zum Parkplatz.

«Passen Sie auf das hübsche Auto auf», sagte Garvie, etwas mühsam in seiner gekrümmten Haltung. «Sie wollen doch keine Delle reinmachen mit meinem Gesicht.»

Das Muskelpaket aber schleuderte ihn in sicherem Abstand an dem Porsche vorbei, und Garvie landete krachend auf dem Betonboden, wo er erst einmal liegen blieb und darauf wartete, dass der Schmerz in seinen Knien und Ellbogen nachließ.

Als er alle Sinne endlich wieder beisammenhatte, sah er, dass der Muskelmann immer noch an Ort und Stelle stand, wie ein Schauspieler, der darauf wartet, dass er seinen Text aufsagen darf.

«Und *komm nie wieder her*», sagte er mit etwas schleppender, aber bedrohlichen Stimme, bevor er sich umdrehte, breitbeinig über den Parkplatz walzte und sich die drei Stufen wieder hinaufwuchtete.

«Haben Sie recht herzlichen Dank», rief Garvie ihm nach. «Wir melden uns dann bei Ihnen. Sie finden allein nach Hause, nicht wahr?»

Der Mann knallte die schwere Tür zu.

47

Der Medienrummel, den die Nachricht von Naylors Selbstmord ausgelöst hatte, mündete wie vorauszusehen in einen lauten öffentlichen Aufschrei, und über eine lange, schwierige Woche hinweg gab Inspektor Raminder Singh in Fernsehinterviews eine mitleiderregende Figur ab, die versuchen musste, auf Fragen zu antworten, die auf unterschiedliche Weise allesamt eine Erklärung dafür verlangten, warum die Qualität der Polizeiarbeit auf ein so abgrundtiefes Niveau gesunken sei. Allgemein herrschte die Meinung, dass das Rätsel des Mordes an dem schönen Mädchen nicht gelöst würde, solange die gegenwärtigen Ermittler weiterstümpern durften. Unabhängig davon hatten Anwälte, die die Familie Paul Johnsons vertraten, angekündigt, Klage gegen die städtische Polizei zu erheben mit der Begründung, dass deren schikanöse Verfolgung eines «leidenden jungen Mannes» in «ursächlichem Zusammenhang» mit dessen Selbstmord stehe. Es waren sogar Stimmen laut geworden, die den Rücktritt des Polizeipräsidenten forderten, eines Amtsträgers, dessen Qualitäten bislang noch nie in Zweifel gezogen worden waren.

Als die Woche dann zu Ende war und der folgende Montag kam, hatte sich innerhalb der Mordkommission das untrügliche Gefühl breitgemacht, dass nur noch wenige Tage Zeit blieben, um Fortschritte bei der Ermittlung zu erzielen, bevor der öffentliche Druck tiefgreifende Veränderungen erzwingen würde. Auch Singh stand unter diesem Eindruck, als er sein Auto am Morgen in der Tiefgarage am Cornwallis Way parkte und durch die trübe Betonlandschaft zum Treppenaufgang schritt. Seine aufrechte Haltung hatte er sich zwar bewahrt, aber der Schlafmangel ließ ihn abgezehrt und verhärmt erscheinen. Die letzte Person, der zu begegnen er sich wünschte, war der Polizeipräsident, der sich der Treppe aber just von der anderen Seite her näherte.

Der Präsident sah ihn nur kurz an, dann stiegen sie ohne jeden Gruß nebeneinander die Treppe hinauf. Der Präsident sagte nichts, das Schweigen schien sich endlos zu dehnen, und als sie im Erdgeschoss angekommen waren, hatte Singhs linke Wange wieder zu zucken begonnen.

Gemeinsam schritten sie durch den Haupteingang. Gemeinsam, in unverändertem Schweigen, passierten sie die Sicherheitsschleuse, gingen durch die Halle zum Fahrstuhl, fuhren in den vierten Stock und durchquerten das Großraumbüro in die Richtung von Singhs Zimmer. Alle Köpfe wandten sich ihnen zu, der Präsident, stumm und grimmig, Singh, blass und angespannt, dicht hinter ihm. Der Ruf des Präsidenten, was seine Unerbittlichkeit gegenüber jenen Untergebenen betraf, die ihn enttäuscht hatten, war legendär. Daher sah die Belegschaft des Großraumbüros mit fasziniertem Gruseln zu, wie die beiden Männer auf Singhs Büro zumarschierten. Bob Dowell verharrte am Fotokopierer, Mal Nolan richtete sich am Wasserspender auf, Collier setzte die bereits zum Mund geführte Kaffeetasse wieder ab. Als sie schließlich vor Singhs Tür angelangt waren, blieb zuerst der Präsident stehen und dann, den Blicken aller Anwesenden ausgesetzt, auch Singh, in der

Erwartung, dass er jetzt erfahren würde, wie es mit ihm weitergehe. Doch gleich darauf setzte der Präsident wortlos seinen Weg fort, und Singh stand da wie bestellt und nicht abgeholt. Vor den Augen aller Kollegen, die ihn stumm beobachteten. Er dagegen nahm sie kaum wahr. Wie betäubt verharrte er, bis er fühlte, wie ihm der Schweiß ins Gesicht trat. Leicht schwankend drehte er sich um. Seine Sekretärin war von ihrem Schreibtisch aufgestanden und versuchte ihm etwas mitzuteilen oder vielleicht auch ihren Beistand anzubieten – «Sir? Sir?», sagte sie. «Ich muss Ihnen sagen … Da ist ein …» – doch er ging an ihr vorbei, ohne recht zur Kenntnis zu nehmen, was sie sagte, und suchte Zuflucht in den sicheren vier Wänden seines Büros.

Wo Garvie Smith auf seinem Stuhl saß und die Beine auf den Schreibtisch gelegt hatte.

Garvie Smith: Treten Sie ein, Inspektor Singh. Freut mich, dass Sie's einrichten konnten. Setzen Sie sich. Ich will Sie auch nicht lange aufhalten.

Inspektor Singh: *(wie angewurzelt, blinzelt, blickt fassungslos zu seiner Bürotür, dann wieder auf Garvie)*

Garvie Smith: Sie haben Ihr Fenster offen gelassen.

Inspektor Singh: *(blickt fassungslos zum Fenster)*

Garvie Smith: Jetzt mal keine Panik. Wir sind im vierten Stock. Michael hat mich hochgeführt. Netter Junge, der Michael. Kennt meinen Onkel. Sehr freundlich und hilfsbereit. Das gefällt mir gut bei Polizisten. Wie auch immer –

Inspektor Singh: *(fängt sich, schließt hastig die Bürotür, packt Garvie am Kragen, zerrt ihn aus dem Sessel)*

«Ist ja gut, ist ja gut, Sie brauchen nicht gleich auszurasten.»

Mit einem Zischen in der Stimme, das bis vor die Tür dringen musste, sagte Singh: «Was fällt dir ein? Ich hab dir gesagt, du sollst nie wieder herkommen.»

«Na ja. Gibt halt Neuigkeiten.»

«Neuigkeiten?»

«Sie wissen schon. Schockierende Entdeckungen, entscheidende Hinweise. Hören Sie, müssen Sie sich die ganze Zeit an meinem Arm festklammern? Ich finde das tendenziell unangenehm.»

Singh ließ seinen Arm los. «Wir hatten ein Abkommen, weißt du noch?»

«Nein. Mein Gedächtnis ist nicht so toll. Hab ich irgendwas unterschrieben?»

«Ich habe unmissverständlich klargestellt, dass die Sache vorbei ist.»

«Sagen Sie das mal den Zeitungen. Die glauben, dass es niemals endet.»

Für einen Moment starrte Singh den Jungen so erbittert an, dass es aussah, als wollte er ihn an die Wand stellen und in Handschellen legen. Dann aber stieß er einen langen, entnervten Seufzer aus. «Ich werde nicht mit dir streiten.» Steif ging er zu seinem Schreibtisch zurück und setzte sich. Rückte seinen Turban zurecht. «Erzähl mir, was du hier willst, aber mach schnell. Danach musst du wieder gehen. Der nette junge Polizist wird dich hinausführen.»

«Ich hab schon mehrfach versucht, Sie darauf aufmerksam zu machen. Es gibt da ein Auto, das Sie interessieren könnte. Porsche. Und zufällig schwarz.»

Singh sah ihn lange an, er überlegte. «Ja», sagte er

schließlich mit einem prüfenden Blick zur geschlossenen Zimmertür.

Garvie hob eine Augenbraue. «Das ist ja schon ein bisschen konkreter als letztes Mal. Haben Sie was Neues, mit dem Sie arbeiten können?»

Singh zögerte.

«Kommen Sie, Mann, Sie dürfen mir vertrauen. Außerdem kann ich Ihnen helfen. Wie sieht er aus, Ihr schwarzer Porsche? Achtzehn-Zoll-Sportreifen? Carrera-Heckspoiler? Einzelne Oval-Endrohre, eins auf jeder Seite?»

Singh sagte seufzend: «Schon möglich. Die Bilder sind nicht so deutlich, wie wir uns das wünschen.»

«Wo hat die Überwachungskamera sie eingefangen?»

«In der Bootham Street am Donnerstagabend. Kurz vor sieben Uhr ist sie von jemandem abgeholt worden, mit einem Porsche, auf den die Beschreibung passen könnte.»

«Und in welche Richtung sind sie weitergefahren?»

«Ringstraße.»

«Richtung *Imperium* also.»

Singh nickte.

«Sie sind doch noch mal dort gewesen, haben die Polster gesehen, all die Kreuze, Herzen, Piks und Karos. Wissen Sie noch, was Chloe sagte? Innen passt alles zusammen.»

Singh schwieg für eine Weile. Dann seufzte er. «Ja, ich war noch mal da, um mit Winder zu sprechen. Und ja, es könnte der Wagen von den Überwachungsbändern sein. Aber Winder scheidet definitiv aus.»

«Warum?»

«Er war die ganze Woche in Monaco. Der Wagen war in der Garage eingeschlossen.»

«Was ist mit seinem Sohn?»

Singh atmete heftig durch die Nase. «Bitte, mach nicht diesen Fehler.»

«Hat ihn irgendjemand am Freitagabend am Pike Pond gesehen?»

«Niemand. Jetzt hör mir mal zu –»

«Sie war da, wissen Sie. Im *Imperium.* Hab ich Ihnen schon mal erzählt. An Ihrer Stelle würde ich in Erfahrung bringen, was am Donnerstagabend im Casino los war. Meine Informanten berichten, dass es einen Vorfall gab.»

«Was?»

«Was genau, das weiß ich nicht.»

«Was für Informanten?»

«Das kann ich nicht enthüllen. Ist vertraulich.»

Der Polizeibeamte schnalzte vor Ärger. «Und, warum erzählst du mir das dann alles?»

«Warum? Weil ich Sie mag, Mann. Sie sind cool, humorvoll und immer gut für einen –»

«Im Ernst jetzt. Warum?»

«Oh.» Garvie überlegte. «Ich weiß nicht. Vielleicht mische ich mich einfach nur gerne ein. Warum hören Sie mir zu?»

Singh gab keine Antwort. Er saß schweigend da, runzelte die Stirn. «Ich weiß es auch nicht», sagte er schließlich. «Aber eins muss ich zugeben. Du hast ein gewisses Talent dafür, Sachen herauszufinden. Und dafür, mich zu ärgern. Aber na gut. Pass auf, mir bleibt weniger als eine Woche, um diese Ermittlung zum Erfolg zu führen. Wenn ich das nicht schaffe, kann ich mich als Versager betrachten; es wird hier keinen Platz mehr für mich geben. Schon dadurch, dass ich mit dir rede, verstoße ich gegen alle Vorschriften. Du darfst hier nicht wieder herkommen. Nie mehr. Ab sofort sprechen wir nur noch per Telefon. Deine Nummer habe ich ja.»

Er zog seine Karte hervor, kritzelte etwas darauf und reichte sie Garvie, der sie sich nur kurz ansah und dann wieder zurückgab. Ohne zu lächeln oder sonst eine Gefühlsregung zu zeigen, steckte der Inspektor sie wieder in die Tasche.

«Also gut. Mein Vorschlag ist folgender: Du rufst mich an, falls sich irgendetwas ergibt. Ich werde dich von Zeit zu Zeit anrufen, um dich über die Ermittlungen auf dem Laufenden zu halten. Aber nur», fügte er hinzu, «wenn du mir etwas versprichst.»

«Ich weiß. Nicht den Rasen betreten.»

«Du darfst hier nicht wieder herkommen. Wichtiger noch, du darfst nie wieder ins *Imperium* gehen. Du machst dir keine Vorstellung, was die Winders für Kaliber sind. Wir wissen es nur zu gut. Im Laufe der Jahre haben wir reichlich mit ihnen zu tun gehabt.»

«Sie sind nicht nur im Glücksspiel tätig?»

«Es ist die alte Geschichte: Man hat ihnen nie etwas nachweisen können. Aber eine Menge Leute sind zu Schaden gekommen. Ich versorge dich mit Informationen, wenn du dich von ihnen fernhältst. Abgemacht?»

Er streckte seine Fingerknöchel vor, und mit einem Achselzucken tat Garvie es ihm gleich.

«Abgemacht?», wiederholte Singh.

«Ja, abgemacht.»

«Du gehst nicht wieder ins *Imperium*?»

Garvie schüttelte den Kopf.

«Versprichst du's?»

«Meine Güte, vertrauen Sie mir nicht?»

«Versprichst du's? Sag es laut.»

«Ich versprech's. Ich versprech's. Ich versprech's.»

48

Bei Tageslicht, stellte Garvie fest, sah das *Imperium Restaurant und Casino* ziemlich schäbig aus. Wie ein verkatertes und nachlässig abgeschminktes Gesicht. Die Steinwände waren ausgeblichen, das Rauchglas verschmiert, und in den Orangenbaumtöpfen steckten unzählige Zigarettenstummel.

Um sieben Uhr war noch fast alles zu. Nur die Rezeption war schon besetzt, um Reservierungen für Partys entgegenzunehmen. Keine Türsteher am Eingang, keine Geschäftsführer, die durch die Flure stromerten, sodass Garvie ungehindert eintreten und an den stummen Spielautomaten vorbei zur tiefgelegten Empfangshalle gehen konnte. Eine Dame mittleren Alters saß an einem Schreibtisch und blickte von ihrem Laptop auf. Sie hatte ein raubtierhaftes Gesicht voller schimmernder Flecken und knochiger Auswüchse.

«Hi», sagte Garvie gewinnend.

Die Dame sagte nichts. Ihre Augenbrauen zogen sich leicht zusammen.

«Eine Nachricht für Hypatia», sagte Garvie, indem er einen Briefumschlag schwenkte. «Wäre es möglich, dass Sie sie weiterleiten?»

Die Frau sah den Briefumschlag an, als überlegte sie, wie sie ihn verschwinden lassen könnte. Dann richtete sie den Blick auf Garvie.

«Von wem kommt die Nachricht?», fragte sie schließlich frostig.

«Von einem Bewunderer.»

Nachdem sie ihn ausgiebig angestarrt hatte, sagte sie: «Wir haben hier keine Hypatia.»

«Sind Sie sicher? Eine Kellnerin. Croupière. Schulterlange kastanienbraune Haare. Graue Augen. Ungeheuer hübsch. Allerdings», fügte er höflich hinzu, «sind hier ja anscheinend alle Frauen ungeheuer hübsch.»

Die Frau überlegte. «Arbeitet hier nicht mehr», sagte sie.

«Sie hat aufgehört?»

Jetzt lächelte die Frau, ein unheimlicher Anblick. Sie griff zum Telefon. «Am besten sprechen Sie mit dem Geschäftsführer.» Ihr Finger schwebte über der Tastatur. «Wen darf ich ankündigen?»

Garvie antwortete nicht. Aber er hatte plötzlich ein ungutes Gefühl in der Magengrube.

Um ein Uhr nachts zeigte das *Imperium* sich wieder von seiner besten Seite, rundum aufgehübscht, der Türsteher in Smokingjacke an seinem Platz, die Orangenbaumtöpfe gesäubert, und auch die Wände erstrahlten im sanften Licht der blauen Globen wie neu.

Garvie beobachtete den Eingang vom Vorhof des benachbarten Bowlingcenters aus. Zum Glück hatte seine Mutter momentan Nachtschicht. Stirnrunzelnd verdrängte er jeden Gedanken an sie und konzentrierte sich auf den Casinoeingang. Er war müde, aber das war nicht so schlimm. Viel schlimmer war seine Angst. Er dachte an eine junge

Frau mit schulterlangen kastanienbraunen Haaren und grauen Augen. Eine Frau, die etwas gesehen hatte und dann im Gespräch mit einer überneugierigen Rotznase beobachtet worden war. Eine Frau, die verschwunden war. Vielleicht war sie schon nach Indien abgereist. Er glaubte es aber nicht. Er dachte daran, was Singh über die Winders gesagt hatte. Also wartete er und hielt die Augen offen.

Eine Stunde verging. Gelangweilt zückte er sein Handy und gab eine Nummer ein.

Es wurde augenblicklich abgenommen. Ein lautes Krachen ertönte, als wäre das Telefon gegen eine Wand geflogen, dann gab eine überlaute Stimme ein unverständliches, angestrengtes Geräusch von sich.

«Nur die Ruhe, Mann, ich bin's bloß. Was liegt an?»

Nach einer längeren Pause sagte Singh: «Garvie?»

«Genau der. Ich hatte mich nur grad gefragt, ob Sie vielleicht irgendwas mitzuteilen haben.»

«Garvie, es ist zwei Uhr morgens.»

«Tatsächlich? Sie haben doch nicht geschlafen, oder? Ich dachte, Sie schlafen nie. Ich dachte, unser Mann vom Yard ist stets auf der Hut und immer im Dienst.»

«Es gibt keine Neuigkeiten», sagte Singh. «Falls das der Grund deines Anrufs ist.»

«Was haben Sie denn so getrieben?»

Er hörte Singh seufzen. «Wir haben Winder sen. noch mal befragt. Nichts. Wir haben Mitarbeiter befragt. Auch dort nichts. Keine Bestätigung, dass Chloe am Donnerstagabend im Casino war.»

«Na ja. Bleiben Sie dran.»

Singh gab einen seltsamen Ton von sich. «Ich hoffe, ich

muss dich nicht daran erinnern, dass du dich vom *Imperium* fernhalten sollst.»

«Ach wo, überhaupt nicht. Also gut, wir hören voneinander.»

Er legte auf und setzte seine Beobachtung des Casinos fort.

Um Viertel nach zwei waren alle Gäste nach Hause gegangen, der Türsteher sperrte von innen ab.

Gegen halb drei erschienen nacheinander die Kellnerinnen und Kartengeberinnen, seltsam unrömisch in ihren Jeans und T-Shirts. In Gedanken hakte er sie einzeln ab. Agrippina, Sabina, Flavia, Livia ... Nicht aber die Person, auf die er wartete.

Sicherheitshalber verharrte er noch eine weitere halbe Stunde, dann ging er langsam zurück zu seinem Fahrrad, das er auf dem Parkplatz des Supermarkts abgestellt hatte, und machte sich auf den Heimweg. Die schlafende Stadt erstreckte sich nach allen Seiten, riesig und leer. Kleinlebewesen waren unterwegs, um nach Essbarem zu suchen und sich gegenseitig umzubringen; er konnte sie im Gebüsch rascheln hören. Nicht weit von seinem Wohnviertel sah er einen Hirsch die Umgehungsstraße überqueren. Seelenruhig trottete das Tier über den Asphalt auf den Abholmarkt zu, und Garvie, der es nicht verschrecken wollte, blieb einen Moment stehen und sah staunend zu.

Er stellte sich Chloe vor, wie sie in einem schwarzen Porsche saß.

Alles passte anscheinend zusammen. Wenn's doch nur so gewesen wäre! In Gedanken ließ er eine Reihe von Dingen nacheinander Revue passieren. Ein Reflexschirm, wie man ihn zum Fotografieren benutzt, achtlos auf dem Sofa eines Bürozimmers in einem Casino abgelegt. Der pseudoprachtvolle Teppichbelag der Treppe. Der Sohn, der vertretungsweise die Aufsicht führt. Das aufgebrezelte Mädchen. Er fügte noch ein Paar hässliche Laufschuhe in Giftgrün und Orange hinzu. Eine Nachricht, hingekritzelt auf eine herausgerissene DIN-A4-Seite. Alles passte zusammen, das wusste er genau. Aber wie?

Er dachte an ein Mädchen ohne Namen, ungeheuer hübsch.

Und als er wieder genauer hinsah, war der Hirsch weg, wie durch Zauberhand im Schatten neben der Straße verschwunden. Aber kein Gedankenzauber war imstande, seine immer größer werdende Angst einzudämmen.

Am nächsten Abend, als er wieder neben dem Bowlingcenter wartete, ereilte ihn eine kleine Überraschung. Ein Anruf von Inspektor Singh. Es war noch früh: elf Uhr.

«Ja?»

«Singh hier. Ich weiß, es ist spät. Kannst du reden?»

«Ja, ich kann reden. Ich öffne meinen Mund, und dann kommen Wörter heraus. Das mache ich schon, seit ich ganz klein bin.»

Er konnte beinahe hören, wie sich Singhs Stirn in Falten legte. «Ich erfülle meinen Teil der Abmachung. Vor einer halben Stunde erreichte uns ein Anruf von Mrs. Dow. Sie hat etwas in Chloes Zimmer gefunden, das sie sich nicht erklären kann.»

«Was denn?»

«Einen Spielchip aus dem *Imperium*.»

«Wo hat sie den gefunden?»

«In einer weißen Jacke von Chloe.»

«Die, die sie am Donnerstagabend getragen hat. In welcher Tasche?»

«Rechte Außentasche.»

«Das gefällt mir nicht.»

Singh zögerte. «Aber es bestätigt deine Vermutung.»

«Eben deshalb.»

Jetzt konnte man beinahe Singhs Verblüffung durchs Telefon hören.

«Sie haben mir mal gesagt, dass nur handfeste Beweise zählen», sagte Garvie. «Was wir brauchen, ist eine Zeugenaussage. Jemand, der Chloe dort gesehen hat.»

«Wir befragen alle Leute.»

«Mitarbeiter?»

«Mitarbeiter, natürlich.»

«Ehemalige Mitarbeiter?»

Erneut spürte er Singhs Verwunderung. «Warum fragst du nach ehemaligen Mitarbeitern?»

In diesem Moment sah Garvie eine Gestalt vom Parkplatz des Casinos herkommen. Eine kleine Gestalt. Mit ernstem Gesicht.

«Muss Schluss machen», sagte er.

Offenbar hatte Singh seinen veränderten Tonfall bemerkt.

«Wo bist du überhaupt?»

«Wo ich bin? Es ist spät, Mann. Nach elf Uhr. Was glauben Sie, wo ich bin?»

«Gut. Dann bleib dort. Zu Hause bist du sicher. Das ist der andere Grund, warum ich anrufe. Wir hatten die

Winders noch mal hier, zusammen mit ihren Anwälten. Sie wirken ziemlich angespannt. Halte dich vom *Imperium* fern. Ich möchte nicht, dass du sie verärgerst.»

Die kleine junge Frau mit dem ernsten Gesicht hatte die Straße überquert und ging auf einen Bus zu, der im Leerlauf an einer nahen Haltestelle stand. Garvie folgte ihr, während er weiterredete.

«Hören Sie, Mann, passen Sie auch auf, dass Sie die Winders nicht verärgern. Ich möchte nicht, dass sie ihre Wut dann an irgendwelchen Angestellten auslassen. Oder ehemaligen Angestellten.»

«Warum –»

«Muss wirklich Schluss machen», sagte Garvie und ging schneller. «Wenn ich jetzt keinen Schlaf kriege, liege ich noch Stunden wach. Bis später.»

Dann rannte er vom Parkplatz des Bowlingcenters hinüber zur Straße.

Während der Nachtbus sich in Bewegung setzte, schleppte Garvie sich durch den Gang und versuchte, wieder zu Atem zu kommen. Er passierte die Sitzreihen, die fast alle unbesetzt waren, bis er zu einer kam, in der ein kleingewachsenes, ernst dreinschauendes junges Mädchen saß.

«Was dagegen, wenn ich mich hierhinsetze?»

Sie nahm kurz ihre Ohrstöpsel heraus, warf einen Blick über die leeren Sitze ringsum und zuckte die Achseln.

Er machte es sich in seiner üblichen lässigen Körperhaltung bequem.

Nach einigen Minuten nahm sie erneut ihre Ohrhörer raus und drehte sich zu ihm. «Hast du ein Problem?»

Er fuhr fort, sie mit freundlichem, wenn nicht gar liebevollem Blick anzusehen. «'tschuldigung. War mir gar nicht bewusst, dass ich dich anstarre. Das liegt daran, dass ich dich wiedererkenne. Du bist eine von den schicken Croupièren im *Imperium*, stimmt's?»

Sie sah ihn argwöhnisch an. «Kann sein.»

«Aber sicher. So ein Gesicht vergesse ich nicht. Ich weiß sogar noch deinen Namen. Moment, fällt mir sofort wieder ein. Messalina. Ist natürlich nicht dein richtiger Name.»

Sie lächelte nicht.

«Kannst du dich nicht an mich erinnern? Hab letztens am Blackjacktisch gespielt. Und groß abgeräumt.»

Sie musterte ihn genauer und schien etwas lebhafter zu werden. «Schon möglich. Bei uns herrscht immer viel Betrieb.»

Er blickte zur Uhr. «Ist eigentlich ein bisschen früh, um schon nach Hause zu gehen, oder? Müsstest du nicht Karten austeilen?»

«Kopfschmerzen», sagte sie kurz angebunden.

«Oh. Das tut mir leid.»

Solange der Bus an Ampeln wartete, schwieg er, aber sobald es ruckelnd weiterging, nahm er den Faden wieder auf.

«Als ich das letzte Mal bei euch war, bin ich mit einer deiner Freundinnen dort ins Gespräch gekommen. Hypatia. Auch nicht ihr richtiger Name.»

«Ich kenne sie», sagte das Mädchen. Sie sah ihn wachsam an. «Sie ist in Ordnung», ergänzte sie.

«Hypatia», wiederholte Garvie lächelnd. «Oder sollte ich sagen: *Madonna*?»

«Was?»

«Mit richtigem Namen heißt sie Madonna, stimmt's?»

Stirnrunzelnd machte das Mädchen den Mund auf, und Garvie sagte: «Warte, ich hab's durcheinandergebracht. 'tschuldigung. Sie ist Messalina, *du* bist Hypatia. Richtig?»

Sie wollte etwas sagen, aber Garvie kam ihr zuvor: «Oder du bist Madonna, und sie ist ... Messalina. Richtiger Name Hypatia?»

Das Mädchen schüttelte ungeduldig den Kopf. «Jetzt hast du's völlig durcheinandergebracht. Sie ist Hypatia, richtiger Name Hannah. Ich bin Messalina ...» Sie zögerte.

«Richtiger Name Madonna?»

Sie nickte widerwillig.

«Okay. Dann hab ich's endlich. Madonna.» Er sah sie an. «Kann natürlich nicht jede tragen, diesen Namen, ist klar. Aber wenn es passt ... Wow!»

Er hob anerkennend eine Augenbraue, und endlich wurde sie rot und lächelte ein wenig.

«Madonna», sagte er. «Und sie heißt Hannah. Moment. Doch nicht Hannah Briggs, deren Bruder letztes Jahr im Zusammenhang mit diesem Waschmittelbetrug ins Gefängnis musste?»

Sie runzelte die Stirn. «Clark heißt sie mit Nachnamen. Aber wie auch immer, sie arbeitet gar nicht mehr im *Imperium.*»

«Im Ernst? Was ist passiert?»

Ihr Gesicht wurde ausdruckslos. «Ich weiß nicht. Nichts. Sie ist einfach nicht mehr da.»

Garvie nickte. «Alles klar, Madonna. War nett, sich mit dir zu unterhalten. Ich muss hier aussteigen. Reservier ein Lächeln für mich am Blackjacktisch.»

Er war gespannt, ob sie ihm nicht vielleicht sofort ein Lächeln schenken würde, aber Madonna hatte wieder ihren misstrauischen Blick aufgelegt, daher drehte er sich um und stapfte durch den Gang zur Tür. Sofort fiel ihm sein ganzer Charme aus dem Gesicht, das zu einer bleichen Maske erstarrte.

49

Die *Stadt ist ein Labyrinth. Bei Nacht ist die Stadt eine Falle.*

Abdul schielte immer wieder nervös in den Rückspiegel, während er Garvie zur Siedlung in Strawberry Hill kutschierte.

«Garvie, Mann. Hast du Probleme?»

Garvie schüttelte den Kopf. «Nicht ich, Abdul. Jemand anders.»

«Diese *personne*, der sich versteckt gut, eh? Wir suchen hier, wir suchen da.»

«Ich weiß nicht, ob sie sich überhaupt versteckt. Ich hoffe es. Wir werden es bald wissen. Wenn wir da sind.»

Und wieder blickte er aus dem Fenster über flache Dächer hinweg auf die Wohnsilos von Strawberry Hill, während Abdul hochschaltete und darauf zuhielt.

Es war zehn Uhr am Mittwochabend, kühl unter einem verhangenen Himmel, an dem sich fette, dunkelblaue Wolken ballten. Fast vierundzwanzig Stunden waren vergangen, seit er Hannahs Namen erfahren hatte, einen Namen, der ihm vor kurzem beim Belauschen einer Unterhaltung schon einmal begegnet war.

Was ist mit dieser Neuen? Hannah heißt sie, stimmt's? Die hält sich doch für sonst wie unabhängig. Was ist mit der? Wird die quatschen?

Die Worte schwirrten schon den ganzen Tag in seinem

Kopf herum. Sie bereiteten ihm Übelkeit, aber trotzdem konnte er nicht aufhören, sie sich vorzusagen. Oder aufhören, an ein Mädchen mit kastanienbraunen, schulterlangen Haaren und grauen Augen zu denken, deren Lächeln einem unverhofften Sonnenstrahl glich. In der Schule war er wie ein Schlafwandler von einer Unterrichtsstunde zur nächsten getapert, und nachmittags hatte er zu Hause, den leeren Blick auf ein Übungsbuch gerichtet, wie erstarrt an seinem Schreibtisch gesessen. Erst als seine Mutter zur Arbeit aufgebrochen war, war er aufgesprungen und hatte sich seine Jacke gegriffen, um zu Abduls Taxistand zu laufen.

Das städtische Telefonbuch verzeichnete dreiundzwanzig Clarks mit der Vornamensinitiale H. Nach den Anrufen, die er im Verlauf des Tages geschafft hatte, waren nur noch fünf übrig, die in Frage kamen. Mit Abdul als Chauffeur hatte er bislang vier der Adressen besucht, aber keine Hannah angetroffen. Jetzt blieb nur noch eine: Strawberry Hill, Hornbeam Tower, Apartment 138.

Abdul hielt am Straßenrand und drehte sich zu ihm um. «Sie wohnt hier?»

«Vielleicht.»

Gemeinsam blickten sie an dem Hochhaus hinauf.

Abdul sagte: «Willst du, ich warte?»

«Ist schon gut, Mann. Ich weiß, dass du eine Flughafen-Tour hast.»

Abdul machte zischelnde Geräusche und wedelte mit den Händen.

«Kein Grund zur Sorge, Abdul. Ich schulde dir eh schon reichlich viel.»

Abdul zeigte ein halbes Lächeln. Halb erfreut, halb besorgt.

«Du passen auf, Garvie, Mann.»

Für einen Moment blickte Garvie dem Taxi nach, wie es sich die Straße hinunter entfernte, dann marschierte er auf den Hornbeam Tower zu. Ein großzügiger Gehsteig breitete sich vor einer Einkaufspassage aus, die größtenteils aus geschlossenen Geschäften bestand, und an der Hauswand hing ein Schild mit der Aufschrift Hornb a   Tower. Ein paar Jugendliche saßen auf ihren Rädern und starrten ihn an, als er an ihnen vorbeimarschierte und durch eine schwere Stahltür in den Hausflur trat. Er kannte keinen von ihnen. Der kahle Flur mit grauem Waschbetonboden war hell erleuchtet von Neonröhren, die an der hohen Decke hingen. Links gab es ein unbesetztes Büro, Nur für Personal stand auf der Holztür. Gegenüber waren zwei Fahrstühle mit Metalltüren.

Während Garvie auf den Fahrstuhl wartete, kam ein Mann in Army-Kluft herein und wartete ebenfalls.

Der Fahrstuhl kam, sie stiegen ein und standen stumm in der hellen Kabine, die langsam nach oben kroch. Im siebten Stock stieg der Mann aus, Garvie fuhr allein weiter in den zweiundzwanzigsten.

Durch einen kleinen Flur ging es hinaus auf einen Außengang, wo er, von einem leichten Wind umweht, zwischen Metallgeländer und Betondecke hindurch den Abendhimmel über der Kläranlage und den Kfz-Werkstätten sehen konnte. Garvie folgte dem Gang vorbei an paarweise angeordneten Wohnungstüren mit Mattglaseinsätzen, von denen etliche durch Metallgitter verstärkt worden waren, bis er zu den Nummern 137 und 138 gelangte.

Der Glaseinsatz von Nummer 138 war eingeschlagen, man hatte einen Streifen Pappe darübergeklebt.

Garvie drückte auf den Klingelknopf und hörte ein leises Läuten in der Wohnung, das so einsam und verloren klang wie das Klingeln des Telefons in einem seit Stunden verlassenen Büro. Nach einer Weile klingelte er noch einmal. Er wartete bestimmt eine ganze Minute. Dann schlug er mit der Faust gegen den Türrahmen.

«Hannah!», rief er unvermittelt. «Hannah!»

Einen halben Meter weiter links ging die Tür von Nummer 137 einen Spalt weit auf, eine ältere Frau in einem rosa Morgenmantel spähte heraus. Sie hatte ein längliches, schlaffes Gesicht und graue Haare in Lockenwicklern; ihren Morgenmantel hielt sie mit beiden Händen unter dem Kinn zusammen.

«Hat keinen Sinn, gegen die Tür zu hämmern», sagte sie. «Sie ist weg.»

«Sie meinen Hannah?»

Sie sah Garvie mit müdem, bitterem Blick an und saugte die Wangen ein. «Hat die Koffer gepackt. Vor vier oder fünf Stunden. Wer sind Sie?»

«Ein Freund.»

«Das sagen sie alle, am Anfang.»

«Wissen Sie, wo sie hin ist?»

Die alte Frau dachte lange nach, während sie auf ihrer schlaffen Unterlippe herumkaute. «Ich will keinen Ärger», sagte sie leicht angewidert und schickte sich an, die Tür zu schließen.

Garvie stellte seinen Fuß zwischen Tür und Rahmen, und die Frau schreckte zusammen. Die Tür ging ein Stückchen auf, sodass Garvie einen flüchtigen Blick auf ein kleines Zimmer und einen knalligen Teppich mit schokoladen- und karamellfarbenem Spiralmuster erhaschte.

«Ich will keinen Ärger», wiederholte sie jammernd. «Was auch immer sie getan hat.»

«Was soll das heißen, Ärger?» Er sah sie mit wildem Blick an. «Was soll das heißen, *getan hat*?»

Er schob seinen Fuß noch weiter vor, woraufhin die Frau in nervöser Hast sagte: «Jedenfalls war sie sowieso schon weg, als sie sie abholen wollten.»

«Sie abholen wollten?» Ihm wurde übel.

«Genau.»

«Wer?»

«Drei Männer. Und ein Hund. Aber sie war schon weg. Hat sich davongemacht. Mit dem Baby.»

«Baby?»

«Hatte Angst, dass ihm was passieren könnte, schätze ich.»

Das war zu viel. Er gab die Wohnungstür frei, trat zurück und setzte sich plötzlich hin, mit dem Rücken ans Geländer gelehnt. Sichtlich verwirrt, schlug die Frau die Tür nicht gleich zu, sondern sah ihn neugierig an.

«Alles in Ordnung?»

«Nein.»

Mit einem säuerlichen Nicken schickte sie sich jetzt doch an, die Tür zu schließen.

«Moment», sagte Garvie. «Sie müssen mir helfen. Wo ist sie hingegangen?»

«Woher soll ich das wissen?»

«Bitte. Es ist wichtig.» Noch während er es sagte, konnte

er deutlich erkennen, dass es der Frau durchaus nicht wichtig war. «Sie muss doch irgendwas gesagt haben», fügte er hinzu.

Die Frau schüttelte den Kopf. «Wenn sie was angestellt hat, sollten Sie die Polizei rufen. «

Er sprang auf, sie fuhr erschrocken zurück und schlug die Tür zu. Gegen Türen zu schlagen, würde ihn jetzt nicht weiterbringen. Garvie sah auf die Uhr. Halb elf. Er zündete sich eine Zigarette an und folgte dem Gang bis zur Ecke des Gebäudes. Hier hatte er die gesamte Umgebung im Blick. Der Himmel hatte die Farbe von feuchter Asche angenommen. Fast die halbe Stadt lag zu Garvies Füßen. Um das Hochhaus herum die niedrigeren Mehrfamilienhäuser, die zur Siedlung Strawberry Hill gehörten und scheinbar planlos in Reihen oder Karrees angeordnet waren. Nach Osten hin die dichten Häuserreihen von Five Mile und die graue Masse namens Limekilns. Im Norden lagen Tick Hill und das City Central Hospital, das sich blass vor dunklem Hügelgelände abhob. Im Süden konnte er die hellen Lichter der Clubs und Casinos erkennen und weit im Westen die glatten, auf die Entfernung fast zweidimensional wirkenden Wolkenkratzer des Geschäftsviertels. Alles war miteinander verzahnt, wie die Teile eines gigantischen Puzzles.

Er rauchte und dachte nach. Irgendwo da draußen war eine junge Frau, die um ihr Leben lief. Eine Frau mit einem Baby.

Wo würde sie hinlaufen?

Beim Rauchen kamen die Bilder. Er sah sie vor seinem geistigen Auge, in der kurzen weißen Toga, im *Imperium.* Er sah ihre Mundbewegungen beim Sprechen, und jetzt lauschte er noch einmal den Worten, die sie gesprochen hatte, über ihren Wunsch, das Casino zu verlassen, über das Reisen, über Indien, wo es Sonne gab und bunte Farben und –

Jäh fuhr er aus dieser Art Trance hoch und riss die Augen weit auf. Ein Blick auf die Uhr, zwanzig vor elf. Fluchend schleuderte er die brennende Zigarette in die Nacht hinaus, drehte sich um und jagte so schnell er konnte den Gang hinunter.

50

Die Jungen auf ihren Fahrrädern johlten, als er an ihnen vorbeisprintete. Er überquerte die Straße und rannte auf der anderen Seite in Richtung Umgehungsstraße. Über eine Bahnbrücke, durch eine dunkle Wohnstraße auf die Cobham Road, Hauptader der Siedlung Strawberry Hill, und immer weiter in vollem Tempo, vorbei an Büros und mit Metallgittern verriegelten Geschäften. Keuchend, eine Hand in die Seite gedrückt, zog er im Laufen sein Handy hervor und wählte.

«Oui?»

«Abdul? Garvie hier.»

«Garvie, Mann, was los? Du verletzt?»

«Nein, mir geht's gut. Wo bist du?»

«Gleich bei Flughafen. Fünf, sechs Minute.»

Garvie stieß einen Fluch aus.

«Garvie, Mann. Wasse passiert? Hört an, wie wenn du schwimmst in Meer.»

«Nichts passiert. Bin nur grad am Joggen. Aber ich brauche Informationen.»

«Informationen? Von was?»

«Von Tick Hill. Kennst du?»

«Mais oui.» Abdul schien sehr zufrieden. «Ich fahre Tick Hill viel, viel Mal.»

«Das ist gut.»

«Aber du hast Problem. Ich kann hören.»

«Nein, Mann. Das liegt nur daran, dass meine Lunge blutet. Ansonsten geht's mir prima.»

«Soll ich kommen zu dir?»

«Nein. Pass auf. Ich hab nicht viel Zeit. Nur eine Frage zu Tick Hill.»

«Für dich, Garvie, Mann, ist *plaisir.* Frag du.»

Tick Hill lag gut zehn Kilometer entfernt am nördlichen Rand der Stadt. Eine weite Strecke so spät am Abend, da die Busse nur noch selten fuhren. Nach weiteren zehn Minuten Rennen hatte sich Garvies Seitenstechen mit einem anderen Schmerz, der von der Lendenwirbelsäule ausging, kombiniert. Trotzdem ließ er nicht locker, bog von der Cobham Road in eine Nebenstraße mit kleinen Mietshäusern, rannte halb humpelnd auf dem schmalen Gehsteig vorbei an Mülltonnen und abgestellten Fahrrädern, bis er ein Fahrrad sichtete, das nur mit einem Zahlenschloss gesichert war.

Keuchend blieb er stehen und schickte Felix mentale Dankesgrüße. Er lauschte einen Moment, doch aus den Häusern drang kein Laut, und so machte er sich an die Arbeit.

Er stellte alle vier Zahlen auf *null* und versuchte das Schloss mit einem kurzen kräftigen Ruck auseinanderzuziehen. Es gab nicht nach. Er stellte die erste Zahl auf *eins*, zog noch einmal und wiederholte diesen Vorgang, bis er ein leichtes Spiel zwischen den Keilen spürte. Dann nahm er sich die zweite Zahl vor und machte das Gleiche.

In weniger als einer Minute hatte er das Fahrrad entriegelt. Es war kein Spitzengerät, würde aber seinen Zweck erfüllen. Auf einen Streifen, den er von seiner Zigarettenpackung abriss, schrieb er: *Kleiner Notfall. Bald wieder zurück*, dann wickelte er ihn um das Schloss, das er vor der Haustür ablegte. Im Innern bellte kurz ein Hund, aber da war er schon an der Einmündung zur Cobham Road und legte sich schwungvoll in die Kurve.

Es war Mitternacht, als er Tick Hill erreichte. Hier gab es Platz und Luft zum Atmen. Zerzaust und schweißgebadet strampelte er unverdrossen weiter, auf breiten stillen Straßen, vorbei an Doppelhaushälften hinter Grünstreifen, die in ihren Naturzustand zurückzukehren drohten. Er spürte eine Brise vom Stausee herüber, der irgendwo vor ihm in der Dunkelheit lag. Wenn Abdul recht hatte, war hier in der Nähe eine Landstraße und an deren Ende eine Wohnwagensiedlung.

In seiner Erinnerung sah er Hannah im *Imperium* und hörte ihre Worte: «Sie nennt sich die Globetrotterin von Tick Hill ... Falls sie je ihre Autobiographie schreibt, dann würde sie *Von der Wohnwagensiedlung zum Taj Mahal* heißen.» Ja, die Wohnwagensiedlung in Tick Hill, ein Ort, wo eine Globetrotterin leben und vom Taj Mahal träumen konnte. Die Bleibe einer Freundin, zwischenzeitlich leerstehend. Ein möglicher Unterschlupf für eine verängstigte junge Frau mit Baby, wenn sie nicht weiß, wo sie sich sonst verstecken kann.

Er blickte auf seine Uhr und legte noch einmal einen Zahn zu.

Sein Handy klingelte.

Ohne zu verlangsamen, fischte er das Telefon aus der Jacke und prüfte die Anrufernummer. «Ja?»

Die Antwort kam mit Verzögerung. «Was machst du gerade?»

«Bisschen Training. Wussten Sie nicht, dass ich ein Fitnessfanatiker bin?»

Singh ließ es auf sich beruhen. «Tut mir leid, dass ich so spät anrufe. Aber es gibt eine neue Entwicklung. Eine bedeutende, und du solltest davon wissen.»

«Ich höre.»

«Der Porsche wurde am Pike Pond gesehen.»

«Freitagabend?»

«Ja. Einer der Anwohner von Froggett Wood ist heute aus Botswana zurückgekehrt. Und er ist Jogger, wie sich herausstellte. Er ist um fünf Uhr am Freitagnachmittag am Pike Pond entlanggelaufen und hat den Wagen dort parken sehen. Er ist direkt daran vorbeigelaufen.»

«Nahe genug also, um einen Blick auf die Inneneinrichtung zu werfen.»

«Sie ist sehr markant, ganz wie du sagtest. Es gibt keinen Zweifel, dass es sich um Winders Wagen handelt.»

«Schweinsauge.»

Singh stockte verdutzt. «Nun ja, ich habe nur –»

«Winder jun. Ich nehme an, dass er in dem Auto saß.»

«Ja, das ist richtig. Er hat gewartet.»

«Auf Chloe?»

«Nicht, dass er es gestanden hätte.»

«Haben Sie ihn verhaftet?»

«Ja. Aber er ist soeben auf Kaution wieder freigekommen. Das ist der Grund, warum ich anrufe. Die Winders sind jetzt so richtig sauer.»

«Machen Sie sich keine Sorgen um mich», sagte Garvie.

«Ich würde nicht im Traum daran denken, mich einzumischen.» Von einer langen, gut beleuchteten Straße gelangte er jetzt auf einen schmalen Weg, der als Goose Lane ausgeschildert war und in die dunkle Landschaft hineinführte. Der Untergrund war holprig, und als Garvie über ein Schlagloch bretterte, fiel das Vorderlicht seines Fahrrads ab. Er fluchte.

Singh sagte mit verwunderter Stimme. «Was genau machst du da eigentlich?»

«Hab nur heftig geatmet. Reden Sie weiter. Sie wollten mir erzählen, was Ihrer Meinung nach passiert ist.»

Singh sprach langsam und bedacht. «Ich glaube, du liegst richtig mit deiner Annahme, dass Chloe am Donnerstagabend zum Casino gefahren ist. Und während sie dort war, ist etwas passiert, das sie aus der Fassung gebracht hat. Was das war, weiß ich nicht.»

Garvie schwieg einige Sekunden lang, er versuchte sich gerade in der Dunkelheit zu orientieren. Dann sagte er: «Kennen Sie eine Rothaarige mit Quasten, die gerade ein Vermögen beim Roulette gewonnen hat?»

Die Antwort brauchte etwas Zeit: «Ein Gast im Casino?»

«Das Pin-up-Girl des Imperiums. Sie haben sie gesehen, über dem Eingang des Casinos. *Um zu gewinnen, brauchst du nur zu spielen.*»

«Ja, und?»

«Sieht für mich nach eher veraltetem Modell aus. Ich glaube, Darren hat Chloe ins Casino gebracht, um Fotos von ihr zu machen. Ich glaube, sie sollte das neue Aushängeschild des *Imperiums* werden. Oder jedenfalls war es das, was er ihr versprochen hat. Sie hat sich nicht nur so schick gemacht, um eingelassen zu werden. Sie wollte so erwachsen wie möglich aussehen, damit die Leute nicht das fünfzehnjährige Schulmädchen in ihr erkennen, wenn sie drei Meter hoch an der Wand hängt.»

«Verstehe. Und was glaubst du, ist dann passiert?»

«Dazu kann ich auch nicht mehr sagen als Sie. Beziehungsweise, wahrscheinlich schon, aber Sie verstehen, was ich meine. Wie gut kennen Sie unser Schweinsauge?»

«Darren? Überhaupt nicht. Aber das psychologische Profil in seiner Akte ist eine interessante Lektüre. Als er siebzehn war, wurde er nach einem bestimmten Vorfall verpflichtet, sich therapieren zu lassen.»

«Was für ein Vorfall?»

«Entblößung in der Öffentlichkeit. Er hat sich überhaupt nicht unter Kontrolle. Kein Wunder bei dem Vater. Der Verdacht auf häusliche Gewalt ist mehrfach aktenkundig. Während seiner Schulzeit wurde drei Mal der soziale Dienst gerufen. Gleichzeitig hat er sich als Schulhofschläger hervorgetan. Der klassische Fall.»

«Okay. Kann man sich ja vorstellen: Papa ist im Ausland unterwegs, Spinner mit unkontrollierten Trieben und einer Kamera. Mädchen im tief ausgeschnittenen Kleid. Die Sache ist ein bisschen aus dem Ruder gelaufen, vermute ich. Und ich denke da an die Privatsuite oben am Ende der Treppe mit dem schwarzen Langflorteppich.»

«Was auch immer es war – es hat Chloe aus der Fassung gebracht.»

«Klar.»

«Dann, am Freitag, spitzte sich die Angelegenheit zu.

Meine Vermutung ist, dass all die Anrufe unter der unbekannten Nummer von Darren Winder kamen.»

«Ja, er hat Muffensausen gekriegt wegen dem, was am Abend vorher gelaufen war.»

«Vermutlich.»

«Wahrscheinlich hat er rausgefunden, dass sie erst fünfzehn ist. Das hätte seinem Vater gar nicht gefallen.»

«Er muss wirklich Angst gehabt haben. Ich denke, er wollte sie dazu bringen, sich mit ihm zu treffen.»

«Ja. Sie auf irgendeine Weise unter Druck setzen. Ihr zeigen, wer der Chef ist. Ihr klarmachen, was sein Vater mit ihr anstellen würde, falls sie weitererzählt, was in der Nacht davor passiert ist.»

Garvie orientierte sich an den blassen Umrissen der Hecken am Straßenrand und fuhr immer weiter hinein in die Dunkelheit. Irgendwo in der Nähe plätscherte ein Bach. Er glitt zwischen hohen Hecken hindurch, passierte das eine oder andere Feldgatter, und als er um eine Kurve bog, sah er in einiger Entfernung ein paar schwache Lichter. Keuchend trieb er sich noch einmal an.

Singh fragte unsicher: «Joggst du gerade?»

«Nein, ich denke nach. Zu erklären bleibt immer noch, wie sie am Pike Pond gelandet ist.»

«Ich weiß nicht. Vielleicht hat er ihr gesagt, dass sie ihn da treffen soll.»

«Oder sie hat es ihm gesagt. Ist Ihnen der Ausdruck *terra incognita* bekannt?»

«Selbstverständlich, aber –»

«Und Ihnen ist bewusst, dass Chloe eine Blondine war?»

«Ja, aber –»

«Blond, attraktiv und äußerst skrupellos. Da ist eine Art von *Terra-incognita*-Psychologie im Spiel, Mann. Sie mag Angst gehabt haben, aber sie war auch knallhart. Sie lief Gefahr, sich mit der falschen Sorte Mann einzulassen, also hat sie logischerweise beschlossen, ihn abzuservieren. Pike Pond ist aus ihrer Sicht dafür ideal. Sie will nicht, dass es vor ihrem Haus zu einer Szene kommt. Sie will nicht, dass irgendjemand sich Gedanken macht, was sie da treibt. Sie kann zum Teich joggen, wie sie es schon etliche Male vorher gemacht hat, und kein Mensch wird daran etwas ungewöhnlich finden.»

In der Dunkelheit vor ihm wurden die Lichter langsam heller, er trat noch kräftiger in die Pedale.

«Es gab allerdings ein Problem», sagte er nachdenklich.

«Was für ein Problem?»

«Die Laufschuhe natürlich. Naylor hatte sie am Abend davor geklaut. Deshalb ist sie am Freitagnachmittag bei Jess aufgetaucht, um sich welche zu leihen. Aber Jess hat echt große Füße. Also musste sie sich auf die Schnelle ein neues Paar kaufen. Und es war keine Zeit, allzu wählerisch zu sein. Jeder Schuh war recht, sogar einer in Orange und Lindgrün. Als sie sie gekauft hatte, ist sie sofort losgelaufen. Ich fand es von Anfang an merkwürdig, dass keiner es mitgekriegt haben soll, wenn sie da um sieben Uhr durch die Gegend läuft. Ich mein, sie war nun wirklich jemand, den man bemerkt. Aber wenn sie um fünf unterwegs war, dann wäre es geklärt.»

Die Hecke am Seitenrand wich jetzt einer hohen Steinmauer, und Garvie beschleunigte noch einmal keuchend.

Singh meinte gedankenverloren. «Ja. Ja. So könnte es

gewesen sein. Aber wir brauchen Beweise. Wir brauchen Zeugen dafür, dass Chloe am Donnerstag im Casino war.»

«Genau.» Garvie beugte sich über den Lenker. Während er auf den Eingang der Wohnwagensiedlung zuraste, konnte er über die Mauer hinweg das stetige Leuchten eines Bogenlichts erkennen, und gerade als er glaubte, dass er noch rechtzeitig gekommen sei, wurde die Stille der ländlichen Nacht von dem Dröhnen eines startenden Motors zerrissen. Gleich darauf bewegte sich etwa hundert Meter vor ihm ein Scheinwerferlicht aus dem Eingang der Siedlung und schwenkte in die entgegengesetzte Richtung. Der Motor heulte auf, und die Rücklichter verschwanden sehr schnell in der Ferne.

«O nein!», keuchte er entsetzt. «Nicht das.» Verzweifelt stieg er in die Pedale.

Singh sagte: «Garvie?»

«Ich hab keine Zeit mehr, Mann. Hören Sie. Wie Sie sagten, wir brauchen Zeugen, die Chloe am Donnerstag im Casino gesehen haben. Gibt's keinen, der redet?»

«Nein. Die Angestellten haben zu viel Angst vor den Winders.»

«Ist klar. Aber was ist mit den ehemaligen Angestellten?»

«Die hast du letztens schon mal erwähnt. Wir haben mit einigen gesprochen, eigentlich mit fast allen.»

«Nur eine fehlt noch?»

Singh antwortete mit Verzögerung, und in seiner Stimme war erneut Argwohn zu hören.

«Woher weißt du das?»

«Eine Frau namens Hannah Clark?»

«Garvie? Wir haben sie noch nicht aufspüren können.»

«Ihr seid nicht die Einzigen, die nach ihr suchen», sagte Garvie mit zusammengebissenen Zähnen. «Sie ist nämlich diejenige, die was gesehen hat.»

«Garvie?» Singh klang nach höchster Alarmstufe. «Was hast du vor? *Wo bist du?*»

Garvie antwortete nicht. Er mobilisierte seine letzten Reserven und trat in die Pedale. Aus dem Augenwinkel sah er ein neues Licht über dem Mauerrand aufscheinen, ein weiches, blass orangefarbenes Flackern. Er runzelte die Stirn.

«Bin fast da», keuchte er ins Telefon.

«Fast wo?»

«Fast da, wo Hannah Clark sich mit ihrem Baby versteckt hat. So, da wären wir. Beten Sie, dass ich nicht zu spät komme.»

Am Ende der Mauer angelangt, bog er aufs Gelände der Wohnwagensiedlung, wo ihm ein grelles rotes Leuchten entgegenschlug.

«O Gott!», schrie er.

In seinem fünfzehn Kilometer entfernten Büro begann auch Singh zu schreien: «Was machst du? Wo bist du?»

Er hörte noch, wie Garvie ansetzte, etwas zu sagen, doch dann gab es ein krachendes Geräusch, das alles andere auslöschte – und dann brach die Verbindung ab.

51

Die Wohnwagensiedlung war genau so, wie Abdul sie beschrieben hatte. Nahezu verlassen. Die Anschlagtafel einer Baufirma am Eingang informierte darüber, dass das Gelände saniert und neu gestaltet werde. Viele der Wohnwagen waren bereits verschwunden, nur die rechteckigen dunklen Flächen auf dem Erdboden markierten noch ihre früheren Standorte. Die verbliebenen Wohnwagen, in drei kurzen Reihen am hinteren Ende des Platzes abgestellt, zeigten die üblichen Spuren von Herrenlosigkeit und Verfall – eingeschlagene Fenster, Graffiti, Abfälle – mit Ausnahme des Wagens am Ende der nächstgelegenen Reihe. Und der stand in Flammen.

Garvie erfasste die Lage blitzschnell, bevor er mit dem Fahrrad in einem Sandhaufen landete, sich aufrappelte, kurz ausspuckte und dann schreiend auf den brennenden Caravan zurannte.

«Hannah! *Hannah!*»

Aus dem Innern kam keine Antwort. Der Wagen, ehemals weiß, jetzt eher schimmelig, stand etwas abseits von den anderen in der Reihe, hatte eine Aluminiumtür und drei schwarze, bündig eingelassene Fenster. An der Rückseite schlugen Flammen empor, züngelten schmutzig rot vor dem schwarzen Hintergrund einer Baumgruppe.

«Hannah!», schrie Garvie noch einmal und verwünschte sich sofort dafür, kostbare Atemluft vergeudet zu haben.

Die Tür war verschlossen.

Mit der Hand vor dem Gesicht, um sich vor der Hitze zu schützen, lief er zur Rückseite und sah, dass das Feuer aus einem Riss oben in der Metallwand kam. Er rannte zurück und schlug erneut gegen die Fensterscheiben.

Immer noch keine Reaktion.

Während er keuchend dastand, gab es hinten eine zweite kleine Explosion – vielleicht noch ein Benzinkanister oder ein Elektrogerät. Wieder machte er sich an der Tür zu schaffen, eine dünne Metallplatte, sehr warm und fest zugesperrt. Er zog mit aller Gewalt an der Klinke und ließ keuchend wieder los, als er merkte, dass seine Anstrengung vergeblich war.

«Denk nach!», sagte er laut.

Und dann: «Denken allein reicht nicht!»

Er rannte zu dem Sandhaufen zurück, wo das Fahrrad lag, holte tief Luft und nahm dann Anlauf. Fünfzehn Meter betrug die Strecke, auf der er immer weiter beschleunigte, um dann im letzten Moment abzuheben und mit den Füßen voran gegen die Tür zu springen, die mit einem entsetzlich klingenden Knirschen und Krachen nachgab und aufplatzte, während Garvie rückwärts zu Boden stürzte.

Er blieb benommen liegen. Ein heftiger Schmerz schoss von den Beinen aufwärts über das Becken bis hinauf in die Brust. Er fasste sich ins Gesicht und hatte Blut an der Hand. Als er aufzustehen versuchte, gab sein Knöchel nach, und er schrie auf vor Schmerz, bevor er sich trotzdem weiterschleppte und über die Schwelle des Wohnwagens kroch, wo er sich hochhievte und einen Blick ins Innere warf.

Am hinteren Ende verzehrte das Feuer das, was einmal

die Küchenzeile gewesen war. Vorhänge und Mobiliar prasselten in den Flammen. Eine schwarze Rauchwolke brandete ihm entgegen.

Er wickelte seine Hände in die Ärmel seiner Jacke, schob sich, blind und hustend, in den Rauch hinein und tastete sich vorwärts. Alles, was er berührte, war bereits kochend heiß, die Teppichfetzen auf dem Fußboden rauchten und schrumpelten weg. Er musste umgestürzte Möbel beiseitetreten, um sich einen Weg durch die glimmende und rauchende Dunkelheit zu bahnen, und ertastete plötzlich ein schmales Bett an der Rückwand. Es war leer. Er drehte sich um, verlor die Orientierung und stolperte über etwas, das auf dem Boden lag. Im selben Moment hörte er ein Geräusch, ein leises Wimmern. Er fiel auf die Knie und fand die junge Frau zusammengekrümmt auf der Seite liegend, das in eine Decke gewickelte Baby an die Brust gepresst. Sie reagierte nicht, als er sie schüttelte. Verzweifelt versuchte er, beide zusammen hochzuheben, aber er schaffte es nicht. So nahm er das Baby in den Arm, stolperte, die züngelnden Flammen im Rücken, in die Richtung, wo er den Ausgang vermutete, fand ihn auch und stürzte nach draußen auf den Boden.

Als er das Baby auf dem warmen Gras ablegte, gab es im Wohnwagen eine dritte Explosion.

Da wusste er, dass er versagt hatte. Er war sich dessen genauso gewiss wie der Tatsache, dass

$$\frac{1}{(x+2)} + \frac{1}{3} = -1$$

ist. Trotzdem kehrte er um und drängte sich, blutend und verdreckt, in den Wohnwagen zurück. Die Flammen waren inzwischen überall, breiteten sich mit unglaublicher Geschwindigkeit aus. Blind tastete er sich voran, bis er Hannah in exakt der gleichen Haltung wie zuvor auf dem rauchenden Fußboden vorfand. Ihre Füße standen in Flammen. Er riss ihr die Schuhe herunter, packte sie an den Knöcheln und begann, sie in Richtung Tür zu ziehen. Über ihm knackte etwas, Glassplitter prasselten ihm ins Gesicht, sodass er mit zugekniffenen Augen zur Seite taumelte. Das Feuer war jetzt überall, er irrte in den Flammen umher. Er war sich ziemlich sicher, dass auch er in Flammen stand, aber das schien im Moment nicht so wichtig. Wichtiger war die Tatsache, dass er nicht mehr wusste, in welcher Richtung es zur Tür ging. Er blieb stehen. Drehte sich langsam um sich selbst. In den Flammen ertönten Geräusche. Sie schienen ihm die Ohren zu verbrennen. Zum letzten Mal öffnete er den Mund, aber da war keine Luft mehr zum Atmen, nur Feuer, auch seine Zunge schien jetzt Feuer zu fangen, und er drehte sich noch einmal, taumelte irgendwohin, und das Letzte, was er hörte, waren Rufe seiner eigenen Stimme, die sich auf irgendeine verschlungene Weise zu einem allgemeinen Aufschrei steigerten, einem Schrei ganz vieler anderer Stimmen, die sich alle in seinem eigenen Kopf befanden.

Dann stürzte er kopfüber in tiefe Dunkelheit, sie umfing ihn vollständig.

52

Da lag er. Stille im allgemeinen Lärm. Ein schwebender Lappen aus Rauch, von den Baumwipfeln sanft in Fetzen gerissen, ein um sich greifendes Gestöber letzter Gedanken. Er war froh, seinen Körper hinter sich gelassen zu haben. Während er ihn tanzen und knistern sah, spürte er nichts als die milde Neugier eines zufälligen Passanten. Andere Gestalten erhoben sich jetzt aus dem Lärm, um ihm Gesellschaft zu leisten: ein gehenkter Mann, der seiner aus brennendem Vorhangstoff geknüpften Schlinge entschlüpfte und würdevoll aus dem Rauch herausschwamm; eine Rothaarige in einem Kostüm mit Quasten, die wie Kerzen brannten; eine junge Frau mit kastanienbraunen Haaren und grauen Augen, die den Mund öffnete und einen orangefarbenen Lichtstrahl lachte, so hell wie die Flamme eines Schweißbrenners. Ein riesiger Schreibpapierbogen verwandelte sich in einen fliegenden Rauchteppich, auf dem er ruhte und sich an Dinge erinnerte, die er nie gesehen hatte. Darren Winder, der Abdul mit einem Kamerastativ das Gesicht einschlug. Inspektor Raminder Singh, nackt im Schneidersitz meditierend. Seine Mutter, allein für sich tanzend in einem winzigen Raum mit leeren weißen Wänden. Sie waren allesamt Elemente in ein und derselben Gleichung, Zahlen, die wie Rauch durch die Luft rotierten, um ihn zu der perfekten Lösung zu führen, und er rotierte mit ihnen langsam durch die Baumwipfel, der Spur eines rauchgefüllten Mädchens mit makellosen heliotropfarbenen Laufschuhen folgend. Aber irgendetwas stimmte hier nicht. So konnte sich das Sterben doch nicht anfühlen! Nur für einen Moment schwamm er ohne Anstrengung mit den anderen mit. Dann geriet er ins Stocken. Er wurde schwerer. Die Stille schwoll an, erst langsam, dann immer schneller. Er erhob sich mit ihr und plumpste wieder herab wie ein Fisch ins Wasser, wie ein kleines Kind in der Achterbahn, hielt sich verbissen fest, während ihm immer übler wurde, und wieder ging es mit Schwung hinauf, über die brennenden Baumwipfel, und dann wieder hinunter, wieder und wieder, bis das Ende der Fahrt erreicht war und er plötzlich auf dem harten Sandboden lag, auf die Seite rollte und sich übergab.

«Ist besser», sagte eine Stimme beruhigend. «Mein Garvie, Mann.»

Dann wieder schwarze Dunkelheit.

Als er erwachte, Minuten oder Stunden oder Tage später, hatte er große Schmerzen, wand sich auf dem Boden, während Leute ihn belästigten mit Dingen und Geräuschen und blinkenden blauen Lichtern, bis er schließlich klar sah, die Augen aufschlug und in Inspektor Singhs Gesicht blickte.

«Nicht sprechen», sagte der Polizeibeamte.

Das Sprechen übernahmen andere. Sie gaben einander leise, dringliche Anweisungen, die überlagert wurden von den Geräuschen eintreffender und abfahrender Autos. Blaulichter flackerten über allem. Er hatte Schmerzen an Händen und Beinen, und sein Gesicht fühlte sich taub an.

«Ich bin nicht mehr tot», sagte er dumpf zu Singh. Ein

jäher Schmerz durchschoss ihn, und das Denken setzte wieder ein. «Wo sind sie? Hannah? Das Baby?»

«Nicht reden. Es ist nicht gut für dich.»

«Wo?»

«Dem Baby geht's gut. Ist schon auf dem Weg ins Krankenhaus. Da wird nichts nachbleiben, glaubt man.»

«Hannah?», krächzte er.

Singh wandte den Blick ab. «Sie tun, was sie können.»

Garvie versuchte sich aufzurichten, doch Singh hielt ihn zurück. «Du wirst selbst ins Krankenhaus kommen. Die Trage wird gerade gebracht. Es gibt nichts, was du tun kannst. Du hast genug getan. Mehr als genug.»

Garvie lag grübelnd da. «Ich hab sie nicht rausgekriegt», sagte er traurig.

Singh sah ihn verwirrt an.

«Die Gleichung.»

«Du phantasierst», sagte Singh.

Garvie blinzelte unter Schmerzen und dachte nach. «Ich meine, ich habe *sie* nicht da rausgekriegt. Hannah und ihr Baby.»

Singh schüttelte stirnrunzelnd den Kopf. «Du hast sie rausgeholt. Als wir eintrafen, habt ihr alle drei hier auf dem Rasen gelegen.»

Garvie versuchte sich zu erinnern. Ein Mann in grüner Sanitäterkleidung trat zu ihm und löste seinen Hemdsärmel, um ihm eine Spritze zu geben.

«Ruh dich jetzt aus», sagte Singh.

Garvie zog die Augenbrauen zusammen. «Aber ich hab Ihnen nicht gesagt, wo ich bin.»

«Nein.» Singhs Gesicht war blass und grimmig. «Wir

wussten es nicht, bis wir einen Anruf von einem Anwohner aus Tick Hill erhielten. Er ist noch spät mit seinem Hund rausgegangen und hat das Feuer gesehen.»

Garvie lag stumm da. «Was für ein Anwohner?», fragte er schließlich.

«Wollte seinen Namen nicht nennen. Ausländer, glauben wir. Ein schrecklich nervöser Typ. Bitte, ruh dich jetzt aus.»

Ein Lächeln legte sich über Garvies taubes Gesicht. Dann verschwand es wieder. Er war unendlich müde. «Singh?»

«Was ist?»

«Ich glaube nicht, dass meine Mutter sehr erfreut sein wird.»

«Das glaube ich auch nicht. Hier kommt sie gerade.»

Man hörte ein Auto heranfahren, eine Tür wurde zugeschlagen.

Singh sagte: «Sie weiß Bescheid. Ich hab ihr alles erzählt. Es ist jetzt vorbei, Garvie.»

Er hörte schnelle Schritte. Dann tauchte das Gesicht seiner Mutter über ihm auf, voller Tränen und Schmerz.

«O *Garvie*!»

Ein weiteres Mal entschwand ihm die Welt. «Es tut mir leid, Mum», murmelte er, während er schon einschlief. «Es tut mir alles so leid.»

53

Es war vorbei.

Vom Fenster seiner Station im elften Stock des Städtischen Krankenhauses aus beobachtete Garvie, wie der Frühling in den Sommer überging. Irgendwann hatte es sich endlich ausgeregnet, blauer Himmel tat sich hinter den Wolkenkratzern des Geschäftsviertels auf, die Sonne schien, und unter ihm glitzerte die Stadt wie eine Schüssel voller Glasperlen. Stunde um Stunde saß er auf dem Stuhl neben seinem Bett und starrte auf das Schauspiel. Sein Körper heilte schnell. Nach wenigen Tagen nahm man ihn vom Antibiotika-Tropf, und auch die täglichen Spritzen wurden schon bald abgesetzt. Die Verbände an seinen verbrannten Händen wurden durch Mullhandschuhe ersetzt. Die mit Blasen bedeckte Nase begann zu pellen, die aufgeplatzten Lippen blätterten, und die wunden Ränder seiner Ohren bildeten Kruste. Die Schwellung im Knöchel klang ab, und binnen kurzem konnte er mit Hilfe einer Aluminiumkrücke umhergehen.

Nach einer Woche kamen Felix und Smudge zu Besuch und steckten ihm eine in einer Socke geschmuggelte Packung King Size zu, die jedoch augenblicklich entdeckt und konfisziert wurde von Garvies Mutter, die einmal pro Stunde nach ihm sah, von ihrer eigenen Station aus, wenn sie Dienst hatte, und von zu Hause aus, wenn sie frei hatte.

Auch Abdul besuchte ihn und stand schüchtern am

Fußende seines Bettes. Seine Rolle in dem Drama war inzwischen allgemein bekannt, und es war ihm peinlich, dass *er* vorübergehend im Zentrum der Aufmerksamkeit stand. Garvie und Abdul redeten nicht viel, aber zum Ende hin legte Garvie die Hand aufs Herz, eine Geste, die sowohl rührend als auch bescheuert wirkte, und Abdul verließ das Zimmer mit glänzenden Augen.

Tag für Tag bat Garvie um Zeitungen, doch sie wurden ihm jedes Mal verweigert. In der ganzen Station waren die Radios und Fernseher abgestellt. Wenn er sich darüber beschwerte, lächelten die Krankenschwestern nur mitfühlend und erklärten, sie hätten strikte Anweisungen von der Polizei und dem Kinderschutz, und so blieb ihm nichts anderes übrig, als zu seinem Stuhl zurückzuhumpeln und weiterhin stumm aus dem Fenster zu starren.

In der Mitte der zweiten Woche kam Singh zu Besuch. Er schaute schon früh am Morgen vorbei, auf dem Weg zu einer Besprechung mit der Staatsanwaltschaft, und stellte, entgegen allen Krankenhausvorschriften, einen Strauß Tulpen in Garvies Plastikwasserkrug.

«Bald werden sie mich nach Hause lassen», sagte Garvie.

«Gut. Du kannst keinen Schaden mehr anrichten. Der Fall ist endlich abgeschlossen.»

Beide Winders, Vater und Sohn, blieben in Haft, nachdem ein Antrag auf Kaution abgelehnt worden war. Gegen Darren wurde Anklage wegen Mordes an Chloe Dow erhoben. Aus einem Lagerhaus an der Ringstraße hatte die Polizei Computer mit Bildmaterial bergen können, das auf Donnerstag den 12. datierbar war und Chloe in der Privatsuite am Ende der Treppe mit dem langflorigen Teppich zeigte, in blauem Kleid und weißer Jacke, ein Kartenspiel in der Hand. Es gab auch E-Mails, in denen Darren Chloe zu Probeaufnahmen einlud und ihr in Aussicht stellte, das neue Reklamegirl für den Werbeslogan des Casinos zu werden. Auf einigen der Fotos war Chloe jedoch halbnackt und weinend zu sehen. Irgendetwas war schiefgelaufen. Dies wurde auch durch Zeugenaussagen, den Donnerstagabend betreffend, und durch Textmitteilungen vom Freitag bestätigt, die man auf Darrens Handy gefunden hatte – eine Kanonade von Drohungen, unterbrochen nur von einer einzigen Antwort-SMS von Chloe: Komm um 5 zum Pike Pond. In Darrens Büro hatte man in einer Schreibtischschublade die Ersatzschlüssel sowohl für den Porsche als auch für die Garage sichergestellt, in der der Wagen abgestellt worden war, während der Vater sich im Ausland aufhielt.

«Er ist nicht gerade der Hellste», sagte Singh.

Winder sen. wurde wegen Anstiftung und Beihilfe zum Anschlag auf Hannah Clark und ihr Baby angeklagt. Das Auto, das Garvie von der Wohnwagensiedlung in Tick Hill hatte wegfahren sehen, war aufgespürt worden. Drei Männer aus Riga sahen einer Anklage wegen tätlichen Angriffs, Brandstiftung und Mordversuches entgegen – den entsprechenden Auftrag aber hatten sie von Winder sen. erhalten.

«Er hatte eine Menge zu verbergen. Glücksspiel ist nicht das Einzige, was im Casino abläuft. Er wusste, wenn wir erst einmal anfangen, seinen Laden im Zusammenhang mit dem Fall Dow unter die Lupe zu nehmen, dann würden wir ganz schnell auf andere Sachen stoßen. Als er hörte, was sein Sohn getan hat, ist er durchgedreht. Darren hat einen gebrochenen Arm. Die beiden werden auf jeden Fall aus dem Verkehr gezogen.»

Garvie hatte sich das alles schweigend angehört. Jetzt sagte er leise: «Zeugenaussagen? Mord*versuch*?»

Singh nickte.

«Dann ist sie also am Leben, Hannah Clark.»

Singh nickte erneut, diesmal etwas langsamer.

Garvie sah ihn an. «Das habe ich die ganze Zeit nicht gewusst.»

«Zu deinem Besten. Ihr Leben stand tatsächlich auf Messers Schneide. Aber sie hat es geschafft. Sie wird operiert werden müssen, und zwar mehrfach, aber sie wird wieder gesund werden.»

«Ich möchte sie sehen.»

«Ich weiß. Aber das geht nicht. Wir haben sie ins Zeugenschutzprogramm aufgenommen.» Er hob beide Hände. «Selbst wenn ich wollte, könnte ich dir nicht weiterhelfen. Ich habe selber keine Ahnung, wo sie ist. Aber sie ist in Sicherheit. Und ihr Baby auch.»

Garvie dachte nach. «Was hat sie gesehen?»

«Viel mehr, als Darren wusste. Es war Hannah, die uns von den Fotos erzählt und auch gleich den Tipp geliefert hat, wo wir sie finden könnten. Sie hat das Ende des sogenannten Foto-Shootings gesehen, nachdem die Sache aus dem Ruder gelaufen war. Und sie hat mitbekommen, wie Darren hinter Chloe her war, als sie versucht hat, zu fliehen.»

Garvie war für einen Moment still. «Ich habe sie in Gefahr gebracht.»

«Nein.»

«Wäre ich nicht ins *Imperium* gegangen, hätte Winder mich nicht mit ihr sprechen sehen –»

«Du bist nicht für seine Handlungen verantwortlich. Du bist dafür verantwortlich, dass sie lebend aus dem Wohnwagen herausgekommen ist.»

«In Wirklichkeit hab ich nicht mal das allein hinbekommen.»

«Abdul ist ein Held. Aber ohne dich wäre sie trotzdem nicht gerettet worden. Das weißt du. Genug. Lassen wir das.»

Garvie starrte ihn an und nickte schließlich. «Die ganze Zeit wollte ich unbedingt die Zeitungen sehen, aber jetzt interessiert es mich nicht mehr.»

«Es war ein wahnsinniges Spektakel. Wie du dir vorstellen kannst. Meine einzige Sorge ist, dass die Berichterstattung über die Winders am Ende den Prozess verzögert.» Er sah Garvie in die Augen. «Es hat jede Menge Spekulationen über Hannah und ihr Baby gegeben. Wir konnten ihre Geschichte nicht aus der Presse raushalten. Aber ich bin froh, sagen zu können, dass du so gut wie gar nicht vorkommst. Abdul, fürchte ich, wird dagegen lernen müssen, mit seiner Berühmtheit umzugehen.»

Singh stand auf und schickte sich an zu gehen. «Du wirst bald entlassen, sagst du?»

«In ein paar Tagen.»

Singh nickte ihm zu. «Freut mich. Ich habe mit deiner Mutter gesprochen. Wenn ich es richtig sehe, kommst du gerade rechtzeitig für deine Klausuren. Das Leben geht weiter, Garvie.» Er machte eine Pause. «Für einige von uns.»

54

Nach zwei Wochen Abwesenheit wirkte die Wohnung in Eastwick Gardens verändert. Kleiner, irgendwie fremd, voller Dinge, die er vorher nicht bemerkt hatte, zum Beispiel die mehr oder weniger blauen und weißen Streifen der Küchenstuhlpolsterung, die zudem, wie ihm gleichzeitig auffiel, mit dem Muster der Vorhänge harmonierten, oder der Geruch der karibischen Küche, dem etwas seltsam Persönliches anhaftete nach dem typischen Krankenhausgeruch.

Er stand auf der Türschwelle und blickte sich um. Seine Mutter ging in die Küche und begann zu räumen, um Platz auf dem Tisch zu schaffen. Auch sie wirkte verändert. Zum einen hatte sie abgenommen. Ihr sonst so rundes Gesicht wirkte jetzt hohlwangig, ihr Mund hatte etwas Verkniffenes. Und stiller war sie geworden, ja es schien, als wäre sie zu ihren früheren lautstarken Auftritten körperlich gar nicht mehr in der Lage. Wie bei jemandem, der Leid erfahren hat und jederzeit wieder damit rechnet, waren ihre Augen stets auf der Hut. Die meiste Zeit beobachteten sie Garvie.

Sie lief geschäftig in der Küche hin und her, während er immer noch dastand und sie ansah. Erst war sie deutlich und markant, eine Frau mittleren Alters in einem nicht allzu schicken Mantel; dann verschwamm sie, und schließlich wurde sie zu einem Umriss ohne Konturen, der mit der ebenso gestaltlosen Küche verschmolz.

Die Krücken fielen klappernd zu Boden, und als sie sich umdrehte, sah sie, dass er die Arme nach ihr ausstreckte. Für einen Moment schien kein Gegenstand im Raum mehr wie zuvor, sondern war nur ein bedeutungsloser Schatten, bevor sie ihrerseits die Arme ausbreitete und auf ihn zueilte.

«Ich weiß jetzt», flüsterte er, den Mund gegen ihre Schulter gepresst, «ich weiß, was es heißt, Mutter zu sein. Ich weiß, wie es ist, wenn alles deine Schuld ist.»

Es war Garvie, der als Erstes auf seine Klausuren zu sprechen kam. Zwei Tage, nachdem er aus dem Krankenhaus entlassen worden war, am Freitagabend.

«Schreibe die erste am Montag. Mathe.»

«Ach, tatsächlich?»

Sie räumte weiter das Teegeschirr ab.

«Leistungskurs. Eine Stunde fünfundvierzig Minuten. Taschenrechner dürfen benutzt werden.»

Seine Mutter sagte nichts, sah ihn nur argwöhnisch an.

«Dann werde ich mir jetzt wohl die Wahrscheinlichkeitsrechnung noch mal ein bisschen angucken.»

Immer noch sagte sie nichts.

«Mich mal wieder an die Arbeit machen», ergänzte er.

Sie sah ihn nur an.

«Natürlich», sagte er, «könnte es sein, dass du mir nicht glaubst. Wäre nur verständlich.»

Lange standen sie einander stumm gegenüber, dann ging Garvie in sein Zimmer und beschäftigte sich eine Stunde lang mit Sinus, Kosinus und quadratischen Gleichungen – eine vom mathematischen Standpunkt aus gesehen höchst überflüssige Übung.

Die Zahlen funktionierten wieder, fügten sich in die alten Muster. Aber er bearbeitete die Gleichungen nicht, um sich an ihren üblichen gymnastischen Tricks, an ihrem wundersamen Aufgehen zu erfreuen; er tat es nur, um nicht ständig an andere Dinge zu denken. Er war so unglücklich, dass er sich in Erinnerung rufen musste, dass die Winders in Haft saßen und ihrem Prozess entgegensahen, dass es nicht völlig ohne Sinn und Zweck war, was er getan hatte, dass der Mord an Chloe nicht ungesühnt bleiben würde. Doch immer wieder kehrten seine Gedanken zu einem Mädchen in weißer Toga zurück, einem Mädchen mit lachenden Augen, das auf so unbefangene Weise schön war, dass sie realer schien als andere Menschen, und jedes Mal, wenn er an sie dachte, war ihm, als würde ihre Toga in Flammen ausbrechen, und er fühlte ihre brennenden Füße in seinen brennenden Händen.

Er hatte keinen Appetit, in der Nacht schlief er schlecht, und der Tag darauf war genauso leer und trübselig.

Am Samstagnachmittag kam er an einen Punkt, an dem seine Konzentration trotz bester Absichten nachließ. Im Baum vor seinem Zimmer erklang Vogelzwitschern, und er trat ans Fenster, blickte hinaus in den Gemeinschaftsgarten. Den sogenannten Garten. Verfilztes Gras voller Disteln, von Dornengestrüpp und Knöterich überwucherte Blumenbeete.

Chloes Garten im Fox Walk trat ihm vor Augen, so akkurat und gepflegt. Abgesehen natürlich von der Bruchstelle im Zaun, wo Alex drübergestiegen war. Wahrscheinlich längst repariert, dachte er.

Das Leben geht weiter, für einige jedenfalls. Nicht für Chloe. Manche Dinge können nicht repariert werden.

Andere Erinnerungen überfielen ihn, ohne dass er etwas dagegen tun konnte. Im Leben, anders als in der Mathematik, gab es fast immer etwas, das nicht aufging. Ein Gefühl, das sich nicht begründen ließ. Eine Erinnerung, die nicht passte. Dieser kurze Moment zum Beispiel, als er mit Felix in Chloes Zimmer gestanden und ihre Klamotten ausprobiert hatte, die grauen Wet-Look-Jeggings, das rosa T-Shirt und die weiße Jacke, die so sauber roch. Wie er, die Hände in den Jackentaschen, posiert und sich mal hierhin, mal dorthin gedreht und Felix gefragt hatte, ob alles zusammenpasse. Er erinnerte sich genau: die Jeggings, die Jacke, das T-Shirt, Felix' Gesichtsausdruck. Und mit absoluter Deutlichkeit erinnerte er sich, dass die Jackentaschen leer gewesen waren.

Eins von diesen Dingen, die einfach nicht passten, die irgendwie nicht aufgingen. Nebenan, in der Küche, drehte seine Mutter den Wasserhahn auf und machte sich an den Abwasch. Garvie schlug sich alle Gedanken an Chloe aus dem Kopf und setzte sich wieder an seinen Tisch. Halbherzig ging er ein halbes Dutzend Übungen zur Wahrscheinlichkeitsrechnung durch und hatte Mühe, seine Gedanken unter Kontrolle zu halten. Doch seine Erinnerung ging eigene Wege: Unwillkürlich musste er an die Gleichung denken, an der Chloe sich auf demselben Papierbogen versucht hatte, auf dem auch ihre Joggingnachricht stand.

$$\frac{1}{(x+2)} + \frac{1}{3} = -1$$

Und jetzt spürte er, wider Willen, den vertrauten gedanklichen Juckreiz.

Er konnte nicht anders. Verwirrt grübelte er an seinem Tisch.

Erst einmal dachte er über die Gleichung nach. Sie war geradezu aufreizend simpel: $x = -\frac{11}{4}$. Aber das war es nicht, worauf es ankam. Der springende Punkt lag anderswo, quälend unzugänglich.

Was war es?

Um sich von dem Juckreiz zu befreien, stand er auf, ging wieder zum Fenster, trat rastlos von einem Fuß auf den anderen, kehrte wieder zum Tisch zurück. Der Juckreiz blieb, und er war genauso schlimm wie das Jucken einer nicht vorhandenen Gliedmaße, dem man durch Kratzen nicht beikommen kann. Wie eine imaginäre Zahl, die nur in der Vorstellung existiert.

Jeder weiß, was man mit imaginären Zahlen tun muss.

Er begann zu zittern.

Er warf einen Blick zur Tür. Dann riss er einen linierten Papierbogen aus einem Block und betrachtete ihn einige Sekunden lang eingehend, bevor er ihn auf der linken Seite zwei bis drei Zentimeter unter der Oberkante vorsichtig einriss. Mit einem schwarzen Filzstift schrieb er, ohne zu zögern, eine Liste von elf Wörtern auf zehn Zeilen in die linke obere Ecke des Bogens:

Schokolade zartbitter
Milch
Backpulver
Butter

Pecanüsse
Mehl
Speisestärke
Eier
Vanillezucker
Puderzucker

Anschließend schrieb er ins rechte untere Viertel:

$$\frac{1}{(x+2)} + \frac{1}{3} = -1$$

Und ins linke untere Viertel: *Jacke.*

Und schließlich, mitten auf die Seite: *Bin joggen gegangen Um halb acht wieder da*, das Ganze mit dickem schwarzem Strich eingekreist.

Noch während er schrieb, hatte er schon das Gefühl, dass etwas nicht stimmte. Dennoch zwang er sich, genau hinzugucken. Nach einer Weile fügte er ein unbestimmtes Gekritzel unterhalb der Gleichung hinzu und verrieb etwas Spucke über den Wörtern *Eier* und *Vanille.*

Es gefiel ihm immer noch nicht. Und der Juckreiz war auch nicht weggegangen.

Er stand am Fenster und biss sich auf die Fingerknöchel.

«Es war nichts in der Tasche», sagte er laut. «Kein Casinochip, nichts. Es spielt keine Rolle. Es bedeutet nichts. Es –»

Mitten im Satz erstarrte er, den Kopf zur Seite gelegt, als lauschte er dem Geräusch, das ganz deutliche Erinnerungen bei ihm machten, wenn sie in eine andere Dimension rotierten.

Er eilte zurück zum Tisch, faltete das Papier in der Mitte,

zerknüllte es, warf es in den Papierkorb, fischte es wieder heraus und strich es glatt. Dann starrte er es fünf Sekunden lang intensiv an.

«Scheiße», sagte er.

Als Erstes telefonierte er mit Felix.

«Hier ist ein Gedächtnistest für dich, Alter. Erinnerst du dich, als Chloe Schokobrownies mit in die Schule gebracht hat?»

«Ja, mehr oder weniger.»

«Was für ein Tag war das?»

Felix seufzte schwer. «Weiß nicht, Garv. Nicht lange, bevor sie abgemurkst wurde. In der Woche irgendwann.»

«Ich muss den genauen Tag wissen. Du meintest, es sei MacAttacks Geburtstag gewesen.»

«Ja, aber es ist nicht so, dass ich den in meinem Kalender stehen hätte.»

«Komm schon, Felix. Denk nach. Du meintest, er wäre die Anwesenheitsliste durchgegangen.»

«Ach ja. Muss also … Dann muss es der Mittwoch gewesen sein. An den anderen Tagen hat er Konferenzen oder was, und dann macht das diese Aushilfe.»

«Bist du sicher?»

«Auf jeden Fall. Mittwoch. Krieg ich was, weil ich mich so geil erinnere?»

«Nein.»

Als Nächstes rief er Jess an.

Aus dem Hörer drang ein seltsames Geräusch, irgendwas zwischen Schlucken und Schluchzen.

«Jess? Bist du das? Ich brauche eine Auskunft.»

Die Antwort ließ lange auf sich warten. «Kann das nicht deine neue Freundin machen?»

«Komm mir nicht so, Jess. Es ist wichtig.»

Er hörte sie schnauben.

«Nur du kannst mir helfen. Ich bin auf dein perfektes Gedächtnis angewiesen. Pass auf. Als du mir davon erzählt hast, wie Chloe an dem Freitag bei dir war, meintest du, ihr hättet nicht mehr geredet, seit ihr zusammen für eine Mathearbeit gelernt hattet.»

«Ja und?»

«Wahrscheinlichkeitsrechnung, oder?»

«Was soll das sein?»

«Gleichungen. Jede Menge Brüche. Eins durch *x* plus zwei plus eins durch drei gleich minus eins. So in dem Stil.»

«Ja. Kann sein.»

«Ihr wart zum Lernen bei Chloe.»

«Das stimmt. Aber, Garv, ich –»

«Welcher Tag?»

Langes Schweigen. «Weiß nicht.»

«Die gleiche Woche?»

«Ja.»

«Also gut. An welchen Tagen habt ihr Mathe?»

Wieder langes Schweigen. «Montag. Mittwoch. Freitag.»

«Okay. Am Montag habt ihr die Arbeit sicher nicht geschrieben, denn dann hättet ihr in der Woche davor gelernt.»

«Anzunehmen.»

«War es am Freitag? Hattet ihr sie gerade erst geschrieben?»

«Nein.»

«Dann muss es am Mittwoch gewesen sein. Also habt ihr Montag- oder Dienstagabend gelernt.»

«Ja, genau. Jetzt fällt's mir wieder ein. Es war am Montag. Die Arbeit war am Mittwoch. Viel haben wir nicht gemacht, ehrlich gesagt. Und auch nicht lange, sie ist dann noch joggen gegangen.»

«Okay, Jess, das ist perfekt. Danke.»

Sie wollte noch etwas sagen, aber er legte schnell auf. Er hatte noch einen weiteren Anruf vor sich.

Er suchte sich die Nummer heraus und wählte.

«Chemische Reinigung Bolloms», sagte eine raue Stimme.

«Hi. Ich hätte eine Frage. Es geht um eine Jacke, die vor ein paar Wochen bei Ihnen in die Reinigung gegeben wurde.»

«Name?»

«Dow. Chloe Dow.»

Die Leitung verstummte. Nach einigen Minuten sagte die Stimme: «Dow?»

«Richtig.»

«Jacke, weiß, Baumwolle.»

«Genau die.»

«Ist abgeholt worden. Schon lange, glaube ich.»

«Tatsächlich?»

«Ja, tatsächlich.»

«Können Sie mir sagen, wann genau?»

Wieder folgte Stille, unterbrochen nur von abgehackten Atemzügen und dem Klacken einer Tastatur. Garvie hielt das Telefon so fest umklammert, dass seine Fingerknöchel herauszuplatzen drohten.

«Ja», sagte die Stimme schließlich. «Hier hab ich's.»
«Welcher Tag?»
«Der elfte. Mittwoch.»

Garvie zitterte vor Aufregung.

Zutaten für Schokobrownies, die am Mittwoch mit in die Schule genommen wurden.

Mathe geübt für eine Arbeit am Mittwoch.

Erinnerungsnotiz, eine Jacke abzuholen, was dann am Mittwoch geschehen war.

Er hatte recht gehabt. Alles passte zusammen. Er schnappte sich seine Jacke und stürmte aus dem Zimmer. Gerade wollte er die Wohnungstür aufreißen, da dachte er an seine Mutter in der Küche. Als er sich umdrehte, sah er ihren wachsamen Blick auf sich gerichtet und murmelte: «Schon gut, das kann auch warten.»

Zurück in seinem Zimmer, rief er Alex an.

«Alter, du musst mir einen Gefallen tun. Ja, jetzt gleich. Hör zu, du kennst das Sportgeschäft im Einkaufs-Center? Ja. Ich möchte, dass du da hingehst und ein paar Fragen stellst. Hast du was zu schreiben? Notier mal: *Laufschuhe Asics Lady GEL-Torana 4 Trail, Größe 37. Lindgrün mit orangem Muster und Schnürsenkeln.* Hast du das? Okay. Und hier die Frage: Jemand hat in diesem Geschäft ein Paar von diesen Schuhen an dem Freitag gekauft, als Chloe umgebracht wurde. Am späten Nachmittag. Genau. Ich möchte herausfinden, wer diese Person war. Nein, es war nicht Chloe. Ja, es ist wichtig. Es ist das Wichtigste, was du je getan hast in deinem Leben. Ja, okay, frag halt. Schnapp dir denjenigen, der an dem Tag bedient hat. Diese Schuhe sind übelst hässlich. Durchaus möglich, dass sie sich daran erinnern. Ruf mich an, sobald du Bescheid weißt.»

Als der Anruf eine Stunde später kam, lag er, die Hände im Nacken verschränkt, auf seinem Bett und starrte die Decke an. Seine Mutter hatte inzwischen zweimal hereingeschaut, doch er hatte nicht reagiert, hatte sich nicht einmal gerührt. Als aber sein Handy klingelte, schnellte er hoch wie ein Lachs und ging ran.

«Alex? Was hast du zu berichten?»

Er stand in der Mitte seines Zimmers und nahm voller Entsetzen die Nachricht entgegen.

55

Als er am Montagmorgen zu Ende gefrühstückt hatte, wünschte seine Mutter ihm viel Glück für Mathe, er nahm seine Tasche und ging die Treppe hinunter und durch den Hausflur hinaus in die morgendliche Sonne. Auf halbem Weg die Straße hinunter drehte er sich um und sah, dass sie ihm, mit verschränkten Armen vom Fenster aus noch immer nachblickte. Er zwang sich, gemessenen Schrittes weiterzugehen, bis zum Ende der Straße und um die Ecke.

Dort, knapp außerhalb ihres Blickfeldes, blieb er stehen und überlegte. In der einen Richtung waren die Schule, die Klausur und die Möglichkeit, seiner Mutter eine Freude zu machen. In der anderen Richtung waren Zweifel, Schmerz und das verzweifelte Verlangen nach so etwas wie der Wahrheit. Er warf einen Blick in Richtung Schule. Dann rannte er über die Straße und stieg in einen Bus, der in die entgegengesetzte Richtung fuhr.

Um zehn Uhr morgens war der Fox Walk menschenleer, die meisten Anwohner waren entweder bei der Arbeit oder in der Schule. Die Sackgasse glitzerte friedlich in der Sonne. Rote und gelbe Tulpen wiegten sich in den Vorgärten, lila Stiefmütterchen prangten in Hängekörben, einige frühe Rosen, weiß und rosa, in Plastikbottichen. Die Stadt hatte die Grünstreifen mähen lassen, und das Gras erstrahlte im frischen Grün des Frühlings. Garvie hatte kein Auge für all das. Er marschierte schnurstracks zu dem Pendeltor am Ende der Straße, wo es zu den Marsh Fields hinausging, und bog auf den Weg, der an der Rückseite der Häuser entlangführte. Wie er vermutet hatte, war der Zaun hinter dem Haus «Honeymead» repariert worden, dennoch konnte er ihn ohne Schwierigkeiten überwinden und stand in weniger als einer Minute auf der Terrasse vor einer der von Felix so geliebten modernen Vinyltüren.

Nach Garvies Informationen hatte Mrs. Dow wieder angefangen zu arbeiten, es konnte also niemand zu Hause sein, aber er verharrte trotzdem noch für einen Moment und lauschte. Mit Ausnahme einer Amsel im Gebüsch war alles still. Er wickelte das Wachstuch auf, das Felix ihm geliehen hatte, und nahm einen Spanner und einen Halbdiamanten heraus. Er schob das kurze Ende des Spanners in den Zylinder der Türgriffsicherung, und während er es mit dem Daumen der linken Hand fixierte, führte er mit der rechten den Halbdiamanten ein und tastete nach den Stiften, bis sie alle gesetzt waren, dann drehte er mit Hilfe des Spanners den Zylinderkern entgegen dem Uhrzeigersinn, bis der Türgriff frei war. Anschließend wiederholte er den gleichen Trick bei dem darüberliegenden Riegelschloss. Wieder wartete er einen Moment ab, um zu lauschen. Dann öffnete er die Tür und betrat leise den Wintergarten der Dows.

«Bleib nie länger als eine Stunde. Halt dir immer mehr als einen Fluchtweg frei.» Felix' Ratschlag befolgend, ging er durchs Wohnzimmer in den Flur und entriegelte die Haustür. Noch einmal lauschte er sorgfältig, bevor er lautlos die

Treppe hinaufstieg. Die drückende Stille der Abwesenheit erfüllte das Haus, doch er wollte kein Risiko eingehen, ging so leise wie möglich über den Treppenflur und bückte sich tief hinunter, als er am Fenster vorbeikam. Chloes Zimmer war noch immer versiegelt, wenn auch das Absperrband vor der Tür mittlerweile durchhing. Es war allerdings nicht Chloes Zimmer, für das er sich interessierte. Er ging daran vorbei zur Abstellkammer am Ende des Treppenflurs. Er hatte einmal hineingesehen, damals, in der kurzen Zeit, als er mit Chloe zusammen war, und wusste noch genau, was sich darin befand: ein Schreibtisch, ein Stuhl und jede Menge Regale. Dies war sicherlich der Ort, an dem Mr. Dow seinen Papierkram erledigte. Garvie machte die Tür auf und schlüpfte hinein.

Er setzte sich an den Schreibtisch und zog die Schubladen auf. Die erste war voller Bürobedarf – säuberlich gebündelte Kugelschreiber und Bleistifte, in Kästen einsortierte Büroklammern und Heftzwecken. Die zweite enthielt Kabel, Stecker und Ladegeräte, wiederum alle ordentlich gebündelt und mit Plastikschnur zusammengehalten. In der dritten lagen Akten gestapelt – Auftragsunterlagen und Kopien von Rechnungen. Erst als Garvie sie heraushob, fand er am hinteren Ende der Schublade etwas Interessanteres: einen kleinen Beutel Hasch und eine Packung Zigarettenpapier. Mr. Dow hatte also ein geheimes kleines Laster. Garvie dachte darüber nach, während er die Unterlagen zurücklegte und die Regale ins Auge fasste.

Die Akten, die er brauchte, standen ganz oben, allesamt vorbildlich gekennzeichnet: *Haus, Auto, Garten, Ferien, Verschiedenes, Bank, Steuer.* Er nahm den Ordner mit der

Aufschrift *Verschiedenes* herunter und begann ihn durchzusehen. Zwanzig Minuten vergingen langsam und in Stille. Er stellte *Verschiedenes* zurück ins Regal und nahm sich *Haus* vor. Weitere Minuten vergingen mit der Durchsicht der Korrespondenz zum Thema Wintergartenerweiterung und diverser Quittungen über den Kauf von Bambusrohrmöbeln, dann wanderte *Haus* zurück ins Regal, und *Garten* war an der Reihe.

Er staunte über die geradezu besessene Ordnung von Mr. Dows Ablage. Er selbst hatte keinerlei Vorstellung von Ordentlichkeit jeglicher Art; sie erschien ihm als eine Form persönlicher Verblödung. Und er hatte die Hoffnung, das auch beweisen zu können.

Er stellte *Garten* zurück an seinen Platz, schnappte sich den Ordner *Ferien* und blätterte ihn langsam durch, sah Prospekte von Hotels in Spanien und Ausdrucke von Buchungsbestätigungen, konnte damit nichts anfangen und nahm sich den Ordner *Steuer* vor, den er erheblich schneller durchging und schließlich ebenfalls zurückstellte. Ein Blick zur Uhr sagte ihm, dass er schon fast eine Stunde hier war. Seufzend erhob er sich, und da erst sah er den anderen Ordner, der aufgeschlagen auf dem Fußboden lag.

Der gesamte Inhalt des Ordners *Freizeit* war chronologisch geordnet, daher blätterte er sich schnell zum Freitag, den 13. durch, und siehe da, dort fand er, säuberlich in einer kleinen Plastikhülle abgeheftet, das, was niemals hätte abgeheftet werden dürfen, was unter allen Umständen hätte weggeschmissen oder vernichtet werden müssen – den Beweis für die verhängnisvolle Dämlichkeit der Ordnungsliebe.

Seine Hände zitterten so stark, dass er kaum das Handy halten konnte.

«Singh.»

«Kommen Sie sofort her. Honeymead, Fox Walk.»

«Garvie? Bist du das?»

«Jetzt. Sofort. Auf der Stelle.»

«Was redest du? Und warum flüsterst du?»

«Kommen Sie einfach her, schnell. Ich hab was Neues entdeckt. Es ändert alles.»

«O nein, nicht schon wieder. Tu das nicht, Garvie, ich bitte dich.» Singhs Stimme klang lebendig, aber sein Ärger war unverkennbar. «Hör zu, Garvie. Wenn du irgendetwas zu irgendwelchen Details des Falles Dow zu sagen hast, dann kannst du deine Mutter bitten, dass sie mit mir einen Termin bei euch zu Hause verabredet, und ich werde –»

«Es geht um die Laufschuhe.»

Am anderen Ende der Leitung wurde es vorübergehend still.

«Was ist mit den Laufschuhen?»

«Ich weiß, was passiert ist. Ich kann es beweisen. Ich hab den Beweis hier, in meiner Hand. *Kommen Sie*, Singh. Vertrauen Sie mir.»

Irgendetwas in seiner Stimme musste überzeugend geklungen haben. Er konnte beinahe sehen, wie sich Singhs Gesichtsausdruck veränderte. «Ich bin auf dem Weg», sagte der Polizist und legte auf.

An den Schreibtisch gelehnt, schloss Garvie die Augen und atmete durch. Dann knarrte es leise, ganz in der Nähe, und als er die Augen wieder öffnete, sah er Mrs. Dow in einem unförmigen rosa Morgenmantel und rosa Filzschlappen in der Tür stehen, nur zwei Schritte entfernt. Fassungslos, mit offenem Mund, starrte sie ihn an.

«Mrs. Dow», sagte Garvie höflich.

Sie sagte nichts, sah ihn nur triefäugig und sichtlich schlaftrunken an. Die Verwirrung hielt sie umfangen. Verständnislos blickte sie zurück zu ihrem Schlafzimmer. «Ich fühle mich nicht gut», sagte sie mit stockender Stimme. Dann, besorgt: «Ich habe Stimmen gehört, Garvie.» Sie spähte an ihm vorbei, als wollte sie feststellen, ob noch jemand da sei.

Er nickte. «Ich kann alles erklären.»

«Erklären … warum du hier bist?»

«Erklären … was mit Chloe war. Aber lassen Sie uns doch nach unten in die Küche gehen, dort können wir uns unterhalten. Wenn es Ihnen nicht gut ist, könnte ich Ihnen vielleicht einen Tee machen.»

«Wie, was mit Chloe war?» Sie verharrte reglos, sah ihn mit dem unberechenbar leeren Blick einer Hysterikerin an.

«Tja, das ist ein bisschen kompliziert.»

«Erzähl mir, was mit Chloe war.»

«Okay.» Er sprach besänftigend, wie mit einem Kind. «Ich weiß, wie schwer das alles für Sie war, Mrs. Dow. Ich weiß, wie sehr Sie gelitten haben. Jedes Mal, wenn die Polizei sagt, sie hätten die Sache geklärt, stellt sich hinterher raus, dass sie einen Fehler gemacht haben. Aber jetzt weiß ich, wie es wirklich war.»

Sie nickte wie eingelullt. «Gut», murmelte sie. «Erzähl.»

Er konnte nur hoffen, dass er nicht zum Ende gelangen würde, bevor Singh eintraf. In unverändert fürsorglichem Ton sagte er: «Erinnern Sie sich noch an die Nachricht?»

«Nachricht?»

«Die Nachricht, die Chloe auf den Wohnzimmertisch gelegt hat, um Ihnen mitzuteilen, dass sie joggen gegangen war? Sie lautete: *Bin joggen gegangen Um halb acht wieder da.* Sie erinnern sich bestimmt.»

Sie nickte.

«Na ja, auf dem Papierbogen waren auch noch andere Sachen, Notizen und Kritzeleien. Eine Liste von Zutaten für Schokoladenbrownies. Eine mathematische Gleichung. Eine Erinnerung, ihre weiße Jacke aus der Reinigung abzuholen.»

Ein trauriges Lächeln huschte über Mrs. Dows Gesicht. «Ich habe ihr diese Jacke geschenkt. Zu ihrem fünfzehnten Geburtstag.»

Er nickte mitfühlend. So leise wie möglich fuhr er fort.

«Ja, sie hat die Jacke an dem Mittwoch der betreffenden Woche abgeholt. Mittwoch war auch der Tag, an dem sie Schokobrownies mit in die Schule genommen und die Mathearbeit geschrieben hat, für die sie vorher gelernt hatte. Also, verstehen Sie, muss sie all diese Notizen und Kritzeleien auf dem Papier *vor* dem Mittwoch gemacht haben. Und das ist interessant.»

«Warum?» Mrs. Dows Aufmerksamkeit war jetzt größer, sie hielt den Kopf zur Seite geneigt, die Augen waren leicht zusammengekniffen und der Blick fester als zuvor. Garvie begann sich ernstlich zu fragen, wie lange Singh noch brauchen würde.

«Weil», redete er weiter, «ich mich gefragt habe: *Könnte nicht auch die Notiz über das Joggen vor dem Mittwoch verfasst worden sein?* Alles auf dem Papier war mit dem gleichen schwarzen Filzstift geschrieben; gut möglich also, dass es alles um die gleiche Zeit entstanden ist. Und tatsächlich stellt sich heraus, dass alles, was auf dem Papier steht, am ... Montag geschrieben wurde.»

«Ich verstehe nicht.»

«Chloe hat die Nachricht hinterlassen, als sie am Montagabend laufen ging. Und als sie zurückkehrte, hat sie sie weggeschmissen, wahrscheinlich in den Papierkorb im Wohnzimmer.»

Sie sah ihn lange an, und er begann zu glauben, dass sie das Gesagte nachvollziehen und weiterdenken könne. Aber sie konnte es nicht.

«Ich verstehe immer noch nicht», sagte sie. «Der Zettel lag auf dem Wohnzimmertisch, als Mick und ich am Freitag aus dem Einkaufs-Center zurückkamen.»

Garvie holte tief Luft. Inzwischen lauschte er ununterbrochen, ob nicht endlich Singhs Auto vor dem Haus zu hören war.

«Auch das kann ich erklären. Aber vielleicht möchten Sie erst einmal eine Tasse Tee trinken.»

«Nein», sagte sie. «Ich möchte, dass du es mir erklärst.»

So behutsam wie möglich fuhr Garvie fort. «Am Freitag hatte Chloe ein Problem. Da waren zwei – nein, drei – Männer, die sie belästigten. Von dem Hausmeister an der Schule und Darren Winder vom Casino wissen Sie bereits. Am Freitagnachmittag hat Chloe versucht, reinen Tisch zu machen. Sie hatte Angst. Sie wusste nicht, was sie tun sollte. Nach dem Mittagessen ist sie aus der Schule weg und hat Jess besucht. Sie kennen Jess.»

«Ja, sie ist eine kleine Zicke.»

«Tja, es hat Chloe nichts gebracht, sich an sie zu wenden, also ist sie wieder gegangen und zu Alex gefahren.»

«Den kenne ich auch. Er taugt nichts.»

«Das hat auch nicht funktioniert, also ... ist sie zu mir gekommen, draußen auf dem Schulsportplatz.»

Mrs. Dow lächelte. «Sie hat dich immer gemocht, Garvie. Ich mochte dich auch. Bevor all das passiert ist.»

Er sagte, noch behutsamer: «Aber ich wusste nicht, was Chloe für Probleme hatte, daher hat es ihr auch nichts genützt, zu mir zu kommen.» Er machte eine Pause. «Das tut mir sehr leid.»

«Mach dir keine Vorwürfe», sagte Mrs. Dow automatisch. «Wir können nicht alles wissen, nicht wahr?»

Garvie redete langsam weiter. «Sie ist dann nach Hause gegangen. Ungefähr um halb fünf. Da wusste sie, was sie tun wollte, sie hatte sich entschlossen. Sie wollte ihre Bankkarte holen und danach losgehen, um sich neue Laufschuhe zu kaufen. Aber dann, als sie hier war, ist sie ihm begegnet.»

«Wem?»

«Dem anderen Mann.» Er hielt inne und sah sie traurig an. Dann schluckte er. «Dem Mann, der sie umgebracht hat. Er hätte eigentlich auf der Arbeit sein müssen», sagte er. «Aber er war hier.»

Sie starrte ihn unverwandt an, den Kopf schiefgelegt, die Augen so klein, dass er sie kaum noch sehen konnte, und bevor sie etwas sagen konnte, sprach er mit gleichbleibend leiser Stimme weiter.

«Nachdem er sie getötet hatte, wusste er erst einmal nicht, was er tun sollte. Ich meine, er war hier im Haus, mitten am Freitagnachmittag, und stand plötzlich mit einem toten Mädchen da. Aber dann sah er im Papierkorb die Nachricht, die Chloe am Montag weggeworfen hatte, und da hatte er eine Idee. Er strich sie so weit wie möglich glatt und legte sie auf den Wohnzimmertisch, damit es so aussah, als wäre Chloe joggen gegangen. Dann ging er nach oben, holte Chloes Laufsachen und zog sie ihr an. Aber da gab es ein Problem.»

Mrs. Dow sah ihn jetzt an, als wäre er eine Gestalt aus einem Traum. Auf der Straße vor dem Haus war es vollkommen still, und Garvie verfluchte Singhs Langsamkeit.

«Was für ein Problem?», fragte sie.

«Die Joggingschuhe. Sie hatte keine. An dieser Stelle hätte er in Panik geraten können. Tat er aber nicht. Er versteckte Chloes Leiche – in der Garage, würde ich vermuten – und ging los, um ein Paar neue Schuhe in dem Sportgeschäft im Einkaufszentrum zu kaufen. Und später am Abend, als die Luft rein war, zog er Chloe diese Schuhe an, fuhr mit ihrer Leiche zum Pike Pond und warf sie ins Wasser.»

Sie war so still, stand so reglos da, dass er nicht recht erkennen konnte, ob sie überhaupt atmete. Ganz leise sagte sie: «Was erzählst du mir da?»

«Dass Chloe, als Sie am Freitag nach Hause kamen und dachten, sie wäre joggen gegangen, in Wirklichkeit hier war, im Haus. Und bereits tot.»

«Schon tot?»

«Ja.»

«Aber … wer hat sie getötet?»

Er schluckte. «Der andere Mann. Der Mann, der Chloe immer wieder belästigt hat.»

«Wer ist das?», flüsterte Mrs. Dow.

Garvie konnte es nicht länger aufschieben. Er sagte: «Ihr Mann, Mrs. Dow. Es tut mir leid.»

Sie war vollkommen ruhig. Er konnte beobachten, wie sie dem Gedanken nähertrat und ihn auf die Probe stellte.

«Aber er *war* bei der Arbeit», sagte sie nach einer Weile.

Garvie schüttelte den Kopf.

Sie dachte weiter nach, ruhig, unbewegt, und für einen Moment dachte er, dass es nicht so schlimm werden würde. Aber der Moment war gleich wieder vorbei. Er hatte noch nie erlebt, wie es ist, wenn jemand hysterisch wird. Ihr Kopf begann hin- und herzuwackeln. Ihre Arme brachen in unkontrolliertes Zittern aus, und sie verfiel in ein tierartiges Stöhnen.

Garvie versuchte sie zu besänftigen, doch sie stieß ihn von sich.

«Lügner!», schrie sie. «Lügner!»

Schreiend wankte sie rückwärts in den Treppenflur. Garvie folgte ihr mit einigem Abstand und beschwor sie, sich zu beruhigen. Gleichzeitig warf er einen schnellen Blick auf seine Uhr und verwünschte Singh erneut dafür, dass er sich so viel Zeit ließ. Mrs. Dow ruderte wild mit den Armen und verdrehte die Augen. Sie schleuderte die Hausschuhe von sich, ihr Morgenmantel öffnete sich und gab das große, faltige Nachthemd frei, das um ihren Körper schlackerte.

«Es tut mir leid», rief Garvie. «Aber es ist wahr. Ich kann es beweisen. Sehen Sie, Mrs. Dow! Das hier ist die Quittung für die Laufschuhe, die er im Center gekauft hat. Er hat sie abgeheftet, so wie er es immer tut – haben Sie mir doch selbst erzählt!»

Sie riss ihm die Quittung aus der Hand und schwenkte

sie in der Luft, ohne einen Blick darauf zu werfen. Sie schrie einmal auf, verstummte und kam dann mit wutverzerrtem Gesicht auf ihn zu. In diesem Moment setzte ein Auto auf die Auffahrt vor dem Haus, und sie hielten beide inne, um zu lauschen.

Mit einem Seufzer der Erleichterung sagte Garvie: «Das ist Inspektor Singh, Mrs. Dow. Er kann es Ihnen erklären.»

«Inspektor Singh?»

«Ich habe ihn angerufen. Er kann alles erklären.» Er lächelte ihr beruhigend zu und rief nach unten: «Singh! Die Tür ist offen! Wir sind hier oben!»

Die Haustür ging auf, wurde geschlossen, und man hörte Schritte auf der Treppe.

Mrs. Dow war still geworden und wartete.

«Es wird alles gut», redete Garvie sanft auf sie ein. «Sie werden sehen. Es tut mir so leid, was passiert ist. Aber der Inspektor wird es erklären. Da ist er. *Endlich.*»

Sie drehten sich beide zum Treppenaufgang um. Die Schritte kamen näher, und gleich darauf tauchte hinter dem Geländer Mr. Dow auf. Er stand in seinem mit Farbe bekleckesten Overall, den Werkzeuggürtel umgeschnallt, am Ende des Treppenflurs und sah stumm zu ihnen herüber.

56

«Mick!», rief Mrs. Dow wie in Ekstase. *«Mick!»* Ohne Eile kam er durch den Flur, sie fiel ihm in die Arme, und er hielt sie, während er Garvie über ihren Kopf hinweg ausdruckslos ansah.

«Alles ist gut, Liebes», sagte er zu seiner Frau. «Ganz ruhig.»

«Aber Mick, du verstehst nicht, Mick.»

«Versuch nicht zu reden. Es geht dir nicht gut, das weißt du doch. Ich bin vorbeigekommen, um nach dir zu sehen. Auf dem Weg zur nächsten Baustelle.»

Sie schmiegte ihr Gesicht an den Brustlatz seines Overalls und schluchzte leise vor sich hin.

«Sie ist nicht sie selbst», sagte er zu Garvie.

«Mick», sagte sie noch einmal und hielt sich an ihm fest.

«Na gut», sagte Garvie, «dann will ich euch Turteltauben mal allein lassen. Es ist nämlich so, dass ich heute eine wichtige Matheprüfung habe, also werde ich einfach –»

Mr. Dow trat einen Schritt zur Seite und versperrte ihm den Weg. «Ich weiß nicht, warum du hier bist», sagte er mit seiner behäbigen, tonlosen Stimme.

Bevor Garvie antworten konnte, bäumte Mrs. Dow sich auf und rief: «Lügen! Er hat mir lauter Lügen erzählt!»

Mr. Dow versuchte sie zu beruhigen, während er Garvie scharf im Auge behielt. «Ruhig», sagte er. «Sei nicht albern.»

«Lügen über dich!», beharrte sie.

Er nahm sie wieder fester in den Arm, strich mit einer Hand ihre zerzausten Haare zurecht und sagte schließlich im gleichen behäbigen Ton: «Was für Lügen?»

Verwirrt redete sie drauflos – von Chloe, von der Jacke, die sie in die Reinigung gebracht hatte, der Nachricht im Papierkorb und von den am späten Nachmittag im Center gekauften Laufschuhen. «Er sagt, da waren drei Männer», sagte sie angestrengt schluckend. «*Drei*, Mick!»

Er drückte ihr Gesicht wieder an seine Brust, um sie ruhigzustellen. «Schschsch!», machte er. «Was redest du da?»

«Lügen über die Laufschuhe!» Sie bäumte sich erneut auf und wedelte ein Stück Papier vor seiner Nase herum. «Lügen darüber, wo du die Quittung abgeheftet hast!»

«Ruhig, Liebling», sagte er wieder. «Bitte. Sonst geht es dir nur wieder schlechter. Es ist alles Unsinn, das weißt du.» Er hielt sie fest im Arm und murmelte, ohne Garvie auch nur einen Moment aus den Augen zu lassen, beruhigend auf sie ein – bis er plötzlich, nach vielleicht einer Minute oder mehr, mitten in ihren konfusen Redestrom hinein, eine kurze, zornige Bewegung machte, so als könnte er ihr hysterisches Gehabe nicht länger ertragen. Mrs. Dow sank auf den Teppich nieder und blieb zu seinen Füßen liegen.

Er steckte den Tischlerhammer zurück an seinen Platz im Gerätegürtel und stand regungslos vor Garvie.

Garvie blickte zu Mrs. Dow hinunter und sah Blut auf dem Teppich, gleich neben ihrem Hinterkopf. «Das hätten Sie nicht tun sollen», sagte er so gleichmütig, wie es ihm möglich war. «Das wird ein echt hässlicher Fleck werden, der nur schwer wieder rausgeht», fügte er hinzu, ohne doch sein Entsetzen ganz verbergen zu können.

Mr. Dow sagte nichts. Er begann schwer zu atmen, das einzige Geräusch in der Stille des Hauses und der wie ausgestorben scheinenden Sackgasse. Es gab keinen Weg an ihm vorbei nach unten. Mitten in die Stille hinein gab es jetzt ein leises Piepen, und als Garvie sein Handy zückte, hatte er gerade noch Gelegenheit, eine SMS von Singh zu lesen – Stecke im Verkehr fest –, bevor Mr. Dow unerwartet behände vortrat und ihm das Handy aus der Hand schlug.

«Vorsicht», sagte Garvie und wich einen Schritt zurück. «Sie wollen doch das Telefon nicht kaputt machen, oder?»

Anstatt zu antworten, hob Mr. Dow den Fuß und trat mit seinem schweren Arbeitsstiefel so kräftig auf das Handy, dass das Plastikgehäuse knirschend zerbrach.

«Verstehe», sagte Garvie.

Er wich weiter zurück, und Mr. Dow machte noch einen Schritt auf ihn zu, während er ihn weiter stumm anstarrte.

«Tja», sagte Garvie im Plauderton, «ich weiß, es klingt wie ein Klischee, aber tatsächlich ist die Polizei auf dem Weg hierher. Das Haus wird umstellt sein. Eine Flucht ist ausgeschlossen. Sie sollten sich nicht zu unüberlegten Handlungen hinreißen lassen. Mehr muss ich wohl nicht sagen.» Er machte eine Pause. «Oder?»

Mr. Dow trat einen weiteren Schritt vor, Garvie einen zurück.

«Andererseits sollte ich in dieser Situation sicherlich versuchen, Sie zum Reden zu animieren. Also, wenn Sie sich näher darüber auslassen könnten, wie Sie Chloe getötet haben, wäre das sehr hilfreich.»

Ohne etwas zu sagen, bewegte sich Mr. Dow mit schweren Schritten vorwärts, während Garvie langsam weiter zurückwich.

«Aber eine Frage hätte ich tatsächlich. Über Ihre Arbeit an jenem Freitag. Sie müssen das Gebäude verlassen haben, gleich nachdem die anderen Handwerker um vier Uhr Feierabend gemacht haben, obwohl die Malerarbeiten erst halb fertig waren. Aber am Montagmorgen war alles erledigt. Sind Sie also am Wochenende noch mal extra –»

Mitten im Satz packte der Mann ihn bei der Kehle und drückte ihn gegen die Wand, wo er zappelnd und würgend an seinem ausgestreckten Arm hing. Den anderen Arm streckte er so weit zurück, dass Garvie die Hand nicht mehr sehen konnte, und verpasste ihm urplötzlich einen krachenden Schlag auf die Augen. Zur Seite geworfen, stolperte Garvie, blind und nach Luft ringend, durch den engen Flur bis zum Schlafzimmer der Dows, wo er sich im gleichen Moment umdrehte, als Dow sich erneut auf ihn stürzte. Er duckte sich unter dem Schlag weg, gleichzeitig gelang es ihm, den Mann durch einen schnellen Tritt gegen sein Bein aus dem Gleichgewicht zu bringen, ins Schlafzimmer zu springen und die Tür hinter sich zuzuschlagen. Er schnappte gierig nach Luft. Auf einem Auge konnte er nichts mehr sehen. Blinzelnd wischte er sich Blut aus dem anderen und zuckte vor Schmerz zusammen.

Die Schlafzimmertür, die kein Schloss hatte, flog fast augenblicklich auf und schleuderte ihn ein Stück ins Zimmer hinein, während Mr. Dow schwer atmend hinterherkam. An der rohen Kraft des Mannes konnte kein Zweifel bestehen. Humpelnd zog sich Garvie hinter das Bett zurück und beobachtete aus seinem einen Auge, wie Mr. Dow ihm langsam folgte. Sogar jetzt, wie in höhnischer Selbstparodie, registrierte sein Gehirn die feinen Details der Zimmereinrichtung. Ganz in Rosa und Creme gehalten, alles furchtbar gepflegt. Da waren die elfenbeinfarbenen Einbauschränke und das Doppelbett mit einer elfenbeinfarbenen Tagesdecke sowie neben dem Bett Sessel mit Polsterung aus rosafarbenem Samt. Auf einer Frisierkommode befanden sich ein Schmuckkästchen, diverse Haarbürsten und zwei große Porzellanvasen von erlesener Scheußlichkeit. Mr. Dow zog den Tischlerhammer aus seinem Werkzeuggürtel. Auch dies nahm Garvie im Detail wahr. Am spitzen Ende des Hammers klebten Haare.

Garvie spuckte Blut. «Das ist jetzt Ihre letzte Chance», sagte er gurgelnd, «sich friedlich zu ergeben.»

Als Dow sich mit erhobenem Hammer auf ihn stürzte, sprang er aufs Bett und hüpfte schwankend darüber hinweg, doch Dow war schneller, als er gedacht hatte, und erwischte ihn mit dem Hammer voll auf dem Schulterblatt, worauf er mit dem Gesicht voran in die Holzvertäfelung des Kopfendes rauschte und dann, vom Schwung weitergerissen, auf der anderen Seite des Bettes herunterknallte. Als Dow über ihm auftauchte, warf er ihm eine Pyjamahose, die er in seiner Hand fand, ins Gesicht, sprang auf und stürzte ins Bad, wo er die Tür zuwarf und den Schlüssel umdrehte.

Seine Beine gaben unter ihm nach, keuchend ließ er sich gegen die gekachelte Wand sinken. Er spürte einen brennenden Schmerz in der rechten Schulter, der Arm hing taub und schlaff herab. Ihm war bewusst, dass er am Ende war, er konnte nicht mehr. Die dünne Tür wackelte in den Angeln, während er sich einäugig in dem winzigen Bad umsah. Es gab hier nichts, was ihn hätte retten können, nichts, was auf irgendeine Weise zu gebrauchen wäre, weder im Waschbecken, in der Toilette oder der Duschkabine noch in dem freistehenden Regal mit Hygieneartikeln. Nicht einmal ein Äffchen hätte durch das kippbare Stückchen Mattglas im Fenster entkommen können.

Für einen Moment herrschte, abgesehen von seinen eigenen japsenden Atemzügen, völlige Stille.

Dann, mit einem Krachen wie von einem Gewehrschuss, brach der Hammer durch die dünne Holztür.

Garvie versuchte, sich noch einmal zusammenzureißen. «Besetzt!», rief er. «Sie werden sich einen Moment gedulden müssen.»

Der Hammer kam ein zweites Mal durch die Tür gedonnert, ein Stück Holztäfelung brach heraus, und auf der anderen Seite war jetzt Mr. Dow zu sehen, wie er schon das nächste Mal ausholte.

«Denken Sie an den Dreck, den das macht», krächzte Garvie. «Von den Kosten ganz zu schweigen.»

Mit der linken Hand spritzte er Duschgel durch das Loch in der Tür, doch Mr. Dow wischte sich nur kurz übers Gesicht, dann ließ er den Hammer ein drittes Mal niedersausen.

Es gab jetzt nichts mehr, was Garvie tun konnte. Mit der bangen Gewissheit, dass er sich verzockt hatte, stand er auf und sah seinem Schicksal entgegen. Der Hammer donnerte ein letztes Mal durch die Tür, die letzten Holzreste splitterten auseinander, und Mr. Dow stand in voller Lebensgröße vor ihm.

Garvie sah ihn aus einem Auge an. So muss es am Ende auch für Chloe ausgesehen haben, dachte er. Ein großer, stummer Mann mit leerem Blick und brutalen Händen.

Er öffnete den Mund für ein paar letzte Worte: «Ihr größter Fehler war, dass Sie Ihre Frau nicht verstanden haben.»

Das verdutzte Gesicht des Mannes verzerrte sich in einem Ausbruch von Hass, und endlich brach er sein Schweigen.

«Diese Schlampe», sagte er mit schiefem Grinsen und hob den Hammer.

In diesem Moment gab es hinter seinem Rücken eine verschwommene Bewegung und gleich darauf ein Geräusch, als hätte jemand eine Flasche fallen lassen. Dows schwerer Körper sackte vornüber, und hinter ihm tauchte wie ein zerlumpter Geist Mrs. Dow auf, die Überreste einer sagenhaft scheußlichen Porzellanvase in der Hand.

Blutend stand sie über ihm. «Du hast meine Tochter umgebracht», sagte sie mit belegter Stimme. «Du Bastard.»

Und als Garvie durch die zerschmetterte Tür stolperte, um ihr die Scherben abzunehmen, ertönte von draußen hektisches Reifenquietschen und das Schlagen von Autotüren.

Sie sahen sich an.

«Ist das nicht wieder mal typisch?», sagte Garvie mit schwerer Zunge. «Kommen immer erst, wenn man sie nicht mehr braucht.»

57

Der Juni präsentierte sich nass und kühl. Aus dumpfgrauem Himmel fiel der Regen auf die Stadt, tröpfelte von Bäumen herunter, floss gurgelnd durch die Abzugskanäle und bildete überall Pfützen, die den trüben Himmel noch einmal spiegelten. In der Bulwarks Lane konnten die Gullys das Wasser nicht mehr aufnehmen, der Gehsteig vor *Jamal's* war überschwemmt. Ein fauliger Geruch hing in den Straßen, und in den Häusern sammelten sich die durchnässten Schuhe, die tropfenden Regenschirme und dampfenden Mäntel und Jacken.

An einem der regnerischen Abende, gegen neun Uhr, machte Inspektor Raminder Singh sich auf den Weg nach Five Mile. Es war das erste Mal seit der turbulenten Fahrt zum Fox Walk vor einer Woche, dass er die Siedlung besuchte. Er fuhr an der Abbiegung vorbei, wo es zum Haus der Dows ging, dann über die Old Ditch Road mit dem Kinderspielplatz zur Rechten auf den Pilkington Driftway, bevor er schließlich vor dem Komplex Eastwick Gardens hielt. Das Erste, was ihm ins Auge fiel, war das «Zu verkaufen»-Schild für die Wohnung 12, und er stieß einen kleinen Seufzer aus. Er konnte es Mrs. Smith nicht verdenken, wusste aber genau, was Garvie von einem Umzug nach Barbados hielt.

Die Aktentasche in der Hand stieg er aus dem Auto und schritt durch den Platzregen zum Hauseingang. Wenig später ließ er sich von Mrs. Smith in die Wohnung geleiten. Stimmen schlugen ihm entgegen: die von Leonard Johnson und seiner Frau, die soeben das Abendessen beendeten. Er sah Garvie in einer Ecke vor sich hinbrüten und nickte ihm zu, doch der Junge gewährte ihm nicht mehr als einen leeren Blick, bevor er seine ungeteilte Aufmerksamkeit wieder dem Fußboden zuwandte.

In Singhs Aktentasche befanden sich Schriftstücke, die auf Garvies Nichterscheinen zu seinen Klausuren Bezug nahmen. Darin wurde offiziell bescheinigt, was die Polizei als «unvermeidliche Mitwirkung an Maßnahmen der Strafverfolgung» bezeichnete. Garvies Mutter nahm die Unterlagen entgegen, und während sie erst einmal nach ihrer Brille suchte, schüttelte Leonard Johnson Singh die Hand und gratulierte ihm zum Ausgang der Ermittlungen im Fall Dow.

«Ich kann damit nicht zufrieden sein», sagte Singh. «Es hat unterwegs zu viele Fehler gegeben.»

«Wohl wahr», sagte Garvie, ohne den Blick zu heben.

Onkel Len zog die Stirn kraus. «Genießen Sie es ruhig, Raminder. Wenn Sie unten sind, werden Sie getreten, wenn Sie oben sind, werden Sie ignoriert.»

Das war auf die Medien bezogen. Die ganze Woche lang hatte der Fall «Die Schöne und das Biest» die Schlagzeilen beherrscht. Die meiste Aufmerksamkeit hatte wie üblich dem Mörder, dem «Biest», gegolten, in der nur allzu vertrauten journalistischen Mischung aus lärmender Verwunderung und selbstgerechtem Zorn. Der Polizei wurde dabei widerwillig zugestanden, dass sie am Ende doch über ihre anfängliche Inkompetenz hinausgewachsen sei.

«Und wie sieht der Polizeipräsident die Sache?»

«Seine Mordlust ist abgeflaut. Es ist mir gestattet, auf meinem Posten zu bleiben.»

«Das freut mich.»

«Die ganze gesetzestreue Welt wird sich freuen», sagte Garvie zum Fußboden. «Die Kriminellen allerorts werden vor Angst schlottern.»

Sein Onkel wies ihn zurecht. «Ich weiß nicht, worüber du dich zu beklagen hast. Du hast unheimliches Glück gehabt. Du hättest dich von Anfang an nicht einmischen dürfen, immer wieder wurdest du davor gewarnt, aber du hast dich über alle Ermahnungen hinweggesetzt. Es ist dem reinen Zufall zu verdanken, dass du nicht ernsthaft zu Schaden gekommen bist. Guck dich doch nur an.»

Alle sahen ihn an. Er trug noch immer eine Augenklappe, sein Gesicht war geschwollen, und über seine Unterlippe zogen sich schwarze Nähte. Den rechten Arm trug er in einer Schlinge. Sobald er sich, wie jetzt, bewegte, zuckte er vor Schmerz zusammen.

«Ich habe nicht an mich gedacht», sagte er leise.

«Nun, deine Mutter denkt aber an dich», sagte Onkel Len. «Du ahnst nicht, was sie durchgemacht hat.»

«Doch, ich weiß es», sagte Garvie.

In Wirklichkeit war es Onkel Len, der nicht so genau Bescheid wusste, denn man hatte ihn über das wahre Ausmaß von Garvies Verwicklung im Unklaren gelassen – aus Sorge, dass es ihn aus dem Gleichgewicht bringen würde.

«Du hast wirklich Glück gehabt», setzte der Onkel nach. «Du wirst sogar in der Presse erwähnt.»

So war es. Obwohl keine Einzelheiten von der Polizei

freigegeben worden waren, war immerhin bekannt, dass ein – aus rechtlichen Gründen nicht identifizierter – Jugendlicher sich im Haus der Dows aufgehalten hatte, als die Polizei eingetroffen war, um Chloes Mörder zu verhaften. Es wurde spekuliert, dass er Zeuge der gewaltsamen Auseinandersetzung zwischen den Eheleuten gewesen sei, in deren Verlauf Mr. Dow schließlich überwältigt werden konnte. Bislang hatte noch kein Journalist eine Verbindung zwischen diesem und anderen Jugendlichen hergestellt, die im Zusammenhang mit diesem Fall aufgetaucht waren, etwa in Berichten über die Brandstiftung auf dem Wohnwagenplatz in Tick Hill, die zur Verhaftung der Winders geführt hatte, über die Ereignisse rund um den Selbstmord von Paul Johnson alias Ben Naylor im Wald am Ende der Badger Lane oder über die unselige Verhaftung und Inhaftierung von Alex Robinson, dessen Familie inzwischen Klage gegen die Polizei eingereicht hatte.

Onkel Len wandte sich noch einmal an Singh. «Es gibt einige Punkte, die ich nicht verstehe, Raminder. Ganz zu Beginn hieß es, dieser Mann, Dow, habe ein Alibi. In der fraglichen Zeit habe er in einem bestimmten Gebäude Malerarbeiten ausgeführt.»

Singh nickte. «Nach seiner Aussage ist er bis Viertel vor sechs ununterbrochen in dem Gebäude gewesen, und ein Nachbar hat das bestätigt. Er hat Dow den ganzen Nachmittag arbeiten hören und später gesehen, wie er weggefahren ist, um sich mit seiner Frau im Center zu treffen.»

«Und wie war es in Wirklichkeit?»

«Wie wir jetzt wissen, hat Dow regelmäßig Marihuana konsumiert. Als seine Kollegen weg waren, kam ihm die

Idee, sich kurz nach Hause zu stehlen und schnell eine zu rauchen. Um den Eindruck zu erwecken, dass er immer noch bei der Arbeit sei, hat er das Radio laufen lassen und ist nicht mit seinem vor dem Haus geparkten Transporter gefahren, sondern mit einem Fahrrad, das er auf dem Gelände gefunden hat. Es waren nur zehn Minuten bis nach Hause. Er war gerade hinten im Garten, als Chloe überraschend nach Hause kam. Normalerweise war sie um diese Zeit auf dem Sportplatz.»

«Was wurde aus den Malerarbeiten, mit denen er angeblich beschäftigt war?»

«Er ist am Sonntag noch mal hingefahren, um sie zu erledigen, während Mrs. Dow mit Schlaftabletten ruhiggestellt war.» Er machte eine Pause. «Er war ein guter Lügner, ist immer möglichst nah bei der Wahrheit geblieben. Die Verletzungen im Gesicht hat er mit einem Sturz von der Leiter erklärt, den seine Arbeitskollegen miterlebt hatten. Er hat sich ausgerechnet, dass jemand seinen Transporter am Pike Pond gesehen haben könnte, als er Chloes Leiche entsorgte, daher hat er uns sofort gesagt, dass er an dem Abend dort herumgefahren sei, um sie zu suchen. Es passte.»

Tante Maxie sagte: «Wie konnte er so klar denken? Wie konnte er überhaupt noch denken, nach dem, was er getan hatte?»

«Noch dazu hat er auch sehr schnell gedacht. Er hatte ja nicht viel Zeit. Die Idee mit der Nachricht zum Beispiel. Und als er ihre Laufschuhe nicht finden konnte, ist er nicht in Panik geraten. Er hat die Leiche einfach in der Garage versteckt und ist losgegangen, um neue zu kaufen.»

«Direkt vor der Nase seiner Frau», sagte Tante Maxie.

Onkel Len nickte. «Und dann die Leiche in den Teich zu werfen – auch das war schlau. Wasser zerstört so viele Spuren und erschwert die kriminaltechnischen Untersuchungen ungemein. So haben wir alle geglaubt, der Mord wäre dort an Ort und Stelle verübt worden.»

«Er hat auch daran gedacht, ihr Handy mit ins Wasser zu schmeißen», sagte Singh. «Wahrscheinlich hatte er sie in den vorangegangenen Wochen wiederholt telefonisch bedroht. Unsere Vermutung ist, dass er ihr schon seit längerer Zeit nachstellte. Mrs. Dow hat berichtet, dass sie sich öfter gestritten hätten, sie hatte aber immer geglaubt, die Ursache dafür sei Chloes Eifersucht gewesen. Ich glaube, er wusste, dass Chloe auch von anderen Männern bedrängt wurde. Er wusste über Alex Bescheid, er hatte den Porsche gesehen, und vielleicht hat er sogar erraten, was an der Schule mit dem Hausmeister vorging. An dem Nachmittag muss er gespürt haben, dass sie sich gerade in einer besonders angeschlagenen Verfassung befand. Er war ein entschlossener Mann, ohne jede Skrupel, und er hat sich keine Fehler geleistet.»

«Er hat sich drei Fehler geleistet», sagte Garvie, und alle drehten sich zu ihm um. «Drei offenkundige Fehler, die ein sechsjähriges Kind hätte aufdecken können.»

Ein unbehagliches Schweigen folgte dieser Bemerkung.

«Diese Schuhe», sagte Garvie. «Orange und lindgrün. Chloe wäre lieber gestorben, als so etwas zu tragen.»

«Na schön. Was war der zweite Fehler?»

«Die Quittung abzuheften. Das war echt der Hammer. Ordnungssinn macht blöde. Daran sollten wir immer denken. Aber der dritte Fehler war der schlimmste.»

«Und?»

«Der Spielchip. Er muss sich ein bisschen Sorgen wegen der Dummheit der Polizei gemacht haben. Kann man verstehen. Er hatte ihnen extra den Tipp mit Winders Porsche gegeben, aber sie sind dem nicht so nachgegangen, wie er gehofft hatte. Also ist er ein Risiko eingegangen, um die Verbindung noch offensichtlicher zu machen, und hat heimlich einen *Imperium*-Chip in ihre Jackentasche gesteckt. Dumm. Ich hatte diese Jacke anprobiert, als ich bei den Dows war, ein paar Tage nach Chloes Tod, und da war nichts in der Tasche.»

Alle sahen ihn erstaunt an.

Seine Mutter sagte: «Du hast ihre Jacke anprobiert?»

«Ja.» Er begegnete ihren Blicken offensiv. «Sie hat ziemlich gut zu ihren grauen Jeggings und dem pinkfarbenen T-Shirt gepasst. Felix fand das auch.»

Ein missbilligendes Schweigen schloss sich an.

Tante Maxie sagte: «Es ist seltsam, wenn man jetzt an Chloe denkt. Findet ihr nicht? Wir kannten sie nicht. Sie hatte so viele Geheimnisse. So viele Menschen haben versucht, sie zu benutzen, und keiner wusste es.»

Garvies Mutter sagte: «Hätte sie es bloß jemandem erzählt. Hätte sie bloß jemanden gehabt, dem sie sich anvertrauen konnte.»

«Sie war zu jung», sagte Onkel Len. «Fünfzehn ist kein Alter. Kann man sich doch denken. Wusste nicht, was sie tun sollte, das arme Mädchen.»

Ein lautes Knarren ertönte, als Garvie sich abrupt aus seinem Sessel erhob und der Tür zustrebte.

Seine Mutter runzelte die Stirn. «Wo willst du hin?»

«Raus.»

«Raus?»

«Zu Felix.»

«Du hast immer noch deine Klausuren vor dir, das weißt du. Nächsten Monat.»

«Ich wollte noch die Mathebücher bei ihm abholen.»

Sie sahen einander fest in die Augen.

«Okay», sagte sie leise. «Sei vorsichtig.»

Er nickte.

Nachdem Singh Garvies Blick aufgefangen hatte, sagte er: «Ich müsste dann auch mal los. Ich kann ihn gern mitnehmen.»

Sie fuhren langsam von Eastwick Gardens aus über den Pilkington Driftway. Singh spähte angestrengt durch die rasenden Scheibenwischer, während Garvie sich auf dem Beifahrersitz fläzte und durch die Wasserschlieren auf der Windschutzscheibe nach draußen starrte, wo die soeben eingeschalteten Straßenlaternen Lichtfetzen durch den Regendunst warfen. Sein Gesicht war eine Maske der Unergründlichkeit.

Singh warf ihm einen Blick zu und räusperte sich. «Endlich», sagte er, «ist es jetzt *wirklich* zu Ende.»

Da Garvie nicht antwortete, fuhr Singh fort: «Versteh mich nicht falsch, aber ich hoffe doch, dass wir in Zukunft nicht mehr viel miteinander zu tun haben.»

Ein Schnauben signalisierte, dass Garvie nicht sehr darunter leiden würde. Singh schnalzte verärgert, und so verlief der Rest der Fahrt in unbehaglichem Schweigen.

Als sie auf die Old Ditch Road gebogen waren, klopfte Garvie ans Seitenfenster. «Hier, das reicht.»

«Hier soll ich dich rauslassen?» Singh hielt am Straßenrand. «Wohnt hier dein Freund?» Durch den Regenvorhang konnte er erkennen, dass sie sich auf Höhe des Kinderspielplatzes befanden. In der Dunkelheit waren einige verschwommene Gestalten auf dem Karussell und den Schaukeln zu erkennen.

«Ist nahe genug», sagte Garvie.

Singh beobachtete, wie er mit seiner gesunden Hand den zu seinen Füßen abgestellten Rucksack hochhievte. «Was hast du denn dadrin?», fragte er.

«Halbvolle Flasche Wodka, bisschen Tabak, Zigarettenpapier und 'ne Tüte Gras von Alex.»

«Im Ernst?»

«Nein, ich verarsche Sie nur.»

Er starrte Singh an, der steif auf seinem Sitz herumrutschte, und ein Schweigen setzte ein, das sich endlos hinzuziehen schien.

«Ich weiß, du möchtest nicht über Chloe sprechen …», begann Singh schließlich.

Garvie sagte: «Ich hab mir vorhin doch schon alles angehört, Mann. Arme Chloe Dow. Arme hübsche kleine Fünfzehnjährige. Hätte sie sich doch nur nicht mit den falschen Leuten eingelassen, hätte sie doch bloß nicht so viele Geheimnisse gehabt, hätte sie sich doch jemandem *anvertraut.* Tja, na ja, wissen Sie was? Ich werde sie nicht so in Erinnerung behalten. Kann schon sein, dass ich sie nicht besonders mochte. Vier Wochen haben mir gereicht. Aber ich habe sie respektiert, okay? Warum hätte ich wohl sonst zugelassen, dass sie überall den Eindruck erweckte, sie hätte *mich* abserviert? Sie war das Glamourgirl. Sie war eine Spielerin, sie hat mit den Karten gespielt, die ihr ausgeteilt wurden. Solche Mädchen» – er schüttelte heftig den Kopf – «die werden angemacht, die werden belästigt, und die bekommen Babys und müssen für irgendeinen Drecksack im Casino arbeiten, aber die lassen sich nicht unterkriegen. Sie sind nicht perfekt, aber sie sind keine Opfer. Sie leben ihr Leben. Wenn ihnen übel mitgespielt wird, dann liegt es nicht daran, dass sie Opfer sind.»

Leicht keuchend kam er zum Ende seiner Ansprache, und Singh biss sich auf die Lippen.

«Ich weiß, dass du auch an Hannah denkst», sagte er leise.

Für eine Weile lauschten sie dem Trommeln des Regens auf dem Autodach. Dann sagte Singh: «Ich habe etwas für dich.»

«Ach ja? Eine Vorladung?»

Der Polizeibeamte zog ein kleines Päckchen aus der Jackentasche und überreichte es Garvie, der es misstrauisch beäugte.

«Ich hab aber nichts für Sie.»

«Das macht nichts.»

In dem Päckchen befand sich ein schlichter, an den Kanten geriffelter Armreif aus Stahl.

«Ein *Kara*», sagte Singh. «Eins der fünf *Kakars*, der religiösen Symbole der Sikhs.»

«Ich hatte eigentlich nicht vor, zu konvertieren.»

«Auch Nicht-Sikhs dürfen und sollen den *Kara* tragen. Er verkörpert den Wert der Rechtschaffenheit.» Singh zögerte. «Außerdem kann er als Schlagring im *Loh Mushti*, dem Kampf der eisernen Fäuste, verwendet werden. Obwohl ich dazu selbstverständlich nicht raten würde», sagte er steif. «Er wird dir als Erinnerung dienen», fügte er hinzu. «Falls du die Erinnerung ertragen kannst.»

Unangenehm berührt, verlagerte Garvie sein Gewicht.

«Es klingt vielleicht seltsam», fuhr Singh fort, «aber vielleicht wird der Kara dich an dieses Land erinnern, wenn du fort bist.»

«Fort? Wo?»

«Auf Barbados. Ich weiß, dass du es nicht möchtest. Aber deine Mutter wird schon wissen, was das Beste für dich ist.»

Kopfschüttelnd stieß Garvie die Wagentür auf. «Nur dass Sie's wissen, Mann. Wir gehen nicht nach Barbados. Ich weiß nicht, wie Sie darauf kommen. Mum hat eine bessere Stelle hier im City Central Hospital angeboten gekriegt. Wir ziehen in die Nähe von meinem Onkel und meiner Tante.»

«Oh. Dann bist du bestimmt froh. Wenigstens ein bisschen.»

Garvie sagte nichts. Er machte nicht den Eindruck, als rechnete er damit, jemals wieder froh zu sein. Er hievte sich aus dem Auto, zog sich die Kapuze über den Kopf und schwang seinen Rucksack über die gesunde Schulter, wobei ein dumpfes Klirren wie von einer Glasflasche zu hören war. Durch das regennasse Autofenster sah Singh ihm nach, wie er über die Straße auf den Spielplatz zuging, ein Junge in Skinny Jeans und weitem Kapuzenpullover, so ausgesetzt, so schmächtig, dass seine Gestalt sich im senkrecht fallenden Regen aufzulösen schien, als er jetzt den Lichtkegel der Straßenlampen verließ, um von der Dunkelheit des Spielplatzes verschluckt zu werden. Von fern hörte Singh noch eine jugendliche Stimme rufen: «Hey, Sherlock! Hab ein geiles Rätsel für dich.»

Weiter hörte er nichts. Singh legte den Gang ein und fuhr los.

Danksagung

Wer ein Buch schreibt, ist auf Hilfe angewiesen. Ein herzlicher und kameradschaftlicher Dank geht an David Fickling und Bella Pearson, deren stets fachkundiger Rat dieses Buch zu einem sehr viel besseren gemacht hat, und an Hannah Featherstone, Matilda Johnson und Hannah Leigh für scharfsinnige Lektüre und unschätzbare Hinweise. Gedankt sei ferner Sophie Nelson für das umsichtige Korrektorat sowie meinem Freund Ted Walker für die Überprüfung der mathematischen Korrektheit. Besonderer Dank gilt Anthony Goff, meinem Agenten seit fünfundzwanzig Jahren, dessen Glaube an dieses Buch uns auf Jahre hinaus reichlich Gesprächsstoff liefern wird. Der allergrößte Dank aber geht an Eleri und Gwilym, die mir erklärten, warum ich anfangs auf dem falschen Dampfer war, und an Eluned, die mir versicherte, dass ich den richtigen Dreh am Ende finden würde.

Leseprobe

Simon Mason
Kid got shot

Aus dem Englischen von Alexandra Ernst

5

Garvie schlenderte die Bulwarks Lane entlang, am Pollard Way vorbei, bog in die Old Ditch Road ein und steuerte auf den Spielplatz zu. Kirschblüten, die der Wind von den Bäumen gerissen hatte, lagen wie pastellfarbene Fischschuppen im Rinnstein. Es hatte geregnet und würde später wieder regnen, aber im Augenblick war der Himmel klar. Das Tageslicht verabschiedete sich mit einem hässlichen, pinkfarbenen Glühen, während Garvie durch das Parktor trat und über das feuchte Gras lief.

Wie üblich waren die anderen schon da.

«Was hast du heute für uns, Großer?»

Garvie holte die Blättchen aus der Tasche, zum Preis von zwanzig Pence.

«Ist das alles?»

Er holte außerdem ein kleines Päckchen hervor, eingewickelt in Alufolie. Smudge grinste. «Ich wusste doch, dass man sich auf dich verlassen kann.»

Die Sonne ging unter, der Himmel leuchtete auf und wurde dann dunkel, und sie saßen auf den kleinen Karussells und den winzigen Schaukeln, ließen die Tüte herumgehen und redeten – natürlich – über den Mord, besonders über Pyotor Gimpel, dessen Name zwar von der Polizei immer noch unter Verschluss gehalten wurde, aber dennoch bereits überall in Five Mile die Runde gemacht hatte.

«Ich kapier's nicht», sagte Smudge. «Erst Chloe, jetzt der

Gimpel. Was is'n hier los? Als ob Five Mile ganz plötzlich die Verbrecherhauptstadt Nummer eins geworden wäre. Siehst du die ganzen Polizeitransporter unten am Taxistand? Scheinbar sind alle Cops im Land hier zusammengezogen worden.»

Die Polizeipräsenz im Viertel war in der Tat nicht zu übersehen. An jeder Straßenecke parkten Streifenwagen oder Black Marias. Der Mord an Schulkindern kam selten vor. Der Mord an einem Schüler wie Pyotor Gimpel war abartig. Five Mile stand unter Schock.

«Ausgerechnet der Gimpel!», sagte Smudge. «Also ehrlich: Warum sollte irgendjemand den Gimpel erschießen wollen? Sherlock?»

«Warum sollte irgendjemand ihn nicht erschießen wollen?»

«Was meinst du damit?»

«Na ja, was weißt du über ihn?»

Smudge dachte nach. «Gar nichts weiß ich über ihn. Außer, dass er komisch war.»

Felix bedachte ihn mit einem leidenden Blick aus seinem hageren Gesicht. «ADS, Smudge. Er konnte nichts dafür.»

«Sag ich doch auch nicht. Er war nicht absichtlich komisch. Nur ein Spinner. Mit 'nem offiziellen Stempel.» Mit einiger Mühe verzog er sein Kartoffelgesicht zu einer Maske voller selbstverständlichem Sachverstand.

Felix schüttelte traurig den Kopf. «Es gibt jede Menge Spinner, Smudge, und einige von denen wissen nicht mal, dass sie spinnen.»

«Da hast du recht», sagte Smudge, und seine Miene entspannte sich, bis er fast wieder normal aussah. «Garv zum

Beispiel. Klar, schon gut, ich hab's kapiert. Aber jetzt mal ehrlich, was wissen wir über den Gimpel? Raus damit.»

Garv saß auf einem Schaukelpferd, das für Zwerge gemacht war, rauchte und ignorierte die anderen, die Informationen über den Gimpel in die Runde warfen wie Zigaretten und Wodka – Gerüchte und Behauptungen, die sie irgendwo aufgeschnappt hatten. Niemand hatte ihn persönlich gekannt; so ein Typ war er nicht gewesen. Obwohl er zu ihnen gehörte hatte, Teil der alltäglichen Szenerie gewesen war, war er ein Einzelgänger geblieben. Sie waren an seinen Anblick gewöhnt gewesen, hatten aber so gut wie nichts über ihn gewusst.

«Er hat Geige gespielt», sagte Smudge. «Ziemlich abgefahren, was? Ich meine, wer spielt heutzutage schon Geige, außer irgendwelchen Leuten im Museum.»

Das war einer der offensichtlichen Beweise für Pyotor Gimpels Andersartigkeit. Ein weiterer war seine beunruhigende Akkuratesse. Er hatte die Schuluniform aus freien Stücken getragen, das Hemd immer im Hosenbund, die Haare immer eng an den Kopf gekämmt, immer mit Schlips, obwohl das nicht nötig gewesen wäre. Er hatte ausgesehen wie ein Junge auf einer alten Fotografie. Er war klein gewesen für sein Alter, aber seine Sachen waren trotzdem immer ein bisschen zu eng gewesen, als ob er aus ihnen herausgewachsen wäre. Morgens, wenn er in die Schule kam, und mittags in der Pause saß er immer allein auf einer Bank beim unteren Tor, immer an derselben Stelle, mit dem Geigenkasten auf dem Schoß. Er saß einfach nur da, untätig und irgendwie wachsam, als ob er auf den Bus wartete. Tiger hatte gesehen, wie er mit seinem Smartphone irgendwelche Fotos machte, was Smudge bestätigte. Er sagte nicht viel, und wenn, dann mit leiser Stimme und einem schleppenden polnischen Akzent. Im Allgemeinen blieb er still und ruhig. Felix hatte ihn hin und wieder beobachtet, wie er mit zierlichen Bewegungen einen Apfel aus einer braunen Papiertüte aß. Niemand hatte ihn je mit einem Freund gesehen.

«Die Sache ist die», sagte Smudge, «er war die ganze Zeit in seiner eigenen Welt. Er ist nicht erwachsen geworden, so wie wir. Ein typisches Opfer, das war er. Irgendjemand hat ihn aufs Kreuz gelegt. Was meinst du, Garv?»

Garvie sagte nichts. Er rauchte.

«Na ja, wie auch immer», fuhr Smudge fort. «Die Frage ist doch: Was ist passiert?»

Die anderen diskutierten angeregt weiter, während Garvie schweigend rauchte. Es tummelten sich im Internet schon etliche Theorien, und einige davon waren gar nicht so dumm. Möglicherweise war es nur eine einfache Verwechslung. Oder ein fremdenfeindlicher Übergriff. Vielleicht hatte der Gimpel etwas gesehen, was er nicht hätte sehen sollen, und musste zum Schweigen gebracht werden. Es war gut möglich, dass er in etwas verwickelt worden war, das er nicht verstand. Aber was hatte er überhaupt mit Magee in dem Lagerhaus gemacht? Vielleicht war er gekidnappt oder durch einen Trick dorthin gelockt worden, vielleicht mit falschen Versprechungen. Vielleicht hatte jemand einen Vorteil aus seiner Einfältigkeit gezogen, wie Smudge gesagt hatte. Aber es war und blieb eine bizarre Tatsache, dass ein Schuljunge wie der Gimpel sich gleichzeitig mit einem Typ wie Magee an einem derartigen Ort aufgehalten hatte, gekleidet wie für die Schule. Und daher gab es zum jetzigen Zeitpunkt auch nur bizarre Erklärungsversuche. Einer davon war, dass er sich mit Magee ein Duell geliefert hatte. Die Waffe war in seinem Geigenkasten versteckt gewesen. Smudge, eine unerschöpfliche Quelle bizarrer Ideen, hielt es für möglich, dass der Gimpel zu dem Lagerhaus geschlafwandelt war. Er hatte von einem Mann gehört, der im Schlaf zu seinem Auto gegangen und dann fünfzig Meilen zu einer billigen Absteige gefahren war, wo er sich mit einer Frau traf, die er nie zuvor gesehen hatte.

«Das hat er seiner Frau erzählt. Er war total geschockt, als er aufwachte und plötzlich in diesem Hotel war. Stellt euch vor, wie geschockt der Gimpel gewesen sein musste, als er in dem Lagerhaus aufgewacht ist, besonders, als Magee ihn dann erschossen hat. Was meinst du, Garv?»

Garvie hatte seit zwanzig Minuten nichts mehr gesagt. Er saß auf seinem Schaukelpferdchen, rauchte und blickte über den Rasen auf die Lichter der Stadt. Die anderen musterten ihn neugierig.

«Nicht interessiert?», fragte Smudge. «Ist dir die Sache völlig egal?»

Garvie stieß den Rauch aus, ließ die Zigarette fallen und zertrat sie mit dem Absatz.

«Ich bin durchaus interessiert.»

Smudge grinste. «Ich wette, wegen der Sache mit dem Schlafwandeln.»

Garvie achtete nicht auf ihn. Er schüttelte eine weitere Benson & Hedges aus dem Päckchen und tippte mit der Zigarettenspitze nachdenklich auf sein Knie. Dann warf er sie mit einer abrupten Bewegung in seinen Mundwinkel, zündete sie an und blies einen langen, blauen Rauchfaden aus.

«Wiederhol noch mal, was du über ihn gesagt hast. Was für ein Typ er war.»

«Ein geborenes Opfer.»

«Ein Kontrollfreak, hast du behauptet. Ein Außenseiter, ein einsamer Wolf, auch zu Hause in der Wohnung bei seinen polnischen Großeltern, irgendwo in Strawberry Hill. Er war gut im Aufstellen von Listen, mies im Umgang mit Leuten. Ein Planer. Mit einem Hang zur Gewalt.» Er paffte kleine Rauchwölkchen. «Hört sich für mich nicht wie das geborene Opfer an.»

Die anderen wechselten einen Blick. «So was haben wir doch gar nicht gesagt.»

«Klar doch. Ihr habt gesagt, dass er immer auf einer Bank beim unteren Tor saß, in Richtung Strawberry Hill, wo die polnischen Läden sind. Wo sonst sollte er wohl wohnen? Und wer, meint ihr, hat ihn so angezogen und ihm jeden Tag einen Apfel in einer braunen Papiertüte mitgegeben? Niemand, der jünger ist als sechzig. Und was ist mit seinem polnischen Akzent? Er wohnte fast sein ganzes Leben hier, also hat er wohl zu Hause kein Englisch gesprochen. Der Rest versteht sich von selbst: Ordentlich gekämmte Haare, Hemd in der Hose, Krawatte – ein besessener Kontrollfreak. Saß immer an derselben Stelle. Hatte einen Plan, an den er sich unter allen Umständen hielt. Hat Fotos von Leuten geschossen, aber nie mit ihnen geredet. Er konnte nicht mit Menschen. Was hat dieser ordnungsbesessene Typ dann mit den ganzen Fotos gemacht? Er hat sie sortiert, katalogisiert, Listen angelegt. Das alles habt ihr gesagt. Und genauso war er.»

Smudge kratzte sich am Kopf. «Na ja, alles gut und

schön. Aber … ein Hang zur Gewalt? Ich meine, wir reden hier vom Gimpel, Garv. Du hast doch selbst gesagt, dass er sich kaum getraut hat, mit irgendjemandem ein Wort zu wechseln.»

«Hast du jemals jemand anderen auf dieser Bank sitzen sehen? Hast du jemals erlebt, wie jemand versucht hat, ihm seine Geige wegzunehmen?»

Smudge musste zugeben, dass dies nicht der Fall war. Es war eine allgemein gültige Tatsache, die keiner Erklärung bedurfte, dass der Gimpel unter keinen Umständen ohne seine Geige sein konnte. Er nahm sie sogar mit auf die Toilette. Smudge kratzte sich wieder am Kopf. «Tja … und was willst du uns damit sagen?»

Garvie hievte sich von dem Schaukelpferd und steckte das Zigarettenpäckchen in die Jackentasche. Er schlenderte bis zum Rand der Schatten und blieb dann stehen. «Ich will damit sagen, dass ihr euch nicht fragen solltet, wie er dorthin gelockt wurde. Fragt euch nicht, ob man ihn irgendwie reingelegt hat.»

«Sondern?»

Garvie lächelte. «Sondern wo er seine Pistole herhatte.»

Stille breitete sich aus. Und als Smudge endlich wieder die Zähne auseinanderbekam und etwas sagen wollte, hatte Garvie sich schon umgedreht und ging über den Rasen zum Parktor.

6

Am Montagmorgen fand eine Versammlung in der Aula der Marsh Academy statt. Sie begann erst um halb zehn, weil Lehrer und Schüler erst die neuen Sicherheitsvorkehrungen passieren und sich einen Weg durch die Polizistengruppen bahnen mussten, die an den Toren zum Schulgelände und an jedem Gebäudeeingang postiert waren. Sogar die Bühne stand unter Polizeischutz. Starr und steif standen sie seitlich von den Lehrern, vor der Leinwand, auf der das stark vergrößerte Foto eines ernst blickenden Jungen mit nass wirkenden Haaren zu sehen war, der den Hals seiner Geige umklammerte. Mr. Winthrop, der Schulleiter, richtete das Wort an die elften Klassen und sprach über Pyotor Gimpel, der laut Mr. Winthrop ein eifriger Schüler war, ein pflichtbewusster Sohn und Enkel und ein geschätztes Mitglied der Marsh Academy-Schulgemeinde.

«Er vertraute darauf, wie wir alle es tun, dass ihm das Leben zumindest Gerechtigkeit widerfahren lassen würde. Aber», so sagte Mr. Winthrop sichtlich bewegt, «dieses Vertrauen wurde enttäuscht.»

In der Aula herrschte Schweigen unter den Lehrern und den Polizisten auf der Bühne und den Schülern im Zuschauerraum. Und zufällig herrschte auch Schweigen zwischen drei Jungen, die zu diesem Zeitpunkt gar nicht in der Aula waren, nicht einmal in der Schule, sondern die über eine

Landstraße gingen und gerade an der Kläranlage vorbeikamen. Smudge, Felix und Garvie Smith traten durch das Tor in dem hohen Maschendrahtzaun, der das East Field Gewerbegebiet einfriedete und bis zur Zufahrtsstraße reichte. Dort blieben sie stehen und schauten sich verblüfft um.

Nicht nur die Lagerhalle mit den Schließboxen, sondern auch das Außengelände in einem Radius von fünfzig Metern, in dem sich nur aufgerissener Asphalt und Schutt befand, war mit einer blitzblanken, blendend weißen und drei Meter hohen Plastikplane eingefasst, als ob das ganze Gebiet eingepackt und an ein Labor oder eine Kunstgalerie geschickt werden sollte. Männer in Overalls, Atemschutzmasken, Stiefelschützern und Plastikhandschuhen gingen ein und aus, schleppten Gegenstände und wirkten äußerst geschäftig.

«Das ist echt der Hammer», sagte Smudge, «ich meine, schaut euch doch mal an, wie *weiß* alles ist. So was sieht man sonst nur an Weihnachten.»

Auf dem Seitenstreifen stand eine Gruppe Reporter und Fotografen, die Kaffee tranken, und Uniformierte liefen mit Polizeihunden, die überall herumschnüffelten, die Straße ab. Garvie machte einen großen Bogen um sie. Er mochte Hunde nicht sonderlich, und schon gar keine Polizeihunde. Noch dazu, wenn sie so groß waren.

«Über das Beißen musst du dir keine Gedanken machen», sagte Felix, «sondern eher über das Bellen. Davon kannst du einen Herzschlag kriegen.»

Sie gingen an den Streifenwagen vorbei, die überall herumstanden, einige noch mit blinkendem Blaulicht.

«Meinst du, dein Onkel ist auch da, Garv?», fragte Felix.

Garvie schüttelte den Kopf. «Der ist schon wieder weg. Die Forensiker kommen als Erste. Gestern Morgen war er hier, schätze ich. Jetzt sind es nur noch die Leute von der Spurensicherung. Und die Ermittler.»

Felix sagte: «Wie dieser Singh, der dich beim letzten Mal hochgenommen hat?»

Garvie seufzte. «Ich hab's euch doch schon gesagt, das war bloß ein Missverständnis.»

Sie gingen an den leeren Streifenwagen vorbei bis zu zwei Zivilfahrzeugen – einem hochmodernen Humvee und einem nichtssagenden Ford. In dem Humvee saßen zwei Polizisten, die sich umdrehten und die Jungen musterten.

«Gehen wir woanders spielen», sagte Felix schnell.

Das Seitenfenster wurde heruntergekurbelt, und ein Gesicht tauchte auf.

«Hi», sagte Garvie und schlenderte zu dem Wagen. «Haben Sie schon herausgefunden, woher der Junge die Pistole hatte?»

Detective Inspector Dowell sammelte seine Gesichtszüge ein. «Ich gebe dir drei Sekunden, um dich vom Wagen zu entfernen, Freundchen. Und genau eine Minute, um ganz von hier zu verschwinden.» Sein schottischer Zungenschlag war so hart wie ein Autoreifen.

Garvie ignorierte ihn und blickte an Dowell vorbei zu dem anderen Mann, der – wie immer in seiner frisch gebügelten Uniform – auf dem Beifahrersitz saß und seinen verbundenen Arm hielt.

«Inspektor Singh. Schön, Sie zu sehen.»

Singh schaute ihn nur wortlos an.

«Viel Glück übrigens», sagte Garvie. «Sie können es brauchen.» Er machte eine kurze Pause. «Könnte schwierig werden, wenn Sie mich fragen.» Und damit wandte er sich ab.

Außer Sichtweite der Polizei umrundeten sie das Gewerbegebiet. Es war, wie die Medien berichtet hatten, halb verfallen. Der Grundriss war denkbar einfach: Schnurgerade, wie bei einem Käsekästchen-Spiel, zogen sich die Straßen dahin, mit vier Kreuzungen, zwischen denen sich jeweils ein halbes Dutzend Grundstücke befanden. Die Straßen, breit genug für Lastwagen, waren aufgerissen und voller Schlaglöcher, und auf den Seitenstreifen häufte sich Bauschutt. Einige der Gebäude bestanden aus Backsteinen, andere aus Fertigbauteilen. Fast alles war heruntergekommen und unbenutzt. Es gab einen Holzgroßhandel, ein paar Autowerkstätten, das Lagerhaus und das Gebäude mit den Schließboxen, der Rest lag brach. Obwohl die Umgehungsstraße in der Nähe verlief, direkt unterhalb der Kläranlage, und man in zwanzig Minuten zu Fuß nach Limekilns gelangen konnte, machte das gesamte Areal einen abgelegenen, einsamen und verlassenen Eindruck.

«Ganz reizend», sagte Smudge, nachdem ein Zug vorbeigedonnert war. «Meine Ohren fangen gleich an zu bluten. Was zum Teufel hat der Gimpel hier draußen gemacht?»

Garvie blickte sich um und antwortete nicht. Smudge sagte: «Okay, suchen wir nach Spuren.»

Sie gingen an der Einzäunung entlang, schoben mit den Füßen allerlei Müll und Unrat beiseite und hielten nach Polizisten Ausschau, während Smudge die anderen ununterbrochen an seinen Gedankengängen teilhaben ließ.

«Dieser Magee muss ihn irgendwie hergeschleppt haben,

vermute ich mal. Hat ihn hier rausgefahren, wo es schön abgelegen ist, aus dem Wagen gezerrt und die Straße rauf, dann in das Lagerhaus und PENG! Wie 'ne Hinrichtung. Es gibt einen Zeugen, der das meiste gesehen hat.»

Felix schaute ihn an. «Was ist mit der Kamera, Smudge?»

«Was für 'ne Kamera?»

«Die Überwachungskamera am Eingang zum Gelände. Wir sind gerade daran vorbeigegangen. Die Polizei hat nichts von einem Wagen gesagt.»

«Vielleicht sind sie von woanders gekommen.»

«Von wo denn? Das ist die einzige Zufahrt. Ist doch richtig, oder, Garv?»

Garvie sagte knapp: «Für einen Wagen gibt es keinen anderen Weg.»

Schweigend gingen sie weiter, bis sie zu einem Loch in dem Maschendrahtzaun kamen.

«Moment mal, jetzt hab ich's», sagte Smudge. «Sie sind nicht mit dem Auto gekommen, sondern zu Fuß. Magee hat ihn hier durch das Loch gestoßen, hat ihn die Straße raufgezerrt, in das Lagerhaus, und ...»

«Vorausgesetzt, er ist an dem Safeway vorbeigekommen», sagte Felix.

«An dem was?»

«An dem Sicherheitssystem.» Sicherheitssysteme waren Felix' Spezialität. «Das Safeway-System hat multifunktionale Hardware und Software. Nicht erste Sahne wie das Modell von SECO da drüben am Lagerhaus, aber auch nicht schlecht. Die haben nur das Problem, dass sie zeitverzögert losgehen. Wenn man sechzig Sekunden, nachdem man die Tür eingetreten hat, die Schalttafel findet, kann man das

Ding einfach ausschalten. Und die Schalttafel hängt meistens da, wo man sie gleich sieht. Und noch was», setzte er hinzu. Er kam jetzt richtig in Fahrt. «Zwei Uhr morgens ist die perfekte Zeit für einen Einbruch. Da ist Schichtwechsel, und die Bullen wollen einfach nur noch nach Hause. Selbst wenn der Alarm losgeht, ist man längst weg, wenn die ankommen. Klappt jedes Mal.»

Smudge machte ein genervtes Gesicht angesichts der Fülle an technischen Informationen. «Mit anderen Worten, Magee hätte locker am Sicherheitssystem vorbeikommen können, was genau das ist, was ich gesagt habe. Vergiss nicht, Felix, das war ein Mord. Das ist 'ne Sache von einer Minute, da muss man sich nicht beeilen. Also, wenn ich bitte fortfahren dürfte: Er stößt ihn durch den Zaun, schleppt ihn die Straße hoch, schlägt die Tür ein, kommt an dem Alarm-Dings vorbei, rein in das Lagerhaus, und ...»

«Allerdings», fiel ihm Felix nachdenklich ins Wort, «muss man drinnen noch durch die Sicherheitstüren. Die können ganz schön knifflig sein. Aber wenn man weiß, womit man es zu tun hat, kann man sie mit einem Stück Klebeband austricksen, das man an dem inneren Türrahmen befestigt. Unterbricht die Stromzufuhr.»

«Faszinierend», sagte Smudge. «Du solltest einen Schulclub aufmachen: Wissenschaft für Einbrecher. Nun, wie ich sagte, bevor ich – wieder mal – unterbrochen wurde: Er stößt, zerrt, schlägt, klebt und so weiter und so fort und – PENG! Die klassische Hinrichtung.»

Sie kamen an einer Autowerkstatt vorbei und an einem ehemaligen Fisch-Großhändler, an den nur noch das Werbeschild erinnerte: Fisch und Meeresfrüchte – höchste Qualität, aus Tradition und Leidenschaft. Kostenlose Parkplätze. Irgendwann waren sie wieder am Eingang angelangt, und Smudge wandte sich an Garvie: «Du hast noch gar nichts gesagt. Irgendwas Interessantes gesehen?»

Garvie zuckte mit den Schultern. «Nur das, was zu erwarten war.»

«Und das wäre?»

«Fünf große Kartonplatten an der Hinterseite einer Werkstatt.»

«Ach?»

«Eine ordentlich zusammengeknotete Mülltüte mit leeren Suppendosen unter der Feuerleiter.»

«Und weiter?»

«Im Gebüsch daneben ein halbes Dutzend platt gedrückte Bierdosen.»

«Richtig. So was nennt man Müll.»

«Jemand kampiert hier draußen. Er isst kalte Suppe aus Dosen, trinkt Bier und schläft unter den Kartonplatten, um sich warm zu halten.»

«Ja, klar. Das ist doch offensichtlich. Na und?»

«Der Zeuge, von dem die Polizei spricht, ist aller Voraussicht nach ein Obdachloser.»

«Okay. Und das heißt was?»

«Seine Aussage ist vermutlich vage und wenig vertrauenswürdig und würde vor Gericht nicht standhalten. Wie ich vorhin zu Singh sagte: Es könnte schwierig werden.»

«Na ja, die sagen doch, dass alles glasklar ist. Sie haben den Typ doch schon, weißt du nicht mehr?»

«Ich möchte der Polizei ja nicht zu nahe treten, Smudge, aber die haben keine Ahnung, wie man denkt.»

Sie blieben am Tor stehen, zündeten sich Zigaretten an und warteten, bis es zu spät war, um vor der Mittagspause noch in der Schule aufzutauchen. Felix dachte weiterhin laut über die Aufnahmen aus der Überwachungskamera nach. Smudge schnitt Grimassen in die Kamera, bis er sich fast den Hals verrenkte.

An einen Lampenpfosten gelehnt, sagte er mit nachdenklicher Stimme: «Ich habe einmal mit ihm geredet, mit dem Gimpel, meine ich. Vor ein paar Jahren. Ich habe ihn auf der Bank sitzen sehen und bin zu ihm gegangen, hab ihm irgendwas über das Wetter erzählt oder so was in der Art, ich weiß nicht mehr genau. Er hat mich nur angestarrt. Die ganze Zeit lang. Als ob *ich* der Spinner wäre.»

Felix und Garvie schauten Smudge fragend an.

«Guckt nicht so. Echt jetzt, er hat überhaupt nichts gesagt. Hat mich nur angestarrt. Und ich, ich dachte bloß: Ich hab keine Ahnung, was du denkst.»

«Und das ist was Neues für dich, Smudge?»

«Normalerweise kann ich Leute gut durchschauen. Den Gimpel aber nicht. Das will ich damit sagen. Der Gimpel war … Ich weiß auch nicht. Ich weiß es nicht, weil ich ihn nicht durchschauen konnte.»

Während sie dastanden und über Smudges Selbsterkenntnis nachdachten, rollte der Humvee auf übergroßen Rädern die Straße entlang und blieb neben ihnen stehen. Das Fenster glitt nach unten, und wie zuvor tauchte Inspektor Dowells Gesicht auf.

«Warum seid ihr nicht in der Schule?»

Smudge und Felix blickten bescheiden zu Boden.

«Attest vom Arzt.»

«Ein Projekt in Heimarbeit.»

Dowell schaute Garvie an, der nichts gesagt hatte. «Und du?»

«Schulausflug.»

«In ein Gewerbegebiet? In welchem Fach?»

«In Polizeikompetenz. Oder besser: Inkompetenz. Ein Themenbereich innerhalb der Anthropologie.»

Dowells Blick bohrte sich in Garvies Augen. Seine Gesichtsränder veränderten die Farbe. «Ich sag dir jetzt was, Freundchen», knurrte er leise. «Ich werde mir deine Visage merken.»

Garvie zuckte mit den Schultern. «Von mir aus. Ich werde versuchen, Ihre zu vergessen.»

Einen Moment lang schien Dowell in Versuchung zu sein, den Türgriff zu betätigen, doch in dem Moment erwachte das Funkgerät zum Leben. Er warf Garvie noch einen bösen Blick zu, ließ das Fenster wieder hochfahren und rumpelte über die holprige Zufahrtsstraße davon.

«Sag mal, Alter, hast du Todessehnsucht?», fragte Smudge Garvie. «Der Kerl ist ein Irrer. Hast du seine Augen gesehen? Hast du gehört, was er gesagt hat?»

«Er sagte, er würde sich meine Visage merken.»

«Nein, das hat er nicht gesagt. Er sagte, er würde es sich persönlich zur Aufgabe machen, dich in irgendeiner dunklen Ecke zu erwischen und zu Brei zu zerquetschen. Für jemanden, der meistens so ein cleveres Kerlchen ist, passt du manchmal einfach nicht richtig auf.»

«Er hat recht, Garv», sagte Felix. «Der hat uns jetzt im Visier. Wir sollten schleunigst machen, dass wir von hier wegkommen.»

Garvie zog den Vorschlag in Erwägung.

«Gehen wir», sagte Smudge.

Sie drehten sich um und wollten zum Tor hinausgehen, und Garvie drehte sich in die andere Richtung und ging die Zufahrtsstraße entlang in Richtung des abgesperrten Lagerhauses.

Smudge und Felix schauten ihm verdattert nach. «Was machst du denn? Das ist … na ja, das ist die *falsche Richtung.*»

«Ich hätte längst merken müssen», warf Garvie über die Schulter zurück, «wie sehr sie meine Hilfe brauchen.»